Barbara Leciejewski

FÜR IMMER
UND NOCH EIN BISSCHEN LÄNGER

Barbara Leciejewski

FÜR IMMER UND NOCH EIN BISSCHEN LÄNGER

ROMAN

Ullstein

Besuchen Sie uns im Internet:
www.ullstein.de

Wir verpflichten uns zu Nachhaltigkeit
- Klimaneutrales Produkt
- Papiere aus nachhaltiger Waldwirtschaft und anderen kontrollierten Quellen
- ullstein.de/nachhaltigkeit

MIX
Papier aus verantwortungsvollen Quellen
FSC® C083411
FSC
www.fsc.org

ISBN 978-3-86493-174-1

Originalausgabe im Ullstein Paperback

Satz: Pinkuin Satz und Datentechnik, Berlin
Gesetzt aus der Sabon
Druck und Bindearbeiten: CPI books GmbH, Leck

Für meinen Bruder,
dem ich im Grunde jeden meiner Romane widme.
Für immer …

28. Juni 1988

Eben noch hatte er die Nabelschnur durchtrennt. Eben noch hatte sie ihre neugeborene kleine Tochter im Arm gehalten, hatte gestrahlt. »Ist sie nicht schön? Pitti, schau, ist sie nicht schön?«, hatte sie zu ihm gesagt.

»Bildschön«, hatte er geantwortet. »Aber sie müsste dringend zum Friseur.«

Sie hatten gelacht. Sie hatten doch gerade noch gelacht.

Jetzt rannten sie alle herbei, Ärzte, Schwestern, er wurde weggeschoben, nach draußen.

Es war so schnell gegangen. Aus dem Lachen war ein Keuchen geworden, ganz plötzlich.

Jetzt stand er mit Panik draußen vor der Tür, und drinnen war es laut und piepte und das Kind schrie.

»Wenn es ein Mädchen wird, nennen wir es nach deiner Mutter, dann wird sie so gerührt sein, dass sie gar nicht böse sein kann.«

»Da wäre ich nicht so sicher.«

Es war ein Mädchen. Ein bildhübsches winziges Mädchen mit schwarzen Haaren und einer kräftigen Stimme. Sie musste doch erleben, wie dieses Mädchen aufwuchs, wie es zum ersten Mal Mama sagen, seinen ersten Trotzanfall bekommen, mit der Schultüte aufgeregt vor dem fremden Gebäude stehen würde, die Pubertät, den ersten Freund, schlimme Tattoos, ein

Nabelpiercing, das man ihr ausreden musste. Vielleicht würde sie heiraten, Kinder haben, all das sollte ihre Mutter doch erleben. Aber dort im Flur, vor dieser Tür zum Kreißsaal, ereilte ihn die Gewissheit, dass es nicht dazu kommen würde, dass just in diesem Moment, hinter dieser Tür, alles enden würde. Vergebens suchte er in sich selbst einen letzten Rest Hoffnung, ein Kämpferherz. Er begann sogar zu beten.

»Lieber Gott! Bitte!«

»Pitti, du denkst immer so negativ.«

Sie hatte recht, er war viel zu verzagt. Sie war das Gegenteil von ihm, war immer positiv, immer fröhlich. Sie machte ihrem Namen alle Ehre, wo Sun war, tauchte sie alles in Licht. Nur seine Eltern hatte ihr Licht nicht erreicht. Warum denn eine Chinesin? Warum denn keine Deutsche?

»Ein Mädchen nennen wir nach deiner Mutter, und wenn es ein Junge wird, nennen wir ihn nach deinem Vater.«

»Dann hoffe ich, es wird ein Mädchen. Der Name August wäre echt tragisch …«

Und wieder hatte sie gelacht, dieses wundervolle offene Lachen. So wie vorhin.

Die Tür ging auf. Ein Arzt kam heraus. Er musste nicht erst den Mund aufmachen. So sahen Ärzte aus, bevor sie einem das Schlimmste mitteilten.

»Es tut mir leid«, sagte der Arzt und sprach leise weiter. Fruchtwasserembolie … selten … erst nach der Obduktion … alles getan …

Die Worte rauschten an ihm vorbei, ohne dass er sie begriff.

Er durfte noch einmal zu ihr. Noch einmal? Sie wollten doch zusammen alt werden. Herrgott, das war doch mehr als »noch einmal«. Das war doch ein ganzes Leben.

Da lag sie und schlief. Sie schlief. Ganz bestimmt. Kein Mensch, der so lebendig war wie Sun, konnte tot sein. Jemals.

Und wenn, dann wollte er auch tot sein. Was sollte er noch hier? Ohne sie.

Das Kind schrie. Eine Schwester hielt sie auf dem Arm.

Ihre süße Kleine. *Ist sie nicht schön?*

Ein Blick von ihm genügte, da reichte ihm die Schwester das Kind. In seinen Armen hörte es auf zu schreien.

»Sie ist so hübsch, Sun«, flüsterte er immer wieder und streichelte ihre toten Hände. »Sie ist so hübsch.«

Die Welt draußen hörte auf zu sein.

Irgendwann, er wusste nicht, wie viel Zeit vergangen war, öffnete sich die Tür und eine andere Schwester kam herein. »Ihre Eltern sind hier, Herr Trost«, sagte sie leise.

Seine Eltern. Er hatte sie als Kontaktpersonen angegeben, für den Notfall und weil dieser Notfall ohnehin nicht eintreten würde. Hatte er gedacht. Jetzt waren sie da.

Die Schwester legte das schlafende Kind in ein kleines Bettchen auf Rollen und begleitete ihn ins Besucherzimmer.

»Konrad!«, rief seine Mutter aus, als er eintrat. Mehr musste sie nicht sagen. Dazu ihr bohrender Blick, die gestrafften Schultern, die rechteckige, schwarze Handtasche, die akkurat über ihrem Unterarm hing. Sein Vater ignorierte ihn, lief im Zimmer hin und her wie aufgezogen. Die Sitzgelegenheiten blieben verwaist.

Sie wussten nun, was er ihnen verschwiegen hatte, und das war ihre Reaktion. Er hatte nichts anderes erwartet.

Aus der Ferne warf seine Mutter einen Blick auf das schlafende Kind, ihre Enkelin. Dann fing sie an zu reden. Worte prasselten auf ihn ein und glitten an ihm ab, in keinem davon kam seine soeben verstorbene Frau vor. Es ging um Verantwortung und Anstand und darum, was nun zu tun sei. Während sein Vater stumm und voll mühsam unterdrückter Wut seine Kreise zog, stand seine Mutter wie ein Fels auf einer Stelle. Auf die Idee, ihren Sohn, der gerade das Liebste auf der Welt verloren hatte, in den Arm zu nehmen, kam sie nicht. Konrad starrte zu Boden, er konnte sie nicht ansehen, konnte ihre Gefühllosigkeit und ihren Pragmatismus nicht ertragen. Zu jung sei er für ein Kind. »Wir nehmen es!«, beschloss seine Mutter. Es!

Er hatte keine Kraft, sich zu wehren. Er bezweifelte, dass er je wieder Kraft für irgendetwas haben würde.

Wir nehmen es.

»Ich würde das Kind dann ins Kinderzimmer bringen«, sagte die Schwester, die die ganze Zeit betreten dabeigestanden hatte, zu Konrad. Er nickte und streichelte mit dem Rücken seines Zeigefingers sanft über das winzige Bäckchen seiner Tochter.

»*Es* ist übrigens ein Mädchen«, sagte er mit rauer Stimme und schluckte, als er an Suns Idee dachte. »Und ihr Name ist ... Anna.«

1.

Mayer, Meier und Lewandowski

Der schlimmste Tag in Annas Leben war der 3. Februar 2014. Ein Montag. Sie hatte Montage noch nie leiden können, wer mochte schon Montage? Aber von da an ignorierte sie diesen unseligen Wochentag gänzlich und strich ihn aus ihrem Kalender. Sie vereinbarte keine Termine, verließ nicht das Haus und schlief so lange wie möglich, damit der Montag schneller vorüberging. Für Anna begann die Woche immer erst am Dienstag. Zusammengerechnet würde sie auf diese Weise fast ein Jahr ihres Lebens vergeuden, doch diese Erkenntnis änderte nicht auch nur das Geringste an ihrem Leben ohne Montage. Unglücklicherweise scherte sich der Rest der Welt herzlich wenig um ihre persönliche Sechs-Tage-Woche, und so kam es, dass auch der zweitschlimmste Tag ihres Lebens wieder ein Montag war.

Am 18. November 2019 klingelte es gegen 10 Uhr morgens an der Wohnungstür. Anna fuhr aus dem Schlaf, und die wenigen Sekunden in diesem halb wachen Zustand katapultierten sie zurück in die Vergangenheit.

Sind Sie Anna Trost?

Augenblicklich begann ihr Herz zu rasen. Als sie einen Moment später vollständig wach war, hielt sie das Klingeln an der Tür für einen bösen Traum, doch da klingelte es erneut. Zweimal hintereinander diesmal. Beim ersten Mal zuckte sie zusammen, beim zweiten Mal zog sie empört die Luft ein und schwang die Beine aus dem Bett. Mit wütenden Schritten trampelte sie durch den Flur und hoffte, dass es sich nicht um die beiden netten Zeugen Jehovas handelte, diese ältere Frau mit ihrem Sohn, die manchmal von Tür zu Tür wanderten und höflich fragten, ob sie sich wohl mal mit einem über den lieben Gott unterhalten dürften. Einmal durften sie. Normalerweise lehnte Anna freundlich ab, sagte »Nein, danke, das ist nicht so mein Thema.« Oder etwas in der Art. Aber dieses eine Mal überkam sie eine unerklärliche Anwandlung, eine plötzliche Empfänglichkeit für das warme Lächeln, das ihr die Frau schenkte. Sie bat die beiden herein und bot ihnen sogar eine Tasse Kaffee an. Ob sie auch Kamillentee habe, fragte die Frau. Sie bekam ihren Tee, ihr Sohn bat um ein Glas Wasser aus dem Hahn. Anna setzte sich mit ihnen im Wohnzimmer an den wunderschönen, großen Esstisch, den sie sich damals zum Einzug geleistet hatten, ein edles lang gestrecktes Möbelstück aus dunklem Holz, an dem früher viele Freunde zum Essen zu Gast gewesen waren. Die Frau redete, ihr Sohn nickte, und Anna driftete ab und überlegte, wann das letzte Mal jemand an diesem Tisch gesessen hatte. Und wer. Und bei welcher Gelegenheit. Sie konnte sich nicht erinnern. Nach einer halben Stunde verabschiedeten sich die zwei – und Anna brach in Tränen aus. Danach hatte sie ihnen nie mehr die Tür geöffnet.

Es klingelte ein drittes Mal. So hartnäckig waren die beiden nicht. Beim Blick durch den Spion entdeckte Anna einen Mann in blau-gelber Postbotenuniform und wunderte sich. Sie pflegte ihre spärliche Korrespondenz bis auf wenige Ausnahmen per E-Mail zu erledigen, auch Verträge und Rechnungen, und soweit sie wusste, hatte sie sich nichts zuschulden kommen lassen. Mit dem Klavierspielen hielt sie sich an die Hausordnung, und es hatte sich in acht Jahren noch nie einer über die Musik aus ihrer Wohnung beschwert. Wäre ja auch noch schöner gewesen.

Der Postbote musste ihre Schritte gehört haben und klopfte. Anna öffnete einen Spalt und blinzelte an der vorgelegten Kette vorbei nach draußen. Es war ihr bewusst, welches Bild sie abgab: barfuß, mit nackten Beinen unter einem überdimensionalen, alten T-Shirt, das einmal Jeremias gehört hatte, darüber der morgendliche Supergau: ihr verquollenes, mürrisches Montagsgesicht umrahmt von zerzausten, ungewaschenen schwarzen Haaren. Die Zähne waren auch noch nicht geputzt. Der Postbote wich merklich zurück, sein Blick wanderte blitzschnell von oben nach unten und wieder nach oben.

»Ich hätt' da ein Einschreiben für Anna Trost«, sagte er, behielt das Kuvert jedoch fest in seiner Hand und machte keinerlei Anstalten, es ihr zu überreichen. Oder auch nur den Zettel, auf dem sie den Empfang quittieren musste. So was kannte sie bereits. »Ich passe halt mehr in die Schublade Mai-Ling«, hatte sie früher solche Reaktionen augenrollend kommentiert, woraufhin Jeremias prompt den Gerhard Polt gegeben hatte: »Mai-Ling, hol amal die Zi-ga-ret-ten.«

Leute erkundigten sich interessiert, wo sie herkam, und wenn sie dann sagte »aus München«, wurde nicht selten ein bisschen gelacht, als hätte sie einen grandiosen Scherz gemacht. Wo denn aber ihre Wurzeln lägen, wurde dann gern präzisiert.

»Und Ihre Wurzeln?«, hatte sie entweder zurückgefragt oder einsichtig genickt und erwidert: »Ach so, das meinen Sie. Ja, also mein Vater kommt ursprünglich aus Hessen.«

»Kommt der wirklich aus Hessen?«, hatte Jeremias wissen wollen.

»Nein, aus Bayern, aber Hessen klingt irgendwie deutscher als Bayern«, hatte sie erklärt. »Hessen! Klingt total deutsch, findest du nicht?«

»Hessen«, hatte Jeremias zur Überprüfung wiederholt. »Hessen. Stimmt eigentlich.«

So albern waren sie gewesen, hatten sich kugeln können über ihren Quatsch. Aber diese Zeiten waren lange vorbei.

Der Postbote blickte Anna fragend ins Gesicht.

»Ich *bin* Anna Trost«, betonte sie überdeutlich und nebelte ihn mit der Knoblauchwolke des vergangenen Abendessens ein. Spaghetti aglio e olio, sie hatte ja nicht vorgehabt, an einem Montag Menschen zu begegnen.

Der Postbote machte lange Arme, als er ihr zuerst Zettel und Stift zum Unterschreiben und danach den Umschlag entgegenstreckte.

»Danke!«, sagte sie und schlug die Tür vor seiner Nase zu.

Der Brief kam von einem Rechtsanwalt, oder vielmehr von mehreren Rechtsanwälten, wenn man der winzigen Absenderzeile im Sichtfenster glauben durfte: Mayer, Meier und Lewandowski.

»Mayer, Meier und Lewandowski«, murmelte Anna vor sich hin, während sie langsam zu ihrem Bett zurücktapste. »Mayer, Meier und Lewandowski.« Sie konnte sich nicht erinnern, die Namen jemals zuvor gehört zu haben. Was konnte denn eine Rechtsanwaltskanzlei von ihr wollen?

Sie ließ sich auf der Kante ihres zerwühlten Bettes nieder und starrte auf den grauen Umschlag. Allein die Farbe sagte ihr, dass er nichts Gutes enthalten konnte.

Nach mehrminütigem Starren knibbelte Anna die linke obere Ecke des Umschlags so weit auf, dass ihr Zeigefinger hineinpasste. Mit brachialer Gewalt riss sie das Papier auseinander, es hätte geschrien, wenn es gekonnt hätte. Ihr Herz klopfte alarmiert, als sie den Inhalt überflog.

Das erste Nein kam als Flüstern aus ihrem Mund, das nächste war lauter und danach gab es kein Halten mehr. »Nein! Nein! Nein! Nein! Nein!«

Man kündigte ihr die Wohnung. Ihre Wohnung. Die Wohnung, in der sie mit Jeremias glücklich gewesen war und noch viele Jahre glücklich bleiben wollte, bis ans Ende ihres Lebens. Nur war dieses Ende für einen von ihnen viel, viel früher gekommen, als sie es sich vorgestellt hatten.

Der 3. Februar 2014. Am Abend zuvor hatten sie in den Nachrichten vom plötzlichen Tod des Schauspielers Philip Seymour Hoffman erfahren. Sie waren schockiert gewesen. So jung, ein Jahr jünger als Annas Vater. Und so begnadet. Erst kurz zuvor noch hatten sie ihn in *Saiten des Lebens* gesehen, einem berührenden Film über ein Streichquartett. Dort hatte er eine der Hauptrollen gespielt, einen Geiger. Jetzt war er tot. Einfach weg. Anna und Jeremias hatten auf dem Sofa gesessen und fassungslos die Köpfe geschüttelt.

Am frühen Abend des folgenden Tages stand dann dieser Polizist vor der Tür.

»Sind Sie Anna Trost?«, fragte er. Sie nickte. Argwöhnisch und mit dieser augenblicklichen Enge in der Brust. Noch während der Polizist sprach, dachte sie an Philip Seymour Hoffman – es war verrückt –, noch während er von Jeremias sprach. Leise und sanft sprach er, aber man konnte gar nicht so leise und so sanft sprechen, dass die Brutalität des Todes abgeschwächt wurde. Es konnte nicht wahr sein, was er sagte. Das passierte nur anderen. Nicht ihnen. Nicht Jeremias.

»Es tut mir sehr leid«, sagte der Polizist. »Er war auf der Stelle tot.«

Annas Welt wurde aus ihren Angeln gehoben und zerbrach. Sie wollte zurück, zurück zum 2. Februar, zum vergangenen Tag, alles noch mal von vorn. Aber die Zeit konnte man nicht zurückdrehen, die Zeit war unerbittlich.

Sie begann zu schreien, so laut und so unablässig, als könnte sie durch ihre Schreie alles ungeschehen machen und Jeremias zurückholen von dort, wo niemand je zurückkam.

»Nein! Nein! Nein! Nein! Nein …«

Fast sechs Jahre waren seitdem vergangen, doch die Kündigung der Wohnung fühlte sich für Anna so an, als würde man ihr Jeremias noch einmal wegnehmen. Hier, in diesen Räumen, hatte er sie nach der Schlüsselübergabe herumgewirbelt und gerufen: »Ich glaub's nicht, wir haben die Wohnung. Wir. Haben. Die. Wohnuuuuuung!« Lauthals hatte er seine Freude hinausgerufen.

»Und spätestens jetzt kennen uns sämtliche Nachbarn. Benimm dich bitte, damit wir die Wohnung auch behalten dürfen«, hatte sie ihn lachend ermahnt.

Es war ihr gemeinsamer wahr gewordener 120 Quadratmeter großer Drei-Zimmer-Altbau-Traum, und es sollte der Beginn ihres Traumlebens sein. Für immer wollten sie dort bleiben, oder wie Jeremias sagte: »Für immer und noch ein bisschen länger.« Es waren ihnen lediglich zwei Jahre vergönnt.

Obwohl die Wohnung für Anna allein im Grunde zu groß und auch zu teuer war, hatte sie sie behalten, denn sie redete sich ein, dass hier, an diesem Ort, an dem sie zusammen so glücklich waren, noch ein kleines bisschen von Jeremias lebte. Was wissen wir schon vom Tod?, dachte sie. Vielleicht klammert sich die Seele an dem Ort fest, wo sie am glücklichsten war. Vielleicht sitzen die Menschen, die wir geliebt und verloren haben, unsichtbar bei uns auf der Bettkante und sehen uns beim Schlafen zu. Vielleicht sind sie immer bei uns. Was wissen wir schon?

Es waren diese Gedanken, die sie selbst am Leben hielten. In ihrer Wohnung, so kam es ihr vor, war ihr Jeremias noch immer nah.

Seit dieser Zeit ging sie nur noch aus dem Haus, wenn es sich nicht vermeiden ließ: zur Arbeit, zum Einkaufen, zum Müllcontainer. Sie zog sich von allem zurück, wollte keine Gesellschaft mehr, igelte sich ein – in dieser Wohnung, an dem Ort, an dem es Jeremias noch gab.

Ihre Freunde gaben es über die Jahre hinweg auf, sie aus ihrer selbst gewählten Isolation hervorlocken zu wollen.

Sie wollte keine Sätze hören wie »Das Leben geht weiter« oder »Jeremias hätte nicht gewollt, dass du dich so hängen lässt.« Sie wollte nicht mit diesen Leuten über ihre »Situation« reden. Sie redete mit Jeremias.

Eines Nachts hatte sie damit angefangen, als sie nicht schlafen konnte und ihn so fürchterlich vermisste, dass ihr alles wehtat, und sie nicht wusste, wie sie mit diesem Schmerz weiterleben sollte. Da stellte sie sich vor, er wäre bei ihr und könnte sie sehen und könnte sie hören. Sie redete sich alles von der Seele, ihren ganzen Kummer, all ihre Sehnsucht. Als sie einschlief, träumte sie von ihm, und als sie am nächsten Morgen aufwachte, empfand sie einen Trost, den ihr kein Mensch je hatte geben können. Auf einmal war Jeremias wieder bei ihr. Es war nur sie, die redete, und nein, sie hörte keine Antwort, keine Stimme, nicht wirklich. Sie wurde nicht verrückt. Sie fühlte sich nur nicht mehr so ... ohne ihn. Von da an sprach sie regelmäßig mit ihm, und ein bisschen, ein ganz kleines bisschen, war es so wie früher, Anna und Jeremias in ihrem gemeinsamen Zuhause. Mehr brauchte sie nicht.

Doch jetzt sollte das alles vorbei sein. Man kündigte ihr wegen Eigenbedarfs. Bis März kommenden Jahres, so hieß es, möge sie bitte die Wohnung räumen, weil dann der Vermieter selbst einziehen wolle.

Dunkel erinnerte sie sich an ein Schreiben aus dem vergangenen Jahr, in dem man sie darüber informiert hatte, dass ihre früheren Vermieter, Herr und Frau Lasker, ein nettes, älteres Ehepaar, die Wohnung ihrem Sohn überschrieben hatten. Anna hatte sich weiter keine Gedanken gemacht, denn darüber hinaus würde sich nichts ändern und die gerade noch erschwingliche Miete blieb dieselbe, das war die Hauptsache. Doch nun konnte jener Sohn Eigenbedarf anmelden, weil er die Wohnung für sich und seine im Werden begriffene Familie benötigte, und damit Anna gar nicht erst wagen würde, irgendwelche Widerworte zu finden, hatte er die Sache direkt seinem Anwalt übergeben.

Bis März. War das rechtens? War die Kündigungsfrist nicht länger? Anna kannte sich da nicht aus. Früher hätte Jeremias gesagt: »Warte mal, ich kenne da …« Diesen oder jenen, irgendeinen Anwalt oder einen, der einen Anwalt kannte. Früher hätte sich im Bekanntenkreis sicher jemand gefunden, der hätte helfen können, der gesagt hätte: »Augenblick mal, so einfach geht das aber nicht.« Doch früher war früher. Heute konnte Anna zwar mit Jeremias' Geist reden, aber anrufen konnte der keinen, und einen Bekanntenkreis gab es nicht mehr. Nicht einmal jemanden zum Ausheulen hatte sie. Sie saß auf ihrer Bettkannte, schrie ihre Neins in die Welt und keiner war für sie da.

Als ihr Schreien, wie zu erwarten war, nichts, aber auch gar nichts an ihrer Misere änderte, zerknüllte sie den Wisch vom Anwalt, ließ sich auf ihr Bett zurückfallen und zog sich die Decke über den Kopf.

Montag mal wieder.

2.

Altbau

Nachdem sich Anna zwei Tage lang verzweifelt unter ihrer Decke verkrochen hatte und sie am dritten Tag – oh Wunder! – immer noch mit demselben Problem dastand, wurde ihr klar, dass Verdrängen die denkbar schlechteste Methode war. Wenn sie ab März nicht auf der Straße landen wollte, musste sie etwas tun. Drei Monate, um eine Wohnung in München zu finden, das war ein Witz. Sie verdrängte jeglichen Gedanken daran, dass sie sich sowohl den Beitrag für den Mieterverein als auch die Kosten für eine Rechtsschutzversicherung gespart hatte. Um sich wieder einigermaßen zu fangen, tat sie das, was sie schon seit Jahren tat: Sie besprach die Sache mit Jeremias.

»Die haben uns die Wohnung gekündigt, kannst du dir das vorstellen? Wir müssen umziehen.«

Scheiße, alte verkackte!

Das wäre früher seine Reaktion gewesen. Ob er jetzt, fast sechs Jahre älter und gereifter, anständigere Worte gefunden hätte als mit Mitte zwanzig, konnte Anna nicht wissen. Auf alle Fälle wusste sie, was er als Nächstes gesagt hätte: *Aber wir ziehen nur wieder in einen Altbau. Was anderes kommt gar nicht infrage.*

»Okay!«, stimmte Anna zu und nickte. Ein Altbau, das war die Bedingung.

Mit neuem Mut setzte sie sich an den Computer und begann

auf den einschlägigen Immobilienseiten nach passenden Objekten zu stöbern, doch sehr bald setzte die Ernüchterung ein. Es war schlimmer, als sie befürchtet hatte. Was da angeboten wurde, überstieg ihr Budget bei Weitem. Dazu noch die Kosten für Kaution und Umzug. Es fanden sich lediglich eine Handvoll Wohnungen, deren Miete Anna mit sehr optimistisch berechneten Honoraren würde stemmen können, und auf die würden sich natürlich alle stürzen. Sie hoffte auf ein Wunder und rief die Anbieter der Reihe nach an.

»Kuhnert Immobilien«, war der erste, zu dem sie durchdrang.

»Hallo!«, meldete sich Anna freundlich und betont munter. Es sollte nicht klingen, als hätte sie es nötig. »Anna Trost ist mein Name. Ich interessiere mich für die Zweizimmerwohnung in der Baderstraße. Ist die noch zu haben?«

»Besichtigung nächsten Montag«, erwiderte der Mann, der es auch nicht nötig hatte. Anna sah ihn vor ihrem geistigen Auge, wie er sich bräsig zurückgelehnt und gelangweilt in seinem Bürostuhl hin- und herdrehte, sicher mit Bierwampe und Leberkäs zwischen den Zähnen. Und dann war die Besichtigung auch noch an einem Montag. Sie blieb trotz allem gefasst.

»Wunderbar! Um wie viel Uhr denn?«

»Drei«, war die einsilbige Auskunft.

»Gut«, sagte sie und dachte, damit wäre es getan.

»Gehaltsnachweis oder Bestätigung vom Arbeitgeber nicht vergessen, gell?«, wies der Kuhnert-Immobilien-Mensch Anna im Kommandoton an.

»Ähm, also ich bin freiberuflich. Was brauchen Sie denn da?«

»Wie denn freiberuflich?«, fragte der Mann argwöhnisch.

»Ich bin Pianistin.«

»Oha!«, tönte es aus dem Hörer. Anna hätte schwören können, dass der Drehstuhl augenblicklich aufhörte zu drehen und die Bierwampe nach vorn kippte.

»Ist das ein Problem?«, fragte sie.

Auf einmal wurde der Mann gesprächig. Ja, und wie das ein Problem sei. Erstens mal sei das Einkommen bei so Künstlern, wie er sich ausdrückte, ja immer ein Problem, und so ein Klavier, das mache ja auch einen Lärm.

Anna versicherte ihm sehr entschieden, dass es absolut nichts mit Lärm zu tun hatte, wenn sie Klavier spielte.

»Die einen sagen so und die anderen sagen so«, unterbrach sie der Mann und lachte tumb.

»Nein, die sagen alle das Gleiche«, entgegnete Anna. »Ich spiele ausgezeichnet und bin als Korrepetitorin und Konzertbegleiterin seit Langem etabliert. Ich habe sehr viele Sänger, die regelmäßig mit mir arbeiten. Das Einkommen ist also kein Problem.«

»Sänger?«, hakte der Mann ein.

»Ja. Sänger. Klassische, teils sehr bekannte Sänger und Sängerinnen«, trumpfte Anna auf, auch wenn sie da leicht übertrieb.

»Ja, aber die machen ja erst recht einen Lärm«, polterte der Makler augenblicklich durchs Telefon.

Anna wollte etwas erwidern, doch zu so viel Banausentum fiel ihr nichts mehr ein.

»Also, Frau ... äh, ich glaub, das mit dem Besichtigungstermin, das können Sie sich sparen. Das wird eher nix.«

Anna sparte sich auch jede weitere Antwort und wünschte sich eines dieser alten Telefone zurück, bei denen man noch mit Schmackes den Hörer auf die Gabel knallen konnte. Bei einem Smartphone war der verärgerte, grußlose Fingertipp auf das rote Symbol wesentlich unbefriedigender.

Die nächsten Anrufe verliefen kaum erfreulicher. Lediglich einen einzigen Besichtigungstermin konnte sie ergattern. Anfang Dezember machte sie sich auf den Weg nach Neuhausen, wo sie zusammen mit gefühlt hundert anderen Bewerbern eine muffige, winzige Zweizimmer-Wohnung mit Etagenklo besichtigte. Das Etagenklo wurde als Besonderheit angepriesen. Historisch sei das und bei richtigen, sprich original belassenen Altbauten, von denen es leider nur noch viel zu wenige gebe, ein Zeichen der Ehrfurcht vor der Geschichte. Denkmalschutz quasi.

Der Eifer, mit dem der Makler das Objekt schönredete, wäre gar nicht nötig gewesen, denn die meisten Interessenten machten auf Anna den Eindruck, als würden sie sich im Notfall auch darum prügeln, wer in diese Zumutung mit Etagenklo einziehen durfte. Als man dann auch noch von oben eine lautstarke Auseinandersetzung hörte, bei der man jedes einzelne unschöne Wort verstand, drängte sich Anna an ihren Mitbewerbern vorbei nach draußen, doch schon auf dem Nachhauseweg bereute sie es. Es wäre zumindest ein Dach über dem Kopf gewesen. Was, wenn das so weiterging und sie bis Anfang März nichts finden würde?

Die Stadt war voller Menschen, die Vorweihnachtszeit hatte begonnen, überall wuselten Leute herum, bepackt mit Geschenken für ihre Lieben. Früher hatten sie und Jeremias sich über diese Hektik lustig gemacht, diesen Konsumwahn, dieses laute Hetzen durch die »stade Zeit«. Doch jetzt ertappte sich Anna dabei, dass sie selbst gern dazugehört hätte, zu den Leuten, die keine gewaltigeren Probleme hatten, als nicht zu wissen, welche Größe der Schwiegervater bei Oberbekleidung trug, ob die Nichte schon zu alt war für Pferderomane oder ob es zur Not auch ein Gutschein als Geschenk täte.

Als es an der Residenz nach Weihnachten roch, nach Glühwein und gebrannten Mandeln, und die Klänge der Bläserkapelle durchs Tor drangen, trugen sie ihre Füße auf einmal wie von selbst mitten hinein in den Trubel des Weihnachtsmarktes. Einen Glühwein, dachte sie, damit ich mal wieder weiß, wie so etwas schmeckt. Wie so oft begann sie zu rechnen: Wann hatte sie das letzte Mal einen Weihnachtsmarkt besucht? Wahrscheinlich sechs Jahre zuvor, 2013, zusammen mit Jeremias.

»Einen Glühwein bitte«, sagte sie zu dem Mann am Stand.

»Mit Schuss, ohne Schuss?«

Jetzt fiel es ihr ein: Mit Lotte und Friedemann waren sie hier gewesen, ihren engsten Freunden. Die beiden hatten damals jeweils einen Glühwein mit Schuss genommen.

»Ohne, bitte.«

Der Mann schöpfte die heiße dunkelrote Flüssigkeit aus dem Riesenbottich in eine dieser Tassen mit Münchenmotiv, die sie früher immer mitgenommen hatten. Eine ganze Sammlung dieser Tassen füllte den Küchenschrank. Immer noch. Lotte und Friedemann – seit etlichen Jahren hatte sie nichts mehr von denen gehört. Wahrscheinlich waren sie inzwischen verheiratet und hatten Kinder. Anna stellte ihre Tasse an einem kleinen runden Stehtisch ab, der gerade frei wurde.

»Warum so traurig?«, sprach ein Mann sie an. »Darf ich?« Er platzierte seinen dampfenden Becher auf dem Tisch, ohne ihre Antwort abzuwarten, dann schlug er den Kragen seiner Tweedjacke hoch und steckte seine Hände in die Seitentaschen. »Kalt, was?«, meinte er.

Warum so traurig? Darf ich? Kalt, was? Drei Fragen, von denen keine ernst gemeint war. Floskeln. Gesprächsstarter. Doch der Mann hatte Pech, Anna war schon lange nicht mehr geübt im Konversationspingpong. Ihr Leben bestand aus Musik und ihrem Zuhause. Die Unterhaltungen, die sie führte, beschränkten sich auf Fachgespräche mit Sängern, den gelegentlichen telefonischen Austausch mit ihrem Vater und die einseitigen Unterhaltungen mit Jeremias.

Theoretisch wusste sie schon noch, wie das funktionierte, wenn ein Mann eine Frau ansprach, aber in der Praxis fühlte sie sich wie ein Fisch auf dem Trockenen.

»Und?«, sagte der Mann, nachdem sie keinen Ton von sich

gegeben hatte, weil ihr nichts Passendes einfiel. Ja, es war kalt und ja, er durfte seinen Glühwein abstellen, hatte er doch schon längst getan. Das war doch alles klar, warum also darüber reden?

»Was denn?«, fragte Anna.

»Warum so traurig?«, wiederholte er seine Eingangsfrage und machte dabei den Eindruck, als wäre er aufrichtig daran interessiert.

»Bin ich nicht«, wehrte Anna ab und nippte an ihrem Glühwein, um irgendwie beschäftigt zu sein.

»Dann bin ich ja beruhigt«, sagte der Mann und nahm ebenfalls seinen Becher zur Hand. »Es sah so aus.« Er trank, doch er ließ sie nicht aus den Augen, als wollte er überprüfen, ob sie ihn auch nicht angelogen hatte.

Er wirkte eigentlich ganz nett, fand Anna, trotz der Floskeln und trotz der Tweedjacke. Gut aussehend war er, in einem Alter, in dem viele Männer erst richtig interessant wurden, sofern sie über diese grau melierten Schläfen und eine entsprechend gereifte Persönlichkeit verfügten. Auf ihn traf das offenbar zu, und die Lachfältchen neben seinen graublauen Augen unterstützten diesen Eindruck. Vielleicht waren es diese Lachfältchen oder der erwartungsvolle Blick, der beharrlich auf ihr ruhte. Vielleicht war es aber auch nur Weihnachten. Auf einmal plapperte sie los.

»Ich komme von einer Wohnungsbesichtigung. Das war frustrierend.«

»Sie suchen eine Wohnung?«, fragte der Mann.

»Ja, haben Sie zufällig eine zu vermieten?«

»Leider nein, aber was suchen Sie denn?«

»Altbau. Zwei Zimmer. Erschwinglich.«

»Oh! Schwierig in München.«

»Was Sie nicht sagen.«

Sie berichtete von der Wohnung mit Etagenklo und den eintausend Interessenten. Sie erzählte all das, was sie später in ihrer Wohnung Jeremias erzählt hätte, nur mit dem Unterschied, dass der Mann real war und zuhörte, ab und zu lachte, den Kopf schüttelte, »das ist ja wohl die Höhe« sagte und am Schluss gemeinsam mit ihr die prekäre Wohnungssituation beseufzte. Der Glühwein schmeckte mit jedem Wort besser. So war das, wenn man sich mit Leuten unterhielt, erinnerte sich Anna allmählich. Es war nicht das Schlechteste. Beinahe hätte sie ihm noch gestanden, dass er der erste Mensch seit Jahren war, mit dem sie sich auf diese Weise unterhielt. Sie ließ es bleiben, denn dann hätte er sie womöglich für das gehalten, was sie war: eine verschrobene Eigenbrötlerin.

»Haben Sie mal über eine Wohngemeinschaft nachgedacht?«, fragte er.

»Nein«, antwortete sie entschieden. Darüber musste sie gar nicht erst nachdenken. Anna Trost und Wohngemeinschaft!

»Ich wüsste da nämlich zufällig was«, fuhr er dennoch fort. »Gute Lage, Nähe Prinzregentenplatz. Da ist seit Kurzem ein Zimmer frei.«

»Wohngemeinschaft ist nicht so mein Ding.«

»Tja, dann müssen Sie sich wohl von Ihrem Wunsch nach einem Altbau verabschieden und vielleicht weiter außerhalb suchen. Oberföhring ist zum Beispiel sehr schön, dort wohnen gute Freunde von mir. Überhaupt ist der Münchner Osten nicht schlecht.«

Anna trank ihren inzwischen erkalteten Glühwein aus. Oberföhring! Warum nicht gleich Unterföhring? Oder Schleswig-Holstein.

»Wollen wir noch einen zusammen trinken?«, fragte er.

Sie wollte und wollte auch wieder nicht. Die Unterhaltung war nett gewesen, aber zum Schluss leider ziemlich ernüchternd. Wohngemeinschaft! Oberföhring! Waren das die einzigen Alternativen zur Isarbrücke oder dem Obdachlosenheim?

»Nein, ich denke, ich muss jetzt gehen«, sagte sie.

Er nickte und lächelte freundlich.

»Jetzt sehen Sie aber wieder genauso traurig aus wie am Anfang«, stellte er fest.

»Ach was«, behauptete sie und lächelte zum Beweis zurück.

»Warten Sie!« Er kramte einen kleinen Notizblock und einen Stift aus der Innentasche seiner Jacke hervor. »Manchmal kann man dieses altmodische analoge Zeug noch gebrauchen«, meinte er schmunzelnd und schrieb etwas auf. Hoffentlich nicht seine Telefonnummer, dachte Anna, doch es war eine Adresse.

»Falls Sie es doch einmal mit einer Wohngemeinschaft versuchen wollen«, sagte er und reichte ihr den Zettel. Zögernd nahm sie ihn entgegen. Weil er so nett war und sie nicht unhöflich sein wollte, bedankte sie sich und steckte das wertlose Stück Papier ein. »Also dann, Wiedersehen!«

»Hat mich gefreut«, sagte der Mann. »Auf Wiedersehen!«

3.

All Nations Welcome

Margot Bettermann schmetterte *Der Hirt auf dem Felsen*, obwohl sie es wirklich nicht konnte. Das Lied sollte die Krönung ihres Schubert-Abends Ende April werden. Sie würde dabei ersticken, so viel war sicher.

»Na, das wird doch langsam«, schwindelte Anna gutmütig, nachdem Frau Bettermann am Ende des Liedes keuchend und mit hochrotem Kopf auf einem Stuhl neben dem Klavier zusammengesackt war.

»Wirklich?«, fragte sie hoffnungsvoll. »Ich meine, es muss ja.«

Es musste überhaupt nicht. Sie hätte das Lied aus dem Programm streichen können, keiner hätte es gemerkt, und sie hätte großes Lob für alle anderen Lieder eingeheimst. Margot Bettermann war keine professionelle Sängerin, aber sie war als Amateurin nicht schlecht. Sie hatte eine gute Gesangslehrerin, die das Äußerste aus ihr herausholte. Und sie leistete sich Anna zur Korrepetition. Für ihr Hobby war ihr nichts zu teuer. Anna studierte die Lieder mit ihr ein, ihre Lehrerin feilte an der Technik und am Gesang, doch keine von beiden konnte ihr ausreden, sich Stücke vorzunehmen, an denen sich selbst gestandene Sängerinnen die Zähne ausbissen. *Der Hirt auf dem Felsen* zum Beispiel.

»Ich freue mich schon, wenn diese Klarinettistin dazukommt«, schnaufte Margot Bettermann. »Dann wird es erst richtig schön.« Sie rappelte sich auf, kramte in ihrer Tasche und zog ein paar Scheine heraus. »Nur Bares ist Wahres«, zitierte sie mit fränkischem Zungenschlag aus *Pretty Woman* und lachte. »Übrigens, weil Sie letztens gefragt haben wegen einer Wohnung«, fiel ihr ein, während sie sich den Schal um den Hals schlang.

»Ja?«, sagte Anna hoffnungsvoll.

Nach einer weiteren Woche ergebnisloser Suche war sie endlich auf die glorreiche Idee gekommen, sich bei ihren Sängern umzuhören. Margot Bettermanns Ehegatte besaß Geld wie Heu, ein ganzes Haus in der Innenstadt und mehrere Wohnungen. »Gabbidalanlachen«, wie seine Frau Anna erklärt hatte.

»Also, bei meinem Mann ist leider nix frei, ich hab gefragt.« Ihre Rs knallten wie Pistolenschüsse. Sie hob bedauernd die Schultern.

»Trotzdem danke dafür«, erwiderte Anna.

»Gern geschehen!« Frau Bettermann lächelte so zufrieden, als hätte sie ihrer Korrepetitorin allein durch das Fragen die Obdachlosigkeit erspart. »Dann bis Januar. Frohes Fest!«

Frohes Fest! Klar, das hatte Anna jedes Jahr.

»Ihnen auch, Frau Bettermann«, sagte sie. »Aber ... also, was Januar betrifft, da muss ich mal sehen. Eventuell kann es sein, dass ich kurzfristig absagen muss, falls ich den einen oder anderen Besichtigungstermin kriege.«

Irritiert hielt Frau Bettermann drei Schritte vor der Tür inne. »Ah! Ach so. Na, hoffentlich finden Sie bald was.«

Damit ich wieder genug Zeit für dich und deinen verunglückten Hirten habe, dachte Anna, nickte jedoch zustimmend und sagte »Auf Wiedersehen«.

Als die Tür hinter Margot Bettermann ins Schloss gefallen war, sank Anna mit einem abgrundtiefen Seufzer auf ihrer Klavierbank zusammen. Keiner, den sie gefragt hatte, konnte ihr helfen. Es kam immer die gleiche Reaktion: »Eine Altbauwohnung in München? Oh! Schwierig!«

Ja, das wusste sie alles längst. Es war mittlerweile kurz vor Weihnachten und keine Wohnung in Sicht. Vielleicht doch Oberföhring?

»Was soll ich denn machen?«, fragte sie laut und verzweifelt. »Hab du doch auch mal irgendeine Idee!«

Sie machte Jeremias selten Vorwürfe für sein stummes Geisterdasein, aber jetzt wusste sie nicht mehr weiter. Konnte er ihr nicht mal ein Zeichen geben, wenn er sah, dass sie in Schwierigkeiten steckte?

In Momenten wie diesem meldete sich eine schüchterne Stimme in Annas Kopf, die sie leise daran erinnerte, dass er genau das eben nicht konnte, doch davon wollte Anna nichts hören.

Das Telefon klingelte.

Wenn am 20. Dezember am frühen Abend das Telefon klingelte, dann war es Annas Vater, der wie jedes Jahr fragte, ob sie an Weihnachten vorbeikäme. »Danke für die Einladung, aber ich habe leider schon was vor«, sagte sie dann für gewöhnlich, wobei sie wusste, dass er wusste, dass sie natürlich überhaupt nichts vorhatte. Nicht einmal ihrem Vater war entgangen, dass sie keinerlei Sozialleben mehr hatte. Doch darüber wurde nicht geredet. Man beließ es bei dem alljährlichen Ritual, bei dem sich beide sicher fühlten. »Ach so, ja. Schade!«, sagte ihr Vater dann jedes Mal. »Vielleicht Silvester oder Neujahr?« Und Anna daraufhin: »Ja, mal sehen.«

Sie ging ans Telefon und hob ab.

»Trost?«

»Auch Trost!« Er lachte. Er meldete sich immer auf die gleiche Weise und immer lachte er darüber.

»Ach, hallo, du bist das.«

»Ja.« Erneut ein kleines Lachen. »Ich. Sag mal«, er holte

Luft, »magst du nicht an Weihnachten mal vorbeikommen? Zum Kaffee oder zum Essen? Oder so?«

Nein, mag ich nicht, hätte Anna ehrlicherweise erwidern müssen. Aber – der Gedanke schoss ihr ganz plötzlich durch den Kopf – er war ihr Vater. Und er kannte Leute. Vielleicht konnte er ihr irgendwie helfen.

»Ähh ... ja, warum nicht?«, erwiderte sie mit so viel Überwindung, dass ihr der Schweiß ausbrach.

»E...echt jetzt?«, entfuhr es ihm, doch er fing sich rasch. »Schön!«, lachte er ins Telefon. »Wirklich, ich ... ich freu mich.«

»Aber keine Geschenke oder so«, beeilte sich Anna klarzustellen.

»Nein, keine Geschenke«, stimmte er zu. »Also du auch nicht. Nichts mitbringen, ja?! Versprochen?«

»Gut, versprochen. Und sag Sylvia, sie soll sich keine Umstände machen.«

»Macht sie ja trotzdem, du kennst sie doch.« Erneut ein Lachen. Er lachte sich durch das Telefonat, das so anders verlief als sonst. Und das alles nur, weil Anna verzweifelt war. Sie schämte sich und stimmte in sein Lachen ein.

Worüber lachten sie eigentlich, worin lag der Scherz? Darin, dass sie praktisch kein Verhältnis zueinander hatten? Dass Sylvia, seine Frau, für Anna immer eine Fremde geblieben war? Dass ihr Erscheinen dort in ihrem Haus in Oberschleißheim ungefähr so absurd war, als würde die Bundeskanzlerin an Weihnachten mit am Tisch sitzen? Es war kein bisschen witzig, es war eher traurig, aber so war es im Grunde seit Annas Geburt vor einunddreißig Jahren. Sie grämte sich längst nicht mehr deswegen.

»Wann soll ich denn kommen, am ersten oder am zweiten Feiertag?«, fragte Anna.

»Am ...« Er hatte nicht einmal darüber nachgedacht, für

welchen Tag er sie hatte einladen wollen. »Wann ist es dir denn lieber?«, fragte er zurück.

Sie einigten sich auf den zweiten Feiertag zum Kaffee.

So weit war es also schon gekommen. Anna setzte ihre letzten Hoffnungen auf ihre Familie, oder vielmehr auf das, was andere als ihre Familie bezeichnet hätten, einfach weil Konrad Trost ihr seine Gene und seinen Namen gegeben hatte. Sehr viel mehr war es nicht. Anna unterstellte ihm keinen bösen Willen oder Lieblosigkeit, gar nicht, ihr Vater war ein vergleichsweise netter Mensch. Es waren die Umstände. Unnötig, darüber nachzudenken.

Sie besorgte einen Weihnachtsstern als Mitbringsel für Sylvia und machte sich in ihrem uralten Mini Cooper auf den Weg nach Oberschleißheim.

»Hallo Anna!«, begrüßte Sylvia sie an der Haustür. »Ach du liebe Zeit, das Auto fährt ja noch. Komm rein. Oh, was für ein schöner Stern, das wäre aber nicht nötig gewesen. Konrad! Kommst du? Anna ist hier!«

Auch Jakob und Lena, ihre Halbgeschwister, waren da. Man begrüßte sich, redete, tauschte Höflichkeiten aus, trank Kaffee.

Auf dem Tisch standen drei verschiedene Torten, die aussahen, als stammten sie aus einer Edel-Konditorei.

»Selbst gebacken!«, verkündete ihr Vater stolz und deutete mit dem Daumen auf Sylvia.

»Ach, das ist doch nicht der Rede wert. Nichts Besonderes«, wehrte die Kuchenkünstlerin ab und stellte ihre exquisiten Köstlichkeiten der Reihe nach vor: »Haselnuss-Orangentorte, Zimttorte mit Baiser und Karamell und eine Dreierlei-Schokoladentarte.«

»Wow!«, machte Anna pflichtschuldig.

»Du musst alle probieren, du kannst es ja vertragen«, lachte ihr Vater. Er versuchte, den Nachmittag mit seiner Tochter auf die gleiche Weise hinter sich zu bringen wie das Telefonat.

Anna nahm ein Stück von der Zimttorte, lobte sie nach dem ersten Bissen ausgiebig und war schon nach der Hälfte so satt, dass sie nur noch Mini-Häppchen zu sich nahm.

Man redete und redete und redete, natürlich hauptsächlich die anderen. Sylvia erzählte von der Arbeit und der Nachbarin, Annas Vater von der Arbeit und den Hühnern, die er sich im Frühjahr zulegen wollte, Lena und Jakob von der Uni und ihren Freunden. Noch während Lena von ihrem Studium berichtete, wurde Anna klar, dass sie nicht einmal genau wusste, was ihre Halbschwester studierte. Es klang nach Betriebswirtschaft, ein spezieller Zweig davon, Anna kannte sich da nicht aus. Jakob, der zwei Jahre älter war als seine Schwester, studierte irgendwas mit Lebensmitteln. Ihn fragte Anna wenigstens, in welchem Semester er gerade sei. Im fünften. Aha. Sie nippte an ihrem Kaffee, schob sich Kuchenstückchen in den Mund, lachte an den passenden Stellen, nickte und überlegte krampfhaft, wann und wie sie ihre Wohnungsprobleme zur Sprache bringen könnte, doch sie fand keinen einzigen geeigneten Moment. Sie fühlte sich wie unter Fremden. Selbst bei dem unbekannten Mann am Glühweinstand war es ihr leichter gefallen, über ihre Misere zu reden. Margot Bettermann und die anderen Sänger und sogar ihre stets reservierte Nachbarin Frau Kreis hatte sie gefragt, ob sie nicht irgendetwas wüssten oder gehört hätten, doch hier in Oberschleißheim in der Doktor-Hofmeister-Straße brachte sie kein Wort heraus.

Bis kurz nach fünf hielt sie durch, dann sagte sie, sie müsse jetzt leider aufbrechen, am nächsten Tag habe sie eine wichtige Probe. Sie brauchte nicht zu befürchten, dass man nachfragen oder sie drängen würde, doch noch etwas länger zu bleiben.

»Komm doch bald mal wieder vorbei«, rief ihr Sylvia an der Tür hinterher.

»Mach ich«, log Anna, stieg in den Mini und startete den Motor, der klang, als beklagte er sich darüber, dass er den langen und beschwerlichen Weg vollkommen vergebens auf sich genommen hatte.

Anna winkte, fuhr los und versuchte, sich auf den Verkehr zu konzentrieren, obwohl die Tränen ihr die Sicht nahmen. Sie schaffte es unfallfrei bis München, rannte durchs Treppenhaus hinauf in ihre Wohnung, warf den Computer an und rief die Immobilienseite auf.

In die Suchfelder gab sie ein: Mieten, München und, nach einigem Zögern, WG-Zimmer. Einen einzigen zusätzlichen Filter fügte sie noch hinzu: Altbau. Es blieb dabei.

Siebenundneunzig Suchergebnisse spuckte das System aus. Immerhin, das war ermutigend. Da sollte es bis März kein Problem sein, etwas zu finden. Und von dort aus konnte Anna sich dann in Ruhe nach einer größeren Wohnung für sich ganz allein umsehen. Irgendwann würde sich schon etwas ergeben, mit weniger Zeitdruck und viel Glück.

Zunächst erschienen ein paar Annoncen, die man sicher vergessen hatte zu löschen, denn es war sehr unwahrscheinlich, dass sich innerhalb eines ganzen Jahres kein Mieter gefunden hatte. Das erste noch halbwegs aktuelle Angebot war ein Zimmer mit sechzehn Quadratmetern in der Zumpestraße. Es kostete lediglich 500 Euro warm und war seit Ende November frei. »Mitbewohner gesucht« hieß es lapidar im Text, weiter nichts. Eine Telefonnummer stand dabei, aber kein Name, sondern lediglich der Zusatz »von privat«. Extrem günstig, keinerlei Infos, keine Kontaktperson und seit einem Monat frei? Sehr suspekt.

Nach gründlichem Sortieren aller Ergebnisse musste Anna feststellen, dass sich ihre Möglichkeiten erneut drastisch reduziert hatten. Weder war sie bereit, für ein einzelnes Zimmer 1000 Euro und mehr zu zahlen, noch würde sie zu einem Mann in eine Zweier-WG ziehen.

Am Schluss standen auf Annas Liste noch ganze sechs Wohnungen. Aber, machte sie sich Mut, sechs Wohnungen, das war doch besser als nichts. Es ging aufwärts.

Favorit war ein Zimmer in einer Vierer-WG in Schwabing: 19 Quadratmeter, 690 Euro, das ging. Und der Text hörte sich nicht schlecht an, jedenfalls nicht, was den Inhalt betraf:

Hallo, mein Name ist Berit!
Wir sind eine gemischte, relaxe WG – relaxt meinte sie wohl –, *keine Party-WG. Musiker, die außerhalb der Wohnung üben.* Diese Aussage war mit einem Smiley versehen, weshalb auch immer.
Wir suchen jemanden der zu uns passt und sich bei uns wohl fühlt. Jeder ist im Job sehr ausgelastet und braucht abends seine Ruhe, dennoch genießen wir das fröhliche miteinander.
Wir freuen uns auf dich!
Pendler sind sehr willkommen.
All Nations Welcome.

Bis auf ein paar Rechtschreibfehler und den mysteriösen Smiley war daran nichts auszusetzen. Musiker noch dazu, das war gut. Das fröhliche Miteinander machte Anna ein wenig Sorge, andererseits wurde auch die Ruhe betont, die jeder brauchte. Es klang okay. Sie schnappte sich kurzerhand das Telefon und rief diese Berit an.

Die Frau hatte eine fabelhaft rauchige Stimme und wirkte genauso relaxt, wie sie es im Text angekündigt hatte.

»Du, komm doch einfach morgen vorbei, wenn du Zeit hast«, meinte sie ganz unkompliziert.

»Klar hab ich Zeit«, freute sich Anna. »Wann denn?«

»Früher Nachmittag? Klingel bei Schulze.«

»Super. Bis dann!«

In dieser Nacht schlief Anna wesentlich besser als in allen

vorangegangenen Nächten. Ihre Aussichten, noch vor Jahresende eine neue Bleibe zu finden, waren beträchtlich gestiegen.

Das Gebäude in der Ainmillerstraße sah großartig aus, alt und stilvoll. Auch das Treppenhaus. Anna zählte die Stufen: zweiundzwanzig! Genauso viele wie in ihrem Haus. Wenn das kein gutes Vorzeichen war!

Die Wohnung lag im zweiten Stock, die Tür war nur angelehnt, von innen hörte man buntes Stimmengewirr. Der Name Schulze stand auf dem Türschild neben drei weiteren, also war sie richtig.

Vorsichtig drückte sie die Tür weiter auf und rief: »Hallo?!«

»Nur herein!«, sagte ein junger Mann mit Nickelbrille, der lässig an einem Türrahmen gleich hinterm Eingang lehnte.

»Ich komme wegen des Zimmers«, erklärte Anna.

»Ja, das tun sie alle«, meinte er ungerührt, aber da hatte sie es bereits entdeckt: das Gewusel von Leuten, die sich quer durch die Wohnung bewegten, Türen öffneten, Räume begutachteten und versuchten, den bestmöglichen Eindruck zu hinterlassen. Hatte sie tatsächlich angenommen, sie wäre die Einzige, die sich für das Zimmer interessierte?

»Geh ruhig rein«, sagte der relaxte Typ im Türrahmen. Mit einer Kopfbewegung wies er den Flur entlang. Eine Frau mit raspelkurzen grau melierten Haaren kam aus einem der Zimmer geprescht. Nach Annas Schätzung kratzte sie mindestens an der Fünfzig, kämpfte jedoch um eine deutlich jüngere Erscheinung: energiegeladen, durchtrainiert. Als sie aufblickte und Anna sah, stutzte sie einen Moment lang, doch dann ging in ihrem Gesicht aus unerfindlichen Gründen die Sonne auf. Strahlend und mit ausgestreckter Hand kam sie auf Anna zu.

»Hi, du interessierst dich für die Wohnung? Ich bin Berit. Komm doch rein, ich zeig dir alles«, sagte sie mit ihrer rauchigen Stimme.

»Ja, wir haben gestern telefoniert«, erwiderte Anna und folgte ihr.

»Haben wir?« Berit drehte sich nur flüchtig um, zeigte hierhin und dorthin, erklärte und drängte sich an Leuten vorbei. »Das wäre dann das Zimmer, um das es geht«, sagte sie, schob eine junge, blonde Mitinteressentin beiseite und führte Anna in einen großen, hellen Raum mit zwei riesigen Fenstern und einer hohen stuckverzierten Decke. Nur noch wenige Möbelstücke und ein paar Kisten standen darin und zeugten davon, dass sich der bisherige Bewohner mitten im Umzug befand.

»Sehr schön«, sagte Anna, was im Grunde eine heftige Untertreibung war. Berit freute sich.

»Wie war noch gleich dein Name?«, fragte sie.

»Oh, entschuldige«, duzte Anna zurück, es sollte keiner behaupten, sie könne sich nicht anpassen, »ich hab mich noch gar nicht vorgestellt. Anna. Anna Trost.«

»Hey! Klingt ja total deutsch«, stellte Berit lachend fest.

Natürlich, da war es wieder. Annas Lieblingsthema.

»Ja«, sagte sie schlicht. »Ich bin Deutsche.«

»Oh, na ja, ich dachte, wegen ... also du siehst halt sehr asiatisch aus«, erklärte Berit.

Ach tatsächlich? Anna gab sich redlich Mühe, ihre Mundwinkel oben zu behalten, und zuckte nur mit den Schultern. Was hätte sie auch dazu sagen sollen?

»Bist du adoptiert oder so?«, fragte Berit ungeniert weiter.

»Nein«, antwortete Anna knapp. »Ich bin in München geboren.« Sie spazierte ein wenig in das Zimmer hinein, weg von der neugierigen Berit und ihrer verrauchten Stimme.

»Weißt du«, erklärte diese und kam ihr hinterher, »ich frage deshalb, weil wir uns innerhalb der WG darüber einig waren, dass wir ... na ja, ein bisschen bunter werden wollen, verstehst du? Wir sind einfach der Meinung, dass man in dieser Zeit auch im kleinen Rahmen ein Zeichen setzen muss.«

Bunter? Hatte sie sich deshalb so über Annas Erscheinen gefreut? Weil sie gut in das bunte Farbspektrum passte, das ihnen so vorschwebte? Im Gegensatz zu all den anderen Wohnungssuchenden hier, die alle sehr viel deutscher aussahen.

Anna trat ans Fenster und tat so, als würde sie sich brennend für die Aussicht interessieren, in Wahrheit schloss sie die Augen und mahnte sich innerlich: Reiß dich zusammen! Allem Anschein nach hatte sie gute Chancen, das Zimmer zu kriegen, und das wollte sie nicht aufs Spiel setzen. Am besten sollte sie sich ganz schnell entscheiden, bevor noch ein weiterer bunter Mitbewerber aufkreuzen würde.

»Ab wann wäre denn das Zimmer frei?«, fragte sie und wandte sich Berit wieder zu, lächelnd, freundlich.

»Ab Februar.«

Klang die Frau etwas abgekühlt? Höchste Zeit für Anna, ihren größten Trumpf auszuspielen.

»Ihr seid Musiker, hieß es da in der Anzeige?«, erkundigte sie sich mit unüberhörbarem Interesse.

Sofort wurde Berit merklich größer. »Richtig«, sagte sie mit einigem Stolz, der kühle Ton war verflogen. »Ich selbst singe und arbeite als Vocalcoach, die beiden Jungs spielen Gitarre und Bass und unterrichten ebenfalls. Wir spielen zusammen in einer Band.«

»Cool! Ich bin nämlich auch Musikerin«, erklärte Anna.

»Eeecht? Alter! Ist ja mega!« Berits Begeisterung kehrte doppelt und dreifach zurück. »Etwa Berufsmusikerin?«, fragte sie.

»Allerdings. Ich bin Begleiterin und Korrepetitorin.«

»Du spielst Klavier? Perfekt! Dann könntest du ja mit uns Mucke machen. Ein Klavier fehlt uns noch. In dem Zimmer hier hat bisher unsere Schlagzeugerin gewohnt. Jetzt zieht sie mit ihrem Freund zusammen, aber in der Band ist sie weiter dabei.«

Berit kam in Fahrt und erzählte von Mega-Auftritten, von

der »Knete«, die sie dafür »absahnten«, von Songs, die sie draufhatten und von der Mega-Stimmung im Club. »Die Leute rasten total aus, mega, sag ich dir.« Über Anna und ihre Musik wollte sie nichts weiter wissen. Sie fand kein Ende und stimmte zu allem Überfluss spontan die ersten Zeilen von *Summertime* an. Mit lässig in die Hüfte gestützten Händen, einer guten Portion Rauch in der Kehle, dafür ohne jede Spur von Gefühl schmetterte sie ungefähr getroffene Töne in das leere Zimmer, dass es von den Wänden hallte. Ein paar Leute spitzten durch die Tür, staunten angemessen und applaudierten der Frau mit der Mords-Röhre. Anna dagegen kam Margot Bettermann plötzlich vor wie eine Offenbarung, und während Berit ihrem Publikum ein dankbares Lächeln schenkte, verzog Anna keine Miene. Es ging einfach nicht. Vergebens versuchte sie, dieselbe Bewunderung zu heucheln wie ihre Mitbewerber. Aber sie konnte nicht. Berit hatte eine schreckliche Stimme und eine furchtbare Art zu singen, wem wollte die etwas beibringen? Und Anna sollte sie dabei begleiten? Im Leben nicht.

Erwartungsvoll sah Berit sie an. Als Anna nichts erwiderte und sich ihre Gesichtsmuskulatur nicht so bewegte, wie es für alle Seiten wünschenswert gewesen wäre, machte Berit »Tja!« und schritt nun ihrerseits an Anna vorbei zum Fenster. Womöglich schloss auch sie die Augen, um sich zu sammeln. Anna musste sich ganz schnell etwas einfallen lassen.

»Weißt du, ich kenne mich mit Jazz nicht so aus«, unternahm sie einen lahmen Rettungsversuch. »Ich begleite ja hauptsächlich klassische Sänger.«

»Ach so«, sagte Berit kühl und fuhr herum. »Mit Klassik hab ich leider gar nichts am Hut.« Daraufhin schlenderte sie an Anna vorbei in den Flur, beiläufig und ohne einen Blick fügte sie noch hinzu: »In der Küche liegt die Selbstauskunft, die müsstest du noch ausfüllen.« Das unausgesprochene »Aber die Mühe kannst du dir schenken« war nicht zu überhören.

Anna hätte sich selbst in den Hintern treten können. Hätte sie sich nicht wenigstens zu einem gehauchten »Wow!« herablassen können? Das hätte praktisch keine Muskelanstrengung gekostet und nach Ehrfurcht geklungen. Jetzt nutzten ihr auch die Mandelaugen nichts mehr.

Unbeachtet schlich sie durch den Flur Richtung Ausgang. Der Typ klebte noch immer an seinem Türrahmen. »Tschau!«, sagte er, als Anna wortlos an ihm vorbeiging.

Sie war so nah dran gewesen und hatte sich selbst alles kaputt gemacht. Was war denn nur mit ihr los? Sie brauchte doch ein Dach über dem Kopf. Und zwar bald.

Als sie nach Hause kam, erschien ihr die Wohnung noch leerer als sonst. Sie erzählte Jeremias von der Musiker-WG und von Berit, aber sie erzählte es nicht so, wie sie es früher getan hätte. Früher wäre sie in alle Rollen geschlüpft, hätte den Typen an der Tür nachgeahmt und alle eifrigen, schleimenden Bewerber. Sie hätte mit Berits Raucher-Stimme »Echt Alter! Mega!« gerufen und *Summertime* gegrölt, inklusive sämtlicher verpatzter Töne. Früher hätte sie an dem einen Ende ihres langen Esstischs gesessen, Jeremias ihr gegenüber am anderen, rechts und links ein halbes Dutzend Freunde, die sich gebogen hätten vor Lachen über ihre Schilderung.

»Du bist böse, Anni«, hätte Jeremias zu ihr gesagt.

»Ja, ich weiß, ich bin böse. Tut mir leid«, hätte sie erwidert, und sie hätten einander über den Tisch hinweg angesehen: sie ihn, gespielt schuldbewusst, er sie, gespielt tadelnd. Und sie hätten darum gekämpft, wer den Blick länger halten könnte, ohne in Lachen auszubrechen. Anna hätte natürlich gewonnen, Jeremias konnte vieles, aber er konnte nie sein Lachen unterdrücken. Sein wunderbares, mitreißendes, liebenswertes Lachen. Dann hätten sie beide gelacht, alle hätten gelacht, und in Jeremias' Augen hätte seine Liebe zu ihr gefunkelt.

Jetzt saß sie allein am Tisch und sprach mit einem Geist.

22. November 2019

Gunilla

Alle waren auf Oskars Beerdigung, sogar Michel. Nur Gunilla nicht. Sie saß an dem schönen alten Sekretär ihres längst verstorbenen Mannes und rechnete. Und hatte ein schlechtes Gewissen. Sie sollte auch auf der Beerdigung sein, nicht hier. Sie hatte es versucht, hatte ihr schwarzes Kostüm angezogen, die schwarzen Schuhe und den schwarzen Mantel. Die Sachen hatte sie zuletzt vor Jahren auf der Beerdigung von Lisbeth, Oskars Frau, angehabt. Daran hatte sie noch teilgenommen, aber bei Oskar hatte sie es nicht geschafft. Schon an der Haustür war ihr der Schweiß ausgebrochen. Einen Schritt hatte sie über die Schwelle gesetzt, doch dann war ihr Herz davongerast. Sie war davon überzeugt gewesen, es würde in ihrer Brust explodieren, wenn sie weiterginge. Hatte sie angefangen zu weinen? Sie konnte sich nicht erinnern. Wahrscheinlich nicht, denn das hätte Michel aufgeregt, also hatte sie sich wohl zusammengerissen, das vermutete sie wenigstens. Sie wusste nur noch, dass sie sich auf einmal in der Wohnung wiedergefunden hatte, in einem Sessel im Salon. Roses Tochter hatte ihr ein Glas Wasser gebracht und ihr versichert, Oskar würde es schon verstehen, dass sie zu Hause bliebe. Alle hatten Verständnis. Sogar Michel, der zum Glück in einer guten Phase war.

Jetzt saß Gunilla da und rechnete, ob sie auch über die Runden kommen würde, ohne Oskars Zimmer weiterzuvermieten.

Über die Runden ja, aber es wären 500 Euro weniger. 500 Euro weniger, die sie jeden Monat auf einem Konto für Michel anlegte, damit er versorgt wäre, wenigstens finanziell.

Gunilla seufzte und setzte den Text für eine Annonce auf. KG würde sie später aufgeben, mit Computern und diesem Internet kannte er sich besser aus als sie.

Was schrieb man in so einer Annonce? Mitbewohner gesucht. Mehr fiel ihr nicht ein. Reichte das nicht? Das war doch das Wesentliche. Dann noch, wie groß das Zimmer war, die Straße und was es kostete. Und ihre Telefonnummer, damit die Leute sich melden konnten.

Mitbewohner gesucht. Das klang natürlich nach einem Mann. Es hätte auch eine Frau sein können, warum nicht? Gunilla hatte nichts dagegen, aber Oskar war nun mal ein Mitbewohner gewesen, mehr als das, ein Freund. Und deshalb ließ sie es bei Mitbewohner, ihm zu Ehren. Sie hätte noch ergänzen können: So einen wie Oskar. Einen Freund.

Ihr Freund, der vor einer Woche gestorben war und dessen Beerdigung gerade stattfand. Ohne sie. Ihre Tränen fielen auf das Blatt Papier und verwischten die Tinte.

4.

Mitbewohner gesucht

Anna steckte den Misserfolg weg und setzte ihre Suche im neuen Jahr fort, es blieb ihr auch nichts anderes übrig. Ab und zu wagte sie einen Blick zu den Zweizimmerwohnungen, aber das war aussichtslos, und Einzimmerapartments gab es praktisch keine, also ruhten alle ihre Hoffnungen weiter auf den Wohngemeinschaften.

Im Laufe des Januars ergatterte sie mehrere Besichtigungstermine und stand bei allen möglichen zu vermietenden Dreistigkeiten Schlange: überteuerte, winzige WG-Zimmer, in die wenig mehr als ein Bett und ein Schrank hineinpassten, Hauseingänge in Hinterhöfen, die nachts kaum beleuchtet waren und in denen der Müll die Ratten anlockte, Gemeinschaftsbadezimmer, die man nur im Schutzanzug betreten wollte. Oder das andere Extrem: hippe Studenten-WGs in von Papi finanzierten Luxuswohnungen. Mit ihren einunddreißig Jahren wurde sie gleich zweimal als zu alt eingestuft. Den Mandelaugenbonus erhielt sie auch kein weiteres Mal, im Gegenteil. Als zufällig einmal ihr Blick auf ihre Selbstauskunft fiel, entdeckte sie, dass neben ihrem sehr deutschen Namen mit Bleistift die Anmerkung »Asiatin« gekritzelt war. Sie schnappte sich den Bogen, bastelte einen Flieger daraus und ließ ihn zum Fenster hinausgleiten.

»Was tun Sie denn da?«, fragte eine der potenziellen Mitbewohnerinnen empört.

»Origami«, erwiderte Anna. »Machen wir Asiaten doch gern.«

Beim Rausgehen knallte sie die Tür zu.

Am 1. Februar war Anna nur noch zum Heulen zumute, denn wie sollte sie innerhalb eines Monats noch eine Wohnung finden? In ihrer Verzweiflung rief sie Frau Lasker an, ihre frühere Vermieterin und die Mutter ihres neuen Vermieters. Anna hatte sie immer als nette, zurückhaltende Frau erlebt, vielleicht hatte sie ja Verständnis für Annas prekäre Situation und konnte ihren Sohn dazu bewegen, irgendwas zu tun. Vorerst nicht umzuziehen, wäre Annas Vorschlag diesbezüglich gewesen, sich mit seiner schwangeren Frau einfach noch ein bisschen länger in der Zweizimmerwohnung vergnügen. So schlimm war das doch auch wieder nicht, nicht mal, wenn das Kind da war.

»Lasker?«

»Hallo Frau Lasker, Anna Trost!«

»Oh, Frau Trost, das ist ja nett.«

Sie war so freundlich, dass Anna sich unversehens echte Hoffnungen machte. Sie erkundigte sich nach Frau Laskers Befinden, so wie sich das gehörte, und als diese fragte, ob der Umzugsstress auch nicht allzu schlimm sei, hakte Anna direkt ein und schilderte Frau Lasker ihre missliche Lage. Nachdem sie mit der dringenden Bitte um Aufschub geendet hatte, wurde es still am anderen Ende der Leitung. Still und frostig. Nicht einmal ein Atemzug war mehr zu hören.

»Frau Lasker?«

»Da müssen Sie sich bitte mit meinem Sohn unterhalten.« Die Stimme der netten Frau Lasker klirrte vor Kälte.

»Ich dachte, Sie könnten …«

»Nein!«, schnitt sie Anna scharf das Wort ab.

»Also …«, kam es nur noch verblüfft aus Annas Mund.

»Es ist eine Unverschämtheit von Ihnen, mich in diese Lage zu bringen. Sie wissen seit langer Zeit, dass mein Sohn die

Wohnung, *seine* Wohnung, braucht.« Die Stimme wurde lauter und klang immer erregter. »Er hat eine Familie, Sie sind allein. Was wollen *Sie* mit 120 Quadratmetern? Und sich jetzt perfide an mich, eine alte Frau, heranmachen und mich mit Schuldgefühlen beladen, das ist …«

Anna legte auf.

Schäbig, hatte sie sicher sagen wollen. Oder: unmöglich, mies, charakterlos, erbärmlich.

Sie hatte recht, dachte Anna, all das war sie. Selbstsüchtig und selbstmitleidig noch dazu – und bald obdachlos.

Umzugskisten hatte sie in einem Anfall von Optimismus schon besorgt. Da standen sie im Wohnzimmer an die Wand gelehnt und warteten darauf, bepackt zu werden. Aber wozu, wenn sie doch nicht wusste, wohin? Und was würde aus ihrem Klavier werden? Und aus dem Tisch?

Annas Kehle schnürte sich zu, ihre Augen wurden feucht. Sie atmete dagegen an, drückte die Tränen weg und schluckte den Kloß hinunter, denn das nützte doch alles nichts.

»Los, Anna, weiter geht's!«, feuerte sie sich selbst an und klickte sich mit letzter Willenskraft zur Immobilienseite durch.

Dieselben Filter wie die letzten Wochen: Mieten, München, WG, Altbau. Sie zögerte, überlegte, ob sie nun doch auf den Altbau verzichten sollte, wegziehen aus der Innenstadt, mehr an den Rand. Einmal noch, ein einziges Mal wollte sie es noch versuchen. Jeremias zuliebe, wie sie sich einredete, sich selbst zuliebe, wie sie sehr genau wusste, weil sie sonst diesen Schmerz wieder gefühlt hätte, diesen Dritter-Februar-Schmerz. Einmal noch …

Als die Ergebnisse erschienen, stellte sie fest, dass endlich mal jemand die Seite bereinigt hatte, denn die Uralt-Anzeigen waren inzwischen verschwunden.

Als erstes Angebot tauchte jetzt das WG-Zimmer in der Zumpestraße auf, das nun schon seit Ende November frei war.

16 Quadratmeter, 500 Euro warm, Mitbewohner gesucht. Bisher hatte sie immer darüber hinweg gescrollt, weil ganz klar etwas damit nicht stimmen konnte. Kein Zimmer in München, noch dazu dermaßen günstig, war so lange frei, wenn es nicht einen großen Haken gab. Selbst das Zimmer mit dem zugemüllten Hinterhof hatte seinen Mieter gefunden. Vielleicht war es auch das Angebot eines dieser Typen, die auf diese Weise Frauen kennenlernen wollten. Allerdings hieß es Mitbewohner, also männlich. Oder jemand hatte das Gendersternchen vergessen. Aber was, wenn nun alle dachten, es wäre etwas faul und es war gar nichts faul? Annas Gedanken wanderten hin und her.

Schließlich kam sie auf die Idee, auf der Karte nachzusehen, und sie staunte nicht schlecht, als sie die Zumpestraße direkt hinter dem Prinzregententheater fand, eine der besten Gegenden in ganz München. Der Haken bei der Wohnung musste elefantös groß sein.

Plötzlich fiel es ihr wieder ein: Der Mann auf dem Weihnachtsmarkt, hatte der damals nicht etwas von einer WG am Prinzregentenplatz erzählt? Der Zettel, den er Anna gegeben hatte, wo war der gleich wieder? Sie fand ihn zerknüllt in der Tasche ihrer Winterjacke. Tatsächlich! Das war genau die Adresse.

Ratlos und mit gerunzelter Stirn saß sie vor ihrem Notebook.

Sie scrollte weiter.

Und wieder zurück.

Und weiter. Zwölf Quadratmeter für 720 Euro. Neunzehn für 900. Das lag alles knapp in ihrem Budget. Anna rief bei der 720-Euro-Wohnung an. Musikerin? Nein, das sei nicht so gut, das wolle man lieber nicht. Sie wählte die nächste Nummer. Ein junger Mann meldete sich. Anna sah ihn vor sich. Ein junger Schnösel, im Bewusstsein, am längsten Hebel der Welt zu sitzen, am Wohnungshebel, ausgestattet mit der Macht, aussieben zu dürfen.

»Studieren Sie eigentlich Jura oder BWL?«, fragte Anna, nachdem er ihr in herablassendem Ton alles Wissenswerte erklärt und sie wie selbstverständlich geduzt hatte.

»Jura, wieso?«

»Oh, ich wollte nur wissen, ob sich meine Vorurteile auch diesmal wieder bestätigen«, sagte sie. »Danke, aber ich glaube, das Zimmer kommt nicht in Betracht.«

Sie wusste selbst, wie hirnverbrannt das war, aber sie hatte schon am Telefon die Aussichtslosigkeit erkannt. Die würden sie nicht wollen, und sie würde die nicht wollen.

Sie scrollte wieder zurück. *Mitbewohner gesucht.*

Ihr Smartphone hielt sie bereits in der Hand, und auf einmal wählten ihre Finger wie von allein die Nummer in der Annonce. Zur Not würde sie das Gespräch auch wieder schnell beenden, dachte sie nervös.

Endlos lange ertönte das Freizeichen. Sie wollte schon auflegen, als schließlich doch jemand abhob und sich eine nicht mehr ganz junge, aber überaus wohlklingende weibliche Stimme meldete: »Wohlgemuth?«

Es hörte sich so an, als wollte die Frau am anderen Ende sich freundlich nach Annas Befinden erkundigen.

Schon damals, schon mit ihrem allerersten Wort, rang ihr Gunilla das erste Lächeln ab.

»Ja ... äh, hallo!«, stammelte Anna, überrascht, dass sie doch noch durchgedrungen war und erfreut über die angenehme Stimme. »Anna Trost ist mein Name. Ich rufe an wegen des Zimmers, ist das zufällig noch frei?«

»Ja, das Zimmer ist noch frei. Aber ich fürchte, ein Zufall ist das nicht.« Ein Schmunzeln begleitete die Worte, ein bisschen verzagt, aber ausgesprochen liebenswert.

Diese Bemerkung bestätigte zwar Annas Vermutung mit dem Haken, doch die Frau klang nicht gerade wie die böse Hexe aus einem Märchen, sondern eher wie die gute Fee. Später einmal erzählte Anna Gunilla, dass sie diese Vorstellung von ihr gehabt habe, und da lachte sie, wie nur Gunilla lachen konnte, es dauerte kaum Sekunden, da waren ihre Augen feucht von Lachtränen. Sie konnte nicht anders. Fühlen konnte Gunilla nur zu hundert Prozent, kein bisschen weniger. Das alles wusste Anna damals bei ihrem ersten Telefonat noch nicht, nur eins wusste sie: Diese Frau wollte sie kennenlernen.

»Könnte ich ... könnte ich es mir mal ansehen?«, fragte Anna.

»Aber natürlich«, erwiderte Frau Wohlgemuth erstaunt, »kommen Sie gern vorbei, wann immer Sie möchten.«

»Ginge es auch heute schon?«

»Aber selbstverständlich. Ich freue mich auf Ihren Besuch.«

Besuch nannte sie das. Auch das konnte Anna noch nicht wissen, dass nämlich Gunilla auch einen Paketboten wie einen Besucher empfing.

»Ja dann ... dann komme ich ... nachher.«

»Wann immer es Ihnen passt. Bis später.«

Nachdem sie aufgelegt hatten, starrte Anna ihr Handy noch eine ganze Weile lang an, fast so, als könnte sie fühlen, dass gerade etwas Besonderes geschehen war.

Zwar schrieb sie sich noch ein paar Adressen aus der Immobilienseite heraus, doch sie war nicht mehr bei der Sache, sondern überlegte nur noch, wann sie sich auf den Weg zur Zumpestraße machen sollte. Lieber früher als später, sie wollte sich die Wohnung schließlich nicht in der Dämmerung ansehen, aber vor allen Dingen trieb sie die Neugier auf diese Frau, die sie mit wenigen Worten bereits für sich eingenommen hatte.

Zum ersten Mal überlegte Anna vor einer Besichtigung genau, was sie anziehen sollte.

»Etwas Schickes?« Sie hielt ihr dunkles enges Rollkragenkleid vor sich und drehte sich vor dem Spiegel hin und her. »Oder lieber eine Hose?«

Sie besaß viele dunkle Hosen und Blusen für Auftritte.

Zieh dich nicht an wie zu einer Beerdigung, hätte Jeremias gesagt. *Und verkleide dich nicht. Sei du selbst.*

»Das hat mir in letzter Zeit nicht allzu viel Glück gebracht«, hielt Anna dagegen und hängte das Kleid wieder in den Schrank. Sie griff zu ihrer Jeans und wählte dazu einen Pulli mit weißem Spitzenkragen, den sie sehr gern mochte.

»Wie brav und harmlos du darin aussiehst«, hatte Jeremias früher einmal gesagt. »So mag ich dich.« Dafür hatte er eine Abreibung kassiert. Brav und harmlos! Der Pulli erinnerte sie an diese Kabbelei, wann immer sie ihn trug.

Anna betrachtete sich im Spiegel und wandte sich ab, bevor ihr die Tränen in die Augen traten.

»Trambahn oder Mini?«, fragte sie und gab sich selbst die Antwort: »Mini.« Es bestand zwar eine ordentliche Tramverbindung, aber falls der sogenannte Besuch wieder einmal enttäuschend verlaufen würde, wollte sie nicht inmitten einer Horde von Leuten Trübsal blasen. Sie stieg in ihre schweren Stiefel, schnappte sich Parka und Tasche und machte sich auf den Weg Richtung Prinzregentenplatz.

5.

Wir haben geschlossen

Als Anna in die Zumpestraße einbog, wurde gerade unmittelbar vor dem Haus eine Parklücke frei. Wenn das kein Zeichen war! Dazu der strahlende Sonnenschein und die ungewöhnlich warmen Temperaturen – vielleicht wendete sich ihr Glück heute, nach dem demütigenden Telefonat mit Frau Lasker, doch noch.

Gerade als Anna auf den Klingelschildern neben dem Eingang nach dem Namen Wohlgemuth suchen wollte, wurde die Haustür aufgerissen. Ein großer, breitschultriger Mann kam heraus und rempelte sie beinahe um. Statt sich zu entschuldigen, schnalzte er missmutig und ging weiter, ohne Anna zu beachten. Sie verzichtete darauf, sich über den ungehobelten Kerl zu empören, sondern nutzte rasch die Gelegenheit und trat ein.

Es war Liebe auf den ersten Blick. Oder nein, nicht auf den ersten Blick, denn mit dem Blick hatte es wenig zu tun. Es war, als würde das Haus mit Anna sprechen, ebenso freundlich wie Frau Wohlgemuth am Telefon. Als würde es sie willkommen heißen. Rein äußerlich unterschied es sich kaum von anderen Altbauten. Wenige Steinstufen führten gleich hinter den Briefkästen ins Hochparterre, der Boden war im Schachbrettmuster gefliest, und es roch, wie es in einem Altbau zu riechen hatte: holzig und schwer, ein Geruch, wie von Geschichte getränkt. Das Treppenhaus war hell und gepflegt, luftig schwang sich die

Treppe um eine Mitte, durch die man bequem bis ins oberste Stockwerk hinaufschauen konnte. Wäre Anna als Kind hier aufgewachsen, so stellte sie sich vor, hätte sie regelmäßig Papierflieger hinuntergeschickt, um ihre Flugbahn zu beobachten. Oder einen Flummi, um zu sehen, wie viele Stockwerke er es wieder nach oben schaffen würde. Und natürlich wäre sie auf dem Treppengeländer bis nach unten gerutscht, niemals hätte sie die Stufen benutzt. Außer es hätte jemand zugesehen.

Sie verharrte einen Moment lang am Fuße der Treppe und hörte im Geiste ihre Großmutter, wie sie ihr hinterhergeschimpft hätte: »Annaaaaaa! Was machst du denn schon wieder? Himmel noch mal, dieses Kind! August, sag doch auch mal was.«

Eine junge Frau in Sportklamotten kam mit hüpfenden Schritten die Treppe heruntergesprungen, ihr blonder Pferdeschwanz schwang fröhlich mit. »Hallo!«, grüßte sie Anna fröhlich im Vorbeihüpfen, schenkte ihr ein strahlendes Lächeln, doch sie war viel zu schnell weg, als dass man sie hätte fragen können, in welchem Stockwerk Frau Wohlgemuth zu Hause war. Im Hochparterre schon mal nicht, also machte sich Anna auf den Weg nach oben.

Sie zählte vierundzwanzig Stufen bis zum ersten Stock. Auch dort fand sie an keinem der Klingelschilder den Namen Wohlgemuth, ebenso wenig im zweiten. Dritter Stock! Anna geriet jetzt schon außer Puste, doch glücklicherweise musste sie nicht noch höher. Auf dem Schild neben der rechten Tür stand der Name Wohlgemuth und darunter zwei weitere Namen: Pol und Holländer. Drei potenzielle Mitbewohner also.

Wollte sie das wirklich?

Obwohl Frau Wohlgemuth am Telefon so nett geklungen hatte, blieb Anna sekundenlang vor der Tür stehen und fixierte die silbernen Namensschilder und die Klingel, ohne einen Finger zu rühren.

Ob sie das Klavier würde mitnehmen können? Das war bisher noch gar nicht zur Sprache gekommen. Was, wenn Frau Wohlgemuth nun auch etwas gegen Musik hatte? *Wie bitte? Sie spielen Klavier? Tut mir leid, da kriege ich Ärger mit den Nachbarn.* Aber hier im Treppenhaus würde sie es kaum herausfinden. Anna holte tief Luft und stieß sie so heftig wieder aus, dass das Holz der Tür von ihrem Atem beschlug.

Los jetzt, flüsterte Jeremias in ihrem Kopf.

»Okay!«, sagte Anna leise und drückte die Klingel. Auf der Stelle zuckte sie vor dem schrillen Dröhnen zusammen. Von drinnen hörte sie eine Stimme, danach schnelle, trampelnde Schritte. Jemand rannte förmlich herbei, dann wurde die Tür aufgerissen.

»Wir haben geschlossen«, brüllte ihr ein zotteliges Wesen ins Gesicht. Dann warf es die Tür mit so viel Wumms wieder ins Schloss, dass das ganze Gebäude wackelte.

Anna fuhr zurück. Zu Tode erschrocken, war sie von Kopf bis Fuß wie gelähmt und konnte sich keinen Millimeter rühren. Ihr Fluchtreflex hatte noch nie gut funktioniert. Sollte sie einmal in Lebensgefahr geraten, wäre sie rettungslos verloren.

So verharrte sie mit hämmerndem Herzen noch immer in ihrer Schockstarre, als die Tür wenig später ein zweites Mal geöffnet wurde, unendlich viel sanfter als zuvor.

Eine alte Dame schaute dahinter hervor. Gunilla Wohlgemuth.

Nie hatte Anna jemanden kennengelernt, auf den die Bezeichnung Dame besser gepasst hätte. Eine alte Dame, die auf einer Zeitreise aus dem späten 19. Jahrhundert im 21. Jahrhundert hängen geblieben war. Sie trug ein bodenlanges Kleid und an der Hand, mit der sie sich an der Tür festhielt, zwei alte Ringe, die unzweifelhaft einiges an Wert besaßen. Ihr silbernes Haar war sorgfältig hochgesteckt, und um ihre Schultern schmiegte sich eine elegante, seidenbestickte Stola. Die alte Dame blieb halb hinter der Tür, so als wollte sie sich verstecken, Anna sah nur ihren Kopf, die Schultern und die Hälfte ihres hochgewachsenen, schlanken Körpers.

Lächelnd blickte sie auf Anna herab. »Sie müssen meinen Sohn entschuldigen, meine Liebe«, sagte sie. »Er ist ab und zu ein bisschen aufgeregt, aber vollkommen harmlos. Sie kommen wegen des Zimmers, nicht wahr?«

Anna nickte, zu perplex, um zu antworten. Sie fühlte sich wie erschlagen von so vielen verwirrenden Details. Und dann diese Stimme, die sich schon durchs Telefon so besonders angehört hatte, in Wirklichkeit aber noch viel besonderer war. Sie erinnerte Anna an den Klang einer Harfe, hatte etwas Schwebendes, Fließendes, als wäre sie nicht von dieser Welt, ätherisch, aber dennoch warm und kraftvoll. Harfenklang. Und das nach diesem brüllenden Kerl, der offenbar ihr Sohn war!

»Bitte treten Sie doch ein«, sagte die alte Dame und tat einen Schritt zur Seite, sodass sie vollends hinter der massiven Tür verschwand. Der Spalt zwischen Türstock und Tür war gerade so breit, dass Anna genau hindurchpasste. Sie fühlte sich an einen dieser Horrorfilme erinnert, in denen die Hauptfigur dabei war, ein altes, gruseliges Haus zu beziehen, dessen Vorbesitzer alle auf mysteriöse Weise ums Leben gekommen waren. Tu es nicht, wollte man ihr zurufen, lauf weg.

»Bitte schön!«, ertönte es harfengleich hinter der Tür. Böse Menschen hatten nicht solche Stimmen. Anna trat ein.

Die Tür fiel ins Schloss, und Gunilla Wohlgemuth stand in ihrer ganzen Pracht vor Anna. Mit einem Mal war nicht die alte Dame diejenige, die aus der Zeit gefallen war, sondern Anna, mit ihren Jeans, den Boots und dem Parka, alles sauber, ordentlich und modisch und natürlich der Jahreszeit entsprechend, aber nie war sie sich deplatzierter vorgekommen. Die Altbauwohnung war genau wie ihre Besitzerin irgendwo im späten 19. Jahrhundert hängen geblieben. Sämtliche Möbel, Teppiche, Wandverkleidungen, Lampen, alle Einrichtungsgegenstände bis hin zu den Garderobenhaken waren alt, uralt. Doch nicht einmal die Staubschicht über der ganzen Patina änderte etwas an dem edlen Erscheinungsbild der Wohnung. Der Flur war breit und geräumig, wie gemacht für die ausladenden Roben feiner Damen. Es mussten sehr reiche Leute gewesen sein, die hier in früheren Zeiten gewohnt hatten, das sah man noch immer.

Lächelnd, die Hände vor ihrem gazellengleichen Körper übereinandergelegt, beobachtete die alte Dame ihren Gast.

»Man munkelt, die Geliebte eines bedeutenden Mannes soll hier gewohnt haben«, erklärte sie, »eine Tänzerin oder Schauspielerin oder so was. Die Wohnung nebenan hat ursprünglich auch dazugehört, aber nach dem Krieg hat man drei Zimmer abgetrennt, sodass von den ursprünglich zehn Zimmern nur noch sieben Zimmer blieben.« Bei dem Wort »nur« malte sie kleine Anführungszeichen in die Luft. Dann streckte sie Anna lachend ihre Hand entgegen.

»Ich bin Gunilla Wohlgemuth.«

»Anna Trost«, erwiderte Anna und schlug ein. Frau Wohlgemuths Händedruck war ebenso bemerkenswert wie die ganze Person: kräftiger als erwartet und überaus herzlich. Überhaupt, diese Hände, schmal und lang und schön waren sie, und sie konnten einen verzaubern, wenn sie sprach, aber auch wenn sie zuhörte und vor allem, wenn sie einen berührte. Anna fragte sich später manchmal, ob all die Leute, die sich vor ihr die Wohnung angeschaut hatten, Gunilla vielleicht nicht die Hand reichen durften, denn sonst hätten sie doch bleiben müssen.

»Dann zeige ich Ihnen als Allererstes mal das Zimmer, nicht wahr?«, sagte Frau Wohlgemuth. »Sie stehen übrigens genau davor. Darf ich?« Vorsichtig griff sie an Anna vorbei und öffnete die Tür. »Es ist das größte Zimmer in der ganzen Wohnung«, betonte sie, »abgesehen vom Salon natürlich. Und auch die Wohnküche ist sehr großzügig, aber zum Schlafen ist das hier der Hauptgewinn. Sogar mit Balkonzugang.«

Anna betrat hinter ihr das Zimmer. Es war nicht möbliert, sie würde also einen guten Teil ihrer Sachen hier unterbringen können. Und es wirkte tatsächlich sehr groß, die Decke war mit wunderschönem Stuck verziert, die Wände enorm hoch und weiß gestrichen, es roch sogar noch leicht nach Farbe.

Frau Wohlgemuth beobachtete Anna und erschien ihr dabei ein wenig nervös.

»Schauen Sie den schönen Balkon, der ist eine Seltenheit, so etwas findet man kaum bei Altbauwohnungen«, sagte sie und öffnete die Tür nach draußen. Mit einer eleganten Geste ihrer schönen Hände lud sie Anna ein, hinauszutreten, sie selbst blieb jedoch im Zimmer.

Der Balkon war auf das Stockwerk darunter gebaut, nicht sonderlich breit, aber dafür sehr lang, und er verlief sogar über Eck. Das Geländer aus verschnörkeltem Gusseisen war alt, nur die Trennwand zum Nachbarbalkon machte einen neueren Eindruck und passte nicht ganz dazu.

»Wie gesagt, die Wohnung war früher nicht geteilt«, erklärte Frau Wohlgemuth von drinnen, »aber mit der Wand geht das ganz gut. Man ist sehr für sich, und der Nachbar spitzt nicht um die Ecke, da muss man sich keine Sorgen machen.« Sie lachte.

»Zu welchen Zimmern gehören die beiden anderen Türen?«, wollte Anna wissen, denn sie befürchtete, dass hinter einer davon der brüllende Sohn leben könnte.

»Die breite Tür dort drüben führt zum Salon und die in der Mitte zur Wohnküche.« Die alte Dame lächelte Anna wissend an. »Keine Mitbewohner!«

Die Mitbewohner konnten allerdings auch den Weg durch die Wohnküche oder den Salon nehmen und durch die Glastür oder das Fenster ins Zimmer glotzen. Ein Schauer lief Anna über den Rücken.

»Apropos Mitbewohner«, sagte Frau Wohlgemuth, die auch

diesmal Annas Gedanken zu lesen schien. »Ich könnte sie Ihnen später vorstellen, wenn Sie mögen.«

»Ja, gern«, stimmte Anna zu. Für ihre Entscheidung konnte das auf alle Fälle hilfreich sein.

»Aber machen wir doch erst mal einen kleinen Rundgang«, schlug Frau Wohlgemuth vor und schritt durch das Zimmer zurück zum Flur.

»Hier«, zeigte sie mit ausgestreckten Händen, »haben wir den Garderobenbereich, wie man sieht, da dürfen Sie übrigens gern Ihre Jacke aufhängen.« Dem kam Anna mit Freuden nach, denn der Pulli mit dem weißen Spitzenkragen passte um einiges besser in das Ambiente als ihr Parka.

»So«, fuhr die alte Dame fort. »Gleich daneben befindet sich die Toilette und daneben wiederum das Badezimmer.«

Sie trat vor und machte erst die eine Tür auf, dann die andere. Beide Räume verfügten über ein kleines Fenster und sahen sehr sauber aus. In ihrem Kopf malte Anna ein dickes Plus auf eine imaginäre Tafel.

»Schön!«, sagte sie. Frau Wohlgemuth nickte zufrieden.

»Hier«, sie zeigte auf die Tür neben dem Badezimmer, »wohnt Herr Pol, und das daneben war das frühere Arbeitszimmer meines Mannes, Herr Pol nutzt es heutzutage ebenfalls als Arbeitszimmer, er ist der Einzige von uns, der so etwas braucht. Er macht da so Computersachen. Glaube ich.« Sie lachte und wandte sich auf die gegenüberliegende Seite. »Hier haben wir eine Abstellkammer, sehr nützlich, inklusive Wasch-Trocken-Säule.« Stolz ließ sie Anna einen Blick in den kleinen Raum werfen. Die beiden Geräte sahen neuwertig aus und wirkten ein bisschen seltsam inmitten dieser Jahrhundertwende-Umgebung. Neben der Abstellkammer befand sich eine Speisekammer, anschließend verzweigte sich der Flur und bildete ein großes T. Rechterhand, im kürzeren Teil, befand sich nur noch eine weitere Tür.

»Dort wohnt Frau Holländer«, erklärte Frau Wohlgemuth.

Herr Pol, Frau Holländer – für Anna hörte sich das so an, als handelte es sich auch bei den übrigen Bewohnern um ältere Semester.

»Im nächsten Zimmer«, fuhr Frau Wohlgemuth fort, »wohnt mein Sohn, und gleich daneben«, sie zeigte linkerhand den breiten Flur entlang, »das ist mein Schlafzimmer. Kommen Sie, ich zeige Ihnen die Wohnküche und den Salon, wo sich bei uns das Leben abspielt.« Sie wandte sich nach links, doch dann hielt sie inne. »Aber ... natürlich liegt es ganz bei jedem selbst, wo er möchte, dass sich *sein* Leben abspielt«, betonte sie ein wenig betreten. »Natürlich kann man sich jederzeit und so oft man möchte zurückziehen. Das ist ja ... das ist ganz selbstverständlich, nicht wahr?«

Anna erwiderte das Lächeln, doch sie wusste nicht, was sie dazu sagen sollte. Sie gewann mehr und mehr den Eindruck, dass nicht sie diejenige war, die sich um das Zimmer bewarb, sondern vielmehr Frau Wohlgemuth um sie als Mieterin.

Die Tür zur Küche stand offen. Anna hegte den leisen Verdacht, dass dies Absicht war, denn so fiel ihr Blick sofort und ungehindert in den schönsten aller Räume.

»Wow!«, entfuhr es ihr. Sofort wurde sie verlegen, denn Frau Wohlgemuth war kein Mensch, dem man mit einem Wow begegnete, doch die alte Dame lachte leise und hocherfreut.

»Ja, das ist sehr gemütlich, nicht wahr«, meinte sie stolz.

Der Raum verlief genau wie der Balkon, an den er angrenzte, ein wenig über Eck und war sogar für eine Wohnküche extrem groß. Die Küchenmöbel waren alt und schwer, aus dunklem massivem Holz, großzügige Buffets mit traumhaft schönen Schrankaufsätzen, nichts daran war einfach nur funktionell, jedes Detail war aufwendig gestaltet. Glasfenster lockerten die Schwere der Möbel auf. Dazu die Sitzecke, die so komfortabel war, dass nicht nur ein großer Tisch mit sechs Stühlen hineinpasste, sondern auch noch ein bequemer alter Schaukelstuhl neben dem Fenster. Das Prunkstück des Raums jedoch war ein riesiger gusseiserner Herd. Als Gunilla bemerkte, dass Annas Blick daran haften blieb, wies sie eilig darauf hin, dass man natürlich trotz aller rustikaler Gemütlichkeit nicht auf moderne Küchengeräte verzichten müsse. Sie zeigte auf das schmale Cerankochfeld und den Backofen, die Anna leicht übersehen hätte. Gleich neben dem alten Spülstein hinter der Fassade einer alten Kommode war raffiniert ein Geschirrspüler eingebaut. Der hohe zweitürige Kühlschrank war das einzige moderne Gerät, das sofort auffiel, ohne jedoch die Harmonie zu stören.

»Übrigens, wo wir gerade hier sind, darf ich Ihnen etwas anbieten? Kaffee? Tee? Wasser? Einen kleinen Prosecco?« Frau Wohlgemuth zwinkerte lustig mit den Augen.

»Prosecco?«, fragte Anna erstaunt.

»Ich hab einen hervorragenden.«

Schon öffnete die alte Dame den Kühlschrank, holte eine Flasche heraus und entkorkte diese mit geübten Griffen. Dann schnappte sie sich zwei langstielige Sektflöten aus einer Vitrine und schenkte ein.

»Kommen Sie, setzen wir uns in den Salon, den müssen Sie ja auch noch sehen.« Mit einer Grazie, die Anna bei einem Menschen dieses Alters noch nie zuvor gesehen hatte, schwebte sie voraus.

6.
Die Wohngemeinschaft

Der Salon lag am Ende des Gangs hinter einer hellen Flügeltür, die fast so breit war wie der ganze Flur. Einer der Flügel war bereits geöffnet. Als Anna eintrat, traute sie kaum ihren Augen. Sie verkniff sich diesmal ein lautes »Wow!«, konnte jedoch nicht verhindern, dass ihr Mund weiter offen stand, als er sollte. Einen solchen Raum hatte sie bisher allenfalls in einem Museum gesehen, man vermisste geradezu die Absperrseile, die einen daran hinderten, das kostbare alte Mobiliar zu berühren: antike Sitzmöbel und Bücherschränke, zierliche Vitrinen, elegante Tische, ein großer alter Schreibsekretär, der aussah, als hätte einst ein bedeutender Dichter seine Werke daran verfasst, eine hoch aufragende alte Standuhr, wertvolle Teppiche, dazu eine Vielzahl an Gemälden, aller Wahrscheinlichkeit nach Originale, und ein prächtiger Kronleuchter an der Decke. Dennoch war der Raum weder düster, noch erdrückte ihn die antike Wucht. Durch große Fenster an den beiden schmaleren Wänden flutete Licht herein. Eine gemütliche Récamiere in einem Erker lud zum Träumen ein. Es musste herrlich sein, dort in einem Buch zu versinken. Auf der gegenüberliegenden Seite sorgte zusätzlich die breite, zweigeteilte Balkontür für Licht und Luft. Doch gleich davor – Anna konnte es kaum glauben – befand sich das Allerschönste: ein großer, traumhaft schöner Konzertflügel. Sie wurde magisch angezogen, vergaß ihr gutes Benehmen genauso wie die Gastgeberin und lief geradewegs dorthin. Ein Bechstein! Ein wunderschöner, unfassbar wertvoller alter Bechstein!

»Spielen Sie Klavier?«, fragte Frau Wohlgemuth, die sich bereits auf dem antiken Sofa einer hübschen Sitzgruppe niedergelassen hatte.

»Ich bin Pianistin und Korrepetitorin«, antwortete Anna atemlos, ohne ihren Blick von dem Instrument abzuwenden. »Freiberuflich. Ich arbeite hauptsächlich mit Sängern und begleite sie bei Konzerten.«

Die alte Dame saß ohnehin schon in einer perfekt geraden Haltung da, doch jetzt richtete sie sich noch ein wenig mehr auf.

»Was Sie nicht sagen!«, erwiderte sie verblüfft, ihre Wangen gewannen ein wenig an Farbe. »Kommen Sie, setzen Sie sich zu mir und erzählen mir ein bisschen von sich.«

Anna kam der Aufforderung nach, aber was sollte sie sonst noch erzählen? Außer ihrem Beruf gab es ja nichts.

Frau Wohlgemuth hielt ihr eins der beiden Gläser hin. »Aber zuerst wollen wir einmal anstoßen, nicht wahr?« Sie erhob sich zu diesem Zweck ganz feierlich und stieß ihr Glas gegen das von Anna. Ein reiner, heller Ton erklang, ein C. »Zum Wohl!«, sagte sie.

»Zum Wohl!«, erwiderte Anna und musste unwillkürlich grinsen. *Zum Vollsein*, hatte Jeremias immer gesagt. In ihrem Kopf hörte sie ihn albern kichern.

»Bitte, nehmen Sie doch Platz«, lud Frau Wohlgemuth sie herzlich ein. Anna ließ sich ihr gegenüber in einem vornehmen Sessel mit geschwungenen Armlehnen und Samtpolster nieder und fühlte sich, als hätte man sie bei der Führung durch Schönbrunn aufgefordert, in Kaiserin Sissis Lieblingssessel Platz zu nehmen. Plötzlich war sie wieder verlegen und wusste nicht, wo sie hinschauen sollte. Ihr Blick wanderte von Frau Wohlgemuths freundlichem Lächeln aufwärts zu dem großen Gemälde hinter ihr, das eine junge, gertenschlanke Frau neben einem Flügel zeigte. Sie sang und schien ein Konzert zu geben. Ihr Ausdruck war völlig entrückt, eine Hand lag auf ihrer Brust, die Augen waren geschlossen, die Stirn ein wenig gekräuselt und der Mund weit geöffnet, man meinte den Ton, der ihrer Kehle, mehr noch, der ihrem Herzen entstieg, zu hören. Was sie wohl gerade besang? Die Liebe? Oder den Tod? Oder beides? Denn wie oft lag beides ganz nah beieinander.

Frau Wohlgemuth wandte sich zu dem Bild um, kurz nur, dann nahm sie ihr Glas zur Hand und sagte leise: »Das bin ich.«

»Das sind Sie?« Anna war sprachlos. Noch einmal betrachtete sie das Bild und verglich die junge Frau darauf mit der alten Dame darunter. Sie war es, eindeutig, und eigentlich sah man es auf den ersten Blick. Nur, dass Anna es nicht erwartet hatte.

»Mein verstorbener Mann hat das Bild für mich malen lassen«, sagte Frau Wohlgemuth ebenso leise wie zuvor.

»Dann sind Sie Sängerin?« In Anbetracht der Erwähnung des verstorbenen Mannes überlegte Anna, ob sie kondolieren sollte, aber es hatte sich nicht so angehört, als wäre er erst kürzlich verstorben, und die Frage, ob sie es hier womöglich mit einer professionellen Sängerin zu tun hatte, war für sie weit drängender.

»Das ist lange her«, sagte Frau Wohlgemuth. »Sehr, sehr lange. Zu dem Zeitpunkt, als das Bild entstand, habe ich schon nicht mehr gesungen. Jedenfalls nicht mehr auf einer Bühne …«

Sie senkte den Kopf – zum ersten Mal, seit sie die Tür geöffnet hatte, wie Anna auffiel. Der Eindruck, den ihr die alte Dame bislang vermittelt hatte, war nicht der einer Person, die den Kopf sinken ließen oder Blicken auswich.

»Und wo haben Sie früher gesungen, wenn ich fragen darf?«, setzte Anna nach. Sie konnte sich einfach nicht zurückhalten. Wenn eines in ihrem Leben sie noch interessierte, dann war es

Musik und Menschen, die sich mit Musik beschäftigten. »Waren Sie an der Oper?«

Frau Wohlgemuth hob den Kopf, ein stolzglühender Ausdruck lag in ihrem Gesicht. »Ich war an der Met«, sagte sie.

Anna riss die Augen auf. »Nein!«

»Doch!« Frau Wohlgemuths Lächeln wurde noch strahlender.

Anna konnte es nicht fassen. »Das ist ja … oh mein Gott, das ist ja der Wahnsinn! Ich habe in meinem ganzen Leben noch niemanden persönlich kennengelernt, der an der Met gesungen hat.«

Die Metropolitan Opera in New York war so ziemlich das höchste Ziel, das ein Opernsänger erreichen konnte. Und einer solchen Frau, einer solchen Sängerin, saß sie nun gegenüber.

Frau Wohlgemuth lachte hell auf und sah so glücklich aus, dass Anna sich fragte, wie lange sie eine solch unverhohlene Bewunderung bereits entbehrt hatte. Nicht, dass sie sonst unglücklich wirkte, aber das Strahlen in ihrem Gesicht kannte keine Routine, es kam tief aus ihrem Inneren und war selten und kostbar.

»An der Met!«, wiederholte Anna ehrfürchtig und nahm zur Beruhigung einen großen Schluck aus dem edlen Kristallglas.

»Ja, ich war gerade mal dreißig Jahre alt«, sagte Frau Wohlgemuth stolz. »Natürlich gehörte ich dort nicht zu den Stars, ich meine, Renata Tebaldi, Franco Corelli, Montserrat Caballé, die Namen sagen Ihnen natürlich etwas …« Anna nickte eifrig. »Die waren alle zu meiner Zeit dort engagiert. Das waren Stars. Ich sang kleinere Rollen und war allenfalls Zweitbesetzung.« Sie drehte sich noch einmal zu ihrem Porträt um, als wollte sie sich vergewissern, dass dieses Leben damals nicht bloß ein Traum war. »Aber eines Tages«, erzählte sie weiter und schmunzelte verstohlen, »da änderte sich das alles. Ich war die Zweitbesetzung bei Gounods *Roméo et Juliette*, und Mirella Freni war plötzlich erkrankt.«

»Mirella Freni?«, keuchte Anna. »Wahnsinn!«

»Oh ja, die Freni. Man verständigte mich, dass ich singen müsse. Und ich sang. Und obwohl die Zuschauer anfangs natürlich enttäuscht waren, dass sie nicht die Freni, sondern nur ihren Ersatz zu hören bekamen, wurde es ein rauschender Erfolg. Beim Schlussapplaus stand das Publikum sogar für mich auf.« Glückstrahlend legte sie beide Hände an ihre Wangen und schüttelte den Kopf, als könnte sie diesen Triumph auch nach all den Jahren noch nicht fassen.

Nach einem kurzen Moment der stillen Erinnerung und mit einem tiefen Seufzer ließ sie die Hände wieder sinken und sah Anna an. »Aber Sie sind ja nicht wegen dieser alten Geschichten hier, nicht wahr?«

»Ja, das stimmt«, sagte Anna, obwohl sie liebend gern noch viel mehr gehört hätte.

»Über Ihren Beruf weiß ich ja nun schon Bescheid«, sagte Frau Wohlgemuth. »Sie haben gut zu tun, nehme ich an?«

»Oh ja, ich arbeite regelmäßig mit einem festen Sängerstamm, ich begleite bei Konzerten, und ab und zu arbeite ich auch am Theater oder an der Musikhochschule.«

»Arbeiten Sie hauptsächlich außerhalb oder auch zu Hause?«

»Das ist unterschiedlich«, erklärte Anna vorsichtig, vielleicht wäre es der ehemaligen Sängerin ja unangenehm, dem Gesang jüngerer Kolleginnen lauschen zu müssen, doch um bei der vollen Wahrheit zu bleiben, fügte sie hinzu: »Bisher konnte ich auch bei mir in der Wohnung arbeiten, aber wenn das hier nicht möglich sein sollte, ist das kein Problem.«

»Doch, natürlich«, versicherte ihr Frau Wohlgemuth. »Warum denn nicht? Bringen Sie Ihr Klavier mit?«

»Ja, das würde ich gern.«

»Sie könnten allerdings auch den Flügel benutzen.«

Anna blieb schier die Luft weg. »Tatsächlich?«

»Aber sicher, er müsste natürlich gestimmt werden. Denke ich. Er wurde schon sehr, sehr lange nicht mehr gespielt.« Sie lächelte erneut etwas nervös.

Es war keine Frage – Anna würde das Zimmer bekommen, wenn sie es wollte. Aber wollte sie? Die Antwort darauf war ganz einfach: Natürlich, sie musste wollen, andernfalls würde sie in Kürze obdachlos sein. Doch warum wurde sie so umworben? Der seltsame Sohn fiel ihr wieder ein, von dem Frau Wohlgemuth behauptet hatte, er sei vollkommen harmlos. Anna musste sich eingestehen, dass sie nicht scharf darauf war, in einer Wohnung mit solch einem Menschen zu leben. Und was war mit den restlichen Mitbewohnern?

Die alte Dame sah sie prüfend an. Anna war jetzt schon eine ganze Weile stumm geblieben, aber leider besaß ihr Gesicht die Eigenart, für sich zu sprechen.

»Ich nehme an, Sie haben auch noch ein paar Fragen an mich«, sagte Frau Wohlgemuth dann auch prompt.

Ein verräterisches Gesicht auf der einen Seite und eine feine Sensibilität auf der anderen, da konnte man sich schlecht gegenseitig etwas vormachen.

Anna räusperte sich gründlich und wollte eben ansetzen, Tacheles zu reden, da näherte sich draußen auf dem Flur eine Gestalt und schob sich halb durch die Tür: das Zottelwesen, diesmal überhaupt nicht laut und stürmisch, sondern verhalten, ängstlich geradezu.

Das Alter des Mannes ließ sich unmöglich schätzen, irgendwas zwischen dreißig und sechzig. Tatsächlich war er achtundvierzig, wie Anna später erfuhr.

Eng drückte er sich an den geschlossenen Flügel der Tür und blickte zu Boden. Er wirkte reichlich ungepflegt, seine Haare waren fast schulterlang, dunkel, aber schon ein wenig angegraut und mit Schuppen bedeckt. Aus Nase und Ohren wucherten kleine Büschel, seine Augenbrauen wucherten, sein

Schnurrbart, alles wucherte. Die Kleidung war abgetragen und wirkte an seinem dünnen Körper, als hätte man sie dort zum Trocknen aufgehängt.

»Hallo Michel«, sagte Frau Wohlgemuth freundlich zu ihm.

»Mmm!«, machte Michel, ein sanftes Brummen. Er schaute nicht auf.

»Das ist die Frau, die sich für das Zimmer interessiert«, erklärte ihm seine Mutter.

»Mmm«, machte Michel erneut.

»Oskars altes Zimmer«, fuhr sie fort und zu Anna gewandt: »Oskar Stadler war der Vormieter, er ist letzten November leider verstorben.«

Michel drückte sich weiter an die Tür, den Kopf wandte er ab und blickte nach draußen in den Flur, so, als wollte er lieber wieder weg.

»Entschuldigen Sie mich ganz kurz?«, bat Frau Wohlgemuth, stand auf und ging zu ihrem Sohn. Sanft und flüchtig berührte sie ihn am Arm. »Komm! Es ist lieb, dass du Frau Trost begrüßt hast. Du kannst jetzt wieder auf dein Zimmer gehen.« Sie begleitete ihn den Flur entlang. Anna hörte die beiden leise reden, offenbar war Michel durchaus in der Lage, in ganzen Sätzen zu sprechen. Seine Zimmertür ging auf, dann wieder zu, und Frau Wohlgemuth kam zurück.

»Das war mein Sohn. Michael. Michel. Ich hatte ihn gebeten, sich Ihnen kurz vorzustellen, damit Sie …«, sie atmete schwer ein und aus, »… ihn kennenlernen.« Diesmal schloss sie hinter sich die Tür.

Michel hatte Anna weder begrüßt, noch hatte er sich vorgestellt, aber sie war sensibel genug zu erkennen, dass sein Auftritt für seine Verhältnisse dem entsprochen hatte, was man sonst unter diesen Begriffen verstand. Frau Wohlgemuth setzte sich und trank zur Stärkung einen großen Schluck Prosecco.

»Michael hat Probleme, seit er ein Kind war«, erklärte sie.

»Sie glauben nicht, wie viele verschiedene Diagnosen man schon gestellt hat. Er ist schwierig. Aber er ist ...« Fast flehentlich blickte sie Anna in die Augen. »Er tut niemandem etwas. Er ist wirklich ... er ist ein lieber Mensch.«

Es rührte Anna, wie die alte Dame Partei für ihren Sohn ergriff, wie sie ihn verteidigte gegen alle Gedanken, die man womöglich haben konnte, und die Anna, wenn sie ganz ehrlich war, auch hatte.

»Er hat so seine Phasen«, fuhr Frau Wohlgemuth fort. »Manchmal ist alles gut, dann kann man sich ganz normal mit ihm unterhalten. Fast ganz normal«, verbesserte sie sich mit einem kleinen Lachen. »Im Vergleich zu anderen Menschen ist er auch in diesen guten Phasen merkwürdig. Ein wenig überbordend ist er dann und extrem direkt. Er wollte übrigens wissen, ob Sie Chinesin sind. Wäre er in einer guten Phase, hätte er Sie das selbst gefragt. Aber er ist gerade in einer eher schlechten Phase.« Wieder holte sie tief Luft. »Wie so oft«, fügte sie resigniert hinzu. »Er bleibt dann die ganze Zeit in seinem Zimmer und möchte keinem anderen Menschen begegnen, sogar vor mir läuft er dann manchmal davon. Dass er sich jetzt rausgetraut hat, ist eigentlich ein Wunder, aber ich hatte ihn inständig darum gebeten, denn ... Sie müssen ihn eben kennenlernen, falls Sie sich mit dem Gedanken tragen, hier einzuziehen.« Sie presste kurz die Lippen zusammen. »Was ich ehrlich gesagt bezweifle. Bisher wollte das keiner.«

Das konnte sich Anna lebhaft vorstellen.

»Und die anderen Mitbewohner?« Es war keine Absicht, und es tat ihr leid, dass in ihrer Frage ein unausgesprochenes »Sind die denn normal?« mitschwang.

Eine Augenbraue in Frau Wohlgemuths resigniertem Gesicht schob sich nach oben. Sie seufzte.

»Ein netter Herr Mitte siebzig und eine ältere Dame, die Sie am wenigsten stören wird, denn sie sitzt den ganzen Tag in ihrem Zimmer, schaut aus dem Fenster und häkelt.« Frau Wohlgemuth zeigte auf ein weißes Spitzendeckchen, das einen kleinen Beistelltisch neben dem Sofa zierte. Überall lagen solche Deckchen herum, auf Tischen, auf Kommoden. »Das ist alles, was Rose noch tut. Sie nimmt am Leben kaum noch teil, redet selten mit uns anderen. Sie hat mit allem aufgehört, als ihr Mann damals starb. Mit ihren 70 Jahren ist sie abgesehen von Michel das Küken in unserer Gemeinschaft. Wir sind alle umgänglich, würde ich sagen, aber alt, und, nun ja, wir haben unsere Eigenheiten. Aber ... ist das nicht bei allen Menschen so?«

Sie lächelte. Anna nickte. Sie hatte ja auch so ihre Eigenheiten. Einen toten Verlobten zum Beispiel, der in ihrer Vorstellung jetzt neben ihr saß und zuhörte, damit sie hinterher alles in Ruhe mit ihm besprechen konnte.

»Meine Mutter war Chinesin«, erklärte sie unvermittelt. »Daher die Augen.«

»Sehr hübsche Augen übrigens«, meinte Frau Wohlgemuth.

»Danke.«

»Sprechen Sie Mandarin?«

»Kein bisschen.«

»Ihre Mutter lebt nicht mehr?«

»Sie ist bei meiner Geburt gestorben.«

»Oh, das tut mir leid.«

»Ja.«

Es war sehr viel komplizierter als dieses Ja, aber es war alles, was Anna zu sagen bereit war.

Die beiden Frauen leerten ihre Gläser und schwiegen. Im Grunde war alles gesagt. Die Karten lagen offen auf dem Tisch.

»Falls Sie nicht wissen, wie Sie mir beibringen sollen, dass Sie das Zimmer lieber doch nicht nehmen«, sagte Frau Wohlgemuth freundlich, »machen Sie sich da bitte nicht allzu viele Gedanken. Ich verstehe das schon.«

»Warum lassen Sie das Zimmer eigentlich nicht einfach leer stehen?«, fragte Anna, doch sie bereute es sofort, als sie eine zarte Röte im Gesicht der alten Dame aufsteigen sah. Was für eine dumme Frage! »Entschuldigen Sie bitte, ich wollte nicht … das geht mich natürlich nichts an«, stammelte sie verlegen.

»Sie müssen sich nicht entschuldigen«, beeilte sich Frau Wohlgemuth ihr zu versichern. »Die laufenden Kosten für so eine große Wohnung sind sehr hoch, und ich … ich versuche auch an Michel zu denken, also …« Sie suchte nach Worten. Anna tat ihre Taktlosigkeit unendlich leid.

»Ich nehme das Zimmer«, sagte sie. Die Worte purzelten einfach aus ihrem Mund. »Also, ich würde … ich *würde* es gern nehmen, wenn Sie es mir geben.«

Frau Wohlgemuth sah sie verblüfft an. »Sie nehmen es?«

Ich nehme es?, fragte sich Anna selbst nicht weniger verblüfft. *Typisch Anna*, flüsterte Jeremias in ihrem Kopf, *immer dem Impuls hinterher.*

»Ich will Ihnen nichts vormachen«, erklärte sie, während das Gesicht der alten Dame zu leuchten begann. »Ich muss aus meiner Wohnung raus, und zwar schon sehr bald, das ist der Hauptgrund. Also, wenn es Ihnen recht ist …«

Frau Wohlgemuth achtete nicht darauf, was Anna ihr zu erklären versuchte. Strahlend stand sie auf und breitete die Arme aus. Verlegen erhob sich Anna aus ihrem vornehmen Sessel und ließ sich umarmen, doch als Frau Wohlgemuth sie so liebevoll an sich drückte, wie Anna es mit keinem einzigen Menschen je zuvor erlebt hatte, da empfand sie die untrügliche Gewissheit, dass sie ihre Entscheidung nie bereuen würde.

»Noch ein Glas Prosecco?«, fragte Frau Wohlgemuth fröhlich, hielt Anna links und rechts an der Schulter und blickte ihr freudestrahlend ins Gesicht. »Das muss man doch feiern, nicht wahr?«, meinte die alte Dame und huschte ohne eine Antwort abzuwarten in die Küche, um die Flasche zu holen.

»Ich bin mit dem Auto unterwegs«, wehrte sich Anna schwach, als ihr Glas aufgefüllt wurde.

»Dann müssen wir etwas dazu essen«, rief Frau Wohlgemuth und verschwand erneut in der Küche. Anna spazierte unterdessen im Zimmer umher, betrachtete eingehend das museal anmutende Mobiliar und näherte sich Stück für Stück dem Bechstein. Der Flügel war geschlossen, aber immerhin nicht mit irgendwelchen Deko-Antiquitäten bestückt. Oder einem dieser aufwendigen Häkeldeckchen. Behutsam öffnete sie die Klappe und schlug ein paar Töne an.

»Der ist arg verstimmt, nicht wahr?«, tönte es aus der Küche.

»Ja. Schon«, rief Anna zurück. Auch Klavierstimmer kosteten Geld, und wenn keiner da war, der spielte, lohnte sich eine solche Ausgabe nicht. Sie schloss die Klappe wieder und begab sich nach draußen auf den Balkon. Aus der Küche heraus hörte sie Frau Wohlgemuth vor sich hin summen: die Melodie von *O sole mio*. Es klang fröhlich. Glücklich. Und selbst aus diesem leisen Summen hörte man die geschulte, ehemals grandiose Stimme heraus.

Die Sonne tauchte den Innenhof des alten Gebäudes in warmes Licht. Noch trugen die Bäume dort unten keine Blätter, aber im Sommer musste es hübsch aussehen, eine grüne Oase, umgeben von alten Mauern. Erst jetzt hatte Anna Augen dafür, wie schön es hier war.

Hier würde sie also in Zukunft leben. Sie würde ihre alte Umgebung verlassen, wo sie mit Jeremias allein war, und würde in eine Wohnung ziehen, die sie mit einer alten Sängerin, ihrem seltsamen Sohn und zwei weiteren alten Leuten teilen musste. Rosig klang das nicht. Wie sie so am Geländer stand, dem Summen aus der Küche lauschte und die Sonne ihr das neue künftige Zuhause schmackhaft zu machen versuchte, da wurde Anna klar, dass ihr Leben ohne Jeremias von nun an eine gewaltige Wende nehmen würde, und plötzlich überfiel sie eine so große Trauer, als sei er gerade erst von ihr gegangen. Was Frau Wohlgemuth unendlich glücklich machte, machte Anna unendlich traurig. Sie konnte kaum die Tränen zurückhalten. Der Verlust traf sie mit aller Macht, und das laute Klirren hätte ihr Herz sein können, das auf dem Boden des Balkons in Stücke zersprang. Doch es kam vom Nachbarbalkon.

»Arggh, Kacke! Mistkacke!«, war eine männliche Stimme zu vernehmen.

Die Stimme war genau hinter der Trennwand zu Annas zukünftigem Balkonteil. Der Mann murmelte noch ein paar Flüche, ging weg und kam wieder, offensichtlich mit Kehrbesen und Schaufel.

»Kommen Sie, setzen wir uns hier in die Küche.« Gunilla lugte durchs Fenster und ließ Anna durch die Balkontür ein. Auf dem Tisch befand sich eine Platte mit Häppchen, kleine Brote mit unterschiedlichem Belag: mit Wurst, Käse, verschiedenen Aufstrichen, Lachs mit Sahnemeerrettich, Dosenmandarinen auf Butter.

Daneben Schälchen mit Kirschtomaten, Gürkchen und Himbeeren sowie eine Etagere mit Pralinen, Gummibärchen und Erdnüssen. Ein kurioses kleines Schlaraffenland.

»Ich würde gern die anderen dazubitten, wenn es Ihnen recht ist.«

Die anderen!

»Aber natürlich«, antwortete Anna. Innerlich betete sie, dass die anderen beiden Mitbewohner weniger besorgniserregend wären als Michel.

»Einen kleinen Moment«, sagte Frau Wohlgemuth und eilte so anmutig aus dem Zimmer wie ein junges Mädchen auf dem Weg zu seiner ersten Verabredung. Es rührte Anna, wie glücklich sie war, seit sie ihr gesagt hatte, dass sie einziehen wollte. Musste. Frau Wohlgemuth interessierte der fundamentale Unterschied zwischen wollen und müssen in diesem Zusammenhang nicht. Sie war einfach glücklich.

Anna hörte sie an zwei Zimmertüren klopfen. »Rose? Würdest du bitte kurz zu uns kommen? KG, mein Lieber, komm, es gibt was zu feiern!«

Sie kam zurück und schenkte zwei weitere Gläser ein.

Kurz darauf schob sich ein älterer Mann durch die Tür, weißhaarig, mit kurzem Bart, schlaksig und schüchtern, aber freundlich lächelnd.

»Trau dich nur, Kurt«, sagte Frau Wohlgemuth liebenswürdig, hakte den Mann unter und stellte ihn Anna vor. »Das ist Kurt-Georg Pol.«

»Guten Tag«, sagte der Mann und fügte hinzu: »KG!«

Anna begriff nicht, was diese Lautäußerung bedeuten sollte.

»Äh ... freut mich, Herr Pol«, erwiderte sie ein wenig verwirrt, aber sie mochte diesen Mann, dem seine Herzenswärme ins Gesicht geschrieben stand, auf Anhieb. Gunilla drückte ihm ein Glas in die Hand.

»Wo bleibt denn Rose?«, fragte sie, ging zur Tür und rief: »Rose, komm doch bitte. Nur kurz zum Guten Tag sagen.«

Anna hörte eine Tür, aber keine Schritte auf dem Flur. Plötzlich stand die alte Frau da, in ihren Hauspuschen, einem schwarzen Rock, einer ausgeblichenen graubraun-gemusterten Bluse und einer ockerfarbenen Strickweste darüber. Sie war einen ganzen Kopf kleiner als Frau Wohlgemuth und alles an ihr war fragil. Ihr leicht angegrautes braunes Haar trug sie in einem mickrigen Dutt am Hinterkopf, der ihre traurige Erscheinung unterstrich. Daneben wirkte die wesentlich ältere Gunilla Wohlgemuth wie das blühende Leben.

»Da bin ich«, sagte die Frau leise, ihr Blick wanderte von einem zum anderen, und als er an Anna hängen blieb, lächelte sie nahezu unmerklich und nickte einmal mit dem Kopf.

»Rose Holländer, Anna Trost«, stellte Frau Wohlgemuth vor.

»Freut mich«, sagte Anna wieder und reichte der verhuschten Rose die Hand. Der Händedruck der alten Frau war kaum zu spüren.

Nachdem auch Rose versorgt war, hob Frau Wohlgemuth ihr Glas hoch in die Luft. »Auf unsere neue Mitbewohnerin«, rief sie voller Freude, »und darauf, dass wir schon ganz bald wieder vollzählig sind!«

1. Februar 2020

Rose

Das dünne Garn um ihren linken Zeigefinger gewickelt, in der rechten die ebenso dünne Häkelnadel, beide Hände untätig im Schoß, so saß Rose auf ihrem Sessel im Erker ihres Zimmers und blickte durchs Fenster.

»Nein, ist das gemütlich, was Mama? So ein schönes Plätzchen!«, sagte Marietta jedes Mal, wenn sie zu Besuch kam. Das letzte Mal, als sie zu Oskars Beerdigung da war. »So schön!«, sagte sie. Und neun oder zehn Jahre zuvor, bei Roses Einzug, da hatte sie es auch schon gesagt: »So ein schönes Zimmer, schau nur den Erker, Mama, ist der nicht traumhaft?« Rose hatte genickt. Sie hatte keine Kraft für Worte gehabt, für gar nichts, und über die Jahre hatte sich wenig daran geändert. Sie wusste, dass Marietta hoffte, sie würde wieder die alte werden, aber wie konnte sie das? Und sie hatte auch kein Recht dazu.

»Schau, der schöne Erker!«, hatte Marietta gerufen, so innig bemüht, sie wachzurütteln, ins Leben zurückzuholen. Rose wollte sich Mühe geben, sie wollte ihrer Tochter nicht zur Last fallen. Also war sie hinzugetreten, in diesen traumhaften Erker, und hatte aus dem Fenster gesehen. Und dann war ihr Blick auf das Theaterdach gefallen. Das Dach des Prinzregententheaters. Man sah nicht die schöne Front, nur die Rückseite und das Dach, aber das war genug für Rose. »Wunderschön!«, hatte sie leise gehaucht, und ihre Tochter hatte sie glücklich an sich gedrückt.

Tag für Tag saß sie seither dort in diesem vielbewunderten Erker, schaute hinaus – und dachte an Heinrich. Auch beim Häkeln dachte sie an ihn. Als junge Frau hatte sie das schon einmal probiert, Handarbeit als Methode zur Entspannung, irgendjemand hatte ihr dazu geraten, aber sie hatte keine Geduld gehabt, es hatte sie nur noch mehr aufgeregt, weil sie mit dem feinen Garn nicht zurechtkam, und sie hatte alles in die Ecke geworfen, und Heinrich hatte sich halb totgelacht. Dummes Wort: totgelacht. Er hatte gelacht. Manchmal, wenn sie dasaß und häkelte, hörte sie sein Lachen. Siehst du, wie gut ich es gelernt habe, dachte sie dann und schaute hinaus auf das Dach des Theaters.

Rose hob die Nadel und den Faden, den sie um ihren Finger gewickelt hatte, das Muster hatte sie im Kopf. Ein Willkommen für die neue Mitbewohnerin und ein Grund weiterzumachen, Masche für Masche.

Sie würde bald einziehen, diese Anna, und dann waren sie wieder vollzählig, wie Gunilla sagte. Aber was bedeutete das schon für Rose in ihrem Erker? Anna war noch so jung. So anders als sie alle, die ihr Leben gelebt hatten.

Das ihre war seit zehn Jahren vorbei, nur ihre Hände bewegten sich noch und häkelten, bis es nichts mehr zu häkeln gab.

7.

Der Tisch

Als Anna an diesem Abend ihre Wohnung betrat, kam es ihr vor, als befände sie sich in einem nicht enden wollenden Traum. Ihr Leben fühlte sich kein bisschen real an. Ihr war, als müsste sie endlich aufwachen, am liebsten an jenem Montag im vergangenen November, als die Türklingel sie aus dem Schlaf gerissen hatte. Noch einmal aufwachen, noch einmal nach vorn marschieren, durch den Spion linsen und statt des Postboten die beiden Zeugen Jehovas erblicken. Sie würde kurz die Tür öffnen, die beiden freundlich abwimmeln und sich danach wieder ins Bett legen, bis der Montag vorbei wäre. Dann könnte alles so bleiben, wie es war.

Konnte es aber nicht.

Im Dämmerlicht setzte sie sich an den Tisch und verharrte dort, während es immer dunkler und dunkler im Zimmer wurde – genau wie in Annas Leben.

Am nächsten Morgen, mit etwas Abstand und der fatalistischen Einsicht, dass sie es nun mal nicht ändern konnte, besprach sie beim Frühstück die Ereignisse vom Vortag mit Jeremias und bemühte sich um Sachlichkeit, denn sie wollte ihn nicht volljammern.

»Die Leute sind echt nett«, resümierte sie, »wirklich, aber freiwillig hätte ich mir andere Mitbewohner ausgesucht.«

Was für welche denn?, fragte Jeremias in ihrem Kopf.

Anna zuckte mit den Schultern. »Normalere vielleicht?«

Sofort hörte sie Jeremias grunzen. *Etwa so normal wie du?*

Nachdenklich kaute sie auf einer trockenen Scheibe Brot mit Marmelade herum und spülte alles mit Kaffee runter.

Die scheue Rose Holländer hatte sich schnell wieder verdrückt. An ihrem Glas hatte sie nur einmal genippt und sich dann peu à peu wieder Richtung Tür manövriert.

Als Frau Wohlgemuth »Ist schon in Ordnung, Rose« zu ihr sagte, murmelte sie etwas Unverständliches, senkte den Kopf leicht in Annas Richtung, was man als Abschiedsnicken interpretieren konnte, und verschwand so lautlos, wie sie gekommen war.

Nur Kurt-Georg Pol, KG, wie er offenbar genannt wurde, blieb bei Frau Wohlgemuth und Anna am Tisch sitzen, freute sich und aß kulinarisch fragwürdige Dosenmandarinenschnittchen. Man erzählte ein bisschen von Oskar, Annas Vormieter, der nach kurzer schwerer Krankheit im Jahr zuvor gestorben war. Frau Wohlgemuth fragte, wann Anna denn einziehen könne, Anna fragte nach dem Mietvertrag.

»Ach du liebe Zeit, den hätte ich jetzt ganz vergessen«, lachte Frau Wohlgemut und holte ihn herbei. Mietvertrag war ein zu großes Wort für das, was da auf einem DIN-A4-Blatt stand. Im Grunde wurde lediglich Annas Mietanteil festgelegt, sonst nichts.

»Das reicht doch eigentlich, oder nicht?«, meinte Frau Wohlgemuth. Kündigungsfristen und all so was regele doch garantiert der Gesetzgeber.

Anna stimmte ihr zu und unterschrieb.

»Und damit isses fix«, sagte sie jetzt zu Jeremias, der in ihrer Vorstellung genau wie früher mit ihr am Tisch saß. »Ich werde tatsächlich umziehen.«

Den ganzen Sonntag lang stand Anna neben sich, der Montag war doppelt schlimm, denn es war nicht nur Montag, sondern außerdem der 3. Februar, Jeremias' Todestag, der sich zum sechsten Mal jährte. Statt erleichtert zu sein, dass sie eine Bleibe gefunden hatte und ab März nicht auf der Straße stehen würde, fiel Anna in ein noch tieferes Loch. Vorher war sie verzweifelt gewesen, jetzt war sie depressiv.

Am Dienstag endlich kroch sie mühsam wieder aus ihrem Loch hervor. Kisten waren zu packen, Sachen auszusortieren, denn sie konnte keinesfalls alles mitnehmen. Zum ersten Mal war sie froh darüber, dass Jeremias' Eltern damals einiges von seinem Kram hatten haben wollen. Unter anderem sein Cello. Es hatte Anna das Herz gebrochen, aber immerhin war das seiner Eltern auch gebrochen, also gab sie ihnen das Instrument. Sein Cello …

Als sie mitten im Packen darüber nachdachte, ob sie wohl notfalls etwas bei ihrem Vater im Haus unterbringen durfte, fiel Anna siedend heiß ein, dass er just an diesem Tag Geburtstag hatte. Es bestand nicht gerade die Gefahr, dass man sie erneut einladen würde, aber sie musste natürlich anrufen.

»Trost?«, meldete er sich.

»Auch Trost«, sagte Anna.

»Ah, Anna!« Er lachte. Wie immer.

»Herzlichen Glückwunsch zum Geburtstag. Alles Gute!«

»Danke!« Er lachte wieder. Anna lachte ein bisschen mit.

»Jetzt bist du aber schon ein ziemlich alter Knochen, hm?«

Noch mehr gemeinsames Lachen. Was hatte Jeremias einmal gesagt? Als der liebe Gott die Menschen erfand, dachte er sich: Was kann ich tun, damit sie sich gegenseitig ertragen? Und dann fiel ihm die Sache mit dem Lachen ein.

»Also, komm«, scherzte Konrad Trost zurück. »Mit vierundfünfzig ist man noch kein alter Knochen. Ich bin heute Morgen schon zehn Kilometer gelaufen. Und du?«

»Sport ist Mord.«

Lachen. Schweigen. Ihr Pulver war verschossen, das ging immer schnell.

»Hast du keine Lust, zum Kaffee vorbeizukommen?«, fragte Annas Vater schließlich, vermutlich aus lauter Verlegenheit. Sie war so überrascht, dass ihr als Antwort nichts anderes einfiel als die Wahrheit.

»Ich hab keine Zeit, ich muss packen.«

»Packen? Fährst du in Urlaub?«

»Nein.« Er musste es ja ohnehin erfahren. »Ich ziehe um.«

»Echt? Aber wieso denn? Ich dachte, du wolltest die Wohnung unbedingt behalten.«

Anna erklärte es ihm, und er wirkte ehrlich betroffen.

»Oh, Anna! Mensch! Das tut mir leid. Warum hast du denn …?« Er unterbrach sich selbst. »Kann ich dir helfen?«, fragte er stattdessen. »Ich meine, beim Umzug oder so?«

»Also …« Mit viel Überwindung fragte Anna ihn, ob in seinem Haus eventuell Platz sei, ein paar Sachen unterzustellen. »Nur fürs Erste. Ich glaube nicht, dass ich allzu lange in dieser WG wohnen werde, und wenn ich dann ein Zimmer mehr habe, kann ich wieder alles nehmen.«

»Klar«, sagte ihr Vater sofort. »Im Keller haben wir noch ein bisschen Platz. Und in die Zimmer der Kinder passt sicher auch noch das eine oder andere. Was wäre das denn alles?«

Seine bedingungslose Hilfsbereitschaft rührte sie beinahe. Sie zählte die Sachen auf.

»Und dann noch unseren großen Tisch«, sagte sie am Schluss. »Der wäre mir wichtig.«

»Oje! Der ist sehr groß, nicht wahr?« Konrad Trost war vielleicht zwei- oder dreimal in der Wohnung seiner Tochter gewesen, aber an den imposanten Tisch konnte er sich allem Anschein nach gut erinnern.

»Ja, ziemlich.«

»Wie groß genau?«

»Ein Meter zehn auf zwei Meter zwanzig.«

»Oje«, kam es wieder von seiner Seite. »Und der ist massiv, stimmt's?«

»Stimmt.«

»Anna, es tut mir leid, aber ...« Ein tiefer, bedauernder Seufzer ersetzte den Rest.

»Schon gut«, sagte Anna. »Dachte ich mir schon. Dann werde ich ihn eben«, sie brachte es kaum über die Lippen, »verkaufen.«

»Ja, genau«, stimmte ihr Vater erleichtert zu. »Der bringt sicher noch was, oder? Der war doch teuer.«

Mir war er teuer, dachte Anna, unbezahlbar.

»Ja, der war teuer«, sagte sie.

Sie besprachen, wann und wie er die Sachen bei ihr abholen würde, und noch einmal bot er an, Anna beim Umzug zu helfen.

»Ich komme sogar an einen Transporter«, sagte er. »Gar kein Problem. Wäre doch am einfachsten für dich, oder?«

Das stimmte natürlich, und außerdem klang es, als wollte er ihr wirklich gern helfen.

»Okay«, sagte sie, und er freute sich so, als wäre sie es, die ihm damit einen Gefallen tun würde. Anna wünschte ihm noch einen schönen Geburtstag und ließ Grüße an Sylvia ausrichten.

Nachdem sie resigniert aufgelegt hatte, schaltete sie auf Autopilot. Sie konnte das. Ihre Beine setzten sich von allein in Bewegung, ihr Hintern platzierte sich von allein vor dem Laptop, ihre Finger riefen Seiten auf, machten klick, klick, klick, hieben in die Tasten. Nur nicht nachdenken, nicht hadern. Doch ihre Gedanken ließen sich nicht aufhalten. Anna sah Jeremias vor sich, wie er bei der Schlüsselübergabe Jubeltänze vollführt hatte. Er war von Zimmer zu Zimmer gerannt, von Stelle zu Stelle. Pantomimisch hatte er alles eingerichtet: »Hier kommt das Bett hin, hier kommt das Klavier hin, und hier ...«, mitten im Wohnzimmer hatte er gestanden und die Arme ausgebreitet, »hier kommt ein groooßer Tisch hin. Ein richtig großer. Ein schöner. Einer, an dem viele Leute Platz haben. Alle unsere Freunde.«

Anna verdrängte die Bilder, tippte. Ebay-Kleinanzeigen. Hochwertiger Esstisch! Welcher Preis? Es gab keinen Preis. Ursprünglich hatte das Prachtstück mal um die 2000 Euro gekostet. Er sah aus wie neu. 1000 Euro? Viel zu viel, das zahlte kein Mensch. 800? Als Verhandlungsbasis konnte man das probieren. Zu guter Letzt fiel ihr ein, dass sie noch ein Foto machen sollte. Mehrere Fotos. Anna fotografierte den Tisch von allen Seiten und unter Tränen. Laut schluchzend gab sie die Anzeige auf.

Ihr Vater kam ein paar Tage später vorbei, um alle Sachen abzuholen, die sie weder mitnehmen konnte noch wegwerfen wollte. Trübsinnig betrachtete er den Esstisch.

»Wirklich ein schönes Stück«, meinte er bedauernd und packte vier der sechs Stühle ein. Wenigstens zwei wollte Anna als Erinnerung behalten.

Von Ebay meldete sich keiner, und ihr Vater war der Meinung, 800 Euro seien leider immer noch ein zu hoher Preis, selbst wenn der Tisch mehr als das Doppelte wert war. Wohl oder übel setzte sie daraufhin den Preis auf 600 Euro runter.

In einer mittlerweile nahezu leeren Wohnung empfing sie Mitte Februar Margot Bettermann. »Das Konzert rückt näher«, lag sie Anna in den Ohren. Das überzeugendere Argument für eine weitere anstrengende Probe war jedoch die gute Bezahlung. Diesmal war auch die Klarinettistin mit von der Partie, auf die sich Frau Bettermann schon so gefreut hatte, weil das Instrument dem *Hirt auf dem Felsen* erst diese besondere Stimmung verlieh. Anna hatte dafür eine alte Bekannte von früher gewinnen können. Viola war eine Virtuosin auf ihrem Instrument, und als die beiden Musikerinnen anfingen zu spielen, war das so schön, dass Anna sich wünschte, sie hätten auf den Gesang von Margot Bettermann verzichten können. Aber nein, ihr Einsatz erfolgte pünktlich nach dem knapp zweiminütigen Vorspiel. Von da an ging es bergab mit dem Hirten. Zunächst hielt sich Frau Bettermann noch ganz wacker, man konnte hören, wie fleißig sie mit ihrer Lehrerin geübt hatte. Die ersten vier Minuten bewältigte sie wesentlich besser als sonst. Doch dann kam diese lange langsame Passage mit ihren unzähligen lang gehaltenen Tönen, das Ganze im Piano, eine Tortur für jeden Sänger und die ultimative Herausforderung einer brillanten Gesangstechnik. Margot Bettermann litt Höllenqualen, doch sie kämpfte sich durch die Passage wie Tarzan durch dichten Dschungel. Leider verbrauchte sie dabei all ihre Kraft, sodass das Finale dieser Elf-Minuten-Marter von Franz Schubert einem Todeskampf glich, der darin gipfelte, dass die Sängerin mit dem letzten hohen Ton gleichsam ihre Seele aushauchte. Dass in ihrer Darbietung höchste Dramatik lag, war nicht zu leugnen.

Viola sank auf einen der verbliebenen Stühle nieder und warf Anna einen verstörten Blick zu. Frau Bettermann bekam nichts davon mit, sie stützte sich auf Annas wertvollen Tisch und keuchte sich zurück ins Leben.

Gerade als Anna nach einer kleinen Regenerationspause ansetzte, irgendein nicht allzu verlogenes Lob zu äußern, vorzugsweise den intensiven Ausdruck betreffend, klingelte ihr Handy. Es war eine Frau, die wegen des Tischs anrief. 600 Euro waren ihr jedoch zu teuer, ob da noch was zu machen sei. Nein, da war nichts zu machen. Schade!

»Verkaufen Sie den Tisch?«, keuchte Frau Bettermann und schaute unter sich zu der Holzplatte, auf der ihre Arme ruhten.

»Ja, leider«, sagte Anna, dankbar für den Themenwechsel.

»Wirklich schade um das schöne Stück«, meinte Viola, die ebenfalls sofort die Gelegenheit ergriff, vom Liedgesang abzulenken. »Ich würde ihn sofort nehmen, wenn ich einen Tisch bräuchte. Hast du ihn auf Ebay eingestellt?«

»Ja, genau. Kleinanzeigen.«

»Und wie ist das so? Ich hab das noch nie gemacht.«

Anna und Viola tauschten sich noch ein paar Sätze lang über Ebay aus, sodass sie sich alle von dem verunglückten Hirten erholen konnten.

»Nächste Woche dann wieder?«, fragte Margot Bettermann, während sie sich ihren Mantel überwarf.

»Nächste Woche geht bei mir ganz schlecht«, stellte Viola sofort klar. »Überhaupt fürchte ich, ich kann erst wieder im April zur Generalprobe, aber das reicht ja auch, oder?« Sie warf Anna einen beschwörenden Blick zu.

»Locker«, erwiderte diese. Viola atmete auf.

»Wir telefonieren, Frau Bettermann, ich muss mal sehen, wie das mit dem Umzug und meinen anderen Terminen klappt«, meinte Anna. »Und dann hab ich auch noch das große Konzert im Herkulessaal. Wahrscheinlich geht es bei mir auch erst wieder im März. Frühestens.«

»Aha, na schön. Also dann.« Margot Bettermann hob die Hand zum Gruß und rauschte davon. Während Viola ebenfalls ihre Sachen packte, klingelte erneut Annas Handy. Noch einer, dem 600 Euro zu viel waren.

»Sind 600 Euro etwa zu teuer?«, fragte sie Viola, kurz bevor sie aus der Tür war.

Die zuckte mit den Schultern. »Vielleicht, ich weiß es nicht. Tschüss, Anna!«

Im Laufe des Tages riefen noch fünf weitere Leute an, die alle anfingen zu verhandeln und schließlich vom Kauf absahen.

Am nächsten Tag meldete sich eine Frau, die sich das gute Stück am Wochenende wenigstens mal anschauen wollte. Sie kam mit ihrem Mann. Mehrfach liefen sie um den Tisch herum, hoben ihn an und grübelten laut.

»Meinst du, der passt zu unserem blauen Ledersofa? Also ich weiß nicht.«

»Bisschen dunkel halt.«

»Und auch ein bisschen arg groß.«

»Lang.«

»Das meine ich ja: lang.«

»Dafür 600 Euro ...?«

»Würden Sie noch ein bisschen runtergehen mit dem Preis?«

»Den kriegen Sie für 600 Euro nicht verkauft.«

Anna biss sich fast die Unterlippe durch, um nicht zu antworten.

»Für 400 würden wir ihn nehmen«, meinte der Mann.

»400?«, entrüstete sich die Frau. »Bernie, also ich weiß nicht.«

»Ja, das ist viel Geld für einen gebrauchten Tisch, aber ...« Er machte eine Miene, die deutlich zeigte, wie hin- und hergerissen er innerlich war. »Na komm, Isa!«, forderte er die Gattin schließlich auf.

»Also schön«, sagte sie dann. »Für 400 sag ich nicht nein.«

Anna, die Tischbesitzerin, hatte zwar noch nicht ja gesagt, trotzdem betrachtete man das Ganze als beschlossene Sache.

»Wir würden dann noch mal vorbeikommen, um den Tisch abzuholen«, sagte der Mann zu ihr und zu seiner Frau: »Da muss mir der Hillmann den Anhänger leihen.« Und wieder zu Anna: »Wäre nächsten Samstag recht?«

Gar nichts war recht, aber Anna war müde, und ihr fehlte die Kraft, um 200 Euro mehr oder weniger zu kämpfen. Außerdem war es doch egal, für wie viel Geld sie den Tisch verlieren würde. Wieder etwas von Jeremias, das sie aufgeben musste. Stück für Stück wurde ihr jeder Rest von ihm genommen.

Sie nickte schwach, die beiden rieben sich die Hände.

In der folgenden Woche telefonierte Anna mehrmals mit

Gunilla, Frau Wohlgemuth, wie sie sie damals noch nannte. Die alte Dame war schon ganz aufgeregt und bot ihr an, doch gern schon eine Woche früher zu kommen. Und was sie als Begrüßungsessen machen sollte, also nicht sie, sondern KG, Kurt-Georg, denn der könne viel besser kochen. Sie sei in der Küche etwas chaotisch.

»Wir freuen uns alle so sehr, dass Sie zu uns kommen«, sagte sie am Telefon. »So sehr.« Ihre Stimme wärmte Annas Herz und war so tröstlich, wie nur irgendetwas in ihrer Situation sein konnte. Diese Stimme! Anna malte sich aus, wie bei Gunilla Wohlgemuth *Der Hirt auf dem Felsen* geklungen hätte. Wundervoll wäre das gewesen.

Am 22. Februar wollte dieses raffinierte Ehepaar, Bernie und Isa, den Tisch abholen. Wenn der nicht mehr da war, wollte auch Anna nicht länger in der Wohnung sein, also fragte sie ihren Vater, ob er ihr, wie angeboten, an einem der Tage darauf beim Umzug helfen könne.

»Aber sicher. Da ist Fasching, da nehme ich mir frei«, sagte er. »Montag, Dienstag, wann du willst.«

»Dienstag bitte«, erwiderte Anna sofort und fügte noch hinzu: »Das ist echt nett von dir.«

Fast fühlte es sich an, als wären sie eine Familie.

Am Samstag kamen die beiden Tischkäufer.

Gerade als sie an der Tür klingelten, klingelte auch Annas Handy. Sie drückte den Öffner, und weil sie die Nummer von Frau Wohlgemuth erkannte, ging sie gleichzeitig ans Telefon.

»Hallo Frau Wohlgemuth, einen Moment, ich kriege gerade …«, Besuch war Quatsch, »… also, da kommen gerade Leute, die …«

Das Ehepaar klopfte an die Tür, Anna öffnete und winkte sie herein. »Die wollen meinen Tisch kaufen.«

»Oh, dann störe ich nicht lange, ich wollte nur Bescheid sagen, dass KG unglücklicherweise einen Hexenschuss hat, er kann also nicht behilflich sein, falls Sie schwere Sachen zu tragen haben …«

Während Anna Frau Wohlgemuth erklärte, dass ihr Vater ihr helfen würde und sie das gut allein schaffen könnten, folgte sie dem kaufwilligen Paar ins Wohnzimmer zu ihrem Tisch. Andächtig betrachteten ihn die beiden, andächtig und ein bisschen wie Piranhas, die sich in den nächsten Sekunden auf ihre Beute stürzen würden.

Anna registrierte am Rande, dass Frau Wohlgemuth etwas gesagt hatte, doch sie hatte es nicht richtig mitbekommen. »Wie bitte?«, fragte sie nach und Frau Wohlgemuth wiederholte es, doch Anna konnte nicht zuhören, sie konnte nur die beiden Leute anstarren und sich vorstellen, wie sie in Zukunft an ihrem und Jeremias' Tisch sitzen würden, Freunde zu Gast hätten, denen sie triumphierend erzählen würden, wie sie dieses Traumschnäppchen ergattert hatten. Tränen schossen Anna in die Augen, sie wandte sich ab.

»Frau Trost?«, drang es aus dem Hörer. Anna schniefte. »Anna?« Frau Wohlgemuth klang besorgt.

»Ja?«, quiekte Anna, mühsam um ihre Fassung ringend.

»Weinen Sie?«, fragte Frau Wohlgemuth. Es fühlte sich an, als stünde sie direkt neben Anna und legte ihr den Arm um die Schulter.

»Nein«, behauptete Anna.

»Doch«, widersprach Frau Wohlgemuth. »Etwa meinetwegen? Habe ich etwas Dummes gesagt?«

Anna warf einen Blick auf die beiden Tischdiebe, die sie nicht weiter beachteten, und zog sich ins Schlafzimmer zurück. Dann erklärte sie Frau Wohlgemuth, so gut sie konnte, die Sache mit dem Tisch, obwohl es ihr ein wenig peinlich war. Großer Gott, es war ein Tisch! Ein Allerweltsgegenstand. Wie sollte jemand nach drei Sätzen begreifen, was sie damit verband? Aber Gunilla Wohlgemuth begriff es.

»Wenn Sie sich nicht von dem Tisch trennen können, dann bringen Sie ihn doch einfach mit«, sagte sie. »Nichts leichter als das.«

»Wie bitte?«

»Bringen Sie ihn mit.«

»Frau Trost?«, rief der Mann aus dem Wohnzimmer. »Wir würden dann gern bezahlen und gehen.«

»Moment!«, rief Anna zurück und leise zu Frau Wohlgemuth: »Es geht nicht. Es ist nicht genug Platz in meinem Zimmer. Es ist ein sehr großer Tisch. Richtig groß.«

»Dann stellen wir ihn eben in die Küche, die ist auch groß«, erwiderte die alte Dame.

»Frau Tro-host!«, trällerte die Frau. »Wir möchten gehen. Könnten wir das Geschäft jetzt bitte abwickeln?«

»Moment!«, plärrte Anna zurück. »Aber bei Ihnen in der Küche steht schon ein großer Tisch«, erinnerte sie Frau Wohlgemuth.

»Ist Ihrer schön?«, fragte diese.

»Oh ja. Sehr schön!«

»Schöner als unserer?«

»Ja, doch. Ihrer ist auch schön, aber meiner ist ...«

»Na also! Bringen Sie ihn mit und schicken Sie diese Leute zum Kuckuck.«

»Frau Trost!« Der Mann klang so empört, als wären die Worte der alten Dame zu ihm hinübergeweht.

»Sicher?«, fragte Anna ins Telefon.

»Ganz sicher. Ein schöner neuer Tisch in der Küche wäre doch ganz wunderbar. Unser alter wackelt außerdem. Ich habe mir schon lange überlegt, einen neuen anzuschaffen.«

Wie liebenswert sie schwindeln konnte!

»Danke!«, sagte Anna leise und erneut tränenerstickt vor Rührung und Freude. »Danke! Danke! Sie ahnen ja gar nicht ...«

Frau Wohlgemuth lachte herzlich und verbot Anna, länger zu weinen.

»Und am Dienstag, wenn Sie kommen, feiern wir wieder ein bisschen, nicht wahr?«

»Das machen wir!«, sagte Anna und konnte sich zum ersten Mal über ihr neues Zuhause freuen.

Sie legte auf und kehrte ins Wohnzimmer zurück.

Das Ehepaar hatte den Tisch bereits Richtung Flur geschleppt.

»Tut mir sehr leid«, sagte Anna. »Aber eben hat mich eine alte Freundin angerufen. Sie möchte den Tisch gern haben, und leider ist ihr Angebot absolut konkurrenzlos.«

Die Frau riss die Augen auf, dem Mann fiel die Kinnlade runter. Sie fand als Erste ihre Sprache wieder.

»Sie haben uns den Tisch doch versprochen«, rief sie schrill.

»Nein, eigentlich habe ich das nicht«, widersprach Anna. »Und genau genommen habe ich auch niemals den 400 Euro zugestimmt.«

»Das ist eine Unverschämtheit!«, zeterte die Frau.

»Wir nehmen den Tisch auf alle Fälle mit«, verkündete der Mann entschlossen und hob ihn auf seiner Seite in die Höhe.

»Nein, das werden Sie nicht.« Anna trat ihm in den Weg.

Er kniff die Augen zusammen. »Das werden wir ja sehen.«

»Glauben Sie mir, das *wollen* Sie nicht sehen«, erwiderte Anna mit einem drohenden Unterton und trat noch einen Schritt näher auf ihn zu.

Jeremias hatte früher immer behauptet, sie sehe aus wie Gogo Yubari aus *Kill Bill*, die in ihrem Schulmädchendress so harmlos wirkte, in Wahrheit aber eine durchgeknallte Kämpferin war, bewaffnet mit einem klingenbesetzten Morgenstern. »Doch, du siehst exakt so aus«, hatte er Anna immer geneckt.

Vielleicht kannte der Mann den Film und sah ebenfalls eine gewisse Ähnlichkeit. Oder er traute ihr einfach grundsätzlich zu, dieses tödliche Fünf-Punkte-Karatedings zu beherrschen. Auf alle Fälle ließ er den Tisch los und starrte Anna verunsichert an. Sie starrte zurück und hob millimeterweit ihre linke Augenbraue. Da gab er auf.

»Komm, Isa! Wir gehen«, zischte er seiner Frau mit einem letzten Rest mühsam zusammengekratzten männlichen Stolzes zu und stürmte durch den Flur. Isa warf Anna einen vernichtenden Blick zu, ihre Lippen zuckten.

»Komm!«, dröhnte es aus dem Treppenhaus. Da verzichtete sie auf eine Beschimpfung und stapfte ihrem Mann hinterher.

Als die Tür ins Schloss fiel, hörte Anna Jeremias' Stimme. *Gut gemacht, Gogo!*

9 Jahre zuvor
(März 2011)

»Hallo, ich bin Jeremias!«

»Anna!«

Sie reichten einander die Hand. Mit der linken hielt er sich an seinem Cello fest. Er hatte das freundlichste Lächeln der Welt, Anna mochte ihn auf Anhieb. Auf einmal legte er den Kopf schief, die Locken fielen zur Seite und gaben den Blick seiner rehbraunen Augen frei.

»Weißt du eigentlich, dass du aussiehst wie Gogo Yubari?«, fragte er unvermittelt.

Anna hatte keine Ahnung, wer das war, aber offensichtlich handelte es sich um eine Anspielung auf ihr asiatisches Äußeres, und so etwas hasste sie mehr als alles andere. Fiel den Leuten sonst nichts ein? Dunkle Mandelaugen, schwarze Haare, klein und zierlich, und als Klaviervirtuosin ein wandelndes Klischee. Wortlos wandte sie sich ab und marschierte zu ihrem Platz am Flügel. Der verwirrte Blick des jungen Mannes folgte ihr, doch sie beachtete ihn nicht mehr, sondern spielte nacheinander ein paar wilde Läufe, um ihre Finger zu lockern und ihren Ärger loszuwerden. Dabei hatte der Cellist eigentlich so nett gewirkt. Aus den Augenwinkeln nahm sie seinen schüchternen Blick und sein verlegenes Grinsen wahr, doch als sie ihn weiter ignorierte, band er seine Lockenmähne am Hinterkopf zusammen und widmete sich seinem Cello.

Er war eingesprungen, weil sich Pascal beim Abschütten der Spaghetti die Hand verbrüht hatte. Allein darüber war Anna schon verärgert. Es war die letzte Probe vor dem Konzert, was, wenn der Ersatz nicht gut und sein Spiel genauso plump war wie seine überflüssigen Bemerkungen?

Aber er war gut. Und wie gut! Viel, viel besser als Pascal. Geradezu überirdisch gut. Sie spielten *Der Schwan* von Saint-Saëns, noch nie hatte Anna das Stück so gehört, nie einen Menschen mit dieser Hingabe spielen sehen. Instinktiv hielt sie sich mit ihrer Begleitung zurück und überließ dem Cello die Bühne. Sie wollte nur zuhören, genießen, zusehen, wie er das Instrument streichelte und ihm Töne entlockte, so betörend schön und ergreifend, dass sie den Tränen nah war.

Nach dem letzten Ton verharrte der Cellist für einen Moment, dann hob er den Kopf, drehte sich um und lächelte Anna zu, und sie lächelte zurück, sie konnte nicht anders. Da stellte er sein Cello behutsam beiseite und eilte zu ihr.

»Du, also vorhin das«, er ließ sich vor ihrem Klavierhocker auf die Knie fallen, »ich wollte dich wirklich nicht beleidigen, im Gegenteil, ich war nur so verblüfft, ich bin nämlich ein Riesenfan von Tarantino. Kennst du? Pulp Fiction? Also Gogo Yubari ist eine Figur aus *Kill Bill*, und ...«

Er redete wie ein Wasserfall. Am Cello so ernst und voller Gefühl, war er nun der nervöse Junge, der sich erklären wollte, der ständig das Gummiband aus seinen Haaren heraus- und wieder hineinpfriemelte, mit den Händen redete und Anna ansah, als wollte er sie anflehen, ihm doch bitte, bitte zu glauben, dass es für ihn ein Riesenkompliment bedeutet hatte, sie mit dieser unschuldig wirkenden Tötungsmaschine zu vergleichen.

»Ich glaube, wir müssen mit der Probe weitermachen«, erinnerte ihn Anna sanft.

»Gehst du hinterher mit mir etwas trinken?«, fragte Jeremias.

Sie nickte.

Wie hätte sie Nein sagen können, sie hatte sich ja schon längst in ihn verliebt, in sein Grinsen, seine Locken, sein Gefuchtel, seine Herzlichkeit und in sein phänomenales Spiel. In den ganzen Jeremias.

Ein letztes Mal bändigte er seine Haare mit dem Gummiband, dann stand er auf, schenkte ihr sein strahlendstes Lächeln und sagte: »Du spielst übrigens wundervoll.«

»Du auch«, sagte sie und erwiderte sein Strahlen.

8.

Willkommen

Den Rosenmontag verbachte Anna ausnahmsweise einmal nicht im Bett, sondern kümmerte sich um die Wohnung, putzte und packte die letzten Kisten. Es war der erste Montag seit Jahren, an dem sie sich auf sinnvolle Weise beschäftigte. Ihr Vater kam am Dienstagmorgen pünktlich zur verabredeten Zeit. Sie bauten zunächst Bett und Schrank auseinander und schleppten anschließend alle Möbel und Kisten nach unten zu dem geliehenen Transporter, der reichlich Platz für alles bot. Zum Glück waren sie die meiste Zeit über beschäftigt, aber natürlich mussten sie auch Pausen einlegen, und da ließ es sich nicht vermeiden, ein paar Worte zu wechseln. Mühsam quälten sie sich von einem Gesprächsthema zum nächsten.

»Was machst du mit dem Klavier?«

»Übermorgen kommt der Klaviertransport, das müssen Profis übernehmen.«

»Ja. Stimmt. Ist teuer, was?«

»Ja, aber hilft ja nix.«

»Stimmt.«

Schweigen. Minutenlang, bis es zu ungemütlich wurde.

»Wann ist denn die Übergabe?«

»Freitag.«

»Aha.«

»Ich hoffe, ich kriege die Kaution zurück.«

»Wirst du schon.«

»Ich hab nicht gestrichen und das Parkett ist auch nicht mehr so gut in Schuss.«

»Aber das ist normaler Gebrauch, damit können sie dich nicht belasten.«

»Ich hoffe.«

»Hast du einen Anwalt?«

»Nein.«

»Ich kenne da einen.«

Hätte Anna das mal vorher gewusst.

»Hast du eigentlich eine Rechtsschutzversicherung?«

»Nein.«

»Ach du liebe Zeit, Kind, die braucht man aber.«

Kind, nannte er sie. Nach einunddreißig Jahren. Sollte sie sich darüber nun ärgern oder freuen? Sie wusste es nicht. Es musste ihm selbst aufgefallen sein, denn er errötete und vertiefte sich augenblicklich in die Verbindungsteile, die den Bettrahmen zusammenhielten.

»Was hältst du eigentlich von dieser Virus-Geschichte?«, fragte er nach einer Weile. Völlig neues Thema. Unpersönlich, belanglos, perfekt für ein missratenes Vater-Tochter-Verhältnis.

»Ich hab das gar nicht so verfolgt«, gestand Anna, die anderes im Kopf gehabt hatte.

»Ich auch nicht so richtig. Aber Sylvia«, Konrad fing auf einmal an zu lachen, »die ist neulich mit vier Packungen Klopapier nach Hause gekommen.«

»Bitte?«

»Sie meinte, man muss vorsorgen.« Er lachte sich scheckig.

»Vorsorgen?«

»Keine Ahnung. Sie verfolgt das Thema und meint, da kommt noch was auf uns zu.«

Sylvia, die Perfektionistin in allem, vom Kuchenbacken bis zum Katastrophenmanagement. Sie verschaffte ihnen Gesprächsstoff für die nächsten Minuten. Gemeinsam machten sie sich ein bisschen lustig, Konrad allerdings auf so liebevolle Weise, dass Anna fast eifersüchtig wurde. Ihr Vater liebte seine Frau wirklich, und das nach so vielen Jahren. Das war schön, aber Anna fühlte sich wieder einmal ausgeschlossen. Den anderen, viel tieferen Stich, den sie dabei empfand, ignorierte sie.

Nach zwei Stunden waren sie fertig und bereit, zu ihrem neuen Zuhause aufzubrechen. Sie würde noch zweimal kurz wiederkehren, aber der endgültige Abschied fand für Anna in diesem Moment statt, als sie sich an der Tür umdrehte und ihr Blick auf das einsame Klavier im leeren Wohnzimmer fiel.

Wir. Haben. Die. Wohnuuuuuung!

Wäre ihr Vater nicht dabei gewesen, vor dem sie sich keine Blöße geben wollte, Anna wäre auf der Türschwelle zusammengebrochen. Ihr Leben war vorbei. Das war der einzige Gedanke, zu dem sie fähig war, das Einzige, was sie fühlte. Es war einfach vorbei.

Ich bin noch da, flüsterte Jeremias. *Ich bleibe bei dir, überall.*

»Kommst du?«, fragte Konrad sanft. Er wusste so wenig von ihrem Leben, aber er wusste, wie viel ihr diese Wohnung bedeutet hatte.

»Ja«, sagte Anna und schloss die Tür.

»Anna!« Frau Wohlgemuth nahm sie mit ausgebreiteten Armen in Empfang. Kurz und liebevoll drückte sie sie an sich. »Ich darf doch Anna sagen, nicht wahr? Wir nennen uns hier alle beim Vornamen, das ist einfach netter, wenn man zusammenwohnt. Ich bin Gunilla.«

»Gern. Gunilla!« Der Name kam nur mit Mühe über Annas Lippen, denn die alte Dame war so ehrwürdig. Aber auch so liebenswert und herzlich, dass sich Frau Wohlgemuth auf Dauer befremdlicher angefühlt hätte als schlicht Gunilla.

»Und Sie sind Annas Vater? Freut mich sehr, Sie kennenzulernen.« Sie reichte Konrad die Hand. Anna sah ihm an, wie perplex er war. So hatte er sich wohl weder ihre neue Behausung noch ihre neue Mitbewohnerin vorgestellt. Was würde er erst sagen, wenn er die übrigen zu Gesicht bekäme?

»Wie schon am Telefon gesagt«, erklärte Gunilla bedauernd, »KG hat diese Rückenprobleme, also fürchte ich ...«

»Ich kann trotzdem ein bisschen helfen. Das geht schon«, hörte Anna seine Stimme. Erst jetzt bemerkte sie ihn an der Wand neben seiner angelehnten Zimmertür. KG gehörte zu den Menschen, die meist unsichtbar zwischen Mobiliar und Wänden verschwanden, deren unaufdringliche Gegenwart keiner bemerkte. Schüchtern lächelnd kam er auf sie zu, mit der rechten Hand umklammerte er das linke Handgelenk.

»Guten Tag, Anna, herzlich willkommen«, sagte er. »Ich kann schon ein bisschen helfen, so schlimm ist das mit dem Rücken gar nicht.«

»Aber hinterher wäre es dann wieder schlimm und das werde ich auf gar keinen Fall zulassen«, entgegnete Gunilla milde. »Unser Kurt ist der hilfsbereiteste Mensch auf der Welt, er würde sich eine Hand abhacken, wenn er damit einem anderen etwas Gutes tun könnte.«

»Aber nein«, widersprach KG und senkte verlegen den Blick.

»Kein Problem, das schaffen wir schon, so viel ist das nicht«, meinte Konrad, aber Anna hatte ein schlechtes Gewissen. Natürlich war es viel. Ein paar Dutzend Male würden sie bis in den dritten Stock steigen müssen, beladen mit unzähligen Brettern, den schweren Bettteilen, Möbeln, Kisten voller Bücher und Noten und vor allem dem schweren Tisch. Sie hätte sich um eine Umzugsfirma kümmern sollen, dachte Anna, das hätte dann eben etwas gekostet. Nun musste ihr Vater die ganze Last allein schleppen, und er war kein junger Hüpfer mehr, der einen Umzug als Alternative zum Kraft- und Ausdauertraining im Fitnessstudio betrachten konnte.

»Michel kann helfen«, sagte Gunilla.

Michel? Um Himmels willen!

Sie bemerkte Annas Zweifel. »Er ist im Augenblick recht …« Sie stockte. »Er kann helfen.« Beruhigend nickte sie Anna zu, dann rief sie ihn. »Michel!«

»Nein, das ist doch wirklich nicht …«, hob Anna an, doch da hörte man bereits eine Zimmertür.

Kurz darauf tauchte Michel auf. Er kam mit hängenden Armen und ausdruckslosem Gesicht um die Ecke, aber er wirkte deutlich weniger beängstigend als bei ihrer ersten Begegnung und auch ein klein wenig gepflegter. Außerdem trug er einen Anzug.

»Michel, würdest du so lieb sein und Anna und ihrem Vater helfen, ihre Sachen hochzutragen?«

»Wenn es sein muss«, erwiderte Michel vollkommen sachlich und keineswegs unhöflich, sah man über die rein inhaltliche Aussage hinweg.

»Du bist ein Schatz!«, freute sich Gunilla, als hätte sich ihr Sohn gerade vor lauter Freundlichkeit und Hilfsbereitschaft überschlagen. Michel beachtete weder sie noch Anna noch ihren Vater, sondern ging an allen vorbei durch die Tür und geradewegs die Treppe hinunter. Konrad, der sein Befremden kaum verhehlen konnte, folgte ihm auf dem Fuße.

»Er ist zurzeit in einer guten Phase«, erklärte Gunilla, bevor auch Anna sich auf den Weg nach unten machte.

»Das freut mich«, sagte diese und erwiderte das frohe Lächeln der alten Dame.

Michel erwies sich als große Hilfe. Wie ein Roboter trug er Kiste um Kiste nach oben, Möbelstück um Möbelstück, unermüdlich, wortlos und immer allein, ohne Hilfe. Die wenigen schweren und sperrigen Sachen, die man nur zu zweit tragen konnte, mussten Konrad und Anna übernehmen. Nur bei dem schweren Tisch machte Michel zum Glück eine Ausnahme, als ihn Konrad darum bat, und so schafften sie auch dieses letzte und für Anna so wertvolle Stück glücklich nach oben.

»Das war harte Arbeit«, erklärte Michel in seinem nüchternen Tonfall.

Konrad, dem der Schweiß von der Stirn lief, nickte. »Ohne Sie hätten wir das kaum geschafft.«

»Das kann ich mir denken«, sagte Michel.

»Vielen Dank für die Hilfe!«, sagte Anna. »Das war wirklich sehr nett.«

»Sie wohnen jetzt hier«, stellte Michel fest.

»Das stimmt.«

»Wie lange?«

Anna war baff. Wie kam er dazu, das zu fragen? Und was wollte er hören?

Es sollte noch ein wenig dauern, bis sie begriff, dass Michels Fragen völlig arglos waren. Hintergedanken waren ihm fremd. Er fragte und sagte einfach das, was er wissen wollte und was für ihn naheliegend war.

»Ich ... ich weiß nicht«, antwortete sie ratlos.

»Man kann ja nicht in die Zukunft sehen«, half Konrad.

»Doch, das kann man«, widersprach Michel. »Wissenschaft macht es möglich, anhand bisher gesammelter Erkenntnisse Prognosen anzustellen.«

Annas Vater stand der Mund offen.

»Natürlich gibt es Unwägbarkeiten«, räumte Michel ein. »Alles kann man nicht wissen.« Sein Kopf sank nach vorn, als wäre er traurig darüber. Auf den Schultern seines Anzugs sammelten sich Schuppen.

»Ich denke, ich werde wohl länger hierbleiben«, sagte Anna. »Eine ganze Weile.«

Michel hob wieder den Kopf. Die Ahnung eines Lächelns erschien auf seinem Gesicht.

»Ist das in Ordnung?«, fragte Anna. Er nickte.

Nachdem sie alle Möbel wieder aufgebaut hatten, ließ sich Konrad von Gunilla noch zu einer Tasse Kaffee überreden. Annas schöner Tisch stand nun in der Küche und passte dorthin, als wäre er für diesen Platz gemacht. Der alte hatte tatsächlich gewackelt, genau wie Gunilla gesagt hatte, sie hatte es ihnen sogar vorgeführt. Anna hielt es jedoch nicht für ausgeschlossen, dass die alte Dame ein kleines bisschen Sabotage an ihrem eigenen Möbelstück betrieben hatte. Oder sie hatte KG darum gebeten.

Nach dem Kaffee verabschiedete sich Konrad. Verlegen standen er und Anna einander an der Wohnungstür gegenüber. Es war der Moment, in dem sich Väter und Töchter normalerweise umarmten, zumal, wenn der Vater vorher so etwas Nettes für die Tochter getan hatte. Anna und ihr Vater dagegen wussten nicht, wie das ging.

»Also dann …«

»Ja, also … grüß Sylvia!«

»Mach ich.«

»Und … danke noch mal.«

»Nichts zu danken.«

So war das, nicht einmal einen Dank erlaubten sie einander.

Konrad spreizte seine Arme seitlich ab und machte Bewegungen, als wollte er die Treppe hinunterfliegen, eine seltsame Geste. Dazu das übliche Lachen. Und noch mal: »Also dann!«

Anna nickte ihm zu. Da wandte er sich endlich ab und ging.

Was jetzt?

Sollte sie wieder zu den anderen in die Küche gehen?

Michel hatte sich nach wenigen Anstandsminuten zurückgezogen, sein Reservoir an Geselligkeit war erschöpft, aber Gunilla und KG saßen noch dort und unterhielten sich. Musste sie sich höflicherweise noch mal dazusetzen? Sollte sie sich abmelden, wenn sie lieber allein in ihrem Zimmer sein wollte? Oder musste sie gar nichts sagen? Sie hatte nicht die leiseste

Ahnung, wie sie sich verhalten sollte. Sie war hier weder zu Gast, noch war sie zu Hause.

Sie sehnte sich nach ihrer alten Wohnung und nach ihrer unkomplizierten Einsamkeit. Aus der Küche drang Gunillas helles Lachen.

Noch während Anna darüber nachdachte, was sie tun sollte, ging die Toilettentür auf. Rose kam heraus und mit ihr eine etwas strenge Duftwolke.

»Hm«, machte sie, als sie Anna sah, und eilte mit lautlosen Trippelschritten den Flur entlang zu ihrem Zimmer.

KG kam aus der Küche.

»Wenn Sie Hilfe brauchen, dann sagen Sie bitte Bescheid, ja?«

»Mach ich. Danke.«

Er schnüffelte. »Oh, Rose war auf der Toilette.«

Anna musste lachen. »Ja …«

Er gluckste. »Hat sie Guten Tag gesagt?«

»So was in der Art.«

Er gluckste noch mehr. »Hoffentlich kommen wir Ihnen nicht zu merkwürdig vor.«

»Aber natürlich kommen wir ihr merkwürdig vor, alles andere wäre vollkommen unverständlich.« Gunilla trat hinter KG in den Flur und lachte. »Erholen Sie sich erst mal von dem anstrengenden Umzug, liebe Anna.«

»Ich muss jetzt zuerst mein Zimmer in Ordnung bringen.«

»Tun Sie, was immer Sie wollen und auch wann und wie Sie es wollen«, erwiderte Gunilla. »So macht das jeder hier. Jeder hat seinen eigenen Rhythmus, seine eigenen Gewohnheiten, seine eigenen Bedürfnisse. Keiner hat irgendwelche Erwartungen an den anderen. Ich möchte, dass Sie das wissen. Sie sollen sich hier wohlfühlen.«

Gunillas einfühlsame Worte schnürten Anna die Kehle zu. »Danke!«, flüsterte sie.

»Ist es Ihnen recht, wenn wir heute Abend alle gemeinsam essen und etwas trinken? Eine kleine Willkommensfeier? KG kocht, er kann das vorzüglich.«

»Aber natürlich«, sagte Anna, obwohl sie sich fragte, wie es um die Geschmacksnerven von jemandem bestellt sein konnte, der mit Vorliebe Dosenmandarinenbutterbrote aß. »Sehr gern.«

Den restlichen Tag bis zum Abend verbrachte sie in ihrem Zimmer, packte aus, räumte ein und versuchte, den Raum so gemütlich wie möglich zu gestalten, aber er war vor allem eins: zu voll. Im leeren Zustand hatte er verhältnismäßig groß ausgesehen, aber möbliert wirkte er winzig klein und eng. Sie besaß einfach zu viele Sachen. Es sah aus wie bei Ikea, wenn ein Praktikant und nicht der Einrichtungsfachmensch die Möbelausstellung gestaltet hatte. Und dabei war noch nicht einmal das Klavier da. Einstweilen stand nur die Klavierbank als Platzhalter an der Wand.

Anna ließ sich seufzend auf ihr Bett fallen. Wie sollte sie hier arbeiten? In ihrer alten Wohnung hatte sie kein Problem damit gehabt, ihre Sänger zu empfangen, hier dagegen wäre es regelrecht peinlich. Sie würde so oft wie möglich in einen Probenraum im Theater oder in die Hochschule ausweichen müssen. Oder zu den Sängern nach Hause, sofern sie ein Klavier besaßen.

Sie wäre wohl mit fortschreitender Dämmerung gänzlich im Dunkel ihrer Gedanken versunken, hätte sie nicht ein lautes Gepolter draußen wieder ins Hier und Jetzt gezerrt. Sie suchte den Lichtschalter, und als sie ihn fand, registrierte sie verblüfft, welch behagliche Atmosphäre das weiche orangefarbene Licht der dreiarmigen Deckenleuchte dem Raum verlieh. Draußen im Innenhof ging ebenfalls die Beleuchtung an. Die immer noch kahlen Bäume, die zwischen den Gebäuden in die Höhe ragten, sahen im Schein der Lampen aus wie abstrakte Skulpturen. Wie schön musste es erst sein, wenn sie ihre Blätter trugen. Anna trat auf den Balkon und schaute hinab. Es sah ein bisschen aus wie im Märchen, wie der Garten in einem verwunschenen Schloss. In der Mitte war ein alter Brunnen, jetzt noch abgedeckt, aber im Sommer würde er munter vor sich hin plätschern, sie bei offenem Fenster sanft in den Schlaf lullen. Und hoffentlich auch den Rap neutralisieren, der aus der Nachbarwohnung heraus zu hören war. Es war nicht sehr laut, aber Großer Gott, wer hörte sich denn so einen Mist an? Das hatte nichts mehr mit Musik zu tun.

»Essen ist fertig«, hörte Anna KG aus der Küche rufen.

Sie nahm gleich den Weg über den Balkon.

»Nicht erschrecken«, sagte sie, als sie eintrat.

KG lachte und meinte, Oskar habe das auch oft so gemacht.

Der Tisch, ihr Tisch, war wunderhübsch gedeckt, der Prosecco perlte schon in den Gläsern.

»Du liebe Zeit«, rief KG plötzlich und wurde ganz blass. »Ich habe überhaupt nicht gefragt, ob Sie Vegetarierin sind.« Zerknirscht sah er Anna an. »Sind Sie? Oh, nein, wie konnte ich das nur vergessen? Das muss man doch fragen.«

»Ich bin keine Vegetarierin«, beeilte sie sich, ihn zu beruhigen. »Ich spiele ab und zu mit dem Gedanken, es zu werden, aber bislang habe ich noch immer vor solchen Köstlichkeiten kapituliert.«

Es duftete fantastisch aus einem riesigen Topf auf dem Herd.

»Ossobuco alla milanese!«, erklärte KG. »Dazu gibt es Tomatenrisotto und vorher Bruschetta mit etwas Salat.«

»Und hinterher?«, fragte Gunilla, die sich fürs Abendessen umgezogen hatte und in einem eleganten langen Kleid die Küche betrat, dicht hinter ihr Michel in seinem Anzug.

»Hinterher gibt es Erdbeersorbet.«

»Aaah!«, rief Gunilla zufrieden und lachte herzlich.

Rose trat lautlos durch die Tür. »Hm!«, machte sie wieder

und drückte sich auf einen der beiden Stühle an der Wandseite. Gunilla nahm am Kopfende des Tisches Platz, rechts von ihr Michel, neben ihm KG. Anna wollte sich auf den Stuhl neben Rose setzen, da erhob Michel Einspruch und meinte, Anna müsse am Kopfende Platz nehmen

»Das war früher Oskars Platz«, erklärte ihr Gunilla. »Also, der am Kopfende. Sie können sich aber auch gern neben Rose setzen, ganz wie Sie möchten.«

»Nein, das muss alles so bleiben«, widersprach Michel entschieden. »Der Platz da drüben muss frei sein.«

Anna sah, wie unangenehm Gunilla Michels Benehmen war, und sie registrierte ihren ängstlichen Blick, so als befürchtete sie, Anna würde gleich wieder ausziehen.

»Das ist in Ordnung«, beruhigte sie Gunilla und Michel. »Ich sitze gern hier am Kopfende, das bin ich eh so gewohnt. Früher haben wir auch ...« Sie hielt inne. Wenn sie Gäste gehabt hatten, hatte sie an einem Ende gesessen und Jeremias ihr gegenüber, aber das gehörte nicht hierher. »Also ... ich sitze gern hier«, kürzte sie ihren angefangenen Satz ab.

KG stellte den Salat und eine Platte mit Bruschetta auf den Tisch. Gunilla reichte jedem ein Glas Prosecco und hob ihres in die Höhe.

»Liebe Anna, seien Sie uns herzlich willkommen. Ich hoffe, Sie fühlen sich sehr wohl bei uns.«

Dann stießen sie alle miteinander an, ein Glas ans andere, ein reiner Ton nach dem anderen, mal lauter, mal leiser. Ein Raum voller Musik. Fast so wie früher, dachte Anna, und doch wirkte es grotesk, wie sie um ihren Tisch herumsaßen, mehr ein Zerrbild früherer Zeiten, in denen noch alles so war, wie es sein sollte: Jeremias und Anna und lauter Freunde in ihrem Alter, lachend, sorglos, lebendig.

Gunilla hob ihr Glas in Annas Richtung: »Auf die Zukunft«, rief sie und fügte etwas leiser hinzu: »Und auf das Leben.«

25. Februar 2020

Kurt (KG)

Liebe Luise,
stell dir vor, heute ist wieder jemand eingezogen. Eine junge Frau. Ich hatte dir ja geschrieben, dass Gunilla ganz lange keinen Nachmieter für Oskars Zimmer finden konnte. Es will nun mal nicht jeder in eine Alten-WG ziehen, das kann man auch verstehen, meinst du nicht? Und dann Michel … wenn man ihn nicht kennt, dann schreckt man leicht zurück. Gunilla tut mir da sehr leid. Aber unsere neue Mitbewohnerin hat sich nicht abschrecken lassen. Anna heißt sie, stell dir vor, Luise, wie eure Tochter, das muss ja ein gutes Zeichen sein, nicht wahr? Jedenfalls ist sie sehr nett. Noch jung, wie gesagt, ich habe sie nicht gefragt, wie jung, das macht man ja nicht, und ich kann nicht gut schätzen, aber Ende zwanzig vielleicht? Das spielt ja auch keine Rolle. Sie ist sehr nett. Hoffentlich gefällt es ihr und wir vergraulen sie nicht.
Nein, lach nicht, liebe Luise, man weiß nie. Hab ich dich erwischt? Hast du gelacht und die Hand so weggeworfen, wie früher, wenn Emil oder ich Quatsch verzapft haben? Siehst du, du kannst noch so lange und noch so weit weg sein, ich weiß noch immer, wie du reagierst.
Aber genug von mir. Geht es dir gut? Hast du dich von der Migräne neulich erholt? Mach dir keine Gedanken, wenn

du im Moment nicht so oft schreiben kannst, obwohl ich darauf brenne, neue Geschichten von deiner Enkelin zu erfahren, die Kleine scheint ja ganz nach ihrer Großmutter zu kommen. Manchmal denke ich, es ist schade, dass Hilde und ich keine Kinder hatten, allein schon deshalb, weil ich es mir so schön vorstelle, etwas von sich selbst in den Kindern und Enkeln wiederzuerkennen. Aber auch ohne Kinder bin ich zufrieden, wir hatten es schön, und jetzt habe ich es immer noch schön, hier in der Wohngemeinschaft, mit Gunilla und den anderen und jetzt mit der neuen Anna.
Ich soll dir übrigens Grüße von Gretchen ausrichten, unbekannterweise, das habe ich in meinen letzten Briefen immer vergessen, ich Schussel. Übermorgen kommt sie wieder. Das war wirklich die beste Idee, die du je hattest, einmal die Woche kann man sich so eine Wohltat gönnen. Wie du schon sagtest, das stärkt das Immunsystem, Gretchen meint das auch.
Liebe Luise, verzeih mir, das ging wieder einmal wild durcheinander in meinem Brief, aber das kennst du ja schon.
Jetzt geh ich noch rasch zum Briefkasten und dann muss ich für alle kochen. In zwei Tagen schreib ich dir, was es Neues gibt.
Bleib gesund, meine liebe Luise!

Es grüßt dich von Herzen
dein Kurt

9.

Die ersten Tage

Wenn Anna später an die ersten Tage in der WG zurückdachte, waren es lediglich blitzlichtartige Bilder einzelner Momente, die in ihrer Erinnerung auftauchten wie die spärliche Einlage in einer trüben, geschmacklosen Suppe, ihrer Lebenssuppe sozusagen.

Sie erinnerte sich an das Aufwachen am ersten Morgen. An die fremden Stimmen. Die Geräusche fremder Menschen. An das Gefühl von Fremdsein. Sie war nicht mehr zu Hause, war entwurzelt und an einem Ort gelandet, an den sie nicht gehörte. Jedes einzelne Geräusch hämmerte diese Gedanken fester und fester in ihren Kopf. Es war anstrengend, dagegen anzukämpfen, das Gute zu sehen, Zuversicht zu suchen, wo nur Leere war. Der erste Morgen war schlimm.

Als Nächstes erinnerte sie sich an das Frühstück mit Gunilla, die sie, auf Annas Frage hin, darüber aufklärte, wie der Haushalt und das Kochen gehandhabt wurden. Es verhielt sich damit in etwa so wie mit dem Mietvertrag: unkompliziert und nahezu ohne Regeln.

»Um das meiste kümmert sich KG«, erklärte Gunilla. »Er kocht, kauft ein, räumt auf und putzt, und wenn etwas kaputtgeht, repariert er es.«

Er tat all das ohne Aufhebens, meist ohne dass man überhaupt etwas davon mitbekam, wie Anna schon nach kurzer Zeit feststellte.

»Gibt es so etwas wie eine Haushaltskasse?«, fragte sie, denn irgendwo musste das Geld ja herkommen, von dem KG die Einkäufe erledigte.

»Ja, die gibt es«, sagte Gunilla. »Jeder von uns legt einmal pro Woche fünfzig Euro ins Huhn, aber ich gehe jede Wette ein, dass KG immer viel mehr ausgibt und diese Ausgaben dann aus eigener Tasche übernimmt. Er bestreitet das, aber ich glaube, er schwindelt.«

»Ins Huhn?«, vergewisserte sich Anna, ob sie richtig gehört hatte. Gunilla führte sie daraufhin nach draußen in den Flur. In einer hohen alten Vitrine, inmitten kleiner Porzellanfigürchen, zierlicher Mokkatassen und anderem hübschen Nippes saß ein glänzend weißes Huhn, das aussah, als würde man es beim Eierlegen stören. Gunilla ergriff seinen Kopf und hob ihn mitsamt dem halben Körper in die Höhe, sodass das Huhn seinen hohlen Bauch offenbarte, der Platz für Geldscheine und Münzen bot.

»Sollten Sie einmal Besorgungen für alle erledigen, dann bedienen Sie sich bitte einfach aus dem Huhn«, erklärte Gunilla. »Oder Sie gleichen Ihre Auslagen mit dem Geld, das sich hier drin befindet, wieder aus.«

»Gut«, sagte Anna, »mach ich.« Das System erschien ihr sinnvoll. Sogleich lief sie in ihr Zimmer und kam mit einem Fünfzig-Euro-Schein wieder, den sie im Huhn deponierte. Gunilla nahm es mit einem amüsierten Schmunzeln zur Kenntnis.

Das Huhn also, ein weiterer Erinnerungssplitter jener ersten Tage.

Dann natürlich Michel, der seine gute Phase hinter sich hatte und jedes Mal, wenn er Anna oder einen der anderen sah, panisch in sein Zimmer flüchtete. Manchmal schlich er sich in die Küche, um etwas zu essen oder zu trinken, aber dabei durfte er keinesfalls jemandem begegnen. Öffnete sich eine Tür oder ging jemand vorbei, rannte er wie von der Tarantel gestochen in sein Zimmer zurück. Nicht einmal seine Mutter konnte ihn dazu bewegen, rauszukommen. Man musste die Bahn frei machen und sich still verhalten, damit Michel fünf ruhige Minuten fand, in denen er ungestört das Bad, die Toilette oder die Küche aufsuchen konnte.

Dann war da noch die Geschichte, der sie alle damals noch keine große Bedeutung beimaßen. Es ging damit los, dass KG vom Einkaufen zurückkehrte und fassungslos berichtete, es gebe keine Nudeln mehr.

»Nirgendwo! Die Leute sind verrückt geworden. Mehl gibt's auch nicht. Außerdem habe ich gerade noch die letzte Packung Toilettenpapier ergattert. Die Regale sind leer. Wie im Krieg.«

»Wir haben mehr als genug Toilettenpapier«, beschwichtigte ihn Gunilla. »Und auch noch einige Packungen Nudeln.«

»Ja, zum Glück, sonst hätten wir jetzt ein Problem«, meinte KG erschüttert, öffnete die Abstellkammer und beförderte das Toilettenpapier auf den Stapel mit den restlichen acht Zehnerpackungen.

»Die Frau meines Vaters hat auch schon Klopapier gehortet«, erzählte Anna. »Was ist denn bloß los? Die Leute tun ja so, als würde demnächst eine Katastrophe über uns hereinbrechen.«

»Die Frau Ihres Vaters?«, hakte Gunilla ein.

»Ja, mein Vater ... also, sie ist eben nicht meine Mutter.«

»Oh ja, ich erinnere mich«, sagte Gunilla. »Sie erzählten, dass Ihre Mutter bei Ihrer Geburt gestorben sei. Dann ist das jetzt die zweite Frau Ihres Vaters?«

»Na ja, im Grunde ... ist sie die erste. Meine Eltern waren eigentlich ... nicht so richtig verheiratet.« Anna geriet ins Stammeln und sah zu Boden, sie hörte selbst, wie dämlich das klang: eigentlich nicht so richtig verheiratet. Sie spürte Gunillas fragenden Blick und schob eine halbherzige Erklärung hinterher. »Es war wohl eine Art Nottrauung im Krankenhaus oder so was, damit ich versorgt war, weil ... es so aussah, als würde meine Mutter die Geburt nicht überleben.«

»Und Ihr Vater hat Sie dann ganz allein aufgezogen?«, erkundigte sich Gunilla voller Bewunderung für diese Leistung. Anna wurde immer mulmiger. Das waren Dinge, mit denen sie sich nicht beschäftigen und über die sie noch viel weniger reden wollte. Nicht einmal mit Jeremias hatte sie sich über ihre verworrenen Familienverhältnisse unterhalten, oder über ihre Kindheit. Familie! Bevor sie Jeremias begegnet war, hatte sie niemals das Gefühl gehabt, überhaupt eine richtige Familie zu besitzen.

»Nein«, stellte sie Gunillas Irrtum richtig. »Ich bin bei meinen Großeltern aufgewachsen.« Dann entschuldigte sie sich und behauptete, sie habe noch einiges zu erledigen, die letzten Kisten auspacken, Schränke einräumen, das Übliche nach einem Umzug.

Zweimal noch musste Anna ihre frühere Wohnung betreten, am Donnerstag wegen des Klaviers und am Freitag wegen der Übergabe. Zweimal stählte sie sich innerlich, unterdrückte jedes Gefühl von Wehmut und tat so, als wären es nur Wände, eine Decke, ein Fußboden, totes Mauerwerk. Tot.

Der Klavierstimmer kam am Samstag. Eigentlich sein freier Tag, aber für eine alte Stammkundin machte er gern eine Ausnahme. Als nach nicht einmal einer Stunde Annas Klavier wieder gestimmt und in perfektem Zustand war, hatte sie eine plötzliche Eingebung.

»Hätten Sie noch eine Minute Zeit?«, fragte sie den netten Mann, führte ihn in den Salon und zeigte ihm den Bechstein. Seine Reaktion war genau, wie sie es erwartet hatte. Er schien nahe daran, vor dem kostbaren Instrument auf die Knie zu sinken.

»Frau Wohlgemuth war Sängerin«, erklärte Anna, während er in ehrfürchtigem Abstand den Flügel umkreiste. »Sie hat an der Met gesungen«, fuhr sie fort. »Sie dürfen ruhig die Tasten anschlagen.«

Er näherte sich dem Flügel, öffnete die Klappe und schlug einen Ton an. Augenblicklich verzog er das Gesicht. Ein zweiter Ton, ein dritter. Der Schmerz in seiner Miene wurde immer größer. Ab dem vierten Ton war der Mann in seinem Element.

»Entschuldigung«, murmelte er, »aber ich muss ...« Und schon war er bei der Arbeit.

Kurz darauf bemerkte Anna Gunilla draußen im Flur. Kerzengerade stand sie da und lauschte, wie der Klavierstimmer dem alten Flügel seine Seele zurückgab.

Er arbeitete mit Hingabe und ohne Unterlass, so lange, bis man auf dem Flügel ein großes klassisches Konzert hätte spielen können.

»So!«, sagte er am Schluss voller Zufriedenheit. »Jetzt geht es ihm wieder gut.«

Gunilla kam langsam herbei, sichtlich bewegt. »Was bin ich Ihnen schuldig?«, fragte sie mit schwankender Stimme. Anna wollte gerade klarstellen, dass selbstverständlich sie die Kosten übernehmen würde, da winkte der Meister ab und sagte, es sei ihm eine Ehre und eine große Freude gewesen. Außerdem sei Samstag und da arbeite er offiziell ja gar nicht. Er bekam dafür Kaffee und Kuchen und hörte gespannt zu, als Gunilla aus dem Nähkästchen plauderte und von ihrer Zeit als Sängerin erzählte, von berühmten Kollegen, die sie kennenlernen durfte, Partien, die sie gesungen hatte und von ihren Stationen in München, Wien, Mailand und schließlich New York.

Der Klavierstimmer wunderte sich, dass er bislang ihren Namen noch nicht gehört hatte, wo er doch alle großen Sänger ihrer Generation kannte.

Ein leises Lächeln umspielte Gunillas Mund. »Damals hieß ich noch Gunilla Raimund«, erklärte sie leichthin, »und ich vermute, an diesen Namen könnten Sie sich auch heute noch erinnern, hätte ich nicht zwei Tage nach meinem Juliette-Debüt an der Met am Bühnenausgang meinen Mann kennengelernt.«

»Oh!«, machte der Klavierstimmer verblüfft. Unmöglich zu sagen, welche Regung in diesem Oh mitschwang. Ob es ein Oh-wie-romantisch-Oh war, oder ein Oh-wie-tragisch-Oh. Und auch bei Gunilla konnte man nicht recht erkennen, ob sie mit Freude oder mit Reue an diesen Tag zurückdachte. Anna jedoch wurde nun einiges klar.

»Sie haben danach Ihre Karriere als Sängerin beendet?«, fragte sie zögernd. Gunilla nickte, ihr seltsames, nahezu ausdrucksloses Lächeln blieb.

Das Erste, was Anna nach ihrem Einzug auspackte, war eine künstliche Topfpflanze, ein kleiner, täuschend echt aussehender Rosenbusch, den ihr Jeremias einmal geschenkt hatte, weil richtige Pflanzen bei ihr nicht allzu lange überlebten. In seinem weißen Übertopf mit blauen Punkten platzierte sie ihn auf dem Fensterbrett neben der Balkontür, dazu ein Foto von ihr und Jeremias bei einem Konzert, er am Cello, sie am Flügel. Eine Momentaufnahme, in der Anna den Blick hob und Jeremias ansah, während er, vollkommen entrückt, sein Cello liebkoste.

Ein weiteres Foto, auf dem sie beide zu sehen waren und verliebt lachten, erhielt seinen Ehrenplatz auf Annas Klavier, obwohl sie da oben normalerweise gar nichts duldete. Und neben ihr Bett auf das kleine, alte Nachtschränkchen vom Flohmarkt stellte sie ihr Lieblingsfoto von Jeremias – das, auf dem er am Cello saß und von unten heraus in die Kamera schaute, als wollte er sagen »Wehe, du machst jetzt ein Foto von mir!«, aber gleichzeitig sein Grinsen wieder einmal nicht unterdrücken konnte, weil Anna es darauf angelegt hatte, ihn zum Lachen zu bringen.

So oft wie möglich in diesen ersten Tagen und Wochen zog sie sich in ihr Zimmer zurück. Sie wollte niemanden verletzen, aber sie zog die Gegenwart von Jeremias' Geist immer noch der ihrer lebendigen Mitbewohner vor und wollte an der Illusion festhalten, sie beide wären auch weiterhin unter sich.

Aber sie erzählte ihm ausführlich von den anderen. Von Michel und seinen Phasen, von Gunilla und dem viel zu frühen Ende ihrer Karriere. Von KG, der ohne Aufhebens für alle sorgte, und von Rose, die man nie hörte und die gar nicht richtig vorhanden war. Anna stellte sich vor, was Jeremias zu allen sagen und wie er dabei grinsen würde. Er war noch immer an ihrer Seite, auch in der Zumpestraße.

In ihrer zweiten Woche am Donnerstagnachmittag gegen drei Uhr klingelte es an der Haustür. Anna war soeben von einer langen, intensiven Probe zurückgekehrt und hängte gerade ihre Jacke in der Garderobe auf.

»Wir haben geschlossen«, brüllte Michel aus seinem Zimmer heraus.

Rasch drückte Anna den Öffner. Sie nahm an, es wäre entweder die Post oder eine von Gunillas alten Freundinnen, die immer mal wieder aus heiterem Himmel hereinschneiten, wie sie Anna erzählt hatte.

»Die halten es nicht für nötig, vorher mal anzurufen«, hatte sie sich in gespielter Empörung beschwert. »Aber wenigstens bringen sie Kuchen mit.« Dann hatte sie fröhlich gelacht und man hatte ihr angesehen, wie viel ihr diese Überraschungsbesuche bedeuteten. »Thekla, Josepha und Linda-Marie, die werden Sie sicher alle noch kennenlernen.«

Anna rechnete demnach mit einer dieser alten Damen, doch plötzlich stand KG hinter ihr im Flur.

»Das ist für mich«, murmelte er verlegen.

»Ah, okay!«, sagte Anna, stand jedoch so fest auf der Leitung, dass es ihr nicht in den Sinn kam, sich zurückzuziehen, worauf er vermutlich gehofft hatte.

Stattdessen öffnete sie die Tür und hörte schon an den Schritten auf der Treppe, dass es sich um eine junge, fitte Person handeln musste, die KG da erwartete. Im Laufschritt nahm sie die Stufen, und als sie mit einem letzten Hüpfer oben ankam und vor Anna stand, sah diese erst einmal nur bunt: eine bunte Patchworkjacke, limonengrüne Strümpfe unter einem gemusterten, mehrheitlich orangefarbenen Rock, braune kniehohe Stiefel, dazu blonde lange Dreadlocks, riesige blaue Augen und ein strahlendes Lächeln, das eine süße Zahnlücke zwischen den oberen Schneidezähnen offenbarte.

»Oh, hey! Sie sind die Neue, stimmt's?«, sagte die junge Frau, die Anna allerhöchstens auf Ende zwanzig schätzte. »Ich bin Gretchen!«

Sie schüttelte Anna herzlich die Hand.

»Anna!«, erwiderte Anna reichlich perplex.

»Gretchen ist meine Podologin«, erklärte KG, der hinzugetreten war. »Fuß. Pflege«, fügte er hinzu.

Erst jetzt bemerkte Anna den kleinen Koffer, den die junge Frau bei sich trug.

»Oh! Ach so!«, sagte sie. Gretchen grinste. KG eilte voraus zu seinem Zimmer und hielt ihr die Tür auf.

»Nett, Sie kennenzulernen«, rief Gretchen Anna zu, während sie KG folgte. Dann verschwanden beide hinter der Tür.

Anna konnte sich des Eindrucks nicht erwehren, dass KG dieses Zusammentreffen extrem peinlich war, obwohl es dafür keinen ersichtlichen Grund gab. Eine Menge älterer Leute gingen zur Fußpflege oder ließen sie ins Haus kommen. Seiner ramponierten Füße musste man sich doch nicht schämen. Annas Großmutter war regelmäßig zu ihrer Fußpflegerin gegangen und hinterher jedes Mal richtig erleichtert gewesen, weil sie wieder besser laufen konnte. Allerdings hatte die Fußpflegerin der Großmutter bei Weitem nicht so gut ausgesehen wie Gretchen. KG hatte Glück, und Anna gönnte ihm den angenehmen Anblick, während die junge Frau seine Füße behandelte.

Um sich von der Probe zu erholen und weil das Wetter so

schön war, setzte sich Anna nach draußen auf den Balkon. Dort hatte sie sich mit ihrem alten Korbsessel eine gemütliche Ecke an der frischen Luft eingerichtet. Eingekuschelt in eine Wolldecke konnte sie sich einreden, dass es hier ja doch ganz schön sei. In der Küche bei offenem Fenster summte Gunilla die Rosenarie. Wie gern hätte Anna sie einmal richtig singen gehört. Allein an ihrem Summen hörte man, dass sie kaum etwas von ihren Fähigkeiten eingebüßt hatte.

Auch aus der Nachbarwohnung drang wieder Musik, aber diesmal zum Glück kein Rap, sondern die Beatles. *»It's been a hard day's night«*. Der Nachbar sang mit und lag immer knapp daneben. Es klang ulkig. Und nett.

Gunilla streckte den Kopf durch das Küchenfenster. »Kaffee?«

»Gern!«, sagte Anna und ging zu ihr.

Wie so oft, wenn sie unter sich waren, drehte sich ihre Unterhaltung um Musik. Anna erzählte von der Probe, und dann fachsimpelten sie über das Programm des bevorstehenden Liederabends im Herkulessaal. Die beiden Frauen genossen diesen Austausch sehr, Anna, weil sie selten jemanden mit so großer Kompetenz kennengelernt hatte, und Gunilla ... da konnte Anna nur raten, aber sie war sich sehr sicher, dass sie wahrscheinlich der erste Mensch seit langer Zeit war, mit dem sich Gunilla auf diese Weise über Musik austauschen konnte.

Nach einer knappen Stunde spitzte Gretchen durch die Tür.

»Hab heute leider keine Zeit für ein Schwätzchen«, sagte sie, »muss gleich weiter. Bis nächste Woche dann!« Sie winkte fröhlich, und schon war sie weg.

»Ja, bis nächste Woche«, rief Gunilla ihr hinterher.

Nächste Woche? Anna wartete, bis sie die Tür hörte.

»Sie kommt nächste Woche schon wieder?«, fragte sie dann.

»Sie kommt jede Woche«, antwortete Gunilla, als wäre es die größte Selbstverständlichkeit, und nippte an ihrem Kaffee.

»Jede Woche?« Anna starrte sie verständnislos an. »Ist es so schlimm mit seinen Füßen?«

Es sah aus, als müsste sich Gunilla ein spontanes Lachen verkneifen, sie senkte den Kopf einen Augenblick lang, und als sie ihn wieder hob, lag ein amüsierter Ausdruck in ihrem Gesicht.

Mit einem Mal schossen Anna verrückte Ideen durch den Kopf. Gunilla presste die Lippen aufeinander und musterte sie, als könnte sie ihr ansehen, was sie dachte, auch wenn es noch so abwegig war. Natürlich war es abwegig. Vollkommen und komplett abwegig.

»Gretchen tut KG gut«, sagte Gunilla schließlich und fügte hinzu: »Seinen Füßen.«

Anna nickte. Mehr wollte sie nun wirklich nicht wissen.

Am Abend kümmerte sich KG wie üblich um das Essen. Leise pfiff er vor sich hin und wirkte sehr entspannt und ein bisschen glücklich.

6. März 2020

Rose

Rose häkelte die letzten Maschen. Sie hätte noch eine Reihe anhängen können, aber dann würde das Deckchen vielleicht zu groß. Ein kleineres Deckchen passte überall hin, auf jede Unterlage. Sie wusste ja auch gar nicht, ob Anna so was überhaupt gebrauchen konnte in ihrem Zimmer. Sie war eine moderne junge Frau, vielleicht fand sie so ein Geschenk lächerlich. Aber sie hatte nichts anderes und … eine Geste sollte es doch sein.

Sie hielt das Deckchen vor sich. Es war hübsch, aber eine Reihe mehr …

Als das Handy klingelte, schreckte sie zusammen. Dabei klingelte es eigentlich gar nicht richtig, es spielte ein Lied. Klingeln wäre erträglicher gewesen. Aber jedes Mal, wenn ihre Tochter anrief, spielte das Handy *Que Sera*. Fast jeden Tag rief Marietta an, erzählte von den Kindern, stellte belanglose, gut gemeinte Fragen und versuchte, ihre Mutter zum Reden zu animieren. Doch die hatte noch das Lied im Ohr und das verhinderte, dass sie sich auf irgendetwas anderes konzentrieren konnte.

Marietta hatte ihr das Handy vor Jahren geschenkt und sich um alles gekümmert. »Ab und zu den Akku aufladen und abnehmen, wenn ich anrufe, okay? Weiter musst du nichts machen. Nur das«, hatte sie gesagt. »Schau, ich richte dir jetzt einen speziellen Klingelton ein, dann erkennst du gleich, dass ich es bin.«

Que sera, sera, whatever will be, will be …

Rose war zusammengezuckt. Sie hatte schreien wollen: Nicht das! Aber schreien konnte sie schon lange nicht mehr. »Weißt du noch«, sagte Marietta, »das hast du mir doch als Kind immer vorgesungen.« Rose nickte. Und ihr hatte es Heinrich vorgesungen. Sie hörte noch immer seine Stimme und sah ihn vor sich. Wenn etwas schiefgelaufen war und sie deswegen den Kopf hatte hängen lassen, wenn sie sich gestritten und wieder versöhnt hatten, immer hatte er es gesungen, mal laut, mal leise, mal ironisch, mal ernst. Später hatte es Rose ihrer kleinen Tochter vorgesungen, aber das Lied gehörte zu Heinrich.

Seitdem hörte sie es, wenn Marietta anrief.

Wie eine tägliche Ohrfeige. Damit sie nicht vergaß.

Rose ließ das Deckchen auf ihren Schoß sinken.

Que sera, sera …

»Hallo? Marietta?«

10.

Abgesagt

Mit Rose hatte Anna am wenigsten Kontakt, weil sich die scheue alte Frau fast die ganze Zeit in ihrem Zimmer aufhielt. Dasselbe traf zwar auch auf Michel zu, aber Michel war trotzdem immer irgendwie präsent. Man beschäftigte sich mit ihm, man achtete darauf, in welcher Verfassung er war, und darauf, dass man ihm genügend Raum ließ. Bei Rose dagegen konnte man leicht vergessen, dass sie überhaupt da war. Anna sah sie ab und zu beim Frühstück und meist beim Abendessen. In der übrigen Zeit verschwand sie vollkommen aus ihrem Bewusstsein. Wenn sie sich beim Abendessen lautlos in die Küche schlich und plötzlich mit am Tisch saß, fiel es Anna wieder ein. Richtig, Rose, die gab es ja auch noch. Sie tauchte auf, blieb meistens stumm und verschwand nach kurzer Zeit wieder. Sie war immer abwesend, immer in ihrem Zimmer. Praktisch nicht vorhanden.

Eines Tages, es war in jener Anfangszeit, als Anna noch dabei war, sich mühsam einzugewöhnen, klopfte es an ihre Zimmertür. Sie spielte gerade Klavier, nichts Besonderes, nur so ein bisschen vor sich hin. Klimpern hatte Jeremias das scherzhaft genannt, doch er hatte immer gewusst, dass es ihre Art war, sich der Welt zu entziehen und alles Unangenehme auszublenden. Wenn sie spielte, war sie weg von allem und ganz bei sich.

Anna klimperte also und zwischendurch vernahm sie dieses

Geräusch. Es hörte sich an, als würde eine Maus übers Parkett trippeln. Es dauerte eine Weile, bis sie merkte, dass es ein zaghaftes Anklopfen war, als wäre eine Faust zu schwach, sich gegen das Holz der Tür zu behaupten.

»Ja bitte!«, rief sie.

Langsam und behutsam ging die Tür auf, man hätte meinen können, es wäre ein Geist, der da hereinschwebte. Hitchcock hätte seine Freude gehabt. Es war aber kein Geist, es war Rose.

»Hm!«, machte sie betreten.

»Oh, hallo!«, sagte Anna freundlich und versuchte ihre grenzenlose Überraschung zu verbergen. »Kommen Sie doch herein!«

Rose tat einen zögerlichen Schritt ins Zimmer, dann noch einen. Sie hielt etwas in der Hand, etwas Cremefarbenes, Labbriges.

»Ich … ich hab das …«, sagte sie mit ihrer hauchzarten Stimme und hielt das labbrige Etwas hoch. »Ich habe das gehäkelt. Für Sie. Als kleines Willkommensgeschenk.« Sie hielt es noch ein wenig höher und Anna entgegen.

Es war ein gehäkeltes Spitzendeckchen, wie sie in allen Größen in der ganzen Wohnung herumlagen, von Untersetzer- bis Tischtuchgröße. Dieses war so mittelklein. Es hätte aufs Klavier gepasst, wenn Anna auf dem Klavier noch etwas anderes geduldet hätte als das Foto von Jeremias und sich selbst.

»Oh!«, sagte sie, ging zu ihr und nahm ihr Geschenk entgegen. »Das ist …«

Anna wollte eine dieser Floskeln bemühen, die man von sich gibt, wenn man ein Geschenk erhält, mit dem man nicht so wirklich viel anfangen kann, aber für das man sich wenigstens bedanken muss. Da sah sie Rose vor sich stehen, so dünn und schmal und kaum wahrnehmbar, und sie sah das Geschenk, dieses Deckchen, das sie ganz allein für Anna in ihrem Zimmer gehäkelt hatte. Als Willkommensgeschenk. Die Rührung über diese stille Frau überfiel Anna mit solcher Macht, dass sie Rose am liebsten umarmt hätte.

»Das ist wunderschön«, sagte sie. »Wunderwunderschön! Vielen, vielen Dank!«

Über Roses trauriges Gesicht glitt ein Lächeln. Anna betrachtete das Deckchen genauer, sah, wie kompliziert das Muster und wie unglaublich dünn das Garn war. Es war im Grunde ein kleines Kunstwerk. Aus einem plötzlichen Impuls heraus lief sie mit ihrem Geschenk zum Klavier, hob den Rahmen mit dem Foto hoch und legte das Deckchen darunter. Sie hätte schwören können, dass Jeremias' breites Honigkuchenpferdlachen noch ein bisschen breiter wurde. Ein Spitzendeckchen auf ihrem Klavier! Unmöglich! Aber als sich Anna umdrehte und sah, dass das Lächeln auf Roses Gesicht bis in ihre Augenwinkel gekrochen war, da wusste sie, dass das kleine Kunstwerk einen Platz für die Ewigkeit gefunden hatte.

»Das muss unglaublich viel Arbeit gewesen sein«, sagte sie zu Rose, weil sie etwas sagen musste und wollte und das mit dem Umarmen nicht infrage kam.

»Ach, gar nicht«, winkte Rose bescheiden ab. Noch immer sprach sie so leise, dass Anna sie kaum verstand. Sie überlegte, ob sie der scheuen Frau nicht einen Platz anbieten sollte, aber sie mochte sie nicht zum Bleiben nötigen. Außerdem, worüber hätten sie sich unterhalten sollen? Und doch hatte Anna das Bedürfnis, ihr etwas Gutes zu tun, irgendwas. Sie fragte sich, womit sie Rose sonst eine Freude machen konnte, aber ihr fiel nichts ein.

»Ich freue mich wirklich sehr«, versicherte sie Rose. »Wie nennt man diese Spitzenhäkelei gleich wieder?«

»Filet.«

»Ah!«

»Hm!«

Rose wich ein wenig zurück zur Tür. »Ja, also ...«

Sie wandte sich ab.

»Rose?«

Den Türknauf schon in der Hand, drehte sie sich noch einmal zu Anna um und sah sie fragend an.

»Ich würde Sie eigentlich gern drücken. Für das schöne Geschenk. Darf ich?«

Rose lächelte ihr fast nicht vorhandenes Lächeln und nickte. Anna ging zu ihr und drückte sie. Und Rose drückte zurück.

»Wie lange wohnen die anderen eigentlich schon hier?«, fragte Anna, als sie Gunilla nach dem Abendessen half, die Küche in Ordnung zu bringen. Im Grunde wollte sie lediglich ein wenig Konversation betreiben, damit es nicht so unangenehm still war.

Gunilla, die gerade den Tisch abwischte, hielt inne und ließ sich sinnierend auf einem Stuhl nieder.

»Da muss ich direkt mal nachdenken«, sagte sie. Das tat sie eine Weile mit gerunzelter Stirn und leise untermalt von den Klängen von Louis Armstrongs Trompete aus KGs Arbeitszimmer.

»Also, die ersten, die hier nach dem Tod meines Mannes eingezogen sind, das waren natürlich Oskar und seine Frau Lisbeth«, fing Gunilla an. »Die beiden waren gute alte Freunde von uns, von ihnen stammt auch die Idee mit der Wohngemeinschaft. Wir werden schließlich alle nicht jünger, und es ist gut, wenn man im Alter nicht allein leben muss, nicht wahr? Und …«, sie zuckte mit den Schultern, »… ich habe Michael.« All die Sorgen, die sie sich seinetwegen machte, hatten Platz in diesen drei Worten. »Außerdem ist die Wohnung so riesig. Jedenfalls hat mir Oskar nach Richards Tod – Richard, so hieß mein Mann –, Oskar hat mir sehr unter die Arme gegriffen, es war ein Glück, dass ich die beiden hatte. Ein paar Jahre danach stieß KG zu uns. Das müsste jetzt …« Sie rechnete nach. »Das war 2010, also vor zehn Jahren. Und ein knappes Jahr später«, Gunilla stand auf und holte aus dem Kühlschrank eine Flasche Prosecco, »kam Rose dazu. Ich kannte ihren Mann noch von früher, er war ein bekannter Bühnenbildner.« Mit wenigen Griffen war die Flasche geöffnet. »KG hat ihn auch gekannt, KG war nämlich Restaurator. Das war reiner Zufall, dass es da diese Verbindung gab.« Sie holte zwei Gläser aus dem Schrank und schenkte ein, was für Anna bedeutete, dass sie länger in der Küche ausharren musste, als sie beabsichtigt hatte. Eigentlich hatte sie nur ein bisschen helfen wollen, jetzt musste sie sich wohl oder übel zu Gunilla an den Tisch setzen.

»Rose hatte nach dem Tod ihres Mannes eine schwere Zeit«, fuhr Gunilla fort. »Sie litt so sehr unter seinem Tod, sie war einfach nicht mehr dieselbe. Sie konnte ihren Beruf nicht mehr ausüben, also schickte man sie vorzeitig in Rente. Sie konnte ihre Wohnung nicht mehr halten, sie aß kaum noch etwas. Ihre Tochter Marietta machte sich große Sorgen, aber die lebt mit ihrer Familie in Berlin und hat einfach nicht genug Platz, um ihre Mutter aufzunehmen. Da hat sie mich angerufen und gefragt, ob Rose hier einziehen könnte, damit sie nicht allein sein müsste. Rose war es gleichgültig, sie hat alles mitgemacht, man hätte sie sonst wohin verfrachten können. Manchmal kommt es mir heute noch vor, als wüsste sie gar nicht so genau, wo sie eigentlich ist.«

»Sie hat mir ein Deckchen geschenkt«, erzählte Anna, die betroffen zugehört hatte. Gunilla atmete tief durch und nahm einen großen Schluck aus ihrem Glas.

»Rose ist ein Schatz«, sagte sie, nachdem sie das Glas abgesetzt hatte. »Sie war eine hervorragende Souffleuse, müssen Sie wissen. Die Schauspieler haben sie geliebt.«

»Souffleuse? Tatsächlich?«

»Oh ja!«

Anna konnte sich zwar genau vorstellen, wie Rose versteckt

im Souffleurkasten oder still und unsichtbar vorn auf der Seitenbühne neben dem Feuerwehrmann saß, ohne dass man sie wahrnahm, aber dass sie stundenlang aufmerksam das Stück verfolgte, dass sie rechtzeitig einschritt, wenn jemand nicht weiterwusste, und dann gerade laut genug ihre Stimme erhob, dass der Mensch auf der Bühne sie hören konnte, nicht aber die Leute im Zuschauerraum, das war für Anna schwer mit der Rose in Einklang zu bringen, die sie kannte.

»Verlust ist etwas Schlimmes«, sagte Gunilla. »Man ist danach nicht mehr derselbe Mensch. Man kann gar nicht mehr derselbe Mensch sein.«

Wer hätte das besser gewusst als Anna?

»Sie haben auch Ihren Mann verloren«, erwiderte sie.

»Ja, das stimmt.«

»Waren Sie vorher auch ein anderer Mensch?« Die Frage kam ganz unbeabsichtigt. Sie hatte nicht vorgehabt, so persönlich zu werden. Es war etwas anderes, sich über Musik zu unterhalten oder über die Nachrichten, das Wetter, das Essen. Anna hatte diesen Kompromiss geschlossen, in eine Wohngemeinschaft zu ziehen, in der man zwangsläufig Mitbewohnern begegnete und sich unterhalten musste, und es war ja auch ganz nett mit Gunilla, und auch die anderen waren irgendwie in Ordnung, aber sie wollte nun mal keinen allzu engen Kontakt. Eine bestimmte Grenze wollte sie nie überschreiten, denn irgendwann würde sie wieder ausziehen, in eine Wohnung, die nur ihr gehörte und in der sie ganz allein für sich sein konnte. Und jetzt stellte sie solche Fragen? *Waren Sie vorher auch ein anderer Mensch?* Das war mehr als nur ein Schritt über die Grenze.

»Ich war schon oft ein anderer Mensch«, sagte Gunilla. »Mal hab ich etwas verloren, mal ist etwas dazugekommen. So ist das bei uns allen. Fast allen«, schränkte sie ein. »Bei Rose kommt nichts dazu, sie sitzt dort in ihrem Zimmer, häkelt ihre Deckchen oder starrt aus dem Fenster, nichts weiter.«

»Vielleicht sieht das nur so aus«, entgegnete Anna. Mit einem Mal fühlte sie sich Rose mehr verbunden, als ihr lieb war. Wie Rose hatte sie einen geliebten Menschen verloren und seither war sie nicht mehr dieselbe. Sie atmete, sie lebte ... aber sie sträubte sich gegen diese Art von Spiegelbild.

»Ja, vielleicht sieht das nur so aus«, stimmte Gunilla zu, doch überzeugt schien sie davon nicht. Sie lächelte und sah Anna eine Weile forschend an. »Gefällt es Ihnen bei uns?«, fragte sie unvermittelt.

Anna wusste nicht, was sie antworten sollte, ohne Gunilla zu verletzen, doch lügen wollte sie auch nicht.

»Es ist noch ungewohnt«, gab sie schließlich zu.

»Das verstehe ich«, erwiderte Gunilla. Und wie so oft hatte Anna das Gefühl, dass sie noch sehr viel mehr verstand.

Mit der Zeit lernte Anna alle ein bisschen besser kennen, ihre Eigenarten, ihre Gewohnheiten. Auch wenn sie weitgehend für sich war, zwang sie sich doch zu der einen oder anderen Geselligkeit. Sie wollte auf keinen Fall so werden wie Rose, also riss sie sich zusammen. Sie nahm sogar die Einladung zum gemeinsamen Kaffee an, als Gunilla Besuch von Thekla erhielt, einer properen, kurzhaarigen älteren Frau mit kleinen Schweinsäuglein und kratertiefen Grübchen neben einem immerzu lachenden Mund. Michel, der seine schlimme Phase überwunden hatte, saß ebenfalls dabei und klärte die Frauen über die neuesten Entwicklungen in Sachen Virus auf. Er war genauestens informiert und ratterte sein gesamtes Wissen in einer Ansprache ohne Punkt und Komma herunter.

»Wir müssen alles zumachen«, rief er energisch. »Alles zu. Wie in Italien.«

»Das geht doch nicht«, widersprach Thekla nachsichtig lächelnd.

»Doch, doch, doch, doch, doch!« Michel trommelte mit seiner hageren Faust im Takt dazu auf den Tisch. »Das geht. Das geht. Das muss sein.« Damit stand er auf, eilte in sein Zimmer und schlug die Tür zu.

Gunilla blickte ihm mit einem bekümmerten Seufzer hinterher, doch Thekla störte sich nicht an Michels Benehmen. Sie schmunzelte nur und meinte: »Na, falls es tatsächlich dazu kommen sollte, würde sich zumindest für dich überhaupt nichts ändern, was Gunilla? Du gehst ja sowieso nicht raus.«

Sie sagte es so dahin und versenkte ihre Nase in ihrer Kaffeetasse, doch Anna fiel auf, wie blass Gunilla wurde.

»So ein Unsinn«, murmelte sie. Aber es stimmte, Gunilla ging nie vor die Tür. Nicht einmal auf den Balkon oder ins Treppenhaus. Und als sie Anna damals die Tür geöffnet hatte, da hatte sie sich kaum in den Türrahmen gewagt. All das wurde Anna durch Theklas unsensible Bemerkung auf einmal bewusst.

Gunilla war ein überaus geselliger Mensch, sie liebte es, sich zu unterhalten, und war immer für jeden verfügbar, ohne jemals aufdringlich zu sein. Aber Tatsache war, sie verließ dazu nie die eigenen vier Wände.

Überhaupt war KG der Einzige aus der WG, der häufig unterwegs war, vor allem natürlich, um die Wohngemeinschaft mit allem Nötigen zu versorgen, aber ab und zu machte er auch einen Spaziergang und besuchte gern Museen, wie er Anna verriet. Außerdem verließ er jeden zweiten Abend gegen sechs Uhr die Wohnung und kehrte nach kaum zehn Minuten wieder zurück. Anna fand schließlich heraus, dass er zum Briefkasten ging. Jeden zweiten Tag schickte er einen Brief weg. KG schien alles ein wenig häufiger zu machen als andere Menschen: Briefe schreiben, die Podologin kommen lassen, all das in einem Rhythmus, der irgendwie nicht normal war.

Gretchen kam am folgenden Donnerstag wieder und nahm sich diesmal Zeit für einen Kaffee und einen kleinen Schwatz mit Gunilla, bevor sie ging. Aus reiner Neugier gesellte sich

Anna dazu, aber wenn sie sich davon versprochen hatte, etwas über Gretchens doch recht merkwürdige Besuche bei KG zu erfahren, hatte sie sich geschnitten. Wieder ging es einzig um das allgegenwärtige Thema.

»Alle Großveranstaltungen werden jetzt abgesagt«, verkündete Gretchen. »Wahnsinn! Mal sehen, wie das noch weitergeht.«

Just, als sie das sagte, klingelte Annas Handy.

Es war die Nummer des Konzertveranstalters, deshalb entschuldigte sie sich und zog sich in den Flur zurück. Eine Assistentin erklärte ihr mit Bedauern, dass der fürs Wochenende geplante Liederabend im Herkulessaal nicht stattfinden könne: zu viele Leute, zu gefährlich.

Mit einem Schlag hatte Anna die Katastrophe erreicht. Mit einem Mal wurde alles konkret und bedrohlich, und sie spürte, was gerade passierte, und dass dieses ganze Geschehen mehr war als Hamsterkäufe, weit entferntes Schreckensszenario oder etwas, das nur in den Nachrichten vorkam. Es war mehr als Gesprächsstoff beim Kaffee, mehr als eine fixe Idee in Michels verquastem Hirn. Mehr als der Teufel an der Wand.

»Was ist mit meiner Gage?«, brachte sie noch hervor. Das könne sie noch nicht sagen, meinte die freundliche Assistentin. Es sei ja doch höhere Gewalt und eine ganz neue Situation und … man werde sehen.

Wie betäubt legte Anna auf. Das war nur der Anfang, so viel war ihr auf der Stelle klar, doch sie schob diese Erkenntnis mit aller Kraft beiseite. Es war der Herkulessaal, der war riesig, andere Konzerte würden in kleinerem Rahmen stattfinden, in kleineren Konzertsälen. Es war nur ein einziges Konzert, das bedeutete nicht das Ende. Es war ärgerlich, mehr nicht. Und ja, eine saftige Gage ging ihr durch die Lappen, aber sie hatte noch genug zu tun, sie würde deswegen nicht am Hungertuch nagen. So redete sich Anna innerlich gut zu.

»Alles okay?«, fragte Gretchen, die im Aufbruch begriffen war und an ihr vorbeilief.

Anna zuckte zusammen, lachte über ihre eigene Schreckhaftigkeit und nickte. »Ja, ja, alles okay.«

»Bis nächste Woche«, rief Gretchen und fügte mit einer Grimasse hinzu: »Hoffentlich.«

Die Tür fiel hinter ihr ins Schloss.

Hoffentlich.

Das Konzert im Herkulessaal.

Abgesagt.

Anna konnte sich noch so viel Mühe geben, alle negativen Gedanken zu verdrängen und sich selbst etwas vorzumachen, es half nichts. Ihre Enttäuschung war übermächtig, und ihre Angst war es auch. Sie wollte weglaufen. Ihre Füße setzten sich in Bewegung, doch statt in ihr Zimmer trugen sie sie in den Salon. Zum ersten Mal überhaupt setzte sich Anna an den Flügel. Diesmal war ihr Klavier nicht genug, diesmal musste es größer sein, mächtiger, um das drohende Unheil wegzuklimpern. Sie versank in ihrer Welt aus Musik und Verdrängung, ihre Finger tanzten über die Tasten und spielten ihren Kopf leer. Die Gassenhauer der Klassik, wie Jeremias sie immer genannt hatte. Mit *Für Elise* konnte man ihn quälen wie mit nichts anderem. Anna spielte es und beschwor sein in komischer Verzweiflung verzerrtes Gesicht vor ihrem inneren Auge herauf. Auf dem Flügel schwebte sie davon. Sie spielte ohne Unterbrechung, sprang von einem Stück zum nächsten, doch erst mit Edvard Grieg kam die Erleichterung. *Hochzeitstag auf Troldhaugen*, das Lieblingsstück ihrer Kindheit, voller Lebenslust, voller eigensinnigem Trotz, voller Jetzt-erst-recht-Gefühle, so jedenfalls hatte sie es interpretiert, immer ein wenig zu schnell, zu laut, zu energiegeladen, wie ihre damalige Klavierlehrerin sie kritisiert hatte, aber anders wollte sie es nicht spielen. Auch jetzt nicht. Ihre Finger flogen dahin, ließen sich nicht einfangen, ließen sich nichts befehlen, und von Takt zu Takt fühlte sie sich freier. Sie rannte mit dem Wind über Wiesen und durch Wälder, davon, davon, weit weg. Die Stille nach dem letzten Ton war wie der ersehnte Frieden und wie der Sieg über alles, was sich ihr in den Weg gestellt hatte.

Als sie sich umdrehte, traute sie ihren Augen nicht. Sie saßen alle da. Leise waren sie in den Salon gekommen, einer nach dem anderen, sie hätte nicht sagen können wann. Sie hatten ihr zugehört. KG, Gunilla. Sogar Rose war da. Sogar Michel. Alle.

24 Jahre zuvor
(Sommer 1996)

Das kleine Mädchen mit den schwarzen Haaren und den dunklen Mandelaugen ließ die Finger über die Tasten hüpfen, sein ganzer kleiner Körper hüpfte mit. Es strahlte.

»Sitz still«, sagte die Frau auf dem Stuhl neben ihr. »Und nicht so laut.«

Das kleine Mädchen hörte nicht auf sie und spielte weiter und weiter, weltvergessen, eins mit der Musik.

»Und nicht so schnell«, mahnte die Frau, doch das Mädchen rannte mit der Musik davon, rannte über eine Sommerwiese, durch einen lichten Wald, vor wilden Gestalten davon, mit dem Wind. Es lachte, seine Finger tanzten so leicht und so beschwingt und sie wussten genau, was sie taten.

»Anna, hörst du nicht?!«

Nein, sie hörte nicht, warum auch? Sie war doch glücklich.

»ANNA!«

Ihre Finger fielen herab. Der misstönende Akkord verklang, dann war es still. Sie war wieder zurück aus dieser herrlichen Welt, die ihr die Musik herbeigezaubert hatte. Ihre Großmutter wusste, wie sie sich Gehör verschaffte.

»Warum hörst du nicht, wenn dir deine Lehrerin etwas sagt?« Der Ton ihrer Großmutter war viel ruhiger, aber schneidend. Ein Ton, der keinen Widerspruch duldete.

Es klingelte an der Tür.

»August, machst du mal auf, das wird Konrad sein«, rief die Großmutter. Sie selbst bewegte sich nicht von der Stelle.

»So«, sagt sie zu Anna. »Jetzt noch mal richtig.«

An der Haustür hörte man Stimmen, die tiefe, grummelige des Großvaters, die ebenfalls tiefe, aber weiche Stimme des Mannes, den Anna als ihren Vater kannte, und die helle, freundliche Stimme einer Frau. Wenig später tauchten alle im Wohnzimmer auf.

»Hallo Anna«, sagte ihr Vater. Er hielt sich an der Hand der Frau mit den dunkelblonden Haaren fest. Er würde sie bald heiraten, hatte Anna mitbekommen. Ihr war das egal. Sie kannte ihren Vater kaum.

»Hallo!«, sagte Anna. Die junge Frau lächelte sie an.

»Na hopp, spiel deinem Vater mal was vor«, forderte die Großmutter Anna auf.

»Das von eben?«, fragte das kleine Mädchen.

»Meinetwegen, aber ordentlich diesmal.«

Der Vater versuchte ein Lächeln, es geriet ein wenig schief.

Anna legte die Finger auf die Tasten und spielte. So laut und so schnell wie zuvor und wieder zappelte sie auf ihrem Hocker und wieder rannte sie über die Wiesen und durch den Wald. Und sie war so glücklich wie zuvor und strahlte. Niemand unterbrach sie, aber als das Stück zu Ende war, ahnte sie den vorwurfsvollen Blick in den Augen ihrer Großmutter, und sie hörte, wie die Klavierlehrerin missbilligend die Luft durch die Nase zog.

»Das war sehr schön, Anna«, sagte ihr Vater. »Sehr, sehr schön!«

Sie drehte sich zu ihm um und grinste. Und diesmal war sein Lächeln nicht schief.

11.

Solveigs Lied

Es wurden noch mehr Konzerte abgesagt. Es wurde so ziemlich alles abgesagt.

Gretchen kam in der folgenden Woche noch einmal, doch danach musste KG seine Füße selbst pflegen. Beim Abendessen an diesem letzten Gretchen-Donnerstag verkündete Anna, dass sie ab sofort gern den Einkauf übernehmen wolle, immerhin war sie die Jüngste der Wohngemeinschaft. Außerdem würde sie ohne jegliches Einkommen nicht mehr lange die Miete zahlen und das Huhn füttern können. Die andern hatten ihre Rente und Ersparnisse, Anna hatte momentan gar nichts, und es war völlig ungewiss, wie es weiterging. Sie wollte etwas tun, etwas beitragen. Sie hatte allerdings nicht mit KG gerechnet. Auf gar keinen Fall könne er das alles auf sie abwälzen. Ganz aufgeregt war er auf einmal. Es sei doch seine Aufgabe, er kenne sich doch mit allem aus. Anna begriff, dass sie mit ihrem gut gemeinten Angebot dabei war, ihn ebenso seiner Aufgabe zu berauben, wie man sie ihrer Aufgabe beraubt hatte.

»Ich kann doch nicht nur rumsitzen«, stammelte er bekümmert. Rose senkte ihren Blick und sah den eigenen Fingern dabei zu, wie sie den Saum ihrer grauen Bluse einrollten.

»Ich könnte aber doch wenigstens helfen, oder?«, lenkte Anna ein. »Zumindest in der nächsten Zeit.«

Damit erklärte sich KG einverstanden.

Am folgenden Tag kam es noch schlimmer, denn wie erwartet wurde eine befristete Ausgangs- und Kontaktbeschränkung verkündet, ein Lockdown.

»Ach du liebe Zeit!«, sagte KG. »Da wird man ja praktisch eingesperrt.«

»Also ich finde, das ist eine leichte Übertreibung«, entgegnete Gunilla. »Und es geht ja offenbar nicht anders. Wir wollen schließlich keine Verhältnisse wie in Italien oder Spanien.«

»Nein, das nicht«, sagte KG. »Aber schlimm ist das schon.«

Gunilla zuckte mit den Schultern.

Es war dieses Schulterzucken, das Anna beinahe auf die Palme gebracht hätte. Gunilla hatte gut reden. Sie verließ das Haus ohnehin nie. Sie musste nicht raus, und sie hatte auch nicht das Bedürfnis dazu. Für sie änderte sich nichts. Aber Anna war plötzlich arbeitslos. Ganze Branchen waren auf einen Schlag arbeitslos und standen am Abgrund. Gunilla meinte es nicht böse, das wusste Anna, und doch musste sie sich in diesem Moment auf ihr Zimmer zurückziehen, um sich nicht aus Versehen und aus lauter Verzweiflung im Ton zu vergreifen.

Wie gern hätte sie jetzt mit Jeremias geredet, sich vorgestellt, was er ihr raten würde, aber nicht einmal das konnte sie. Er hatte eine derartige Situation nie erlebt, was also sollte er ihr sagen? Früher hatten sich ihre Existenzängste darauf bezogen, ob sie gut genug waren und ob sie sich als Künstler zwischen all den anderen behaupten würden. Dafür konnte man etwas tun, endlos üben, ackern, Klinken putzen. Das alles hatten sie und Jeremias getan, und sie hatten es geschafft, sie hatten zu denen gehört, die von ihrer Kunst leben konnten. Ihr Talent und ihr Fleiß waren ihre Versicherung. Und natürlich achteten sie darauf, sich nirgendwo die Finger einzuklemmen. Mit einem Mal zählte das alles nichts mehr, denn egal wie gut man war, man durfte es nicht mehr zeigen. Ihr Beruf wurde gerade zu einem Hobby degradiert. Das Klavier stand in diesem viel zu vollen Zimmer wie die stumme Erinnerung an etwas, das vorbei war.

Sie hatte nie etwas anderes werden wollen als Pianistin, schon als kleines Kind. Mit dem Klavier hatte sie sich die Anerkennung ihrer Großeltern erspielt. Ihr ganzes Leben hatte sie sich damit erspielt, denn am Klavier wusste sie, wer sie war. Nach Jeremias' Tod war es das Einzige gewesen, woran sie sich hatte festhalten können. Und jetzt war auch noch dieser Lichtblick aus ihrem Leben verschwunden.

Wenn du mehr Licht brauchst, musst du rausgehen, Anna, draußen ist Licht.

Es war Jeremias' Stimme, die in ihrem Kopf widerhallte, die Reprise seiner Worte von früher. Dabei hatte er es damals alles andere als ermutigend gemeint.

Sie hatten für ein gemeinsames Konzert geprobt, Anna hatte einen schlechten Tag gehabt, einen ganz schlechten. Sie war unleidlich und hatte an allem etwas zu meckern, an der Akustik, am Notenständer, an der stickigen Luft, an der Ausrichtung des Flügels und zuletzt an der Beleuchtung.

»Und außerdem isses hier dunkel wie im Hühnerarsch!«, hatte sie geblökt und den armen Hausmeister, der betroffen unten vor der Bühne stand, wütend angestarrt, als sei dies allein seine Schuld. Jeremias kannte ihre gelegentlichen Launen und ertrug sie geduldig, doch diesmal wurde es selbst ihm zu bunt. Er legte sein Cello beiseite und baute sich vor ihrer Klavierbank auf. »Wenn du mehr Licht brauchst, musst du rausgehen, Anna. Draußen ist Licht.« Er wurde nicht laut, gar nicht, er sagte es vollkommen ruhig, aber eiskalt, und was er damit meinte, war sonnenklar: Geh doch, wenn dir hier alles nicht passt.

Anna hatte ihn selten so erlebt, und der Ernst, mit dem er ihr zu verstehen gab, dass es ihm reichte und er notfalls sogar das Konzert platzen lassen würde, rüttelte sie wach. Sie schämte sich entsetzlich für ihr Verhalten und entschuldigte sich bei dem Hausmeister und bei Jeremias. Die Probe lief von da an reibungslos weiter, das Konzert fand mit großem Erfolg und bei guter Beleuchtung statt.

Draußen ist Licht.

Es war, als hätten Jeremias' Worte sie auch diesmal wieder auf den Boden geholt. Sie trat hinaus an die frische Luft, atmete tief durch und ließ sich in ihren Korbsessel sinken. Ganz allmählich kam sie wieder zur Ruhe und hörte auf, über die Zukunft zu grübeln und über Dinge, die sie nicht ändern konnte.

Gunillas Summen wehte durch das offene Küchenfenster nach draußen. Fast immer, wenn sie allein war, summte sie so vor sich hin, Lieder, Arien – diesmal war es *Solveigs Lied* von Grieg. Dazwischen klapperte Geschirr. Anna schloss die Augen und stellte sich eine Solveig vor, die endlos auf ihren geliebten Peer Gynt wartete, ein ganzes Leben lang, und zwischendurch eben auch mal die Spülmaschine ausräumen musste. Das Bild gefiel ihr. Die Tragik einer unerfüllten, aber treuen Liebe änderte nun mal nichts am banalen Alltag. Oder umgekehrt: Ein banaler Alltag änderte nichts an der Tragik einer unerfüllten, treuen Liebe.

Gunilla werkelte und summte. Es klang traurig-schön, sehnsuchtsvoll und melancholisch. Und doch war da auch diese fast fröhliche Stelle, mitten im Lied, diese Es-wird-alles-wieder-gut-Stelle. Anna liebte das Stück und sie liebte die Seele in Gunillas Stimme. Wie großartig musste sie als Sängerin gewesen sein! Und wie groß musste eine Liebe gewesen sein, die sie dazu gebracht hatte, das alles aufzugeben.

Plötzlich hielt sie es nicht mehr aus. Ohne noch einmal nachzudenken, sprang sie auf und stürmte geradewegs in die Küche, wo Gunilla vor der Spülmaschine kniete.

»Singen Sie eigentlich noch ab und zu? Ich meine richtig?«, fragte sie ohne jede Einleitung

Verblüfft richtete sich Gunilla auf. »Anna!«

»Singen Sie noch?«, fragte Anna erneut, so drängend, als hinge ihr Leben davon ab.

Gunilla sah sie sprachlos an. Nervös nestelte sie an dem Geschirrtuch in ihrer Hand.

Anna sah, wie sehr ihre Frage Gunilla aus der Bahn geworfen hatte, aber sie konnte sich nicht länger zurückhalten. Immerzu fragte sie sich Sachen wie: Singt Gunilla eigentlich noch? Macht Rose noch etwas anderes als Deckchen-Häkeln, und woran denkt sie dabei? Womit beschäftigt sich Michel, wenn er sich tagelang in seinem Zimmer verbarrikadiert? Wem schickt KG Briefe, und kümmert sich Gretchen auch noch um andere Körperteile als um seine Füße? Anna stellte sich diese Fragen, aber sie stellte sie nie den Personen, von denen sie eine Antwort erhalten konnte. Sicher hätte sie die meisten Fragen so auch nicht formuliert, ganz bestimmt nicht die nach Gretchen, aber das mit dem Singen musste sie jetzt endlich wissen.

»Ich würde Sie so gern, so wahnsinnig gern einmal richtig hören«, sagte sie zu ihr.

Gunilla sah sie traurig an. »Ich bin zweiundachtzig Jahre alt«, erwiderte sie schließlich, als wäre das Antwort genug.

»Na und?«

»Da kommt nicht mehr viel aus der Kehle.«

»Oh doch! Das hört man doch, dass da noch was kommt. *Ich* höre es.«

Gunilla schüttelte den Kopf und verzog die Mundwinkel zu einem kleinen, resignierten Lächeln, doch Anna gab nicht auf.

»Kennen Sie Magda Olivero?«

»Natürlich.«

»Die hat in Ihrem Alter noch gesungen, sie hat sogar noch auf der Bühne gestanden und Konzerte gegeben. Das geht.«

»Magda Olivero hat nicht mit dreißig aufgehört so wie ich, sie hat immer gesungen. Die Stimme ist ein …«

»… Muskel, den man trainieren muss. Ich weiß, ich arbeite mit Sängern. Ich kenne mich aus.«

»Dann verstehe ich Ihre Frage nicht.«

»Ich höre an Ihrem Summen, dass es noch geht. Es muss ja nicht gleich die bühnenreife Darbietung sein. Außerdem haben Sie ja nicht mit dreißig ganz aufgehört zu singen, Sie haben es nur nicht mehr öffentlich getan, oder? Also noch mal: Singen Sie noch ab und zu?«

»Ja, sie singt.« Michel kam herein, trat zum Kühlschrank und nahm sich einen Joghurt heraus. »In ihrem Zimmer. Leise. Aber ich höre das nebenan. Sie singt schön.«

Er beachtete die beiden Frauen kaum, es war eher so, als spräche er mit dem Kühlschrank. Als er gegangen war, blickten Gunilla und Anna einander stumm in die Augen. Die eine wurde rot, die andere fing an zu grinsen.

»Kommen Sie!«, sagte Anna und lief voraus in den Salon. Gunilla folgte ihr zögernd. »Kommen Sie«, rief Anna noch einmal, öffnete den Flügel und setzte sich auf die Bank. »*Solveigs Lied*, jetzt aber richtig.«

Gunilla blieb mitten im Raum stehen, weit weg vom Flügel. »Ich kann mich gar nicht mehr richtig an den Text erinnern«, behauptete sie.

»Und ich kann mich gar nicht richtig an die Noten erinnern«, entgegnete Anna und verdrehte die Augen. »Ich wollte Ihnen übrigens schon längst einmal sagen, dass Sie eine miserable Schwindlerin sind. Ihr Tisch hat ursprünglich gar nicht gewackelt, stimmt's?«

Gunilla presste die Lippen aufeinander, um ein schuldbewusstes Lächeln zu unterdrücken. Langsam, Schritt für Schritt näherte sie sich dem Flügel wie einem unberechenbaren, gefährlichen Tier.

»Moment.« Anna sprang auf, eilte in ihr Zimmer und fand nach wenigen Sekunden, was sie gesucht hatte. »Jetzt haben wir beide keine Ausrede mehr«, meinte sie, als sie zurückkehrte und Gunilla die Noten in die Hand drückte.

Gunilla warf einen Blick darauf, seufzte und platzierte sie vor Anna auf dem Notenständer.

»Möglicherweise brauchen Sie die doch nötiger als ich«, meinte sie, dann stellte sie sich mutig neben den Flügel in Position, doch ihre Nervosität war unübersehbar. Für den Bruchteil einer Sekunde fragte sich Anna, ob es richtig war, die alte Frau so zu nötigen. Doch, dachte sie dann, es war richtig, und sie begann mit dem Vorspiel.

Gunilla holte Luft – und machte den Mund wieder zu.

Anna unterbrach ihr Spiel. »Bitte!«, sagte sie.

»Es klingt nicht gut«, antwortete Gunilla leise. »Sie werden enttäuscht sein. Es klingt gar nicht gut.«

»Michel sagt, es klingt schön.«

»Michel hört mit den Ohren der Liebe.«

»Wer sagt Ihnen, dass ich andere Ohren habe?«

Da lächelte Gunilla wieder mit feuchtglänzenden Augen. Sie streckte sich, nickte tapfer Richtung Flügel, und Anna begann ein zweites Mal mit dem Vorspiel.

Als Gunilla anfing zu singen, war es Anna, die sich zusammenreißen musste, so überwältigt war sie. Niemand auf der ganzen Welt hätte dieses Lied so ergreifend singen können, niemand kam einer Solveig so nah wie diese alte Dame, deren brüchiger, aber immer noch wunderschöner Sopran all die Jahre des Wartens bis ins hohe Alter überdauert hatte. Anna sah sie vor sich auf der Bühne der Met, als großartige Julia, und gleichzeitig als Liebende, die alles für diese Liebe geopfert hatte. Mit so vielen Sängerinnen hatte sie schon gearbeitet, aber noch nie mit einer wie Gunilla.

Die Noten nützten wenig, denn sie musste blind vor Tränen spielen. Als der letzte Ton verklungen war, schlug Gunilla die Hände vors Gesicht, ihr Oberkörper vibrierte.

Anna ließ ihr den Moment, bis sie die Hände wieder sinken ließ und Annas Blick mit einem seligen Lächeln erwiderte. Gleich darauf lagen sich beide in den Armen, eine Ewigkeit lang, tief bewegt, tränenüberströmt und glücklich. Diesmal blieben die anderen in ihren Zimmern, aber Anna war sich ganz sicher, dass sie heimlich gelauscht hatten und ebenso überwältigt waren wie sie selbst.

12.

Alles Anders

An diesem Abend blieben sie nach dem Essen alle in der Küche, statt nach dem Abräumen auseinanderzugehen, jeder auf sein Zimmer. Sogar Rose blieb sitzen, wenn auch so stumm wie immer. Etwas lag in der Luft, und es hatte nichts mit dem kommenden Tag zu tun, sondern allein mit dem vergangenen.

Michel wollte anfangs wieder einmal allen seine neuesten Erkenntnisse zur Virus-Gesamtsituation unterbreiten, doch nach wenigen Sätzen legte Gunilla zärtlich ihre Hand auf seine.

»Lasst uns heute über etwas anderes reden, ja?«, bat sie.

Abrupt hielt er inne, nickte ein paarmal und schwieg, doch nach kurzem Nachdenken fiel ihm, wie von seiner Mutter gewünscht, »etwas anderes« ein.

»Mama hat heute schön gesungen«, erklärte er laut und mit dem gleichen sachlichen Ernst, mit dem er jede Feststellung traf.

Gunilla lachte herzlich auf und drückte die Hand ihres Sohnes. »Danke, mein Schatz! Ich freue mich, dass es dir gefallen hat, aber so schön war es eigentlich nicht.«

»Doch«, widersprachen Michel und KG gleichzeitig.

»Und wie schön das war«, betonte Anna.

»Wunderschön«, wisperte Rose.

»Ach …« Gunilla senkte verlegen den Blick, als könnte sie es ihnen doch nicht so ganz glauben. Wie lange hatte sie wohl ihre eigene Stimme schon nicht mehr gehört, überlegte Anna. Denn auch wenn sie, wie Michel verraten hatte, in ihrem Zimmer ab und zu gesungen haben mochte, dann sicher nicht mit all der Strahlkraft, zu der eine Opernsängerin fähig war. Gunilla verglich ihre Stimme von heute mit der von damals, und natürlich hörte sie den Unterschied, aber alle anderen hatten diesen Vergleich nicht, und sie brauchten ihn auch nicht, um zu wissen, dass sie an diesem Tag einem kleinen Wunder gelauscht hatten. Und was konnte schöner sein als ein Wunder?

Am folgenden Morgen fuhr ein Wagen im Schritttempo durch die Straßen und informierte über einen Lautsprecher die Anwohner darüber, dass sie ab sofort das Haus nur noch mit gutem Grund verlassen und keinen Menschen außerhalb des eigenen Haushalts treffen durften.

»Bleiben Sie ... zu Hause!«, tönte es immer wieder durch die Häuserfluchten, während das Auto langsam dahinzockelte. Noch lange danach hörte Anna diese kleine bedeutungsschwere Pause, die den ganzen Unterschied machte und jeden, der gerade aus der Haustür trat, auf der Stelle zurück in die sicheren eigenen vier Wände scheuchte. Es war eine schräge Mischung aus lächerlich und beängstigend. Es war, als spielte man Krieg und warnte vor dem drohenden Luftangriff.

Die Bewohner der WG, die sich auf die beiden Fenster im Salon verteilt hatten, schauten fassungslos dem Wagen hinterher, das verdutzte Lachen blieb ihnen im Halse stecken. Ein letztes leiser werdendes »Bleiben Sie ... zu Hause« ertönte, als das Auto hinter der Kurve verschwand.

Sie schlossen die Fenster, schüttelten die Köpfe und begaben sich zum Frühstück. Sie taten so, als wäre nichts gewesen, doch sie wechselten kaum ein Wort an diesem Morgen. Jeder versuchte die Geschehnisse für sich zu verarbeiten. Oder zu verdrängen.

Auch Anna hatte dieser Wagen mit seiner Endzeitstimmung verstört. Zumindest genug, um sich mit dem Handy in ihren Sessel auf dem Balkon zurückzuziehen und mit dem Gedanken zu spielen, ganz außer der Reihe, ohne Fest- oder Geburtstag, ihren Vater anzurufen. Sie hatte sich seit dem Umzug nicht mehr bei ihm gemeldet, obwohl er sie so sehr unterstützt hatte. Selbst wenn sie ein enges Verhältnis gehabt hätten, würden sie einander in den nächsten Wochen nicht sehen, ganz egal, was auch passierte. Da konnte sie sich doch wenigstens nach seinem Befinden erkundigen. Doch wie jedes Mal kostete es Anna Überwindung, und so starrte sie eine ganze Weile unschlüssig und tatenlos auf das Display.

Als auf einmal das Handy in ihrer Hand klingelte, hätte sie es vor lauter Schreck beinahe fallen lassen. Es machte einen nervösen kleinen Hüpfer in der Luft, bevor sie es in letzter Sekunde vor dem Aufprall auf dem Steinboden bewahren und sich melden konnte.

»Hallo?«

»Hallo Anna, ich bin's. Geht es dir gut?«

Es war ihr Vater.

»Hi. Ja. Ja, mir geht's gut. Und dir? Und euch?«

Sie waren ungeübt in dieser neuartigen Telefonbegrüßung. Trost? Auch Trost! Das alte Ritual hatte ausgedient und sich dem Ausnahmezustand angepasst.

»Ja, uns auch.«

»Gut!«

»Ich wollte nur mal hören.«

»Ja, ich auch. Ich meine, ich wollte dich auch gerade anrufen. Ich hatte das Handy schon in der Hand.«

»Ja?«

»Ja, du bist mir knapp zuvorgekommen.«

Ein erfreutes Schmunzeln drang durch den Hörer zu ihr.

»Ich wollte dich auch gar nicht lange aufhalten«, sagte ihr

Vater, als hätte sie irgendetwas anderes zu tun gehabt, als Existenzängste zu verdrängen.

»Tust du nicht«, sagte Anna. Zu spät dachte sie daran, dass diese Antwort das Telefonat nur unnötig in die Länge ziehen würde, sodass sie wieder den Punkt erreichten, an dem sie nicht wussten, worüber sie reden sollten.

»Tja, also …«

»Ist bei euch auch so ein Wagen mit Lautsprecher-Durchsage rumgefahren?«, fragte sie, froh, dass ihr etwas eingefallen war.

»Ja. Oh ja!«, rief er, ebenfalls hörbar erleichtert. »Das war vielleicht was!«

»Unheimlich, oder?«

»Ja, irgendwie schon.«

»Hoffen wir, dass alles bald wieder normal wird.«

»Ja, hoffentlich.«

Auf dem Nachbarbalkon wurde quietschend ein Stuhl über den Boden gerückt.

»Also, Anna, ich … ähm … ich melde mich wieder.«

»Ja, oder ich melde mich.«

»Gut.«

»Bleibt gesund.«

»Du auch.«

»Gruß an Sylvia!«

»Sag ich ihr. Sie lässt dich auch grüßen, hätte ich fast vergessen.«

»Danke!«

»Tschüss dann!«

»Ja, tschüss!«

Sie legte auf.

»Franky!«, rief eine Männerstimme keine zehn Zentimeter von ihrem Ohr entfernt.

Anna fuhr so heftig zusammen, als wäre neben ihr eine Bombe eingeschlagen.

»Lass das! Nein, lass das. Es gibt jetzt nichts«, hörte sie die Stimme ihres Nachbarn jenseits der Trennwand. Sie klang so nah, als würde er praktisch auf ihrem Schoß sitzen.

Mit klopfendem Herzen drückte sie sich tief in den Sessel und versuchte, sich von ihrem Schreck zu erholen. Damit konnte doch keiner rechnen.

»Hab ich Sie erschreckt?«

Anna hielt die Luft an. Meinte er etwa sie?

Später einmal fragte sie Anders, wieso er sie in diesem Moment angesprochen habe, er hätte ja auch ruhig sein können und ignorieren, was er von ihrer Seite des Balkons mitbekam. Anders, so hieß der Nachbar. »Hab ich Sie erschreckt«, waren die ersten Worte, die er je an Anna richtete, und Annas erste Worte an ihn waren:

»Meinen Sie mich?«

Es hörte sich an, als würde ihr jemand die Kehle zudrücken. Heimlich räusperte sie sich, aber gleichzeitig fiel ihr ein, wie unglaublich peinlich es wäre, wenn er gar nicht mit ihr redete, sondern genau wie sie zuvor lediglich telefonierte.

»Ja, natürlich meine ich Sie. Der ganze Balkon hat eben gewackelt, so sind Sie zusammengefahren.«

»Wie bitte?«

»Tut mir leid, ich dachte, Sie hätten mitbekommen, dass hier jemand sitzt.«

»Nein, hab ich nicht, wie sollte ich?«

»Anders Fröhlich.«

»Was?«

»Mein Name: Anders Fröhlich.«

»Ach so.«

Anna brauchte einen Moment, bis ihr klar wurde, dass auch sie sich nun vorstellen sollte, obwohl sie das irgendwie bescheuert fand, so ganz, ohne sich zu sehen, mit dieser Abtrennung dazwischen.

»Anna Trost«, rief sie schließlich zu ihm hinüber.

»Sehr erfreut!«

Weil ihr das Ganze auf diese Weise zu blöd war, stand sie auf und beugte sich ein wenig übers Geländer, sodass sie um die Trennwand herumsehen konnte.

Da saß er, Anders, der Mann mit der markanten Stimme und der mangelhaften Musikalität: schlank, breitschultrig, endlos lange Beine, alle verbliebenen Haare auf dem Kopf bis auf zwei Millimeter gekürzt, Mitte bis Ende dreißig, gut aussehend. Unhöflich! Das war doch der Typ, mit dem sie bei der Besichtigung unten am Eingang zusammengestoßen war. Er hatte sie damals nicht beachtet, und er beachtete sie wieder nicht, sondern schaute in die andere Richtung.

»Hallo!«, sagte Anna. Daraufhin drehte er den Kopf in ihre Richtung, sah sie aber weiterhin nicht an.

»Hallo!«, erwiderte er. »Fallen Sie nicht runter, ich hab mir sagen lassen, das wäre ziemlich tief.«

Witzig war er also auch, dachte Anna.

»Schon klar. Ich dachte mir nur, wenn wir uns einander vorstellen, könnten wir das auch richtig machen.«

»Was war falsch daran, wie wir es gemacht haben?«

»Man sollte sich dabei ja wohl ansehen«, belehrte sie ihn, und allein die Erinnerung an diesen Satz sollte Anna noch für lange Zeit die Schamesröte ins Gesicht treiben.

»Tja, wenn das so ist, dann muss ich auf Ihre Bekanntschaft wohl oder übel verzichten.« Anders wandte den Kopf ab und starrte erneut auf einen Punkt im Innenhof.

»Wie bitte? Was …«

Mit einem Mal kapierte sie es und wünschte sich, die Erde möge sich auf der Stelle auftun. Schweigend und tief beschämt zog sie sich hinter die Trennwand zurück und hätte am liebsten ihren Kopf dagegen geknallt. Wie konnte man nur so dämlich sein?! Der Mann war blind.

»Na? Ist der Groschen gefallen?«

»Gott, es tut mir so leid«, murmelte Anna.

»Anders!«

»Wie?«

»Nicht Gott, ich heiße Anders.«

Ganz gegen ihren Willen musste sie lachen. Sie beugte sich erneut nach vorn und linste wieder zu ihm hinüber. Er saß da und grinste.

»Tut mir wirklich leid«, sagte sie zerknirscht.

»Okay, das reicht, ich will nichts mehr davon hören«, sagte Anders und ließ sich sogar dazu herab, den Kopf wieder in ihre Richtung zu drehen. Ein Hund kam um die Ecke auf den Balkon getrottelt und gab seltsame Geräusche von sich.

»Das ist Franky. Mein Blindenhund«, erklärte Anders.

Das Tier hatte nicht viel Ähnlichkeit mit einem Blindenhund, die, soweit Anna wusste, meistens Labradore waren. Dieser Hund war eine wilde Mischung aus allem Möglichen – Terrier, Schäferhund, Schnauzer, Wiesel. Doch das Auffälligste an ihm war: Er hatte nur drei Beine, hinten fehlte ihm eins.

»Ihr Blindenhund?«, fragte Anna zweifelnd.

»Ja«, erwiderte Anders ernsthaft. »Ich weiß, man sieht es ihm auf den ersten Blick nicht an, er ist ein bisschen klein geraten, aber Franky macht seine Sache wirklich gut. Auf ihn ist hundertprozentig Verlass. Was, Franky?«

Anders klopfte sich auf den Oberschenkel und der räudige kleine Mischling kam sofort an, setzte sich neben sein Herrchen und legte eine Pfote auf sein Knie.

»Und es macht nichts, dass ihm ein Bein fehlt?«

»Wie bitte?«, sagte Anders und kräuselte die Stirn. »Ihm fehlt ein Bein?«

»Aber das müssen Sie doch wissen.«

»Woher denn? Ich bin blind. Da haben die mich doch glatt reingelegt, als ich ihn gekauft habe.«

Das konnte nur ein Scherz sein, aber seine Miene war so verärgert, dass Anna es nicht für ausgeschlossen hielt, dass er es ernst meinte.

»Und was mach ich jetzt?«, schimpfte er. »Fehlt ihm sonst noch was? Ein Ohr, die Nase, der Schwanz?«

Der Hund jaulte in den höchsten Tönen.

»Ist es der Schwanz?«

»Nein«, sagte Anna und grinste, »sonst fehlt ihm nichts.«

»Na, Gott sei Dank.«

»Sie könnten die Sache mit dem Bein reklamieren.«

»Das könnte ich probieren. Was meinst du, Franky, soll ich dich reklamieren? Soll ich?«

Der Hund winselte ein bisschen, machte demütig Platz und legte den Kopf traurig zwischen die Vorderpfoten.

Anna musste laut lachen. »Wie machen Sie das?«

»Wie mache ich was?«

»Na, dass der Hund so reagiert?«

»Hallo? Wie würden Sie denn reagieren, wenn jemand *Sie* reklamieren wollte?«

Anna grunzte vor Lachen und presste ihren Mund in den Ärmel ihres Pullovers.

Anders lächelte. Anders Fröhlich, kein Name auf der Welt hätte besser zu ihm gepasst. Anna mochte ihn, seine entspannte Art, seinen Humor, seinen Hund, und sie ertappte sich dabei, wie sie es genoss, ihn ungeniert betrachten zu können.

»Seit wann wohnen Sie eigentlich schon da drüben?«, fragte Anders.

»Seit ein paar Wochen erst.«

»Und sitzen Sie öfter hier an der frischen Luft?«, fragte er.

»Ich … ähm,« Anna zögerte. »Ja, schon … öfter.«

»Schön«, sagte Anders. Franky hob den Kopf und bellte zustimmend, aber diesmal hatte Anna gesehen, wie Anders leicht mit den Fingern geschnipst hatte.

»Ich muss dann mal wieder rein«, sagte sie. Gar nichts musste sie, sie wollte nicht einmal, die Worte kamen ganz automatisch aus ihrem Mund.

»Okay«, sagte Anders. »Dann bis demnächst mal wieder.«

»Ja«, log Anna. »Bis demnächst.«

21. März 2020

Gunilla

Gunilla saß im Schaukelstuhl in ihrem Zimmer und blätterte in einem alten Klavierauszug. *Die Hochzeit des Figaro.* Die Seiten waren vergilbt und das Papier spröde. Was stand da? Sie konnte es kaum noch entziffern. Irgendwann würden die Worte völlig verblasst sein. Sie blätterte und las und summte. Immerzu summte sie und meistens merkte sie es gar nicht. Aber Anna, die hatte es bemerkt.

Gunilla dachte nicht über diesen lächerlichen Wagen nach. Sie war noch immer beim Tag zuvor, als sie zum ersten Mal nach so langer Zeit ihre Stimme wiederentdeckt hatte. Buchstäblich wiederentdeckt. Es war schrecklich gewesen und doch so traumhaft. In der Nacht hatte sie nicht schlafen können, was im Grunde nichts Besonderes war, sie schlief selten viel und wachte immer schon kurz vor sechs Uhr morgens auf. Aber in der vergangenen Nacht war es etwas anderes gewesen, das sie wach gehalten hatte. Sie hatte mit einem Mal wieder diese Erregung gespürt. Diese besondere Erregung, die sie nur aus ihrer Jugend kannte. Wenn sie sang. Wenn sie auf der Bühne stand. Wenn Aurelius sie nach langer Arbeit endlich lobte. Obwohl, eigentlich hatte er das nie getan, nicht mit Worten. Wenn er zufrieden war, dann hatte er sie angesehen und angefangen zu klatschen, langsam und nahezu lautlos. Schon als sie längst dabei war, Karriere zu machen, hielt sie beim Schlussapplaus immer im Publikum nach ihm Ausschau, und wenn sie ihn dann fand, war sein Klatschen für sie das einzige, das wichtig war. Hätte er gestern geklatscht? Als sie mit dieser gealterten Stimme und letzter Kraft Solveigs Lied gesungen hatte? Ja, das hätte er. »Du musst viel mehr üben, mein Kind«, hätte er gesagt. »Viel mehr! Üben, üben, üben. Richtig üben, nicht falsch üben.«

Gunilla lachte leise in sich hinein, als sie sich vorstellte, wie er sie streng ansah, auch später noch, als sie schon lange kein Kind mehr war. Dann erstarb ihr Lachen, ihre Augen füllten sich mit Tränen. Nie hatte sie einen Menschen mehr verletzt als ihn. Ausgerechnet ihn, der alles für sie getan hatte.

Manchmal konnte sie es selbst kaum fassen, dass all die Jahre verstrichen waren, ohne dass sie wieder angefangen hatte zu singen. Es war ihr ganz und gar abhandengekommen. Mit Michels Geburt war die Bühnenkarriere endgültig unmöglich geworden.

Gunilla schaukelte und dachte nach: War das wirklich so? Oder war Michel nur die Ausrede gewesen? Oder war es Richard, der immer zwischen ihr und der Bühne gestanden hatte? Es war müßig, darüber nachzudenken. Sie hatte es geschehen lassen und immer mehr verloren, was sie geliebt hatte, bis sie zuletzt nur noch leise in ihrem Zimmer sang. Damit sie keinen störte. Bis gestern. Gestern hatte sie gesungen. Laut.

Gunilla summte, summte immer lauter und sah Aurelius klatschen.

13.

Montag

»Na, das ist ja mal eine Überraschung«, rief der Mann an der Haustür. Tweedjacke, graue Schläfen, Lachfältchen. Woher kannte Anna den gleich wieder?

Er grinste sie an. »Ich warte jetzt mal, ob es Ihnen noch einfällt.«

Sie brauchte noch ein paar Sekunden, in denen sie ihn zweifellos unglaublich blöd anschaute.

»Na?« Er legte den Kopf schief und amüsierte sich.

Und da fiel es ihr ein.

»Sie sind der Mann mit dem Glühwein, mit dem Zettel, der vom Weihnachtsmarkt«, blubberte es aus ihr heraus, während ihr ausgestreckter Zeigefinger ihn zu durchbohren drohte.

»Und Sie sind die Frau, die nie in eine Wohngemeinschaft ziehen wollte.«

»Das stimmt!«

Er trat einen Schritt zurück, bog den Kopf ein wenig zur Seite und las ihren Namen auf dem Klingelschild vor. »A Punkt Trost?«

»Richtig.«

»Freut mich, Sie hier wiederzusehen, Frau Trost. Ich bin Dr. Feller, der Hausarzt von Frau Wohlgemuth. Darf ich?«

Anna ließ ihn eintreten und schloss hinter ihm die Tür.

»Herr Doktor! Was machen Sie denn hier?« Gunilla rauschte um die Ecke.

»Mich um meine Patientin kümmern.«

»Ich bin keine Patientin, das ist man nur, wenn man krank ist. Ich dagegen bin kerngesund und fühle mich so gut wie schon lange nicht mehr«, erklärte Gunilla.

»Umso besser«, meinte Dr. Feller. »Ich überzeuge mich trotzdem gern selbst davon. Geht auch ganz schnell.«

Gunilla zuckte ergeben die Achseln und seufzte. »Na schön, wie Sie wollen. Dann kommen Sie mal mit.« Würdevoll schritt sie voraus, der Arzt folgte ihr mit einem Schmunzeln im Gesicht, und Anna gewann den Eindruck, dass das Geplänkel zwischen den beiden eine gewisse Tradition besaß.

Kaum waren sie verschwunden, kam KG mit einem Briefumschlag aus seinem Zimmer. Als er Anna sah, schenkte er ihr ein kurzes Lächeln und begab sich zur Garderobe. Den Brief legte er neben sich auf die kleine Bank, auf der er Platz nahm, um sich bequem die Schuhe anziehen zu können. Mit spontaner Neugier betrachtete Anna den Umschlag, aber sie konnte die Adresse nicht lesen. Sie erkannte nur, dass sowohl der Nachname als auch die letzte Zeile in Großbuchstaben geschrieben waren.

»War das eben Dr. Feller?«, fragte KG, als Anna keine Anstalten machte, in ihr Zimmer zu gehen. Es konnte Zufall sein, aber auf einmal stützte er sich mit der Hand auf seinem Brief ab, sodass Anna selbst mit einem Feldstecher nichts mehr hätte erkennen können.

»Ja, genau, Dr. Feller«, antwortete Anna. »Kommt er regelmäßig hierher?«

»Ein- bis zweimal im Quartal besucht er Gunilla«, erklärte KG und verstaute den Brief in seiner Jackentasche. »Und bei Bedarf schaut er auch nach Rose und mir und Oskar, also früher hat er nach Oskar geschaut.« Er knöpfte seine Jacke zu, zögerte und lächelte. »Zumindest fragt er uns, ob alles in Ordnung ist. Er ist ein ausgesprochen fürsorglicher Arzt.«

»Den Eindruck habe ich auch«, sagte Anna und erzählte von ihrer ersten Begegnung mit Dr. Feller auf dem Weihnachtsmarkt.

»So ein schöner Zufall«, meinte KG. Seine Hand tastete nach dem Brief in seiner Tasche. Offenbar wollte er sich nun gern auf den Weg machen, doch sie war einfach zu neugierig, um die Gelegenheit ungenutzt verstreichen zu lassen.

»Darf ich Sie etwas fragen, KG?«

»Aber natürlich, Anna. Was denn?«

»An wen schicken Sie eigentlich die ganzen Briefe?«

Augenblicklich versteinerte das Gesicht des alten Mannes, das nahezu immerwährende Lächeln in seinen Augen erlosch. Das hatte sie nicht gewollt. Hätte sie denn ahnen können, dass ihn diese harmlose, wenn auch neugierige Frage so treffen würde?

»Tut mir leid«, entschuldigte sie sich auf der Stelle. »Das geht mich natürlich überhaupt nichts an, aber …«

Kein Aber, sondern Punkt. Man stellte nicht einfach solche persönlichen Fragen, warum auch? Das war übergriffig, alles an KGs Gesicht sagte ihr das. Sie hatte ihn mit ihrer Frage vor den Kopf gestoßen, und das tat ihr schrecklich leid.

»Bitte entschuldigen Sie meine Neugier. Es geht mich wirklich nichts an. Gar nichts.« Anna hätte es noch ein paarmal wiederholt, hätte sie damit den verstörten Ausdruck von seiner Miene wischen und den üblichen leise lächelnden KG wieder hervorzaubern können. Um ihn und sich selbst aus dieser Situation zu erlösen, schickte sie sich an, endlich in ihr Zimmer zu verschwinden, doch da öffnete KG den Mund. Erst kam nichts heraus. Anna hoffte auf ein »Schon gut« oder »Das macht doch nichts«, irgendeine Absolutionsformel für ihre Indiskretion.

»Ich schreibe an eine alte Freundin in Argentinien«, sagte KG und stieß danach heftig die Luft aus, so als hätte er sich einer schweren Seelenlast entledigt. Für einen Moment senkte er den Kopf, doch als er ihn wieder hob, war der alte KG wieder da und lächelte, und Anna war froh darüber.

»Wissen Sie, dass mich das noch nie jemand gefragt hat?«, sagte er.

»Nein?«

»Nein!«

»Dann sind die anderen weniger taktlos als ich«, vermutete Anna.

»Michel?«

»Na ja, Michel ist ...«

»Michel ist Michel.«

»Das stimmt.«

Sie lachten beide.

»Michel will das gar nicht wissen«, meinte KG. »Oder er hat einfach noch nie realisiert, dass ich so viele Briefe schreibe, das kann auch sein.«

»Seit wann denn eigentlich?«, erkundigte sich Anna.

Nachdenklich wandte er den Blick ab und rechnete nach. »Seit achtundvierzig Jahren.«

»Seit ... wie bitte?«

KG zuckte lächelnd mit den Schultern, erklärte sich jedoch nicht weiter und meinte, jetzt müsse er aber wirklich los. Den Brief einwerfen.

Anna nickte stumm. Ihr hatte es die Sprache verschlagen. Achtundvierzig Jahre, jeden zweiten Tag ein Brief, das waren ... viele, viele Briefe. Unfassbar viele Briefe. Eine alte Freundin? In Argentinien? Mit viel mehr Fragen als zuvor blieb sie im Flur zurück.

Gunillas Zimmertür wurde geöffnet.

»Sehen Sie, ich sagte doch: Alles in Ordnung«, hörte Anna den triumphierenden Harfenklang.

»Ja, Sie hatten ganz recht, aber ich stelle das lieber selbst fest. Halten Sie diesen Zustand bitte bis zum nächsten Mal. Ich schau noch bei Frau Holländer und Herrn Pol vorbei.«

»Tun Sie das, Herr Doktor. Auf Wiedersehen.«

Dr. Feller erschien um die Ecke und entdeckte Anna. »Sie sind ja noch da«, stellte er erfreut fest.

»Ja, ich habe mich noch mit Herrn Pol unterhalten, der ist übrigens gerade weggegangen. Zum Briefkasten«, erklärte Anna. Dr. Feller klopfte an Roses Tür und steckte den Kopf hinein, doch er kam gleich darauf wieder zurück.

»Kein Bedarf für eine Untersuchung«, meinte er. »Wie steht's mit Ihnen? Benötigen Sie meine ärztlichen Dienste?«

»Absolut nicht.«

»Wofür steht eigentlich das A?«, wollte er wissen.

»Für Anna. Und wofür steht das Dr.?«

Er lachte. »Ich heiße Andreas.« Er kam auf Anna zu und blieb vor ihr stehen. »Falls es das war, was Sie wissen wollten.«

Anna trat einen Schritt zurück.

»Ja, dann auf Wiedersehen«, sagte sie und verschwand in ihrem Zimmer. Kurz darauf hörte sie, wie draußen die Wohnungstür ins Schloss fiel.

Wovor flüchtete sie? Sie war auf dem Weihnachtsmarkt geflüchtet und jetzt wieder. Wann immer ihr ein Mensch zu nahe kam, egal auf welche Weise, flüchtete sie. Auch vor ihrem blinden Nachbarn war sie geflüchtet. Ihren Lieblingsplatz auf dem Balkon hatte sie seither gemieden. Allerdings hatte es am Wochenende geregnet, da wäre es schon ein wenig verrückt gewesen, sich nach draußen zu setzen. Unwahrscheinlich, dass ihr Nachbar sich im Regen aufhalten würde. Anders. Anders Fröhlich …

Noch während sie sinnierend mit dem Rücken an ihrer Zimmertür lehnte, wurde die Haustür erneut geöffnet. KG kehrte von seinem Briefkastenspaziergang zurück.

Achtundvierzig Jahre. Ob er ihr wohl ein wenig mehr über diese »alte Freundin« erzählen würde? Es klang nach einer spannenden Geschichte. Aber warum wussten eigentlich die anderen nichts davon? Was wusste hier überhaupt jeder von jedem? Gunilla war früher Sängerin gewesen, KG Restaurator, Rose Souffleuse. Das wusste man. Aber darüber hinaus? Was sie alle hinter ihren verschlossenen Zimmertüren so machten, das wusste keiner vom anderen. Achtundvierzig Jahre lang Briefe an eine alte Freundin schreiben, zum Beispiel.

Aber wieso dachte ausgerechnet sie, Anna, auf einmal über all das nach? Sie selbst war doch der Inbegriff der Verschlossenheit, sie ließ doch nichts und niemanden an sich heran. Seit sechs Jahren nicht. Sie war die Frau, die wie eine Mimose auf jede persönliche Frage reagierte, die sich zurückzog und lieber mit ihrem verstorbenen Freund redete als mit sonst jemandem. Die Frau, die zusammengerechnet fast ein Jahr ihres Lebens damit verbracht hatte, sich die Decke über den Kopf zu ziehen, nur weil gerade Montag war.

Montag ...

Auf einmal traf es sie wie ein Blitz, sie hatte den ganzen Tag nicht daran gedacht: Es war Montag.

Anna hatte den Montag vergessen. Zum ersten Mal seit sechs Jahren hatte sie den Montag vergessen! Sie konnte es nicht fassen. Vergaß sie jetzt auch bald Jeremias?

Er war noch immer um sie herum, aber womöglich unterhielt sie sich nicht mehr so oft mit ihm wie früher. Nach dem Aufwachen galt ihr erster Gedanke Jeremias, ihr erster Blick seinem Foto, ihr erstes Wort richtete sie an ihn. »Hallo!« und »Ich vermisse dich.« Und beim Schlafengehen war es dasselbe: letztes Wort, letzter Blick, letzter Gedanke. Und auch dazwischen redete sie mit ihm, aber, nun ja, sie redete mittlerweile auch mit anderen.

Als sie am Abend in ihrem Bett lag, gab sie sich einen Ruck und gestand ihm die Sache.

»Ich hab den Montag vergessen.« Sie richtete die Worte an sein Foto und flüsterte, weil sie sich so schämte. Als er nicht antwortete, fing sie an zu rekapitulieren, was sie den Tag über alles getan hatte. Lauter Alltagszeug: einkaufen mit KG, Wäsche waschen, ein bisschen klimpern, lesen, einen Apfel essen und so weiter. Dann Dr. Feller und die Unterhaltung mit KG. »Achtundvierzig Jahre, kannst du dir das vorstellen?«, sagte sie zu Jeremias. »Ich hab mich noch gewundert, warum das keiner weiß, und auf einmal hab ich gemerkt, dass heute Montag ist. Ich hatte es komplett vergessen. Oder nicht gemerkt. Es war ein Tag wie jeder andere. Es tut mir so leid. Was ist denn nur mit mir los?«

Du fängst an, loszulassen.

»Nein! Nein, tu ich nicht«, wehrte sie sich gegen seine Stimme in ihrem Kopf.

Doch, und das ist gut.

»Nein!« Sie hielt sich die Ohren zu, obwohl das herzlich wenig nützte gegen eine Stimme, die von innen kam.

Doch! Fang endlich an, wieder die zu werden, die du einmal warst.

Anna schüttelte vehement den Kopf.

Du warst neugierig und lebenshungrig und spontan. Weißt du noch, was für verrückte Einfälle du manchmal hattest? Du musst mich ja deswegen nicht vergessen.

»Ich hab den Montag vergessen.«

Du willst mich jetzt nicht im Ernst mit einem Wochentag vergleichen.

Bestimmt hätte er solche Witze gerissen, das war seine Art. Sie hatten sich gegenseitig zum Lachen gebracht, sich die Bälle zugespielt, so schnell, dass keiner mehr folgen konnte. Früher.

»Ich will dich nicht verlieren«, flüsterte Anna in die Dunkelheit ihres Zimmers.

Und ich will, dass du dich wiederfindest.

14.

Das Gegenteil von ausziehen

Luciano Pavarottis herrlicher Tenor schallte durch die Wohnung. Perfekt, um einen Tag zu beginnen, für den Anna in einer durchgrübelten Nacht große Pläne geschmiedet hatte. Zumindest für ihre Verhältnisse waren sie groß.

O sole mio sang Pavarotti, und er sang es zu Recht, denn die Sonne schien an diesem Morgen so hell, als feierte sie ihren triumphalen Sieg über die dunklen Wolken der vergangenen Tage. Gunilla sang mit, leise zwar, aber immerhin war es mehr als ein Summen. Es klang glücklich, doch wer konnte schon *O sole mio* singen und dabei unglücklich sein?

»Oh, habe ich Sie geweckt?«, fragte Gunilla freudestrahlend, als Anna kurz nach neun im Schlafanzug und mit verstrubbelten Haaren zu ihr in den Salon trat.

»Ja, haben Sie, aber ich könnte mir keinen besseren Weckdienst vorstellen.«

Gunilla warf den Kopf in den Nacken und lachte hell auf. Sie war mit einem langstieligen Staubwedel bewaffnet, mit dem sie mehr Staub aufwedelte, als ihn zu entfernen. Es war eher eine Art Alibibeschäftigung beim Singen als tatsächliches Putzen.

»Es ist Frühling, Anna. Endlich!« Sie breitete die Arme samt Staubwedel aus, als wollte sie das Leben selbst damit umfangen. Ihre Stimme klang nach Licht und Sonne und einer bunten Blumenwiese. »Ist das nicht schön? Dieses wundervolle Wetter verlangt doch geradezu nach einem Sonnenlied, finden Sie nicht?«

»Absolut.«

»Ist Pavarotti nicht einfach göttlich?«

»Oh ja, das ist er. War er.«

»Durch seinen Gesang lebt er weiter.«

Gunilla wedelte an den Bilderrahmen entlang, sodass Anna nur ihren Rücken sehen konnte. Was für ein schöner Rücken, lang und schmal und elegant und ausdrucksstark. Allein wenn man Gunillas Rücken sah, wusste man, was für eine Frau man vor sich hatte. Ihre zweiundachtzig Lebensjahre sah man ihr nicht an.

Aber wie sie das sagte: »Durch seinen Gesang lebt er weiter.« War da tatsächlich ein wehmütiger Beiklang?

»Apropos Gesang«, hakte Anna ein. »Wollen wir beide nicht mal wieder ...«

Gunilla drehte sich fragend zu ihr um. Anna machte eine Kopfbewegung Richtung Flügel.

»Sie würden mir einen Gefallen tun«, erklärte sie rasch. »Ich muss ja auch in Übung bleiben.«

Die Vorstellung, Anna könnte womöglich verlernen, Sänger zu begleiten, war lächerlich, Gunilla wusste das natürlich, aber sie wusste auch, was Anna ihr in Wirklichkeit damit sagen wollte.

Zögernd wandte sich Gunilla von den Bilderrahmen ab, rosig glänzten ihre Wangen. Ein junges Mädchen im Körper einer alten Dame.

»Wir könnten es ja noch mal probieren«, meinte sie zaghaft.

»Nach dem Frühstück?«, schlug Anna vor. »Und eigentlich könnten wir das doch zu einer regelmäßigen Einrichtung machen, oder nicht?«

Gunilla machte eine kleine, komische Bewegung mit dem Kopf, teils Nicken, teils »Na, mal sehen«. Anna nahm es als Zustimmung.

Eine halbe Stunde später saßen alle beim Frühstück um Annas Tisch herum versammelt. Rose, die sich wie immer mit einer Tasse Tee und einer halben Scheibe Marmeladenbrot begnügte, war als Erste fertig und machte Anstalten, sich zu erheben.

»Rose, könnten Sie bitte noch einen Augenblick warten?«, bat Anna. »Ich würde gern etwas mit Ihnen allen besprechen.«

Erstaunt, jedoch ohne den geringsten Einwand ließ sich Rose wieder auf ihren Stuhl sinken. Diese Lethargie bestätigte, was Gunilla neulich über sie gesagt hatte, dass es ihr im Grunde egal sei, wo sie war. Dass Rose sich immerzu in ihrem Zimmer aufhielt, war weniger Bedürfnis als pure Gewohnheit. Aber vielleicht würde sich das in Zukunft ja ändern.

Nach einem intensiven Gespräch mit Jeremias, nach vielen Tränen, die sie vergossen, und nach vielen Gedanken, die sie sich gemacht hatte, war in Annas Kopf eine Idee entstanden. Nichts Weltbewegendes oder Besonderes, nur eine Kleinigkeit – und doch war es diese Kleinigkeit, die letztlich alles in Bewegung setzen würde.

Ihre allerletzten Zweifel hatte beim Aufwachen Pavarotti mit seinem *O sole mio* vertrieben, als hätte Jeremias' Geist seine Finger im Spiel und wollte ihr sagen: *Los, aufstehen! Machen! Schluss mit Trübsal und Montagsverweigerung.*

Und jetzt war es so weit.

»Danke, Rose«, sagte Anna. Sie fühlte sich ein wenig unwohl, als sich aller Augen erwartungsvoll auf sie richteten.

»Willst du wieder ausziehen?«, fragte Michel geradeheraus.

»Was? Nein«, widersprach sie sofort, schockiert, dass er so etwas annehmen konnte. »Im Gegenteil.«

»Davon gibt es kein Gegenteil«, belehrte er sie. »Das Gegenteil von ausziehen ist einziehen. Und eingezogen bist du ja schon.«

»Also schön, Gegenteil war der falsche Ausdruck«, gab ihm Anna recht. »Was ich damit sagen wollte, ist, dass ich nichts

Schlimmes ankündigen wollte, sondern – im Gegenteil – etwas ... etwas Schönes ... vorschlagen wollte. Jedenfalls fände ich es schön.«

»Nämlich?« Gunilla stützte die Ellbogen auf den Tisch und legte ihr Kinn gespannt auf ihre anmutig gefalteten Hände.

»Etwas Schönes ist immer schön«, meinte KG treuherzig. Rose verzog keine Miene, und Michel schmierte sich das vierte Nutellabrot.

»Ich ...«, begann Anna, doch sie hatte ganz den Faden verloren. Was wollte sie gleich wieder sagen?

»Nun?«, fragte Gunilla, als sekundenlang nichts mehr von Anna kam, auch KG wartete voller Neugier, und Rose fing an zu blinzeln.

»Ich ... ich habe gestern den Montag vergessen«, platzte es aus Anna heraus. Falscher Text! Völlig falscher Einstieg! Warum sagte sie das denn jetzt?

»Sie haben den Montag vergessen?«, wiederholte Gunilla.

»Hatten Sie gestern einen Termin?«, sorgte sich KG.

»Wann war denn Montag?«, wisperte Rose.

Michel verschmierte sich die Mundwinkel mit Nutella.

»Nein, das war eigentlich gar nicht das, was ich sagen wollte«, wiegelte Anna ab.

»Aber was war denn nun mit dem Montag?«, wollte Gunilla wissen.

»Ach, das erkläre ich Ihnen vielleicht ein andermal.« Anna wedelte mit den Händen, als wollte sie das noch immer durch den Raum schwebende, ungewollte Geständnis vertreiben. »Das ist nicht so wichtig.« Sie lachte verlegen.

»Kaffee?« KG hielt die Kanne in die Luft neben Annas Tasse.

»Ähm ... ja, danke.«

»Was ist denn jetzt das Gegenteil?« Michel schmatzte die letzten Krümel aus seinem Mund, und Gunilla hinderte ihn daran, eine fünfte Brotscheibe zu nehmen, indem sie den Korb zur Seite stellte. Michel verknotete die Arme vor der Brust. »Sag schon!«, forderte er Anna auf.

»Ja. Also ... wie wäre es ... wie wäre es mit einem gemeinsamen Filmabend?«

Da war er raus, ihr harmloser, völlig unspektakulärer Vorschlag, und trotzdem schauten die anderen sie an, als hätte Anna sie zum gemeinsamen Fallschirmspringen aufgefordert. Ein Filmabend! Wow! Das war schon extrem.

»Haben Sie so was denn noch nie gemacht?«, fragte Anna, obwohl sie wusste, dass zumindest in den letzten vier Wochen, seit sie in die Zumpestraße gezogen war, keinerlei gemeinsame Unternehmungen stattgefunden hatten. Als hätte sie sich welche gewünscht, nein! Sie wäre schreiend davongelaufen, hätte einer der anderen sie in den ersten Tagen zu einem netten abendlichen Beisammensein im Salon aufgefordert. Doch seitdem hatte sich so einiges verändert.

»Nun ja ...« Gunilla ließ die Hände sinken und sah sich in der Runde um, »nein, so etwas haben wir tatsächlich noch nie gemacht.« Es klang, als wäre sie selbst überrascht von der Erkenntnis. Anna erinnerte sich noch gut an Gunillas Worte an ihrem ersten Tag: *Jeder hat seinen eigenen Rhythmus, seine eigenen Gewohnheiten, seine eigenen Bedürfnisse. Keiner hat irgendwelche Erwartungen an den anderen.*

»Warum eigentlich nicht?«, fragte sie. »Mögen Sie keine Filme?«

Doch, doch, versicherten alle.

»Und ob«, betonte KG mit Nachdruck. »Aber wir sind einfach noch nie auf die Idee gekommen. Vielleicht, weil jeder einen Fernseher in seinem Zimmer hat und da ... ich weiß auch nicht.« Er zuckte ratlos die Achseln.

»Im Salon steht der große Fernseher, aber der wird kaum benutzt«, sagte Gunilla. »Ich selbst höre dann doch lieber Musik in meinem Zimmer oder lese etwas.«

Anna hörte die Zwischentöne sehr wohl und verstand: Allein macht mir Fernsehen keinen Spaß, allein sein kann ich auch in meinem Zimmer.

»Ich hätte sogar einen Beamer und eine Leinwand«, meldete sich KG noch mal, »und jede Menge Filme auf DVD.«

»Wirklich? Das ist ja großartig«, rief Anna begeistert.

»Oh ja, Filme waren schon immer mein Hobby«, bekannte KG. »Früher bin ich gern ins Kino gegangen.«

»Welchen Film wollen wir anschauen?«, wollte Michel wissen.

Rose war die Einzige, die sich nicht äußerte, aber immerhin war sie wach und geistig anwesend. Ihre Augen wanderten von einem zum anderen.

»Was meinen Sie, Rose?«, sprach Anna sie direkt an. »Mögen Sie Filme?«

Rose nickte und machte: »Mhm!«

»Ich schau mal nach, was ich alles dahabe«, meinte KG und sprang so flink von seinem Platz auf, als hätte er sich soeben um rund dreißig Jahre verjüngt.

»Oh, da komme ich mit«, rief Anna und lief ihm hinterher. Überrascht wandte sich der alte Mann zu ihr um, sodass sie kurz dachte, es wäre ihm gar nicht recht, doch dann lächelte er und ging voraus – nicht in sein Schlafzimmer, sondern in sein Arbeitszimmer nebenan.

Es war das erste Mal, dass Anna dieses Zimmer betrat. Oder überhaupt irgendein anderes Zimmer außer ihrem eigenen und denen, die allen zur Verfügung standen. Es war wie der Blick in ein anderes Leben, und offenbar war man das hier nicht gewohnt. Die rücksichtsvollen alten Menschen ließen sich gegenseitig ihren Raum, und das im wahrsten Sinne des Wortes. Auf einmal kam sich Anna gar nicht mehr so kauzig vor.

Dieses Leben, KGs Leben, in das sie nun einen Blick werfen durfte, war bunt. Bunt und zweigeteilt. Dass er früher Restaurator war, hatte Anna schon erfahren, aber dass KG immer noch eine kleine Werkbank besaß, neben der einige kleinere Werkstücke lagen, das hatte sie nicht gewusst.

»Wenn ich daran arbeite«, erklärte KG mit einer Geste zur Werkbank, »dann lasse ich immer Musik laufen, damit ich keinen störe. Und natürlich«, fügte er hinzu, als hätte er Anna als Musikerin mit dieser Bemerkung persönlich beleidigt, »weil ich Musik mag.«

Anna nickte verständnisvoll und widmete ihre Aufmerksamkeit der anderen Seite des Zimmers. Da gab es einen Schreibtisch mit Computer und Laptop, dazu ein Fernsehgerät, einen Receiver, einen CD-Player und ein paar kleinere mysteriöse Geräte, die sie nicht einordnen konnte. An den Wänden stapelten sich Regale voller Bücher und Zeitschriften. Fachbücher, Filmbücher, Biografien und viele, viele Bildbände aller möglichen Länder und Regionen der Erde.

»Das ist auch ein Hobby«, meinte KG, als er Annas Blick auf den Büchern ruhen sah. »Reisen. Aber leider nur in Büchern.«

»Nie in Wirklichkeit?«, fragte Anna.

Er schüttelte bedauernd den Kopf. »Ich bin nie aus München rausgekommen. Außerdem habe ich Flugangst, von daher …«

»Und Sie kennen sich mit Computern aus?«, wechselte Anna taktvoll das Thema, das KG irgendwie nahezugehen schien.

»Ja«, sagte er und gewann seine Sicherheit zurück. »Das würde ich schon sagen.« Er gluckste verschmitzt. Dann bückte er sich und zog einen dicken, schwarzen Sammelordner ganz unten aus einem Regal, in dem sich noch fünf weitere dieser Ungetüme befanden.

»Da drin sind meine ganzen Filme«, sagte KG, wuchtete den Ordner auf den Schreibtisch und öffnete den Reißverschluss. Zum Vorschein kamen unzählige DVD-Scheiben, jeweils zu viert in robusten Plastikhüllen verwahrt.

Anna konnte kaum fassen, was sie da sah.

»Wie viele sind das?«

»Genau hundert in einem Ordner.«

Allesamt waren handbeschriftet.

»Alles Raubkopien?« Instinktiv begann Anna zu flüstern und genauso instinktiv zog KG den Kopf ein.

»Ist ein Hobby von mir.«

»Raubkopieren?«

»Filme.«

»Und die da unten«, Anna zeigte auf die anderen Ordner, »das sind auch alles …«

Er nickte.

»KG, KG, Sie sind mir einer.«

Er gluckste wieder, doch sofort ging er zum praktischen Teil über.

»Das hier ist der Ordner mit den besten Filmen, finde ich«, sagte er und blätterte die Plastikhüllen langsam um. Ein Klassiker reihte sich an den anderen: *Vom Winde verweht*, *Casablanca*, *Die Reifeprüfung*, *Doktor Schiwago*, *High Noon*, *Die zwölf Geschworenen*, sämtliche Marilyn-Monroe-Filme, fast alle mit Audrey Hepburn – großartige Filme. Ein kleiner Schatz. Nun ja, dachte Anna, ein geraubter Schatz gewissermaßen.

»Woher haben Sie die alle?«

»Ausgeliehen und überspielt oder vom Fernseher aufgenommen und gebrannt. In letzter Zeit streame ich hauptsächlich und dann …«

»Ja, ja, schon gut. Wenn ich nichts weiß, kann mich auch keiner zwingen, irgendwann mal gegen Sie auszusagen. Also, welchen wollen wir uns ansehen?«

»Am besten, wir fragen auch die anderen und stimmen ab«, meinte KG.

»Gut!«

KG trug den schweren Ordner hinüber in die Küche, und

ab da gingen die Diskussionen los und Erinnerungen wurden ausgegraben.

»Oh mein Gott, *West Side Story*!«, rief Gunilla aus. »Was hab ich geheult. Da war ich mit meinem damaligen Freund im Kino, und er musste mich auf dem gesamten Heimweg ... trösten.« Sie setzte das letzte Wort in klar vernehmbare Gänsefüßchen und kicherte dazu.

»Das war nett von ihm«, bemerkte Michel ernst und blätterte durch den Ordner.

»*High Noon!* Den habe ich damals mit zwei Freunden gesehen«, erzählte KG. »Luise wollte erst gar nicht mit, weil sie dachte, das wäre so ein typischer Western, was für Jungs eben, aber Emil und ich haben sie überredet mitzukommen. Mit Luise war alles viel witziger, wisst ihr.« Seine Augen strahlten, als wäre er just in diesem Augenblick wieder mit seinen alten Freunden zusammen. »Aber dann ist der Western ja doch ziemlich ins Romantische gekippt, wie mein Freund Emil sich ausdrückte, und damit war dann auch Luise ganz glücklich.«

»Das waren Ihre besten Freunde?«, fragte Anna nach.

KG nickte heftig. »Meine allerbesten. Später haben sie einander geheiratet.« Er lachte auf. »In der Zeit ist auch mein Spitzname entstanden. Emil meinte, die Tatsache, dass er Luise gekriegt hat und nicht ich, das sei doch schon in meinen Initialen festgeschrieben: KG. Kein Glück.« Er schaute von einem zum anderen und lachte dabei, aber Anna bemerkte, wie er unter der Tischplatte nervös mit den Händen über seine Oberschenkel rieb. »Das gab auf der Hochzeit bei seiner Rede einen großen Lacher. KG: kein Glück. Seitdem ist es dabei geblieben.«

Tapfer hielt er an seinem Lächeln fest.

»Was war denn nun mit dem Montag?«, durchbrach Michel unvermittelt die entstandene Stille.

»Mit dem Montag?«, fragte Gunilla verwirrt zurück.

»Mit Annas Montag: Sie wollte das noch erklären.«

KGs Züge entspannten sich, und er schien erleichtert, dass die Aufmerksamkeit nun nicht mehr bei ihm lag.

»Anna!«, fuhr Michel Anna an. »Der Montag!«

»Michel!«, wies ihn seine Mutter zurecht. Als hätte sie es mit einem Achtjährigen und nicht mit einem Achtundvierzigjährigen zu tun. Und wie so oft, wenn Michel sich wieder einmal so danebenbenahm, stahl sich das Leid in ihre Züge.

»Schon gut«, sagte Anna rasch. »Weißt du Michel ... der Montag ...« Sie stockte. Sollte sie hier wirklich die unrühmliche Geschichte ihrer Montage ausbreiten? Wieso eigentlich? Oder: Wieso eigentlich nicht? Gerade eben hatte KG ihr einen Blick in sein Leben gewährt, und er hatte ihnen etwas erzählt, das er vielleicht noch keinem anderen erzählt hatte.

»Der Montag ... ist für mich ein schwieriger Tag«, fuhr sie fort. »Und es fällt mir schwer, darüber zu reden.«

»Warum?«, wollte Michel wissen.

»Du hast auch manchmal schwierige Tage, oder nicht? Tage, an denen du niemanden sehen willst. Stimmt doch, oder?«

»Aber du bist nicht ich«, erwiderte er.

Zum Glück, dachte Anna, doch im selben Moment wurde ihr etwas bewusst.

»Nein«, sagte sie, »aber manchmal geht es mir genau wie dir. Dann möchte ich mich einfach nur verkriechen und niemanden sehen. An Montagen ist das so.«

»Warum?«, fragte er unerbittlich weiter. Natürlich, es war Michel, Michel kannte so etwas wie Taktgefühl nicht, er wollte es genau wissen und ließ keine Ausflüchte gelten.

Wenn Anna darauf gehofft hatte, dass Gunilla eingreifen und Michel zur Räson rufen würde, dann wurde sie enttäuscht. Michel war zwar derjenige, der unverblümt fragte, aber auch auf den Gesichtern der anderen las man Neugier. Anna würde die Küche nicht ohne eine Antwort verlassen können. Nicht, wenn sie nicht alles, was vorher war, wieder kaputt machen wollte.

KGs Zimmer, Roses Verweilen, der beschlossene Filmabend, das gemeinsame Singen mit Gunilla.

Mit gesenktem Blick fing sie an.

»An einem Montag vor sechs Jahren stand auf einmal ein Polizist vor meiner Tür und hat mir gesagt, dass mein Verlobter bei einem Verkehrsunfall ums Leben gekommen ist.«

Anna sprach schnell und ihre Stimme blieb fest, aber sie fühlte, wie sich unweigerlich Tränen in ihre Augen drängten, wie jedes Mal, wenn sie an jenen Moment dachte. Sie konnte es nicht verhindern und kämpfte nur noch darum, dass ihre Stimme durchhielt.

»Seit diesem Tag gab es keinen Montag mehr für mich, an Montagen fand mein Leben nicht statt.«

Sie blickte rasch auf, um zu sehen, wie die anderen reagierten. Gunilla, KG und Rose sahen sie alle drei mit den gleichen betrübten Mienen an und nickten synchron, als wüssten sie ganz genau, was Anna damit sagen wollte.

»Und gestern«, fuhr Anna fort, nachdem sie tief Luft geholt hatte, »gestern habe ich zum ersten Mal seit sechs Jahren den Montag vergessen. Es war ein Tag wie jeder andere. Ich habe überhaupt nicht gemerkt, dass Montag war. Ich hab es einfach … vergessen.«

Gunilla, KG und Rose nickten wieder einträchtig, diesmal mit einem vorsichtigen Lächeln im Gesicht. Anna musste über diesen empathischen Gleichklang ihrer Mitbewohner lachen. Sie lachte, weinte, schniefte, KG reichte ihr ein gepunktetes Stofftaschentuch, und da lachte sie noch mehr, weil es so grotesk war. Wer hatte denn heutzutage noch Stofftaschentücher, noch dazu gepunktet? Die anderen lachten mit, sie stellten keine Fragen mehr und kommentierten nichts. Sie lachten einfach mit. Gunilla aber stand auf, kam um den Tisch herum zu Anna und schloss sie fest in die Arme.

24. März 2020

Kurt (KG)

Liebe Luise,
hab ich nicht immer gesagt, dass alles auch sein Gutes hat? Von unserer Anna hab ich dir ja schon erzählt und auch dass wir jetzt nur noch das Haus verlassen sollen, wenn es unbedingt nötig ist, wegen dem Virus. Für Anna als Musikerin ist das ganz besonders schlimm, sie spricht nicht darüber, aber ich sehe es ihr an, dass es sie belastet. Sie ist ein sehr tieffühlender Mensch. Ist das ein Wort? Tieffühlend? Du weißt, was ich meine, du bist ja auch ein tieffühlender Mensch. Neulich hat sie mich übrigens gefragt, an wen ich immer meine Briefe schreibe, stell dir vor, das hat mich bisher noch keiner gefragt.
Aber ich schweife ab, liebe Luise, ich komme immer vom Hölzchen aufs Stöckchen, du kennst mich ja. Ich wollte doch erzählen, was das Gute ist in dieser ganzen schwierigen Zeit. Unsere Anna hatte eine Idee, auf die wir selbst noch nie gekommen sind: ein Filmabend! Wir alle zusammen. Kannst du dir vorstellen, dass keiner von uns je an so etwas gedacht hat? Und warum nicht? Frag mich was Leichteres. Jedenfalls hab ich mich daran erinnert, wie wir früher immer zusammen ins Kino sind und Emil wollte dies und du wolltest das und ich … na ja. Wir sind uns dann ja doch immer einig geworden. Weißt du noch, wie wir High

Noon *gesehen haben?* Zwölf Uhr mittags? *Und weißt du noch, wie du gesagt hast: Das würde ich auch tun, was Grace Kelly getan hat. Ich würde auch das Gewehr in die Hand nehmen und für den Mann, den ich liebe, kämpfen. Und ich habe es dir sofort geglaubt.*
Daran musste ich denken, an dich und an High Noon *und an Grace Kelly.*
Heute Abend werden wir uns Casablanca *anschauen, haben wir beschlossen, und das ist auch schön, denn weißt du, der letzte Satz könnte auch auf unsere Wohngemeinschaft zutreffen: Ich glaube, das ist der Beginn einer wunderbaren Freundschaft.*
Aber keine Freundschaft, liebe Luise, wird je so wunderbar sein, wie die zu dir und Emil.
Ich erzähle dir in zwei Tagen, wie es war.
Bleib gesund, meine Freundin.

Es grüßt dich von Herzen
dein Kurt

15.

Der Beginn einer wunderbaren Freundschaft

Ein großes Landschaftsgemälde im Salon, ein Original und wahrscheinlich einigermaßen teuer, musste weichen und wurde umstandslos auf dem Boden gegen die Wand gelehnt. Denn der Haken, an dem es befestigt war, bot die perfekte Halterung für die Leinwand gegenüber der großen Sitzgruppe, sodass es alle bequem hatten und ein Filmerlebnis fast wie im Kino genießen durften. Mit *Casablanca* machten sie den Anfang. Gemeinsam schwelgten sie in der Geschichte um Rick und Ilsa, und am Schluss diskutierten sie noch ein bisschen über das Ende. Das beste Filmende aller Zeiten, darüber waren sie sich einig, wenn auch nicht über die Frage, ob es die richtige oder die falsche Entscheidung für Ilsa war, mit Victor Laszlo zu gehen, zumal ja Rick diese Entscheidung für sie getroffen hatte. Gunilla wurde nicht müde, das zu betonen.

Michel beteiligte sich nicht an der Unterhaltung, er war schon während des Films im Sessel eingeschlafen und ging nach dem Abspann auf sein Zimmer. Auch Rose sagte kein Wort, aber sie hörte aufmerksam zu, nickte und machte ab und zu »mhm«. Es war ein schöner Abend, dem sie einen weiteren schönen und lustigen mit *Manche mögen's heiß* folgen ließen.

Im Anschluss daran bot Gunilla Anna das Du an. Alles andere sei doch allmählich albern, meinte sie. Dem schloss sich KG mit großer Herzlichkeit an und auch Rose flüsterte ihre Zustimmung. Anlass genug, eine Flasche Prosecco zu köpfen. Ein neuer Ton hatte in die WG Einzug gehalten, und er wurde von Tag zu Tag vertrauter.

Sie kamen jetzt öfter zusammen, nicht nur zweimal am Tag zu den Mahlzeiten. Anna ging mit KG regelmäßig einkaufen, was ihm viel Freude bereitete, Anna aber genauso, wie sie sich eingestehen musste.

Gemeinsame Film- und Fernsehabende wurden mehr und mehr zur Regel. Man überlegte und entschied gemeinsam, was auf dem Programm stehen sollte, sogar Rose war jedes Mal dabei, ihre Häkelsachen brachte sie eben mit.

Michel dagegen rutschte wieder einmal in eine schlechte Phase. In eine besonders schlechte diesmal. Als er zum Badezimmer schleichen wollte, weil er anscheinend glaubte, die anderen wären schon alle in der Küche beim Frühstück, und ihm Rose im Bademantel unverhofft und so leise wie immer entgegentrat, rannte er schreiend davon. Das Schreien war neu, sonst war er einfach nur weggelaufen. Rose erschien tief betroffen in der Küchentür. Sie hatte beide Hände auf ihrer Brust gekreuzt, atmete schwer und brachte kein Wort heraus, aber ihre Miene sprach Bände: Ich hab nichts gemacht. Ich kann nichts dafür. Es tut mir leid. All das hätte sie sicher sagen wollen, wäre sie nicht so verstört gewesen.

»Ach, Rose«, sagte Gunilla voller Mitgefühl und schloss sie in die Arme. »Es tut mir so leid. Mach dir bitte keine Gedanken, du hast nichts falsch gemacht. Und sei Michel nicht böse, ja?« Als hätte Rose irgendwem böse sein können. Sie ging auf ihr Zimmer und Gunilla sank resigniert auf ihren Platz.

»Er hat bald Geburtstag«, sagte sie. »Michel meine ich. Am 11. April.«

»Oh, tatsächlich? Wie alt wird er denn?«, fragte Anna.

»Neunundvierzig«, war die Antwort. Selten sah man Gunilla so schwermütig.

Anna und KG schwiegen. Was hätten sie auch sagen sollen? »Hey, das sollten wir feiern« wäre ganz und gar unpassend gewesen, auch wenn es bei jedem anderen die selbstverständliche Reaktion gewesen wäre. Sie hätten Pläne geschmiedet und Vorbereitungen getroffen. Doch keiner von ihnen reagierte. Nach einer Weile begann KG den Tisch abzuräumen, bis Anna ihn daran erinnerte, dass Rose noch nicht gefrühstückt hatte, also setzte er sich wieder hin. Ratlos. Wortlos.

Michel, so seltsam und schwierig er auch war, ließ keinen von ihnen kalt, und seine Mutter so bedrückt zu sehen, brach Anna schier das Herz.

»Wollen wir ein bisschen singen, Gunilla?«, fragte sie.

Gunilla hob den Kopf und lächelte wieder, und wie jedes Mal fingen ihre Wangen an zu glühen.

Das Singen war ihre gemeinsame Medizin geworden, und es ging jeden Tag besser. Wie sich herausstellte, besaß Gunilla jede Menge alter Noten, vergilbte Blätter mit verblasstem Druck, den Klavierauszug von *Roméo et Juliette* mit ihren eigenen Notizen von damals, einen anderen Klavierauszug, auf dem Franco Corelli einen Gruß hinterlassen hatte, ein Schubertliederbuch mit dem schriftlichen Heiratsantrag eines Kollegen. »Den musste ich natürlich ablehnen«, lachte Gunilla. »War auch nicht so ernst gemeint. Johannes war ein Schelm.«

Auf etlichen der Noten fanden sich handschriftliche Bemerkungen, Anweisungen zur Interpretation, hingekritzelt in einer fremden Schrift. Einer flüchtigen, aber dominant wirkenden Schrift.

»Wer hat das geschrieben?«, erkundigte sich Anna.

»Mein Lehrer.« Mehr sagte Gunilla nicht dazu. Keine Anekdote, keine Erklärung. Nur: mein Lehrer.

»Lass uns singen, liebe Anna«, sagte Gunilla. Anna nickte.

Anna am Flügel, Gunilla davor, so vergaßen die beiden alles um sich herum. Mit ihrer Technik und ihrer Seele machte Gunilla wett, was ihrer Stimme an Jugend fehlte und die Muskulatur nicht mehr hergab. An jedem einzelnen Ton konnte Anna hören, wie wunderbar sie früher gewesen sein musste. Sie sah sie vor sich auf der großen Bühne der Met, jung und schön, mit dieser schlanken, hohen Statur und diesem inneren Strahlen. Und mit einer unglaublichen Stimme. Was für eine Julia! Was für eine riesige Karriere sie vor sich gehabt hätte!

»Ich denke, für heute machen wir Schluss«, sagte Gunilla nach einer Stunde. Sie sah müde aus, aber viel glücklicher als noch beim Frühstück. »Ich lege mich ein bisschen aufs Ohr.« Sie lachte laut auf. »Der Vorteil des Alters. Früher hätte ich noch zwei bis drei Stunden länger singen und dazu auf der Bühne herumhüpfen müssen.«

»Ja, das ist wahr«, stimmte Anna ihr zu und schloss den Flügel.

An der Tür drehte sich Gunilla noch einmal um. »Es macht mir große Freude, mit dir zu singen, liebe Anna, sehr große Freude.«

»Mir auch, Gunilla.«

Lächelnd zog sich Gunilla zurück, um ihren Mittagsschlaf zu halten. Auch die anderen verbrachten diese Zeit des Tages auf ihren Zimmern, möglich, dass sie alle ein Schläfchen machten. War das nicht bei alten Leuten so üblich? Alte Leute! Sie kamen Anna mittlerweile gar nicht mehr so alt vor, oder es fiel ihr einfach nicht mehr auf. Man konnte sich so gut mit ihnen unterhalten, abgesehen von Rose, die ja selten etwas sagte. Sie arbeitete seit Neuestem an einer großen Tischdecke für Annas, nein, für ihren Tisch in der Küche, ein Lebenswerk.

Als Anna die Flügel der Balkontür öffnete, um frische Luft hereinzulassen, hörte sie, wie unten im Innenhof jemand »Franky!« rief.

Sie trat einen Schritt nach draußen, beugte sich übers Geländer und entdeckte dort Anders mit seinem dreibeinigen Hund.

Anders hielt einen langen weißen Stock in der einen Hand und Frankys Leine in der anderen. Der Hund schnüffelte und hopste von einem Fleck zum anderen, hier und da setzte er seine Marke. »Na, mach schon«, hörte sie Anders' Stimme. Der Hund lief hektisch hin und her und fand schließlich eine Stelle, die ihm gefiel und an der er mit gekrümmtem Rücken sein Geschäft verrichtete. Gespannt beobachtete Anna, was nun geschah: Würde Anders den Haufen finden? Würde er womöglich hineintreten? Sie verabscheute sich für den Gedanken, aber war das nicht naheliegend? Noch naheliegender und absolut verständlich wäre es gewesen, wenn Anders einfach alles liegen lassen würde. Da bellte Franky, kurz und abgehackt. Anders kam langsam näher. Als er einen Schritt von dem Haufen entfernt war, begann der Hund zu winseln. Mit einer Tüte bewaffnet beugte sich Anders herab, griff zu und der Boden war so sauber wie zuvor. Franky bellte zweimal, was so klang wie: Gut gemacht!

»Braver!«, sagte Anders zu seinem Hund und tätschelte ihm den Kopf. Anschließend bewegte er sich mit sicheren Schritten Richtung Ausgang und ließ unterwegs zielgenau die Hundetüte in einen Abfalleimer an der Ecke plumpsen.

Erst als die beiden verschwunden waren, wurde Anna das breite Grinsen in ihrem Gesicht bewusst.

Seit der ersten Begegnung mit ihrem Nachbarn hatte sie ihre Lieblingsecke auf dem Balkon gemieden, nicht einmal bei strahlendem Sonnenschein hatte sie sich nach draußen gewagt. Denn wäre Anders auch dort gewesen, hätte sie sich gefühlt wie bei einer Verabredung, und das kam für sie nicht infrage. Anna verabredete sich nicht. Allerdings hätte sie nichts dagegen gehabt, ihm einmal im Treppenhaus zu begegnen, auf dem Weg zum Einkaufen oder zum Müll, doch das war nie passiert. Ein paarmal hatte sie an ihn gedacht, hatte sich daran erinnert, wie er sie zum Lachen gebracht hatte, doch die Freude darüber, ihn dort unten im Hof zu sehen, überraschte sie selbst. Wie souverän er sich trotz seines Handicaps bewegte und wie er mit Franky umging, den man nun wirklich nicht reklamieren musste, war er doch als Blindenhund ein echtes Goldstück. Es war schön, diesem eingespielten Team zuzusehen, und es wäre sicher auch schön gewesen, sich einmal wieder mit Anders zu unterhalten. Mit ihm zu lachen. Da war doch nichts dabei, oder?

Da ist nicht das Geringste dabei, erhielt sie Jeremias' Bestätigung in ihrem Kopf. *Was du dir immer für Gedanken machst, Anni.*

Eine Sekunde zögerte sie noch.

Anders auf dem Balkon wiederzubegegnen, wäre eine Verabredung, so gut wie jedenfalls, aber im Treppenhaus, vor der Tür wäre es keine. Vielleicht …

Anna lief los. Kurz entschlossen durchquerte sie die Wohnung, öffnete mit Schwung die Eingangstür und kam gerade rechtzeitig, als Anders und Franky die letzten Stufen der Treppe erreichten. Zu spät bereute sie ihre Impulsivität. Was sollte sie denn überhaupt zu ihm sagen? Hallo, da bin ich wieder? Sie erinnern sich vielleicht nicht, weil es schon zwei Wochen her ist, aber wollen wir uns nicht doch mal wieder unterhalten? Dann würde er sagen: Ja, aber wollten wir uns nicht auf dem Balkon treffen? Und sie: Ach, ich dachte, im Treppenhaus ist es auch nett.

Das war doch alles bescheuert.

Wie versteinert verharrte Anna auf der Stelle und hoffte, ihr blinder Nachbar hätte aus unerklärlichen Gründen die große, schwere, knarzende Tür nicht gehört.

Franky entdeckte Anna und bellte einmal kurz.

»Hallo!«, grüßte Anders freundlich in ihre Richtung und steckte den Schlüssel ins Schloss.

»Hallo«, erwiderte Anna kleinlaut seinen Gruß.

Anders hielt überrascht inne und hob den Kopf.

»Ach, Sie sind das, Sie Schwindlerin.«

»Wie bitte?«

Er wandte seinen Kopf in ihre Richtung, und obwohl sie wusste, dass er sie nicht sehen konnte, hatte sie das Gefühl, er würde sie mit seinem Blick regelrecht durchbohren.

»Haben Sie nicht behauptet, Sie würden häufiger auf dem Balkon sitzen?«

»Öfter, war der Wortlaut, glaub ich.«

»Ach so, ja dann nehme ich alles zurück.« Er wandte sich ab, drehte seinen Schlüssel um und die Tür sprang auf. »Komm, Franky!«

»Das Wetter war ... ähm«, machte sie einen hilflosen Versuch, ihn daran zu hindern, sie einfach vor der Tür stehen zu lassen, doch schon nach den ersten drei Worten sah sie ein, wie dämlich ihre Taktik war. Das Wetter der vergangenen beiden Wochen war ein Traum gewesen. Reinstes Balkon-Genuss-Wetter.

Er hielt erneut inne, um seine Mundwinkel zuckte es.

»Das stimmt natürlich«, meinte er. »Ich war jeden Tag durchnässt und hab mir den Arsch abgefroren. Gut, dass Sie sich das erspart haben. Kann ich echt nicht empfehlen, sich bei so einem Mistwetter rauszusetzen.«

Er machte keine Anstalten mehr, sich in seine Wohnung zurückzuziehen, Franky sah zu ihm auf, dann zu Anna, dann setzte er sich hin.

»Tut mir leid«, sagte Anna.

Anders schnipste ein bisschen mit den Fingern, woraufhin Franky kläglich winselte.

Anna konnte sich das Lachen nicht verkneifen, auch wenn sie nicht wusste, ob Lachen gerade angebracht war, doch als Anders sich ihr zuwandte, sah sie ihn grinsen.

»Sie sind mir eine«, sagte er.

»Ja, das können Sie laut sagen«, erwiderte Anna.

»Wissen Sie, ich hab mich gefreut, Sie kennenzulernen«,

bekannte er vollkommen freimütig. »Ich komme zurzeit nicht viel unter Menschen und auch nur selten raus, außer mit dem Hund. Und Netflix ist bei mir auch keine wirkliche Alternative. Als ich Sie getroffen habe, dachte ich: Wie schön, da ist jemand nebenan, mit dem kann man ab und zu ein bisschen quatschen.«

»Tut mir leid«, sagte Anna wieder.

Anders klappte seinen Stock zusammen und löste die Leine vom Hals seines Hundes. Franky lief sofort nach drinnen.

»Ich hab jeden Tag gehofft, Sie wieder zu treffen«, erklärte Anders. »Jedenfalls in der ersten Woche, dann hab ich es aufgegeben.«

»Tut ...«

»... Ihnen leid«, vollendete Anders den Satz. »Ich bin noch nie einem Menschen begegnet, der sich so oft entschuldigt hat wie Sie.«

»Ich meine es so«, sagte Anna.

»Schon klar«, erwiderte Anders. »Wollen wir uns vielleicht auf dem Balkon weiterunterhalten?«

Anna lächelte. »Gern!«

»Bis gleich!«

»Bis gleich!«

16.

Superman und sein Robin

Anna war zuerst draußen und ließ sich endlich wieder einmal in ihrem Korbsessel nieder. Sie kuschelte sich in ihre Decke und genoss die Strahlen der Mittagssonne. Es dauerte eine kleine Weile, bis Anders kam, doch dann hörte sie die Balkontür, Schritte und dazu das leise Trippeln von Hundepfoten. Ein Sessel wurde zurechtgeschoben.

»Also, was – außer dem Wetter – hat Sie daran gehindert, Ihr Versprechen zu halten?«, fragte er ohne Einleitung.

»Versprechen?«

»Irgendwie schon, aber nennen Sie es, wie Sie wollen. Sie sagten jedenfalls, Sie sind öfter hier draußen.«

»Das stimmt!«, gab sie zu. »Also … um ehrlich zu sein: Ich bin, sagen wir, ein bisschen menschenscheu.«

»Okay, dann gehe ich jetzt rein und lasse Ihnen Franky da.«

Anna musste schon wieder lachen. Das war es, was sie an ihm mochte, dass er sie mühelos zum Lachen brachte. Genau wie Jeremias früher.

»Kann Franky sprechen?«

»Nein, leider nicht.«

»Der arme Hund: nur drei Beine und stumm dazu.«

Er gluckste unterdrückt.

»Sie sind nicht menschenscheu«, stellte Anders fest

»Doch bin ich, aber das ist eine komplizierte Geschichte und einfach nicht geeignet für unsere erste Balkonunterhaltung.«

»Erste? Dann kann es also sein, dass Sie in Zukunft doch öfter hier auftauchen werden?«

»Ja, das kann sein.«

»Das haben Sie letztes Mal auch behauptet.«

»Vertrauen Sie mir diesmal einfach.«

»Also gut.«

Anna hätte sich gern über die Brüstung gelehnt und nachgeschaut, ob er lächelte. Bestimmt tat er das. Es klang so.

»Sind Sie das, die immer Klavier spielt?«, wechselte er das Thema.

»Ja, das bin ich. Ich bin Pianistin. Ich begleite Sänger und studiere Stücke mit ihnen ein.«

»Wow, toll! Ich liebe Musik.«

»Beruht nur nicht auf Gegenseitigkeit, was?«, rutschte es ihr heraus, zu spät hielt sie sich den Mund zu, doch hinter der Trennwand brach Anders in herzliches Lachen aus.

»Das stimmt leider«, sagte er, als er sich einigermaßen beruhigt hatte. »Ich fürchte, jetzt muss ich mich entschuldigen für die Misstöne, die Sie ertragen müssen.«

»Schon okay, es klingt nett«, sagte Anna.

»Wahnsinn! Eine professionelle Musikerin als Nachbarin, das kann auch nur mir passieren.« Anders lachte immer noch.

»Na ja, momentan bin ich quasi arbeitslos«, erklärte Anna.

»Großer Mist!«, sagte Anders. »Aber ganz arbeitslos auch nicht, oder? Ich höre Sie immer mit ... wer ist das eigentlich?«

»Das ist Ihre Nachbarin, Frau Wohlgemuth. Sie war früher Sängerin und hat sogar an der Met gesungen.«

»Kein Wunder! Sie singt sehr schön, ich höre oft zu.«

»Wirklich?«

»Klar. Hören ist eine meiner Lieblingsbeschäftigungen.«

Anna unterdrückte diesmal ihr Lachen.

»Meinetwegen müssen Sie nicht ersticken«, sagte Anders.

»Was meinen Sie?«

»Sie dürfen ruhig lachen.«

»Woher wissen Sie, dass ich lachen wollte?«

»Ich habe erstens gehört, wie Sie es unterdrückt haben, und zweitens bin ich Psychologe.«

»Im Ernst?«

»Schulpsychologe, genauer gesagt. Im Moment natürlich daheim, was nicht besonders angenehm ist, viele anstrengende Telefonate mit besorgten Eltern, keine Kids, die zu mir kommen und denken, sie könnten mir locker auf der Nase herumtanzen, und sich kurz darauf wundern, dass ich jede einzelne Lüge heraushöre. Manche nennen mich Superman.«

»Die kennen Franky noch nicht.«

»Natürlich kennen die Franky. Franky ist mein Robin.«

Anna brach in Lachen aus.

»Was denn?«, fragte er irritiert.

»Robin gehört zu Batman«, klärte sie ihn auf.

»Verflixt!«

»Superman und sein Robin!« Sie lachte noch ein bisschen. Er lachte auf seiner Seite der Wand mit.

»Anna war Ihr Name, stimmt's?«

»Ja, stimmt.«

»Ich muss jetzt leider rein, ich hab gleich eine Online-Konferenz.«

»Okay.«

»Hören wir uns bald wieder?«

»Ja«, sagte Anna ohne zu zögern. »Gern!«

»Dann bis dann.«

»Bis dann.«

Sie hörte, wie er aufstand, und beugte sich ein wenig nach

vorn, um ihm hinterherzuschauen. Als er die Tür erreicht hatte, hob er die Hand, drehte sich in ihre Richtung und grinste.

»Nicht vergessen«, sagte er, »Superman-Ohren!«

Anna berichtete Gunilla von ihrer neuen Bekanntschaft von nebenan.

»Wie nett! Und der ist blind, sagst du?«, fragte Gunilla.

Anna stutzte. »Kennst du den etwa gar nicht?«

»Nein, woher denn?«

Woher denn, fragte Gunilla? Es ging hier um ihren direkten Nachbarn, nicht um einen Kollegen des Bruders von Theklas Schwiegersohn aus Pasing. Wieso kannte sie Anders Fröhlich nicht? Es war Anna zwar bewusst gewesen, dass Gunilla nicht vor die Tür ging, aber nicht, wie wörtlich das zu verstehen war.

Als sich Anna am nächsten Tag gegen Mittag in ihrer Balkonecke niederließ, war sie unerklärlich nervös. Sie wollte Wort halten, aber vielleicht hätte sie erst einen Tag verstreichen lassen sollen? So sah es womöglich aus, als könnte sie es kaum erwarten, ihren Nachbarn wiederzusehen. Er sollte jedenfalls nichts Falsches denken. Sie war drauf und dran, wieder aufzustehen und hineinzugehen. Noch war er nicht da. Und wenn er überhaupt nicht auftauchte? Oder zu einer anderen Zeit? Sie hatten ja nichts verabredet. Später Vormittag, früher Mittag, das waren die Zeiten, zu denen sie ihn bisher angetroffen hatte. Es tat sich nichts auf der anderen Seite.

Allmählich kam sie sich lächerlich vor, sie hatte doch etwas Besseres zu tun, als ewig auf dem Balkon herumzusitzen. Wobei ... eigentlich hatte sie gar nichts zu tun, das war ja das Problem. Und hier draußen schien die Sonne. Trotzdem, es war lächerlich. Sie hätte wenigstens ein Buch mitbringen können.

Entschlossen stand Anna auf, trat einen Schritt zur Seite und streckte schon die Hand nach ihrer Zimmertür aus, als drüben die Balkontür aufging. Mit einer Art seitlichem Hechtsprung landete sie wieder in ihrem Sessel.

»Autsch«, fluchte sie unterdrückt.

»Anna?«

Wie sie sich freute, seine Stimme zu hören!

»Ja?«

»Haben Sie sich wehgetan?«

»Nicht besonders, gibt nur einen blauen Fleck.«

»Was haben Sie denn gemacht?«

»Ach, gar nichts ... ich hab mich gestoßen.«

»Schön, Sie wiederzuhören. Geht es Ihnen gut? Abgesehen von dem blauen Fleck?«

»Ja, sonst geht's mir gut. Und Ihnen?«

»Auch.«

Schweigen.

Anna wusste nicht recht, womit sie ein Gespräch beginnen sollte, sie war noch immer nicht besonders geübt in diesen Dingen, aber auch von seiner Seite kam nichts. Nach ein paar Minuten Stille, untermalt von entferntem Autolärm und nahem Vogelgezwitscher, hörte sie ihn wohlig seufzten.

»Hach, ist das schön! Es gibt nur wenige Menschen, mit denen man gemeinsam schweigen kann und es wird nicht mal ansatzweise unangenehm.«

Anna prustete heraus, und damit war der Bann gebrochen.

»Machen Sie das in der Schule mit den Kindern auch so?«, fragte sie ihn.

»Falls Sie wissen wollen, ob die mit mir viel zu lachen haben – das kommt immer darauf an.«

»Auf was?«

»Manchmal müssen die Leute auch wissen, dass man ernst sein kann. Man kann nicht über alles lachen.«

»Das ist wahr.«

Er begann von der Schule zu erzählen. Auf einmal lief ihre Unterhaltung wie von selbst, und Anna genoss es.

An diesem Abend nach dem Essen versammelten sich alle im Salon und schauten im Fernsehen eine Quizsendung. Michel mochte so etwas normalerweise sehr gern, deshalb hatte Gunilla vorsichtig versucht, ihn ebenfalls zum Kommen zu bewegen, obwohl er schon am Abendessen nicht teilgenommen hatte, doch kaum steckte sie den Kopf durch seine Zimmertür, begann er zu schreien. »Geh weg!«, schrie er sie an. »Geh weg, geh weg, geh weg!«

Rasch zog sie sich wieder zurück.

»Hätte ich wissen müssen«, murmelte sie. »Dumm von mir.« Tapfer lächelte sie den anderen zu, während Michel noch ein bisschen länger schrie. Sie lächelten zurück und taten so, als wäre alles ganz normal. War es ja auch irgendwie.

KG und Anna rieten beim Quiz fleißig mit, wobei Anna sehr ehrgeizig war und KG sich vor allem freute, wenn er etwas erfuhr, das er vorher noch nicht gewusst hatte: »Ha! Wieder was gelernt«, rief er immer wieder. Rose saß mitsamt ihrer Tischdecken-Häkelei unter einer Lampe, damit sie genug Licht hatte, häkelte vor sich hin und machte nicht den Eindruck, als würde sie allzu viel von der Sendung mitbekommen. Und auch Gunilla wirkte diesmal nicht ganz anwesend. Sonst war sie diejenige, die sich mitreißen ließ und ganz bei der Sache war. Diesmal saß sie neben Anna auf dem Sofa, lächelte ab und zu und sah dabei genauso traurig aus wie am Morgen, als sie von Michels anstehendem Geburtstag erzählt hatte.

Anna traf Anders auch am nächsten Tag wieder, und diesmal mussten sie nicht erst ein paar Schweigeminuten überbrücken, bis ihre Unterhaltung in Fahrt kam.

»Was macht Ihr blauer Fleck?«, erkundigte sich Anders.

»Ist blau.«

»Dann macht er seine Arbeit ja gut.«

Anna lachte. Seit Jahren hatte sie nicht mehr so herzlich lachen müssen wie mit Anders. Es wurde Zeit, dass sie ihm etwas zurückgab.

»Wollen Sie die Geschichte hören, wie es zu dem Fleck kam?«

»Wenn sie spannend ist?«

»Ist sie.«

Anders amüsierte sich köstlich.

In der Nacht kreisten Annas Gedanken um Anders, um Gunilla und um Michel, sie kreisten so lange, bis sie schließlich einen Entschluss fasste.

»Sie sind doch Psychologe«, sagte sie am nächsten Tag zu Anders auf dem Balkon.

»Bin ich.«

»Wäre es okay, wenn ich Sie um einen Rat bitten würde? Ich meine, ich weiß, das macht man nicht, von Ärzten verlangt man auch keine Spontandiagnosen, und ich möchte Sie nicht belästigen ...«

Kurz vernahm sie noch das Rücken des Stuhls auf der anderen Seite, als sich auch schon Anders am Ende der Trennwand über das Geländer beugte.

»Vorsicht!«, rief Anna. »Da geht's runter.«

»Weiß ich, kommen Sie näher, bei vertraulichen Gesprächen sollte man nicht so laut reden.«

Anna zögerte. »Und der Abstand?«

»Vertrauliches Gespräch oder Abstand, das ist jetzt die Gewissensfrage.«

Anna musste nicht lange nachdenken, sie trat hinzu und beugte sich ebenfalls ein wenig vor, bis sie nur noch wenige Zentimeter voneinander entfernt waren.

»Sie riechen toll«, bemerkte Anders.

»Ähm … danke«, sagte Anna ein wenig verwirrt. Eine solche Direktheit kannte sie sonst allenfalls von Michel.

Anders grinste. »Das war in keiner Weise anzüglich gemeint, wir Blinden sind nun mal Ohren-, Tast- und Nasenmenschen. Außerdem besitze ich leider die Eigenart, meine Gedanken ungefiltert und laut zu äußern. Kommt nicht immer gut an. Ich arbeite daran.«

Anna lachte. »Schon okay. Mit ›Sie riechen aber komisch‹ hätte ich ein größeres Problem gehabt.«

»Dann bin beruhigt. Also, worum geht's?«

Konzentriert richtete er den Blick nach unten in den allmählich grüner werdenden Innenhof. Anna fragte sich, ob er wohl noch irgendetwas sehen konnte. Das Grün der Blätter? Das Licht der Sonne wenigstens? Durfte sie das fragen? Irgendwann einmal vielleicht. Jetzt ging es erst mal um etwas ganz anderes.

»Es geht um meine Mitbewohnerin, Frau Wohlgemuth«, fing sie an, und Anders hörte zu.

17.

Michel oder Die Sache mit dem Pferd

In den Tagen vor seinem Geburtstag war Michel noch immer in seiner schlechten Phase, aber wenigstens schrie er nicht mehr, wenn er zufällig einem seiner Mitbewohner begegnete, das war immerhin ein Fortschritt. Es ging anscheinend aufwärts, und es war nicht ausgeschlossen, dass er demnächst auch wieder zum Frühstück erscheinen würde.

»Wollen wir nicht einen Kuchen backen? Oder zwei?«, fragte Anna in die Runde und überwand sich damit endlich, Anders' Rat zu befolgen. »Oder wir könnten eine Torte kaufen.«

»Da vorn in der Konditorei kann man Torten in Auftrag geben«, unterstützte sie KG, den sie ins Vertrauen gezogen hatte. »Da könnten wir eine bestellen. Mit ›Happy Birthday, Michel‹ darauf. Oder ... mit Kerzen.«

Gunilla reagierte nicht, sie starrte auf ihre Kaffeetasse wie in eine andere Welt.

»Es ist schon etliche Jahre her«, fing sie übergangslos an zu erzählen, »als mein Mann noch lebte, da haben wir genau das gemacht: Kuchen gebacken, eine Torte. Wir deckten den Tisch hübsch mit Geschenken und Blumen und wir sangen *Happy Birthday.* Sogar Richard sang. Unsere Tochter Simone und ihr Mann waren damals auch dabei. Und sangen.«

Anna horchte auf. Es war das erste Mal, dass sie etwas von einer Tochter hörte.

»Es war Michaels dreißigster Geburtstag, so etwas feiert man doch, nicht wahr?«

Sie nickten alle. Selbst Anna, obwohl sie ihren eigenen dreißigsten Geburtstag im vorletzten Jahr natürlich nicht gefeiert hatte und auch nicht auf die Idee gekommen wäre.

»Mit dreißig feiert man natürlich im Normalfall mit Freunden. Oder schon mit der eigenen Familie, mit Frau und Kind, oder mit der Partnerin, dem Partner. Wie gesagt, im Normalfall«, fuhr Gunilla fort. »Michael hatte nie Freunde, er hatte nie jemanden zum Feiern. Er war eben immer schwierig und seltsam. Als er noch ein Kind war, haben wir uns bemüht, alles zumindest normal erscheinen zu lassen. Wir luden dann andere Kinder ein, aber das endete praktisch jedes Mal in einem Desaster. Als Michael ein Teenager wurde, wollte er nichts mehr von seinem Geburtstag wissen, und ein Fest wollte er schon gar nicht. Meinem Mann war das recht, mir tat es weh. Wir haben also seinen Geburtstag jahrelang mehr oder minder unbeachtet vorbeiziehen lassen, sogar den achtzehnten, den zwanzigsten. Bis zu seinem dreißigsten.«

Gunillas Lippen bebten, sie presste sie kurz aufeinander, dann hatte sie sich wieder im Griff. Es war so still in der Küche, dass alle hören konnten, wie Michel draußen ins Badezimmer schlich. Leise schloss er die Tür, damit es nur ja keiner mitbekommen sollte, aber sie hörten ihn. So still war es. Bis Gunilla weitersprach.

»Michaels Schwester und ihr Mann leben in den USA und waren gerade zu Besuch, und da dachten wir, könnten wir ja mal ... wir dachten, wir würden ihm eine Freude machen. Oder vielmehr ich ... ich dachte es.« Gunilla atmete zitternd ein und aus. »Ich habe alles vorbereitet, alles schön gemacht, habe selbst gebacken, sogar die Torte. Ich war ja noch nie eine große Künstlerin in der Küche, aber diesmal ... nach all den vielen unbeachteten Geburtstagen ... Es sollte etwas Besonderes sein, also habe ich mir von Josepha ein Tortenrezept geben lassen. Sie hat mir alles genau erklärt, Schritt für Schritt, und die Torte wurde am Ende wirklich schön. Ich war richtig stolz. An Michels Geburtstag standen wir da, singend, mit den Geschenken, den Blumen, den Kuchen und der Torte. Michael bekam einen Anfall. Er stürzte sich schreiend auf seinen Geburtstagstisch, fegte die Geschenke und die Blumen herunter und schlug wie wild auf die Torte ein. Danach hat er sich drei Wochen lang in seinem Zimmer verkrochen. Sein Vater wollte ihn einweisen lassen, aber das habe ich verhindert.«

Schweigend und bedrückt saßen sie da. Keiner von ihnen erwähnte noch einmal das Wort Kuchen oder Torte.

Anna hatte Anders von Michel und dem bevorstehenden Geburtstag erzählt, und davon, wie Gunilla damit umging und wie traurig sie deswegen war. Anders war ein großartiger Zuhörer. Er unterbrach sie nicht mit überflüssigen Bemerkungen und fragte, wenn überhaupt, knapp und gezielt nach. Er meinte nicht, Pausen, in denen sie über den nächsten Satz nachdachte, überbrücken zu müssen. Er war die Geduld in Person. Anna konnte sich lebhaft vorstellen, wie er auf besorgte Eltern einging und sich die Kinder bei ihm aufgehoben und verstanden fühlten. Die Schwierigen, die Aufsässigen, die, die etwas ausgefressen hatten, alle, die durch das Raster der Norm rutschten und zum Fall für den Schulpsychologen wurden. Bei Anders hatten sie es gut, daran bestand kein Zweifel. Doch sein Ratschlag, Geburtstag zu feiern, wenn Geburtstag war, und Michel so zu behandeln, wie sie jeden anderen aus der WG behandeln würden, war leider nicht umzusetzen.

»Wenn Sie wüssten, dass einer der anderen Geburtstag hätte«, hatte er gesagt. »Rose oder Gunilla oder, wie sagten Sie, heißt der Mann?«

»KG.«

»KG. Wenn einer von denen morgen Geburtstag hätte, und Sie wüssten es, was würden Sie tun? Ein Geschenk besorgen, Kuchen, ein paar Girlanden ...«

»Macht man das nicht eher bei Kindern?«

»... Sekt, Wein, Torte. Nichts würde Sie daran hindern. Und Sie würden gratulieren, nicht eben mal so nebenbei, sondern richtig und von Herzen. Sie würden es doch nicht ignorieren, oder?«

»Nein.«

»Dann tun Sie es bei Michel auch nicht. Sie mögen ihn doch, oder? Das hab ich so aus Ihren Erzählungen herausgehört.«

»Ja, das stimmt«, hatte sie geantwortet. »Er ist ganz eigen und seltsam, sehr schwierig, aber doch auch wieder irgendwie lieb. Wir mögen ihn alle.«

»Na also!«

»Na also« galt aber nun nicht mehr.

Am Rand der Trennwand aufs Geländer gestützt, berichtete Anna Anders mittags leise von jenem katastrophalen dreißigsten Geburtstag und dem Trauma, das er bei Gunilla hinterlassen hatte.

Anders hörte sich das an, verfiel in kurzes nachdenkliches Schweigen und meinte dann: »Wenn man vom Pferd fällt, sollte man gleich wieder aufsteigen.«

Anna verzog das Gesicht.

»Sie verziehen das Gesicht, stimmt's?«

»Woher wissen Sie das?«

»Sie haben so einen ganz kleinen Laut dabei gemacht, so in etwa.«

Er verzog das Gesicht und gab dabei einen fast unhörbaren, kehligen Laut von sich.

»Sie hören, wenn Leute ihre Mimik ändern?«

»Manchmal.« Er grinste. »Zurück zum Pferd.«

»Der Zug ist abgefahren.«

»Wir reden von Pferden, nicht von Zügen«, widersprach Anders. »Das Pferd steht da und wartet. Und wenn es sein muss, wartet es jahrelang.«

»Das Pferd stirbt in dieser Zeit.«

»Unsinn. Man hat es ja gefüttert und ... alles, was man so mit einem Pferd macht.«

»Sie haben keine Ahnung von Pferden, stimmt's?«

»Nein, aber das ist egal. Machen Sie mir jetzt bitte mein Bild nicht kaputt. Gehen Sie einfach vom treusten Pferd der Welt aus.«

»Also schön«, sagte Anna und grinste.

»Das Pferd steht da. Immer noch. Natürlich wird es immer schwieriger, wieder aufzusteigen, je länger man wartet, deswegen sollte man es sofort hinter sich bringen. Wenn Sie sich bei jemandem entschuldigen müssen, weil Sie etwas wirklich Dummes getan oder gesagt haben, dann ist es am besten, Sie entschuldigen sich sofort, denn je mehr Zeit vergeht, umso schwieriger wird es. Und das Pferd wird immer größer.«

»Stimmt.«

»Na also. Nach allem, was Sie mir über Frau Wohlgemuth und ihren Sohn erzählt haben, hat sie damals nur den falschen Moment erwischt. Hätte sie ihren Sohn im Jahr darauf wieder an seinem Geburtstag überrascht, hätte er sich vielleicht gefreut, wer weiß das schon.«

»Gunilla konnte das nicht noch einmal verkraften, das ist doch verständlich.«

»Ja. Und es ist auch verständlich, dass man einen Sturz vom Pferd nicht noch mal erleben möchte.«

»Man muss ja nicht reiten.«

»Aber wenn es Spaß macht? Wenn man glücklich dabei ist? Sie kennen doch die Sache mit dem Glück der Erde und dem Pferderücken.«

»Ja, vom Hörensagen.«

»Sehen Sie! Ihre Gunilla liebt ihren Sohn, und es würde sie unendlich glücklich machen, ihm eine Freude zu bereiten. Sie tut es aber nicht, weil sie diesen einen Moment im Kopf hat. Und jedes Jahr, wenn Michels Geburtstag wiederkehrt, erinnert sie sich an dieses Trauma und macht es größer und größer.«

Es klang so einleuchtend und überzeugend, doch Anna wusste: Gunilla erinnerte sich nicht nur an diesen einen traumatischen Tag, sondern an alle traumatischen Tage mit Michel, an das Unglück, einen Sohn zu haben, dessen psychische Störung ihm und seiner Umwelt das Leben schwer machte. An jedem einzelnen Tag. Und musste sie sich nicht auch Sorgen machen, was aus ihm werden sollte, wenn sie einmal nicht mehr da war? Um ihn zu beschützen, um zu verhindern, dass man ihn einwies, wegbrachte aus der Umgebung, die er sein Leben lang kannte, und in der er wenigstens ab und zu Halt fand.

»Was sollen wir denn machen?«, fragte Anna.

Anders zuckte mit den Schultern. »Das ist letztlich Ihre Entscheidung: Entweder Sie gehen auf Nummer sicher und tun so, als wäre Michel ein Mensch ohne Geburtstag, oder Sie besteigen das Pferd und schauen mal, wo es Sie hinträgt.«

»Wir können das nicht über Gunillas Kopf hinweg entscheiden.« Das war KGs Meinung in der Angelegenheit und Rose schloss sich mit einem leise geflüsterten »Mhm« an.

»Das tun wir ja auch nicht. Aber wenn wir Gunilla gemeinsam davon überzeugen, dann stimmt sie vielleicht zu.«

»Findest du denn richtig, was dieser Herr Fröhlich gesagt hat?«

Ehrlicherweise waren Annas eigene Zweifel nicht restlos ausgeräumt. Es wäre einfacher gewesen, das zu tun, was Gunilla all die Jahre über getan hatte: den Geburtstag ohne großes Tamtam vorüberziehen zu lassen. Doch Anna hatte die Traurigkeit in ihrem Blick gesehen. Es war der Tag, an dem sie ihr Kind zur Welt gebracht hatte, ein Freudentag für eine Mutter. So zu tun, als hätte es diesen Tag nie gegeben, musste sich so anfühlen, als würde man die Geburt dieses Kindes bereuen. Das erklärte sie nun KG und Rose. Während KG noch immer bedenkenvoll den Kopf wiegte, nickte Rose. »Anna hat recht«, sagte sie so leise wie alles, und doch waren die drei Worte ausgerechnet aus ihrem Mund so gewaltig, dass die Entscheidung mit ihnen getroffen war. Sie würden Gunilla einweihen, aber erst später.

KG telefonierte mit der Konditorei. Gleich am Samstagmorgen sei die Torte abholfertig, versprach man ihm. Anschließend machten er und Anna Besorgungen für den großen Tag.

»Wart ihr nicht gestern erst einkaufen?«, wunderte sich Gunilla.

»Wir brauchen noch Prosecco«, erklärte Anna, was sogar der Wahrheit entsprach. »Man kann so viele Flaschen ja gar nicht auf einmal schleppen.«

»Oh ja, dann natürlich!« Prosecco-Notstand genügte Gunilla als glaubhaftes Argument.

Weder KG noch Anna wussten so genau, was man für eine Geburtstagsfeier alles brauchte. Nachdem der Prosecco im Wagen war und KG alle Zutaten für seinen, wie er sagte, berühmten Schokoladenkuchen beisammenhatte, standen sie ratlos vor einem Regal mit Deko-Artikeln.

»Eine Happy-Birthday-Girlande?«, fragte Anna.

»Die auf jeden Fall.«

»Ballons, Konfetti?«

Jetzt zuckte KG die Achseln. Anna griff trotzdem zu. Schließlich landeten lauter Sachen im Wagen, die sie sich selbst früher für einen großen Kindergeburtstag gewünscht hätte. Anna hatte immer nur zwei Freundinnen einladen dürfen, und mit denen musste sie artig am Tisch sitzen, alles andere machte ihre Großeltern nervös. Ihr Vater kam auch jedes Jahr, aber er blieb nur ganz kurz und machte immer den Eindruck, als wäre es ihm eine lästige Pflicht, so leidend sah er aus.

»Dann noch ein paar Blumen«, bestimmte Anna mit dem festen Willen, Michel einen richtigen Geburtstag zu bescheren, einen bunten. »Und haben wir Kerzen?«

Auch die kamen noch dazu.

»Und Geschenke!«, fiel ihr ein. »Oh Gott, was kann man Michel denn schenken?«

Einen Nasenhaarrasierer hätte er brauchen können, aber das wäre sehr taktlos gewesen. Etwas Schönes sollte es sein. Sie hatte nicht die leiseste Ahnung, womit man Michel eine Freude bereiten konnte. Ein Monsterglas Nussnugatcreme vielleicht? Wüsste sie nur, was er so tat, wenn er tagelang mit sich allein in seinem Zimmer saß. Er hatte keinen Fernseher, das wusste sie von Gunilla, nur ein Radio, das man ab und zu hörte, keine Musik, nur Nachrichten. Wofür interessierte er sich? Er war nicht dumm, er war sogar erstaunlich gebildet. Wieder einmal fiel Anna auf, wie wenig sie von den anderen wusste.

»Ich denke, ich schenke ihm Bleistifte«, sagte KG.

»Bleistifte?«

»Ja, er bittet mich ab und zu, ihm welche mitzubringen, also denke ich, schenke ich ihm jetzt welche.«

Das war immerhin etwas, dachte Anna, während sie nicht einmal im Ansatz eine Idee hatte.

Während KG in der Schreibwarenabteilung etliche Bleistifte in unterschiedlichen Härtegraden zusammentrug, schaute sich Anna um. Da gab es ein langes Regal mit Büchern, aktuellen Taschenbuchbestsellern meistens, aber auch ein paar Kinderbücher waren dabei. Und auf einmal sprang es ihr ins Auge: Astrid Lindgren, *Michel bringt die Welt in Ordnung*.

Das ist es, war ihr erster Impuls, dem sofort Bedenken folgten. War das nicht völlig daneben? Es war ein Kinderbuch, und der Mann wurde neunundvierzig Jahre alt.

Doch irgendetwas sagte ihr: Nimm es. Und es war allemal besser, als mit leeren Händen dazustehen.

Als die beiden nach Hause kamen, fanden sie Gunilla und Rose in der Küche beim gemeinsamen Tee. Gunilla las aus der Zeitung vor, Rose häkelte währenddessen.

Als Anna und KG vollbepackt mit ihren Einkäufen eintraten, ließ Rose ihre Häkelarbeit sinken, und Gunilla hob den Kopf. »Oh, sieht so aus, als hättet ihr gleich noch ein bisschen mehr eingekauft als nur den Prosecco. Na ja, das ist ja auch …« Sie verstummte, als KG die Blumen auf den Tisch legte und eine Vase besorgte und Anna die Dekoartikel auspackte.

»Was ist denn das?«, fragte Gunilla, obwohl sie sah, was es war. Die Farbe wich aus ihrem Gesicht.

Anna setzte sich zu ihr. »Übermorgen hat Michel Geburtstag, Gunilla, und wir denken, dass es wieder einmal Zeit wird, diesen Tag zu feiern.«

»Natürlich nur, wenn du zustimmst«, fügte KG hinzu. Rose nickte.

Gunilla wurde nicht wütend, eine wütende Gunilla war undenkbar, aber der ernste und besorgte Ausdruck in ihrem Gesicht war nicht viel besser. Da dachte Anna an Anders.

»Gunilla«, sagte sie und legte ihre Hand auf die der alten Frau. »Weißt du, was man tun sollte, wenn man vom Pferd gefallen ist?«

Gunilla willigte zögernd ein. Anna war nicht sicher, was sie letztlich dazu bewogen hatte. Ob es das Pferd war oder die Tatsache, dass sie alles schon vorbereitet hatten und an ihrer Seite sein würden, ganz egal, was passieren würde. Oder war es letztlich doch ihr inniger Wunsch, ein Stück Normalität mit ihrem Kind zu erleben.

Als Michel am Abend vor seinem Geburtstag plötzlich in der Küche zum Essen auftauchte und sich wortlos auf seinen Platz setzte, betrachteten das alle als gutes Zeichen, auch wenn er die ganze Zeit über stumm blieb und verschwand, sobald er fertig war.

Es kam Anna vor wie eine erste überstandene Schlacht, aber so richtig würden sie erst am nächsten Tag aufatmen können, falls Michel die Torte und den schönen Schokoladenkuchen heil ließ.

Nach dem gemeinsamen Aufräumen schenkte Gunilla Prosecco in vier Gläser, und sie zogen um in den Salon.

Keiner kam auf die Idee, einen Film einzulegen oder den Fernseher anzuschalten wie sonst. Als verhinderte die bange Erwartung jegliches Interesse an der üblichen Zerstreuung. Und doch war es ungewohnt, einfach so zusammenzusitzen. Ein wenig rat- und sprachlos nippten sie an ihren Gläsern, bis Gunilla auf einmal zu erzählen begann.

»Vor haargenau neunundvierzig Jahren lag ich in den Wehen«, sagte sie.

Anna riss die Augen auf und schielte unwillkürlich zu KG. Männer reagierten ihrer Erfahrung nach oft ein wenig empfindlich, wenn derartige Begriffe fielen. KG saß stoisch da und schlürfte ein bisschen Prosecco.

»Es war meine dritte Geburt«, erklärte Gunilla. »Mein erstes Kind, Roman, kam tot zur Welt. Ein gutes Jahr danach bekam ich meine Tochter Simone. Das hat über vierundzwanzig Stunden gedauert und war die Hölle, weil ich solche Angst hatte, dem Baby würde dasselbe passieren wie meinem Roman. Aber es ging alles gut. Nur war es eben ein Mädchen. Richard war Geschäftsmann, Textilfabrikant, und er wünschte sich einen Erben, einen männlichen natürlich, deshalb haben wir …«

Sie unterbrach sich selbst und ließ ihren Kopf sinken.

»Ich wollte kein weiteres Kind, ich wollte das nicht noch einmal durchmachen. Diese Angst. Ich wollte auch am liebsten wieder zurück zur Bühne, mit einem Kind wäre das vielleicht möglich gewesen, aber mit zwei oder, falls es wieder ein Mädchen werden sollte, mit drei Kindern …«

Ihre Stimme wurde immer leiser, als wollte Gunilla ihre Worte selbst nicht hören.

»Ich wollte Michel nicht, und manchmal denke ich, dass ich dafür die Strafe erhalten habe.«

»Um Himmels willen, Gunilla!«

»Sag doch so etwas nicht.«

KG und Anna riefen es gleichzeitig durcheinander, während Rose mechanisch und entsetzt den Kopf schüttelte.

»Und dann bin ich doch wieder schwanger geworden, gegen jede Wahrscheinlichkeit und gegen meinen Willen. Vor neunundvierzig Jahren, fast auf die Minute genau, ging die Geburt los. Die Wehen setzten um sieben Uhr abends ein und eine Stunde nach Mitternacht war Michael schon auf der Welt. Es ging so leicht, es war mit Abstand die leichteste Geburt von allen. Michel war kerngesund und wunderschön, ein Baby wie aus dem Bilderbuch. Mein Mann war nicht dabei. Er wartete zu Hause auf den Anruf: Es ist ein Junge!« Gunillas Lächeln kehrte zurück, ihre Miene wurde weich und verliebt. »Es war *mein* Junge. Meiner, von Anfang an.«

Sie griff nach ihrem Glas, als wollte sie auf das Kind von damals anstoßen, und alle anderen machten es ihr nach.

»Auf Michel!«, murmelte Anna. Sie hatte so viele Fragen. Wann und wie hatte sich dieses gesunde, perfekte Kind zu dem Menschen entwickelt, den sie alle heute kannten? Doch so etwas konnte man eine Mutter nicht fragen. Aber, dachte Anna, was wusste sie schon von Müttern.

»Mein Mann war selig«, fuhr Gunilla fort. »Allerdings deutete sich schon früh an, dass das Leben mit Michel nicht leicht werden würde. Im Nachhinein kann man das jedenfalls so sehen, doch zuerst hielten wir keine der Auffälligkeiten für unnormal. Er war ein Schreikind, aber das sind ja viele. Er ließ sich auch nicht gern auf den Arm nehmen und mochte keinen ausgiebigen Körperkontakt, er war ... eigenwillig. Aber ob das noch normal war oder schon darauf hindeutete, welche Probleme er später haben würde – ich weiß es nicht. Ich weiß nur, dass das Verhalten meines Mannes nicht gerade hilfreich war. Er hatte einen Sohn und Nachfolger, und so behandelte er Michael auch, mit diesen hohen Erwartungen. Und als Michael sie nicht erfüllte, was er natürlich nicht konnte, hat mein Mann ihm seine Liebe entzogen. Richard hat sich an seine Tochter gehalten, Simone war seine Prinzessin. Nur mir zuliebe hat er sich manchmal noch um Michael bemüht. Und eigentlich auch erst, als er erkannte, dass der Junge krank war und nicht einfach nur missraten, wie Richard so oft behauptet hat.«

Sie trank den Rest ihres Prosecco in einem Zug aus.

»Noch ein Glas?«, fragte sie in die Runde. KG brachte die Flasche aus der Küche und schenkte nach.

»Dieser Geburtstag vor neunzehn Jahren war schrecklich. Aber am allerschrecklichsten war, dass ich um meinen Sohn kämpfen musste, gegen seinen Vater und seine Schwester, die es beide für angezeigt hielten, ihn in die Psychiatrie einweisen zu lassen. Wir hatten einen furchtbaren Streit. Ich habe meinem Mann gedroht, mich scheiden zu lassen, wenn er Michel das antut, und am Ende habe ich mich durchgesetzt. Allerdings um den Preis, dass ich seitdem keinen Kontakt mehr zu meiner Tochter habe. Bei der Beerdigung meines Mannes habe ich sie das letzte Mal gesehen. Ab und zu telefonieren wir, aber das ist alles. Seit diesem Tag damals wurde Michaels Geburtstag praktisch nie mehr beachtet«, sagte Gunilla. »Ich habe nicht die leiseste Ahnung, wie er reagiert, wenn das morgen anders ist.«

»Aber gratuliert habt ihr ihm schon, oder?«, vergewisserte sich Anna. »Ich meine, ihr habt seinen Geburtstag doch nicht vollständig ignoriert.«

»Ja, gratuliert haben wir ihm, und wenn er in einer guten

Phase war, dann durfte ich ihn auch umarmen, aber das war alles.«

»Ich wusste ehrlich gesagt nicht einmal, wann er Geburtstag hat«, gab KG kleinlaut zu. »Ich weiß aber auch nicht, wann du Geburtstag hast, Rose. Und du, Gunilla, hast Anfang September.«

»Ende August«, verbesserte ihn Gunilla. »Da kommen Thekla, Josepha und Linda-Marie zum Kaffee.«

»Die kommen ja sonst auch, daran kann man das nicht erkennen«, entgegnete KG.

»Na, bisher hast du es noch jedes Mal gemerkt und mir auch gratuliert. Und Rose hat im Sommer, nicht wahr, Rose?«

»Mhm.«

»So wie ich«, sagte Anna. »Wann denn genau, Rose?«

»Am 21. Juli«, murmelte Rose.

»Und du, KG?«

»Am 17. Oktober.«

»Und ihr feiert nie?«, wunderte sich Anna.

»Na ja, in unserem Alter macht man da kein Aufhebens mehr«, meinte Gunilla wegwerfend. »Geburtstage sind was für junge Menschen.«

»Sagt die Frau, die beim geringsten Anlass die Prosecco-Flasche zückt«, neckte sie Anna. Gunilla brach in schallendes Gelächter aus.

Anna ging zum Sekretär, auf dem immer Notizblock und Stift bereitlagen. »Also noch mal.« Sie wiederholte alle Daten, die sie bisher wusste, und notierte sie untereinander.

»Gunilla? Wann im August?«

»30.«

»So«, sagte Anna, nachdem sie auch dieses letzte Datum notiert hatte. »Das werden wir uns ab jetzt merken. Ich hänge den Zettel am besten an den Kühlschrank.«

In ihrem Eifer wollte sie gleich zur Tat schreiten, da hielt Gunilla sie auf.

»Hast du nicht etwas vergessen?«

»Was denn?«

»Wann im Sommer dürfen wir dich denn feiern, meine liebe Anna?«, fragte Gunilla.

»Mich?«

»Ja, dich. Du bist doch diejenige, die Geburtstage so wichtig nimmt, nicht wahr?« Schmunzelnd und mit wissendem Blick betrachtete sie Anna. »Wann hast du denn deinen zuletzt gefeiert?«

Wie ertappt stand Anna da und dachte an dieses letzte Mal. Die letzte Feier mit Jeremias und ihren Freunden. Sie wollte nie wieder feiern. Es gab nichts zu feiern.

»Am 28. Juni«, sagte sie. »Und der letzte Geburtstag, den ich gefeiert habe, das war mein fünfundzwanzigster.«

7 Jahre zuvor
(28. Juni 2013)

Sie saßen alle um den großen Tisch herum. Friedemann und Lotte, Marek und Sabine, Nelson und Freya, Kenneth und Robert. Lauter Pärchen. Lauter Freunde. Anna gegenüber saß Jeremias. Zehn Leute, da wurde es schon ein bisschen eng.

Und laut war es. Alle redeten durcheinander. Freya mit ihrer durchdringenden, hohen Stimme. Nach jeder Begegnung mit ihr klagte Jeremias über Tinnitus. Und Kenneth, der Tenor, der nie Probleme hatte, alle anderen zu übertönen. Sabine redete dafür ununterbrochen. Wenn sie dabei war, gab es keinen Moment Stille, immer war Sabines Schnattern zu hören. Manchmal hielt sie sich selbst kurz den Mund zu, aber dann ging es weiter.

»Marek mag das an mir«, behauptete sie.

»Marek nimmt es in Kauf, weil er nicht so schnell wieder eine Sterneköchin findet«, konterte Anna in gespieltem Ernst. Dann brach Lotte in ihr nie enden wollendes Gekicher aus, und Nelson fragte sich kopfschüttelnd und mit schwerem amerikanischen Akzent: »Wo bin ick nur hingeraten.«

Es gab Raclette. Zwei Grills standen auf dem Tisch und jede Menge Zutaten zum Befüllen der kleinen Pfännchen. Alles wurde ständig hin- und hergereicht. »Gibst du mir mal ...«, »Kann ich bitte ...«, »Wer hat den Käse?« ...

»Auf Anna!«, rief Jeremias dazwischen und hob sein Glas. »Auf die verrückteste, anstrengendste, schönste, begabteste, kitzligste, impulsivste, liebenswerteste Frau auf der ganzen Welt.«

Alle hoben zum x-ten Mal ihre Gläser. »Das hast du jetzt schon mindestens dreimal gesagt«, stellte Friedemann fest.

»Man kann es nicht oft genug sagen«, meinte Jeremias.

»Vor allem jetzt«, fügte Anna hinzu, »wo ich unaufhaltsam auf die dreißig zugehe und damit offiziell alt werde.« Sie zog eine verzweifelte Grimasse.

»Offiziell alt ist man erst mit vierzig«, widersprach Robert, der die dreißig bereits hinter sich gelassen hatte.

»Ich kenne sogar Fünfzigjährige, die sind noch total fit und kein bisschen alt«, rief Freya mit ihrer durchdringenden Stimme.

»Egal wie alt du wirst«, sagte Jeremias, kam um den Tisch herum zu Anna und kniete sich vor ihr hin, genauso wie bei ihrem allerersten Kennenlernen. »Auch wenn wir einmal achtzig sind. Für mich wirst du immer so sein wie jetzt. Für mich wirst du immer meine Anna sein. In jedem Alter. Immer.«

18.

O sole mio

Die Torte war eine Pracht. Doppelstöckig mit einem Schriftzug auf der unteren Ebene: *Alles Gute, Michel!* KG und Anna hatten sie in aller Herrgottsfrühe aus der Konditorei abgeholt.

»Wenn Michel die zermatscht, springe ich ihm an die Gurgel«, kündigte Anna an. KG warf ihr einen ängstlichen Blick zu. »Nein, mache ich natürlich nicht«, versicherte sie ihm. »Höchstens in Gedanken. So eine schöne Torte! Und dein Kuchen ist auch ganz toll geworden.«

Sie deckten gemeinsam den Frühstückstisch und schmückten ihn mit Blumen und glitzerndem Konfetti. Auf Michels Teller legte Anna einen kleinen Hut aus Pappe, auf dem *Geburtstagskind* stand. Die Kuchen platzierten sie auf einer Anrichte.

In einer waghalsigen Kletter- und Balanceaktion hatte Anna zudem die Happy-Birthday-Girlande quer über dem Tisch aufgehängt.

»Nicht runterfallen«, war KGs ängstliche Anweisung gewesen, als sie sich auf einen Stuhl stellte und sich trotzdem noch nach oben strecken musste, um jeweils die Enden zu befestigen. Schließlich hing das Teil, und zum zweiten Mal nahm sich Anna vor, Michel nicht ungeschoren davonkommen zu lassen, falls er sich aufführen sollte wie neunzehn Jahre zuvor. Das war natürlich Quatsch. Im Fall einer erneuten Katastrophe würde sie gar nichts tun. Allenfalls bedröppelt danebenstehen und eventuell bereuen, dass sie es nicht einfach gelassen hatten.

Am Ende der Vorbereitungen holten sie ihre Geschenke und legten sie auf den Tisch, auch das von Rose, das sie ihnen schon vorher gegeben hatte.

Anna betastete das längliche, weiche Päckchen und meinte: »Hm, ich will mich nicht festlegen, aber das könnte ein Deckchen sein.«

»Da wird Michel zumindest überrascht sein«, erwiderte KG. Dann lachten sie, nicht über Rose oder ihr Deckchen, sondern aus lauter Nervosität. Lachen, solange es noch etwas zu lachen gab.

Je mehr sich die Küche in ein Geburtstagszimmer verwandelte, desto größer wurden Annas Zweifel und ihre Angst, alles, was sie so schön vorbereitet hatten, könnte zum Desaster führen.

Rose war im Badezimmer fertig und gesellte sich zu ihnen. Sie schaute sich um, flüsterte »schön« und stand dann genauso ratlos da wie KG und Anna. Gunilla war schon seit Langem auf, aber sie blieb in ihrem Zimmer und bangte sicher Michels Reaktion entgegen. Anna klopfte schließlich an ihre Tür und bat sie zu kommen, damit sie Michel gemeinsam in Empfang nehmen konnten, sofern er sich denn blicken ließe.

Es war kurz nach neun, als schräg gegenüber der Küchentür Michels Zimmertür aufging und man ihn in seinen alten Hausgaloschen ins Badezimmer eilen hörte.

Die vier in der Küche tauschten beunruhigte Blicke. Dass er sich so beeilte, verhieß nichts Gutes, sondern deutete eher darauf hin, dass er wieder einmal keinem begegnen wollte. Nach zehn Minuten hastete er zurück. Seine Zimmertür schlug zu. Gunilla ließ den Kopf hängen.

»Ich koche dann mal einen Kaffee«, sagte KG resigniert, während Rose leise seufzte.

Gunilla saß an ihrem Tischende, richtete sich wieder auf und versuchte, ihre Gefühle hinter einem Lächeln zu verbergen.

»Das wäre sicher zu viel für ihn gewesen«, sagte sie.

Nur Anna war nicht bereit, einzusehen, dass alles umsonst war. Sie ertrug es nicht. Wenn schon, dann sollte er die Torte eben zermatschen. Wenn schon, dann laut.

Voller Entschlossenheit sprang sie auf, durchquerte das kurze Stück Flur bis zu Michels Zimmer und klopfte an seine Tür. »Michel?«, rief sie.

»Ach, Anna, lass doch«, hörte sie Gunillas schwache Stimme. Sie achtete nicht darauf und klopfte noch mal.

»Wir frühstücken jetzt, Michel.«

Er antwortete nicht.

»Hast du gehört? Wir warten alle nur auf dich.«

Zu ihrem Entsetzen spürte sie, wie ihre Stimme zu kippen drohte. Was war nur mit ihr los? Warum bedeutete ihr das so viel? Sie war womöglich kaum weniger gestört als Michel, wenn sie es nicht gut sein lassen konnte, weil sie solche Hoffnungen in diesen Tag gesetzt hatte. Und welche Hoffnungen eigentlich?

Noch einmal klopfte sie energisch gegen die Tür. »Michel!«

Der Name kam nur noch als hohes Kieksen aus ihrer Kehle.

Auf einmal ging die Tür auf und Michel stand vor ihr. Er trug seinen Anzug mit einem weißen Hemd und einer Krawatte, dazu saubere schwarze Schuhe. Seine Haare waren ordentlich gekämmt und gescheitelt. Seine Augen unter den buschigen Brauen glänzten und er grinste.

»Ich habe heute Geburtstag«, sagte er.

Anna nickte und versuchte verzweifelt den dicken Tränenkloß in ihrem Hals hinunterzuschlucken. »Alles Gute«, presste sie mühsam heraus. Er strahlte sie an, so glücklich, wie sie ihn noch nie erlebt hatte, und da konnte sie nicht anders. Sie trat einen Schritt auf ihn zu und umarmte ihn.

»Alles, alles Gute zum Geburtstag, lieber Michel.«

Sie spürte seine Überraschung. Er ließ die Umarmung über sich ergehen, ohne sie zu erwidern, aber er wich auch nicht zurück.

»Komm«, sagte Anna und wischte sich rasch Tränen und Rotz aus dem Gesicht. »Wir warten schon alle auf dich.«

»Ha! Ich weiß«, sagte Michel triumphierend, während er ihr die paar Schritte zur Küche folgte. »Ich hab mir das schon gedacht. Ich hab euch gehört. Ich war nämlich schon ganz früh wach. Dich hab ich gehört«, er zeigte auf Anna, »und dich hab ich gehört«, er zeigte auf KG, »und Mama hab ich gehört. Und da dachte ich mir, dass ihr was macht.«

Michel hätte womöglich noch weiter wie ein Wasserfall geredet, ein glücklicher Wasserfall, aber da stimmte Gunilla »Happy Birthday« an, und alle sangen mit. Michel strahlte über das ganze Gesicht. Wenn Anna mit allem gerechnet hätte, damit nicht.

Gunilla umarmte ihren Sohn innig und viel länger, als Anna es getan hatte.

»Nicht so lange, Mama«, beschwerte sich Michel dann auch gleich.

»Darf ich dir wenigstens noch einen Kuss auf die Backe geben?«

»Aber keinen nassen.«

Er bekam den liebevollsten trockenen Wangenkuss, den je ein Sohn von seiner Mutter erhalten hatte.

»Ist die Torte für mich?«, fragte Michel begeistert.

»Aber sicher«, sagte KG.

»Und die Geschenke, sind die auch für mich?«, fragte Michel und betrachtete die Päckchen.

»Na klar, für wen denn sonst?«, sagte Anna.

»Ja, genau«, stimmte Michel lachend zu, »für wen denn sonst?«

»Eins fehlt noch«, sagte Gunilla, eilte aus der Küche und kam gleich darauf mit einem kleinen schmalen Päckchen wieder, das sie zu den anderen legte.

»Darf ich jetzt auspacken oder soll ich später?«, fragte Michel.

»Wie du willst, mein Schatz«, sagte Gunilla.

»Nach dem Frühstück, dann hab ich länger Vorfreude.«

Mit leuchtenden Augen wie ein Kind betrachtete er die Girlande über dem Tisch und die Blumen.

»Der Hut ist für das Geburtstagskind«, sagte Anna. Er setzte ihn sofort auf. Es sah so ulkig aus, dass alle lachten. Michel betrachtete sich in der spiegelnden Beschichtung der Kaffeekanne und lachte mit.

»Ich hab euch gehört«, sagte er immer wieder, während er sein Nutellabrot aß. »Ich dachte, die machen was. Ich dachte es mir.«

»Da waren wir wohl nicht vorsichtig genug«, meinte KG.

»Nein, wart ihr nicht, wart ihr nicht.«

Nach dem Frühstück packte er endlich seine Geschenke aus.

Roses Deckchen war als Erstes dran und es gefiel ihm gut, weil sein Name aufgestickt war: Michael stand da, nicht Michel. »Das ist nämlich mein richtiger Name«, erklärte er Anna stolz.

Über die Bleistifte von KG freute er sich ganz besonders, er nahm sogar von den unterschiedlichen Härtegraden der Minen Notiz.

Dann kam Annas Geschenk an die Reihe, es war das größte, aber auch, wie sie befürchtete, das unsinnigste. Was für eine Schnapsidee, dieses Buch über Michel aus Lönneberga. Nervös verfolgte sie, wie Michel das Papier entfernte. Mit offenem Mund starrte er auf das Cover.

»Michel bringt die Welt in Ordnung«, las Gunilla und klatschte amüsiert in die Hände.

»Tja, ich ... wusste nicht so richtig ...«, stammelte Anna, »und da ist mir das ins Auge ... gesprungen, also, wegen des Namens und ... ähm ...« Im Grunde erwartete sie, dass er das Buch jeden Moment in die Ecke pfeffern würde. Bei Michel konnte alles passieren. Er blätterte darin, betrachtete die bunten Zeichnungen auf einigen der Seiten. »Gefällt es dir, Michel?«, fragte sie.

»Ha!«, machte er und blätterte weiter, ohne zu antworten, dann, als hätte er eben erst Annas Frage wahrgenommen, rief er begeistert: »Ja, ja natürlich gefällt es mir. Ich mag Bücher. Ich hab ganz viele, aber das hier hab ich noch nicht.«

Plötzlich schnappte er sich einen seiner neuen Bleistifte und fing an, etwas auf den Rand einer Seite zu kritzeln. Er malte das Buch an. Anna war entsetzt. Hatte Gunilla ihm nie gesagt, dass man das nicht tat?

Doch kurz darauf zeigte er Anna, was er gemalt hatte. Sie musste sich setzen, so perplex war sie. Mit wenigen Strichen nur hatte er eine der Zeichnungen aus dem Buch exakt nachempfunden.

»Das ist ja ... Michel, du bist ja ein Künstler«, sagte sie zu ihm.

»Ich male immer Bilder in meine Bücher«, erklärte er. »Ich finde es schöner, wenn Bilder in Büchern sind. Aber hier sind ja schon so viele drin. Mal schauen, wenn mir eins fehlt, kann ich es ja reinmalen.«

»Wie, du malst immer Bilder in deine Bücher?«, fragte Anna verständnislos.

»Das hat er schon als Kind gemacht«, erklärte Gunilla. »Und sein Vater hat ihn immer geschimpft deswegen. Einmal gab es sogar eine Ohrfeige, weil er eine wertvolle alte Ausgabe von *Oliver Twist* angemalt hat.«

»Ich hab's aber trotzdem weitergemacht. Mit Bildern sind Bücher schöner«, wiederholte Michel.

»Zeigst du mir mal deine Bilder?«, fragte Anna, denn sie konnte sich immer noch nicht so recht vorstellen, was er meinte, wenn er sagte: Ich male immer Bilder in meine Bücher.

»Ja. Komm!«, sagte er und lief voraus in sein Zimmer.

Und wieder betrat Anna zum allerersten Mal das Zimmer eines ihrer Mitbewohner und damit sein Leben. So etwas Ordentliches wie Michels Zimmer hatte sie noch nie gesehen. Es war das genaue Gegenteil seines meist eher ungepflegten Bewohners. Nirgendwo lag auch nur das kleinste Staubkorn und alles war so akkurat wie mit dem Lineal gezogen. Annas Blick fiel auf eine Bücherwand, wie sie noch keine gesehen hatte. Bücher in Reih und Glied, auf den Millimeter genau ausgerichtet, nach Größe sortiert. Hunderte. Inhaltlich war dagegen kein System zu erkennen. Da standen Klassiker neben Kriminalromanen, Gedichtbände neben Biografien, Grimms Märchen neben Sachbüchern, Hauptsache die Größe passte.

»Hast du die alle gelesen?«

»Ja. Und bemalt.«

»Wie bemalt?«

Er griff sich eins der Bücher, zog es sorgsam heraus und achtete darauf, dass seine Nachbarn ihre Position behielten. Es war der erste Band der gesammelten Dramen von Shakespeare. Michel reichte es Anna.

Als sie es aufschlug, blieb ihr die Luft weg. Der Rand nahezu jeder einzelnen Seite war bemalt. Überall waren Zeichnungen, oft nur winzig klein, weil kein Platz war. Aber es waren nicht irgendwelche Zeichnungen, nein, es war der Inhalt einer jeden Seite in Bildern.

»Michel, das ist …« Anna war sprachlos.

»Bücher sind schöner mit Bildern«, sagte er zum x-ten Mal, nahm Anna das Buch aus der Hand und stellte es ordentlich wieder auf seinen Platz.

»Darf ich noch eins sehen?«

Sie schaute sich im Raum um, sah an dem breiten Regal hoch und fand es unfassbar, dass sich in jedem einzelnen Buch solche Zeichnungen befinden sollten. Jetzt wusste sie, was Michel tat, wenn er sich tagelang in seinem Zimmer verbarrikadierte.

Er drückte ihr einen Roman in die Hand.

»Den hab ich gerade erst gelesen.« Es war *Tyll* von Daniel Kehlmann. »Da war ziemlich viel Platz zum Zeichnen.«

Es war unfassbar. Anna las, was auf den ersten Seiten stand, und fand es als Skizzen am Rand wieder. Auf den wenigen leeren Seiten am Ende der Kapitel hatte Michel den Platz ausgenutzt und kleine Gemälde entstehen lassen.

»Du bist ein richtig großer Künstler, Michel«, sagte sie zu ihm. Er nahm ihr den Roman aus der Hand und stellte ihn zurück, neben einen Krimi von Minette Walters, der von der Größe her genau passte.

»Feiern wir jetzt meinen Geburtstag?«

Genie und Wahnsinn, da war unzweifelhaft etwas dran, dachte Anna.

»Klar, Michel, jetzt feiern wir.«

»Und er bemalt wirklich jedes Buch?«

»Ich habe nicht jedes gesehen, aber ich denke schon. Ich traue es ihm zu.«

»Mit Bleistift?«

»Ja, alles Bleistiftzeichnungen.«

»Ein extrem visueller Mensch also.«

»Kann man so sagen.«

»Das Gegenteil von mir.«

Anna und Anders lehnten wie so häufig in den letzten Tagen auf beiden Seiten der Trennwand über dem Geländer. Die anderen hielten Mittagsruhe, nur Michel saß im Salon und las und bemalte *Michel bringt die Welt in Ordnung*. Er war nicht damit einverstanden gewesen, dass es eine Feierpause gab, aber besonders seine Mutter war ganz erschöpft von der Aufregung, also hatte sie Michel für den Nachmittag noch etwas ganz Besonderes versprochen: ein Konzert nur für ihn.

»Michel ist in so ziemlich allem das Gegenteil von dir«, erwiderte Anna.

»Von dir?«, fragte er amüsiert zurück.

»Wie? Nein, von ... Oh!« Sie hatte ihn geduzt. Unabsichtlich und vollkommen selbstverständlich. »Entschuldigung.«

»Ist doch okay«, meinte Anders grinsend. »Obwohl ich normalerweise ohne passendes Getränk keine Duzfreundschaft beginne.«

»Moment!«, sagte Anna. An passenden Getränken mangelte es im Haushalt Wohlgemuth-Pol-Holländer-Trost ja nun wahrlich nicht. Mit ein paar Schritten war sie in der Küche und kehrte mit zwei Gläsern Prosecco zurück. Eins davon drückte sie Anders in die Hand.

»Anna!«

»Anders!«

Plopp machte es beim Anstoßen. Sie hatte die billigen Gläser erwischt.

»Früher hat man sich anschließend noch geküsst, aber in diesen Zeiten macht man das nicht mehr«, meinte Anders.

»Nein, eher nicht«, erwiderte Anna im selben ernsthaften Ton.

»Wären die Zeiten anders, hätten wir natürlich.«

»Natürlich.«

»Früher war alles besser.«

»Auf die guten alten Zeiten.«

Anna stieß ihr Glas noch mal gegen das von Anders, es machte erneut *Plopp*, und beide fingen an zu lachen.

»Was machst du da, Anna?«

Michel trat auf den Balkon. Er hatte Gunillas Päckchen in der Hand. Darin war die alte Uhr seines Vaters, die er nun, samt Verpackung, überall mit sich herumtrug.

»Ich unterhalte mich mit unserem Nachbarn, Herrn Fröhlich.«

»Anders«, verbesserte sie Anders.

»Anders«, wiederholte Anna in Richtung Michel.

»Ich hab heute Geburtstag«, sagte Michel an Anders gewandt und zeigte ihm stolz die Uhr. »Die hat mir meine Mutter geschenkt. Die hat meinem Vater gehört.«

»Anders kann leider nicht sehen, Michel«, erklärte ihm Anna. »Er ist blind.«

»Ach so«, sagte Michel. »Schade. Was trinkt ihr da?«

»Warte, ich hole dir auch was, dann können wir auf deinen Geburtstag anstoßen, okay?«

Anna besorgte ein weiteres Glas Prosecco aus der Küche und hörte währenddessen, wie Anders Michel gratulierte und Michel erzählte, dass sie ihm zu Ehren später noch ein Konzert geben würden.

»Du kannst zuhören, wenn du hierbleibst und wenn wir die Balkontür aufmachen«, schlug Michel vor.

»Das ist eine tolle Idee«, fand Anders.

»Hören kannst du ja.«

»Ja, hören kann ich gut.«

Michel stieß mit ihnen an, trank sein Glas halb leer und marschierte wieder zurück in den Salon.

»Das war also Michel.«

»Das war Michel.«

»Er wirkt glücklich.«

»Ja, ich glaube, das ist er.«

»Dann war es gut, das Pferd zu besteigen.«

Anna sah Michel hinterher und nickte, weil ihr erneut ein dicker Kloß die Kehle zudrückte, doch dann dachte sie daran, dass Anders sie nicht sehen konnte.

»Ja. Das war ...« Der Kloß war zu dick. Sie schluckte und wischte sich übers Gesicht. Da fühlte sie plötzlich Anders'

Hand, die sich übers Geländer geschoben hatte, auf ihrer, ganz leicht nur, ein kurzes verständnisvolles Streicheln. Rasch zog er sie wieder zurück.

»Singt Frau Wohlgemuth heute Nachmittag oder spielst du nur Klavier?«, fragte er und überging den fragilen Moment.

Anna räusperte sich. »Ja, sie singt«, sagte sie, wieder Herrin ihrer Stimmbänder. »Und wie sie singen wird. Für Michel zum Geburtstag.«

Zuerst allerdings wollte Michel noch die Torte probieren, also wurde der Geburtstagskaffee ein bisschen vorgezogen. Michel verdrückte zwei Stück Torte und noch mal zwei Stück von dem köstlichen Schokokuchen. Wie er bei seiner Ernährung so spindeldürr bleiben konnte, war Anna ein Rätsel. Immer wieder zeigte er die Uhr seines Vaters herum, und jedes Mal rang Gunilla um Fassung.

»Das ist heute so schön wie der Geburtstag mit Milan«, plapperte Michel munter drauflos.

»Mit Milan?«, fragte Gunilla.

»Ja, mein Freund Milan«, erklärte Michel. »Der ist dann weggezogen.« Mit einem Hauch von Aggression zerteilte seine Gabel das Kuchenstück.

»Ach ja, Milan«, erinnerte sich Gunilla. »Ich dachte, den hättest du längst vergessen.«

»Hab ich nicht«, entgegnete Michel.

»Meine besten Freunde sind auch weggezogen«, sagte KG. »Da kann ich mir vorstellen, wie traurig das für dich war, Michel.«

»Ja«, sagte Michel und beschäftigte sich weiter intensiv mit seinem Kuchen, doch es wirkte nicht mehr so verkrampft.

»Wohin ist denn Milan gezogen?«

»Weiß nicht«, sagte Michel. »Weg!«

»Nach Hamburg«, erklärte seine Mutter. »Seine Eltern waren ebenfalls beide Sänger und erhielten dort an der Oper ein Engagement.«

»Meine Freunde sind sogar nach Argentinien gezogen«, erzählte KG.

»Das ist weit«, bestätigte Michel. »Ich möchte jetzt mein Konzert.«

Argentinien. Waren das die Leute, denen er immer Briefe schrieb? Anna erinnerte sich, dass KG damals in der Garderobe nur eine alte Freundin erwähnt hatte. Seine besten Freunde. Er hatte doch neulich erst …

»Anna! Komm«, unterbrach Michel ihren Gedankenfluss und rief sie zur Eile. Ohne sie ging es nicht, also konzentrierte sich Anna wieder auf das Geburtstagskind.

Gunilla fragte ihren Sohn, was er sich wünschte.

»Mein Lied«, sagte er sofort.

Gunilla lächelte. *»O mio babbino caro.«*

Während sie die Noten suchten, erklärte Gunilla Anna, dass sie früher Michel, als er noch klein war, vorgeflunkert habe, der Text sei eine Liebeserklärung einer Mutter an ihren kleinen Sohn. Michel habe es daraufhin zu »seinem Lied« erklärt.

Als sie nach einem kurzen Einsingen anfangen wollten, Anna sich die Noten zurechtlegte und Gunilla sich in ihre Position neben den Flügel begab, sprang Michel plötzlich von seinem Ehrensessel, lief zur Balkontür und riss beide Flügel weit auf.

»So!«, sagte er zufrieden und nahm wieder Platz

»Michel, das geht doch nicht«, protestierte Gunilla.

»Er hat es unserem blinden Nachbarn versprochen«, erklärte Anna. Der Luftzug durch die offene Tür strich kühl an ihrem Rücken vorbei.

»Unserem Nachbarn?«

»Anders«, sagte Michel. »Er kann nicht sehen, nur hören.«

»Ich … äh, ja, Anna hat von ihm erzählt, aber …« Gunilla drehte sich nervös zu der offenen Balkontür um.

»Sing, Mama«, verlangte Michel. »Mein Lied.«

Gunilla löste ihren Blick von der Tür, nickte ihm lächelnd zu und konzentrierte sich. Anna fing an zu spielen.

Gunilla sang und ihre Stimme trug weit hinaus durch die offene Tür und durch alle Mauern. Die Liebe einer Mutter zu ihrem Sohn mochte in dem Lied in Wahrheit keine Rolle spielen, aber in Gunillas Gesang war sie unüberhörbar. Michel strahlte, bei Rose und KG flossen Tränen. Anna aber verbot sich, daran zu denken, was hätte sein können, was diese Stimme alles hätte erreichen können. Nicht denken, nicht fühlen, nur spielen. Sie schaffte es bis zum letzten Ton, bevor auch ihre Augen feucht wurden, doch dann passierte etwas, womit keiner hätte rechnen können.

Michel begann zu klatschen, Rose und KG ebenfalls, und auch draußen applaudierte jemand ganz in der Nähe, Anders. Doch er war nicht der Einzige. Da waren mehrere Hände, die Beifall klatschten, viele Hände, der Applaus kam von überall.

»Bravo!«, rief eine Frauenstimme aus dem Stockwerk über ihnen.

Gunilla schlug die Hände vors Gesicht. »Oh Gott, nein«, murmelte sie. »Das ist doch peinlich!«

»Zugabe!«, rief die Frau von oben und ein anderer wiederholte den Ruf. Anna trat auf den Balkon hinaus und blickte nach oben. Es war die junge Frau mit dem Pferdeschwanz, die ihr auf der Treppe begegnet war. Sie lehnte sich aus dem Fenster, die Arme weit ausgestreckt und klatschte. Und auch aus anderen Fenstern lehnten Menschen oder standen auf Balkonen und klatschten.

»Das war schön!«, rief ein älterer Mann von schräg unten Anna zu, neben ihm ein kleines Kind mit großen Augen und offenem Mund, das seine Händchen gegeneinander patschte.

»Danke!«, rief Anna.

»Und? Gibt es eine Zugabe?«, fragte die Nachbarin von oben.

»Gibt es eine Zugabe, Gunilla?«, gab Anna die Frage an die Sängerin weiter.

Die schüttelte langsam und unentwegt den Kopf, aber Anna erkannte dieses Kopfschütteln nicht als ein Nein, sondern als den Ausdruck purer Fassungslosigkeit über die Reaktion der Leute.

»Noch eins, Mama!«, rief Michel. »Ein Lied allein ist noch kein Konzert.«

»Und vielleicht gehst du dann ein bisschen näher zum Balkon, damit dich deine Fans noch besser hören können«, schlug Anna vor.

»Ach du großer Gott!« Gunilla bedeckte noch immer ihre Wangen mit beiden Händen. »Das kann ich doch gar nicht.«

»Und wie du das kannst.«

Draußen fing einer an, im Takt zu klatschen, Anders, dachte Anna, dann fielen die anderen mit ein, zuletzt KG, Rose und Michel, bis Gunilla endlich lachend die Hände sinken ließ.

»Also schön!«, rief sie völlig überwältigt. »Aber was denn nur?«

»Dein Lied«, rief Michel. »Jetzt dein Lied. Das von der Sonne.«

Gunilla nickte. Sie machte einen Schritt Richtung Balkontür, dann noch einen, aber weiter ging sie nicht. Anna setzte sich wieder an den Flügel, und dann sang Gunilla es zum allerersten Mal ganz allein und laut, und sie sang es für ihn. *O sole mio.*

11. April 2020

Gunilla

Es war nicht *ihr* Lied, es war *seins. O sole mio. Er* hatte es gesungen. Und wie er es gesungen hatte, besser, schöner als jeder andere. Sie sah ihn noch immer auf der Bühne, hinter ihm das Orchester, ein Sommerabendkonzert unter freiem Himmel, Ende der Fünfzigerjahre. Er sang dieses Lied. Was hätte besser gepasst? Sonne, Sommer, Lebensfreude.

Vergiss das alles. Wenn du es singst, dann sing es als das, was es ist, nämlich ein Liebeslied. Eine Hymne an den einen Menschen, den man liebt und ohne den man nicht lebensfähig ist, so wenig lebensfähig wie unsere Welt es ohne die Sonne wäre. Wenn du es singst, dann sing es für diesen einen Menschen.

Das waren seine Worte gewesen. Und wie fast jedes Mal, wenn er ihr etwas erklärt hatte, war da diese Ungeduld und Entschiedenheit in seiner Stimme, dazu die gerunzelte Stirn und der strenge Blick. Um dann mit einer Spur Herablassung hinzuzufügen: *Aber natürlich wirst du das Lied nie singen. Tenöre singen es. Nicht du.*

Kurz darauf hatte sie bei diesem Sommerabendkonzert unten im Publikum in der ersten Reihe gesessen, und er hatte es gesungen. Für wen singt er es wohl?, hatte sie sich gefragt. Er war geschieden, sie wusste nichts über sein Privatleben, er war ihr Lehrer, aber sie war seine neugierige neunzehnjährige Schülerin und machte sich nun mal solche Gedanken.

Anna sagte etwas.

Gunilla rief sich ins Gedächtnis, wo sie war. Im Salon war sie mit KG, Rose und Anna. Sie hatten Michels Geburtstag gefeiert, und sie hatte *O sole mio* gesungen. Jawohl, sie hatte es gesungen. Laut und genauso, wie Aurelius es ihr damals erklärt hatte: als ein Liebeslied.

Anna sagte noch etwas. Sie musste sich zusammenreißen, durfte nicht immer abdriften in diese längst vergangene Zeit. Aber nach allem, was sie heute erlebt hatte ...

»Entschuldige! Was wolltest du wissen, meine liebe Anna?«

»Wie das damals war. Wann hast du angefangen zu singen?«, fragte Anna.

Gunilla lächelte. Wann sie angefangen hatte, war nicht so entscheidend. Entscheidend war eine einzige Begegnung. Nein, eigentlich zwei Begegnungen. Mit der einen hatte alles angefangen. Mit der anderen alles aufgehört.

Sie konzentrierte sich, schob alle Bilder, die sie ins Damals entführten, beiseite. Ein letztes Bild noch drang zu ihr durch. Eins, das sie nie vergessen würde, solange sie lebte: Er stand auf der Bühne und sang die letzte Zeile von *O sole mio*, die letzten Töne – und richtete seinen Blick dabei auf sie.

19.

Gunillas Geschichte

Gunilla war mit ihren Gedanken weit weg, das konnte Anna sehen. Das Lächeln vom Nachmittag hatte sie den ganzen restlichen Tag bis in den Abend hinein mit sich getragen.

Sie hatten gefeiert, gelacht, sogar getanzt, gegessen und Prosecco getrunken. Nach dem Essen hatte sich Michel erschöpft, aber glücklich in sein Zimmer zurückgezogen.

»Das war ein schöner Geburtstag«, konstatierte er sachlich, ließ sich von seiner Mutter einen letzten trockenen Kuss auf die Wange geben und verschwand. Anna stellte sich vor, wie er jetzt eins seiner Bücher las und die Ränder bemalte, oder wie er still wie eine Mumie in seinem Bett lag, damit das Laken nicht verrutschte. Keine zwei Monate zuvor hätte ihr diese Vorstellung noch gewaltiges Unbehagen bereitet, doch längst hatte sie ganz andere Gefühle, wenn sie an Michel dachte: mütterliche oder schwesterliche. Er war und blieb seltsam, ein eigenwilliges, schwieriges, hochbegabtes Kind im Körper eines Neunundvierzigjährigen, aber er war und blieb Michel.

Anna nahm sich vor, bei nächster Gelegenheit Anders zu danken, für seinen Rat und seinen Applaus und für alles. Er hatte entscheidend dazu beigetragen, dass Michel diesen Tag so glücklich verleben durfte und dass Gunilla jetzt dieses wunderbare Lächeln im Gesicht trug.

Sie saßen zusammen, müde und glücklich, im sanften Schein

einer einsamen Bodenlampe, und wenn es je einen geeigneten Moment gegeben hatte, um Gunilla all die Fragen zu stellen, die Anna schon so lange auf der Seele brannten, dann war es jetzt.

»Entschuldige! Was wolltest du wissen, meine liebe Anna?«, erkundigte sich die geistesabwesende alte Dame.

»Wie das damals war«, wiederholte Anna ihre Frage. »Wann hast du angefangen zu singen?«

Gunillas Lächeln vertiefte sich, ein paar Sekunden brauchte sie noch, um sich zu sammeln, dann griff sie zu ihrem Glas, trank einen Schluck und fing an zu erzählen.

»Meine Mutter sagte immer zu mir: ›Als du auf die Welt gekommen bist, da hast du nicht geschrien, da hast du gesungen.‹«

Sie lachte herzlich.

»Dann haben die Hebamme und der Arzt bestimmt applaudiert«, meinte KG, in Anspielung auf Gunillas durchschlagenden Erfolg in der Nachbarschaft. Da lachte Gunilla gleich noch mehr. Rose schmunzelte und Anna schenkte allen Prosecco nach, der Abend versprach noch länger zu werden. Als alle versorgt waren, erzählte Gunilla weiter:

»Ich habe immer gesungen. Immer. Natürlich ging es meinen Eltern ab und zu auf die Nerven, aber meistens waren sie stolz, dass sie ein so begabtes Kind hatten. Mein Vater war Schauspieler, müsst ihr wissen, meine Eltern hatten also schon einen Bezug zu Kunst und Theater und Musik. In unserem Haus waren Mozart und Puccini keine Unbekannten, und niemand hätte von mir verlangt, lieber etwas Anständiges zu lernen oder zu heiraten. Nein, man beschaffte mir einen Gesangslehrer und ließ meine Stimme ausbilden, kaum dass ich vierzehn Jahre alt war. Ich war selig. Nach einem Jahr erklärte der Gesangslehrer meinen Eltern, er könne mir nichts mehr beibringen, ich bräuchte einen besseren Lehrer als ihn, den besten. Das war schwierig, denn der beste würde wohl aller Wahrscheinlichkeit nach auch der teuerste sein, und das konnten sich meine Eltern nicht leisten, bei aller Liebe nicht.«

Sie wurde mit einem Mal ernster, nachdenklicher.

»Aber manchmal, wisst ihr, da führt das Schicksal Regie und dann werden die Weichen des Lebens neu gestellt. Nie würde ich so etwas Zufall nennen. Nie.«

»Es gibt keine Zufälle«, hörte sich Anna sagen. Alle schauten sie an. »Mein Freund hat das immer gesagt«, erklärte sie. »Ich war anderer Meinung, aber er sagte zu mir: Das Schicksal mischt die Karten, und du hast sie dann in der Hand und musst entscheiden, wie du mit ihnen spielst. Oder so ähnlich.«

Gunilla nickte. »Ja, so in etwa sehe ich das auch.«

»Erzähl weiter, Gunilla, ich wollte dich nicht unterbrechen«, bat Anna.

»Folgendes ist passiert«, fuhr Gunilla fort. »Meine Schule, ein musisches Mädchengymnasium, veranstaltete jedes Jahr gemeinsam mit dem benachbarten Jungengymnasium ein Konzert. Das war eine alte Tradition und gewissermaßen auch ein kleiner Wettbewerb darum, wer die begabtesten Schüler vorzeigen kann. Diesmal wollte meine Schule mit mir glänzen und die Jungs der anderen Schule ausstechen. Ich war sehr stolz und wählte ganz selbstverständlich meine Lieblingsarie. Die Rosenarie der Susanna aus der *Hochzeit des Figaro*. Wann immer ich daran zurückdenke, weiß ich nicht, ob ich lachen oder weinen soll.«

Sie verdrehte die Augen.

»Ich liebte diese Arie, und hauptsächlich mit dieser Liebe, dazu einer guten Portion Blauäugigkeit und einer Prise Trotz habe ich den Auftritt bewältigt. Irgendwie. Dem Publikum, den Eltern, Schülern und Lehrern, gefiel es. Ich wurde mit viel Beifall bedacht, bejubelt geradezu, ich fühlte mich dort oben auf der kleinen Schulbühne wie ein Star. Auf einmal fiel mir ein

Mann auf. Er saß in der zweiten Reihe und hatte die Arme stur vor der Brust gekreuzt. So.« Sie machte es vor. »Ganz fest. Er dachte gar nicht daran zu applaudieren. Links und rechts von ihm wurden die Leute aufmerksam und schauten empört zu ihm hin, aber das machte ihm gar nichts aus, im Gegenteil, er starrte mich nur angeekelt an.«

Sie versuchte, auch diesen bösen Gesichtsausdruck nachzuempfinden, doch heraus kam lediglich eine ulkige Grimasse, weil sich Gunillas liebenswertes Wesen nicht einmal im Ansatz verbergen ließ.

»Das ist wirklich Furcht einflößend«, lobte KG ihre Darstellung.

»Ach, na ja«, meinte Gunilla schmunzelnd und entspannte ihre Züge wieder.

»Ich kannte den Mann nicht und sein komisches Verhalten war mir gleichgültig. Ich war zufrieden, meine Eltern waren glücklich und stolz, alle gratulierten mir zu meinem großartigen Auftritt und lobten mich in den höchsten Tönen. Auf einmal trat dieser Mann auf uns zu. Mein Vater erkannte ihn sofort und wurde ganz blass. Mein Musiklehrer, der bei uns stand und sich mit meinen Eltern unterhielt, begann zu stottern: ›Herr, äh, Herr Kammersänger, äh, was äh, sagen Sie zu unserer äh …‹«

Gunilla kicherte. »So in etwa hörte sich das an, aber dieser ungehobelte Mensch beachtete ihn überhaupt nicht. Ich selbst hatte nicht die leiseste Ahnung, wen ich da vor mir hatte, ich bemerkte nur, dass um uns herum alle ein bisschen kleiner wurden, also konnte ich mir immerhin denken, dass es sich um eine bedeutende Person handeln musste.«

Sie machte eine kleine Kunstpause, in der sie alle der Reihe nach bedeutungsschwer ansah.

»Und? Wer war der Mann?«, fragte Anna.

Gunilla holte tief Luft, und als sie den Namen aussprach, hätte ihr Ton nicht ehrfürchtiger sein können.

»Aurelius Brunner!«

Anna war die Einzige, die Mund und Augen aufsperrte. Für die anderen lieferte Gunilla die entscheidende Erklärung hinterher.

»Einer der größten deutschen Tenöre der damaligen Zeit. Ein Weltklassetenor.«

Sie wartete, bis die Bedeutung dieser Information bei allen eingesunken war.

»Kammersänger, das Wort hatte ich schon einmal gehört. Trotzdem ärgerte ich mich darüber, wie er mich ansah und vor allem, wie er mit mir sprach.

›Seit wann singst du?‹, fuhr er mich an, ohne einen der Erwachsenen zu beachten.

›Seit einem Jahr‹, antwortete ich.

›Seit einem Jahr?‹, schrie er mich an. Meine Eltern waren sprachlos vor lauter Ehrfurcht, sonst hätten sie ihm auf der Stelle Einhalt geboten.

›Und da singst du die Rosenarie?‹, polterte er weiter. Es war ihm gleichgültig, dass uns alle anstarrten. Ich aber war empört. Kammersänger hin oder her, ich fand es unmöglich von diesem Menschen, so mit mir zu reden.

›Das haben Sie doch gehört‹, entgegnete ich ihm.

›Es war grauenvoll‹, meinte er. Als würde er etwas ausspucken, so kam es aus seinem Mund. ›Absolut grauenvoll.‹

Meine Mutter schnappte nach Luft, ich dachte, im nächsten Moment fällt sie in Ohnmacht. Doch dann sagte Aurelius Brunner, der weltberühmte Tenor, noch mehr.

›Aber du kannst singen, mein Fräulein!‹, sagte er zu mir, ›Herrgott, wo hast du diese Stimme her?‹

Ich war platt, das könnt ihr euch vielleicht vorstellen. ›Sie haben doch gesagt, es war grauenvoll‹, sagte ich zu ihm.

›Das war es ja auch.‹ Und schon wieder machte er dieses angeekelte, verärgerte Gesicht. ›Du bist noch viel zu jung für diese

Arie, du weißt ja gar nicht, was du da singst. Und deine Technik ist …‹ Er hatte keine Worte für meine Technik, nur seiner expressiven Mimik sah man an, was er davon hielt. ›Hast du einen Lehrer?‹, fragte er. Das bejahte ich.

›Du brauchst einen besseren.‹

›Das sagt mein Lehrer auch‹, erwiderte ich daraufhin trocken.«

Gunilla hielt lächelnd inne.

»Er hatte dunkelgrüne Augen, dieser Aurelius Brunner«, sagte sie und legte eine Hand auf ihre Brust. Ihr Lächeln vertiefte sich. »Woher ich das weiß? Weil wir uns gegenseitig endlos lange stumm in die Augen blickten, endlos. Es war wie ein Kampf zwischen uns, und ein Moment, der mein ganzes Leben entscheiden sollte. Keiner sagte etwas, auch keiner von den Erwachsenen um uns herum, meine Eltern, mein Musiklehrer. Ich glaube, sie hielten alle die Luft an. Das junge Mädchen und der Opernstar.

›Komm nächste Woche zu mir‹, sagte er schließlich. Er reichte meinem Vater eine Karte. ›Rufen Sie an.‹ Dann drehte er sich um und ging.

Mein Vater rief an, wir machten einen Termin aus, und eine Woche später hatte ich meine erste Gesangsstunde bei Aurelius. Es war, als wäre es meine allererste Gesangsstunde überhaupt. Wir fingen wieder bei null an, aber was ich bei diesem Mann lernte, was er mir beibrachte, das hat mein ganzes Leben verändert. Singen war plötzlich etwas ganz anderes als zuvor. Er hat so gut wie nichts verlangt für die Stunden, er wollte nur einer talentierten Sängerin dazu verhelfen, die Rosenarie eines Tages so zu singen, wie man sie im Idealfall singen sollte. Acht Jahre später saß er im Zuschauerraum der Bayrischen Staatsoper, als ich mein Debüt als Susanna in *Die Hochzeit des Figaro* gab. Anschließend erwartete er mich am Bühnenausgang, und als ich durch die Tür trat, klatschte er in die Hände.«

Gunillas Augen glänzten feucht. Sie schwieg eine Weile, bis sie sich wieder fasste und weitererzählen konnte.

»Danach ging es mit meiner Karriere steil bergauf. Ich sang in München, in Wien, ich gastierte in Mailand, in Paris, in London, an allen großen Opernhäusern in Europa. Und schließlich kam das Angebot aus New York. Die Met! ›Jetzt kann dich nichts mehr aufhalten‹, sagte Aurelius zu mir. ›Du wirst zu den ganz Großen gehören, du wirst mit den besten Sängern der Welt auf der Bühne stehen. Alle werden deinen Namen kennen: Gunilla Raimund.‹

Er war euphorisch und glaubte ganz fest an mich, aber mir war klar, dass es mit einem Engagement nicht getan war. Ich war immer noch lediglich eine unter vielen großartigen Sopranistinnen. Renata Tebaldi, Mirella Freni, Anna Moffo, Namen, bei denen man schon damals vor Anbetung in die Knie sinken wollte. Im ersten Jahr sang ich kleinere Rollen, im zweiten Jahr schlug man mich als Zweitbesetzung für die Neuinszenierung von *Roméo et Juliette* vor, ich denke, hauptsächlich weil ich noch so jung war und es schon rein optisch wenig Alternativen für die Zweitbesetzung der Julia gab. Erstbesetzung war Mirella Freni. Ich hatte keinerlei Hoffnung, jemals zum Einsatz zu kommen, trotzdem bat ich Aurelius nach New York, um die Partie mit mir einzustudieren. Auch wenn meine Stimme frisch und flexibel war und ich dank seines Unterrichts über eine ausgezeichnete Technik verfügte, war ich keine ausgesprochene Koloratursängerin, deshalb wollte ich mich gründlich darauf vorbereiten. Und tatsächlich, es passierte. Freni fiel aus, ich musste einspringen.«

Als könnte sie es noch immer nicht glauben, legte Gunilla beide Hände vor ihrem Mund zusammen und verstummte.

Anna hielt es vor Spannung kaum aus, denn jetzt kam genau das, was sie erfahren wollte. Was war geschehen?

»Und das war der Durchbruch, oder?«, versuchte sie Gunilla das Stichwort zu geben.

Ihre Hände sanken auf ihren Schoß.

»Der Durchbruch und das Ende«, sagte sie. »Beides.«

Sie wandte sich an KG. »Gibt es noch ein Glas Prosecco?«

Beides.

»Wir brauchen unbedingt einen Sektkühler, damit wir nicht immer hin- und herlaufen müssen«, bemerkte Gunilla, als KG mit einer neuen Flasche zurückkehrte und nachschenkte. Sie nahm einen großen Schluck und verlor sich kurz im Anblick der Bläschen, die in ihrem Glas noch oben stiegen, bevor sie weitersprach.

»Ich sang drei Vorstellungen, schon die erste war ein durchschlagender Erfolg. Gleich nach der berühmten Arie aus dem ersten Akt ... die kennt ihr sicher«, sie deutete leise summend die Melodie an, »rauschte mir der Applaus aus dem Zuschauerraum entgegen, so laut, so überwältigend, dass ich dachte: Glücklicher als jetzt kann ich nie mehr werden. Aber das wurde ich. Beim Schlussapplaus. Als ich vor den Vorhang trat, war der Beifall wirklich ohrenbetäubend, und der halbe Saal erhob sich. Für mich, eine junge, dünne Sängerin aus Deutschland, die für den eigentlichen Star eingesprungen war, für mich standen sie auf.«

Sie schüttelte den Kopf, als könnte sie es immer noch nicht glauben.

»Ich sang noch zwei weitere Vorstellungen, die Zeitung schrieb über mich, nannte mich ein Stimmwunder. Aber das sagten sie nur, weil ich so dünn war und trotzdem singen konnte. Lange war man der Meinung, Stimme hätte etwas mit Körpervolumen zu tun. So ein Blödsinn. Dabei gab es damals schon Ausnahmen. Mirella war ja auch schlank, hatte eine wunderbare Stimme und machte damit eine große Karriere. Wie auch immer.

Schon nach der ersten Vorstellung musste ich am Bühnenausgang Programme mit meiner Unterschrift signieren. Nach der zweiten Vorstellung erwarteten mich noch mehr Leute, richtige Fans, würde man heute sagen. Ein Mann war darunter, der mich auf Deutsch ansprach, was mich besonders freute, also unterhielten wir uns eine Weile. Er war deutlich älter als ich, aber er gefiel mir ausgesprochen gut. Er war sehr attraktiv, kultiviert, unglaublich nett und charmant, ein Geschäftsmann aus Deutschland. Bei der dritten Vorstellung war er wieder da und meinte, es sei sein letzter Abend in New York und ob er mich einladen dürfe. Ich sagte ja. Mit klopfendem Herzen ... sagte ich ja.

Es war die berühmte Liebe auf den ersten Blick. Man kann das nicht erklären. Liebe ist die mächtigste Kraft auf der ganzen Welt. Sie hat mich von der Opernbühne fortgezogen. Sie hat meinen Verstand ausgeschaltet. Ich wollte nur noch eins: bei Richard sein. Mich von ihm zu trennen, schien mir unerträglich. Nein«, verbesserte sie sich, »es *war* unerträglich. Er reiste nach ein paar Tagen ab und ich blieb zurück. Ich musste ja, ich hatte ein Engagement. Aber dann musste ich mich entscheiden – einen weiteren Vertrag an der Met zu unterschreiben oder mit Richard zurück nach Deutschland zu gehen. Er hatte mir einen Heiratsantrag gemacht. Und ich habe mich entschieden. Gegen die Met. Ich hätte die Trennung nicht länger ausgehalten und wahrscheinlich sowieso nicht mehr singen können. Mein Hals war förmlich zugeschnürt vor lauter Sehnsucht nach ihm.«

»Das kann ich verstehen«, sagte KG mitfühlend.

»Ja? Niemand sonst hat mich verstanden. Kein einziger Mensch. Mit meiner Familie habe ich mich überworfen, meine Freunde und Kollegen haben mich für verrückt erklärt, und Aurelius ...« Gunillas Blick ging in die Ferne und war so verzweifelt, dass es wehtat. »Aurelius hat nie wieder ein Wort mit mir gesprochen. Bis zu seinem Tod habe ich ihn nie wiedergesehen.«

Die letzten Worte waren nicht mehr als ein ersticktes Flüstern.

»Aber Richard war deine große Liebe«, sagte Anna, obwohl sie sicher war, dass auch sie Gunilla für verrückt erklärt hätte, doch das spielte alles längst keine Rolle mehr.

Gunilla nickte heftig. »Ja, das war er. Aber die Oper war auch eine große Liebe, und beides zugleich konnte ich nicht haben.«

»Aber wieso denn nicht?« Es war Rose, die das fragte. Anna blickte erstaunt zu ihr hinüber.

»Erst dachte ich das auch: Wieso nicht? Ich dachte, es müsste doch irgendwie möglich sein. Ich könnte in Deutschland ins Engagement gehen«, erwiderte Gunilla. »Richard hatte eine große Textilfabrik in München, die Staatsoper wäre ideal gewesen, aber da gab es keine Vakanz. Das sagte man mir zumindest. Und wer will eine Sängerin, die freiwillig die Met verlässt, nur um dann an einem anderen Opernhaus, das zufällig günstig am Wohnort ihres Mannes liegt, um Aufnahme zu betteln? Und wann würde sie dieses Haus wieder im Stich lassen? Ich hatte mir keinen allzu guten Ruf erworben, was Verlässlichkeit anging. Außerdem wurde ich bald schwanger. Dann kam Simone und dann Michael. Damit war das Ende meiner Karriere besiegelt. Richard kaufte zum Trost den teuren Flügel und lud ab und zu Freunde und Geschäftspartner zu einem kleinen Privatkonzert ein. Er war sehr stolz auf mich. Solange ich in den eigenen vier Wänden sang und mich darüber hinaus um die Kinder kümmerte. Um Michel vor allem. Seit der Junge auf der Welt war, gab es vermehrt Spannungen zwischen uns. Das mit der großen Liebe … nun ja … nicht umsonst enden Geschichten da, wo sich die Liebenden finden, und blenden den Rest aus. Wir liebten uns sehr, Richard und ich, aber wir führten keine besonders gute Ehe. Man sollte meinen, eins hängt mit dem anderen zusammen, aber das ist nicht die Erfahrung, die ich gemacht habe.«

»Was ich nicht verstehe«, meldete sich Anna. »Richard hat

dich auf der Bühne kennengelernt, er hat gewusst, was für eine großartige Sängerin du bist und welches Opfer du gebracht hast. Hatte er denn nie Skrupel deswegen?«

Gunilla dachte lange nach. »Nein, ich glaube, die hatte er nicht. Die Tatsache, dass ich seinetwegen alles aufgegeben hatte, hat er als Beweis dafür genommen, dass meine Liebe zur Bühne nicht so groß gewesen sein konnte. Ich hatte die Wahl und habe gewählt.«

»Und ...« Anna zögerte, denn die Frage kam ihr selbst unbarmherzig vor, aber sie musste es wissen. »Und hast du es je bereut?«

Der sanfte Gongschlag der Standuhr verkündete die volle Stunde. Als es wieder still war, antwortete Gunilla.

»Ja, das habe ich. Könnte ich die Zeit zurückdrehen, zu genau dem Punkt an jenem Abend, als Richard am Bühneneingang stand und mich einlud, dann würde ich diesmal Nein sagen und nach Hause gehen. Aber würde ich die Zeit zurückdrehen zum Ende dieses Abends, den wir gemeinsam verbrachten, würde ich alles genauso noch einmal machen, mit jeder Konsequenz. Ich habe mein Leben gewählt, und ich habe meinen Mann geliebt, bis zum Schluss, mit all seinen Fehlern. Ich hätte gern mein Leben lang gesungen und auf der Bühne gestanden. Und wie gern! Aber am allerliebsten hätte ich noch einmal mit Aurelius gesprochen, ihn um Verzeihung gebeten und es ihm erklärt. All das habe ich bereut. Aber nichts davon würde ich gegen das Leben, das ich geführt habe, eintauschen. Es hätte anders sein können, aber es war trotzdem gut.«

11. April 2020

Rose

Rose schlüpfte in ihr Nachthemd, doch sie ging noch nicht zu Bett. Sie setzte sich in ihren Sessel am Fenster und blickte auf das Dach des hell erleuchteten Theaters.

Was für ein schöner Tag!

Sie hatte getanzt. Ein bisschen. Nicht so wild wie früher. Was hatten sie früher wild getanzt! Heinrich hatte sie herumgewirbelt, die verrücktesten Figuren hatten sie sich einfallen lassen.

»Ihr seid Spinner! Totale Spinner, ihr passt zueinander. Wenn ihr euch nicht gefunden hättet, hättet ihr euch suchen müssen.«

Das sagten die anderen. Und sie hatten recht. Heinrich und sie waren die beiden Hälften eines Ganzen.

Seit Jahren fühlte sie sich nur noch halb. Weniger als halb.

Ein Bruchteil ihrer selbst.

Rose fröstelte in dem dünnen Nachthemd, aber sie blieb sitzen. Wenn ihr kalt war, dann spürte sie sich wenigstens.

Alles, was sie an diesem Abend von Gunilla erfahren hatte, war ihr neu gewesen. Sie hatten nie darüber gesprochen, aber wie auch? Wie sollte irgendjemand mit Rose über solche Dinge sprechen? Mit jemandem, dem die meisten Worte abhandengekommen waren, konnte man sich nicht gut unterhalten. Das wusste sie. Ob Gunilla mit anderen schon einmal darüber gesprochen hatte? Mit Oskar vielleicht, der ihr nahegestanden hatte? Aber er hatte auch Gunillas Mann nahegestanden. Sicher hatte sie nicht mit ihm über ihre Reue gesprochen.

Reue.

Rose wusste, was das war. Besser vielleicht als jeder andere Mensch. Sie spürte sie täglich, gepaart mit dem Verlust, den sie bis zu ihrem letzten Atemzug nicht überwinden würde. Und noch mehr Reue.

Sie hatte alles falsch gemacht. Alles.

20.

Fragen und Felsbrocken

In der Nacht lag Anna lange wach. Sie war müde und aufgewühlt zugleich, der Schlaf wollte einfach nicht kommen.

Mehr als je zuvor wünschte sie sich, Jeremias wäre noch am Leben. Sie wünschte sich, er hätte dabei sein können, mit ihnen an ihrem schönen Tisch sitzen, Prosecco trinken. Er hätte sie alle gemocht. Genau wie Anna sie mochte. Sie freute sich, morgens mit den anderen zu frühstücken, ihren Alltag mit ihnen zu teilen. Sie liebte es, Gunilla am Klavier zu begleiten, und war gerührt, wenn sie KG mit einem seiner Briefe in der Hand sah. Sie war an Roses stille, häkelnde Gegenwart genauso gewöhnt wie an Michels Merkwürdigkeiten. Sie waren alle so, wie sie nun mal waren. Es war keine Mühe oder Last, mit ihnen zu leben, es war nicht im Mindesten so, wie Anna es erwartet hatte.

Aber Jeremias fehlte, und er würde immer fehlen. Sie hätte ihre Gefühle mit ihm teilen wollen und konnte es nicht.

»Warum bist du nicht mehr hier?«, fragte sie ins dunkle Zimmer hinein, ins Nichts. Und warum hörte diese Trauer niemals auf?

Trauerte Gunilla auch noch? Anna hätte noch so viele Fragen an sie gehabt. Keine Fragen, die ihre verpasste Karriere betrafen, sondern Fragen zu ihrem Mann. Oder ihren Männern. Hatte es andere gegeben? Und was war Aurelius für sie gewesen? Nur ihr Lehrer und Mentor? Oder war die Verletzung, die sie ihm zugefügt hatte, am Ende tiefer gewesen, als sie selbst hatte wahrhaben wollen? Er musste mindestens fünfundzwanzig oder sogar dreißig Jahre älter gewesen sein. Aber wie sie von ihm gesprochen hatte …

Tausend Fragen. Zu Gunillas Tochter, die weit weg lebte und mit der sie allenfalls noch telefonierte. Das Verhältnis zwischen den beiden schien ähnlich schlecht zu sein wie das zwischen Anna und ihrem Vater. Obwohl man das nicht vergleichen konnte, denn Anna und ihr Vater hatten kein schlechtes Verhältnis zueinander, sie hatten gar keins. Aber vielleicht, dachte Anna, ließ sich das ändern. Irgendwann. Das mit dem Umzug war gut gewesen. Sie hatten Zeit miteinander verbracht. Ein wenig. Hatten geredet. Ein bisschen. Sie nahm sich vor, ihn in den nächsten Tagen wieder einmal anzurufen.

Vielleicht solltest du deinem Vater auch mal ein paar Fragen stellen.

»Jeremias?«

Ja.

»Welche Fragen denn?«

Das weißt du doch genau.

»Nein, weiß ich nicht.«

Tu nicht so.

»Ich vermisse dich.«

Ich weiß.

Verschwommen sah Anna seine Silhouette vor dem Fenster. Er schaute nach draußen auf die lichtdurchfluteten Bäume, in das grüne Blättermeer, das dort entstand.

»Komm zu mir«, rief sie ihn, und schon im nächsten Moment saß er auf ihrer Bettkante, wie herbeigezaubert.

Frag deinen Vater.

Nach ihrer Mutter, das meinte er. Sie hatten ein paar Mal darüber geredet, nein, gestritten.

»Du weißt gar nichts über deine Mutter, wie kann denn das sein?«

»Sie ist bei meiner Geburt gestorben, so kann das sein.«

»Aber dein Vater kann dir doch sicher einiges über sie erzählen.«

»Tut er aber nicht, warum auch?«

»Frag ihn doch.«

»Nein.«

»Warum nicht?«

»Lass mich in Ruhe.«

Das waren die Momente gewesen, in denen sie ihn angeschrien hatte, die Momente, die sie sechs Jahre lang bereute.

Frag ihn, flüsterte Jeremias. *Frag ihn. Frag ihn. Frag ihn. Frag ...*

»Lass mich in Ruhe!«, schrie sie laut und wachte auf.

Jemand klopfte an ihre Tür.

»Anna?« Es war KG. »Anna? Ist alles in Ordnung?«

»Ja«, rief sie. Da war kein Jeremias in ihrem Zimmer. »Ich hab nur geträumt. Alles okay.«

Am nächsten Tag verdrängte Anna den Traum der vergangenen Nacht. Darin war sie gut und geübt. Ihr Leben lang hatte sie das schon so gehalten, und ihre Großeltern hatten ihr das hervorragend beigebracht: Bestimmte Dinge waren tabu und an die rührte man einfach nicht. Jeremias hatte das nie kapieren wollen und regelmäßig wieder davon angefangen. Und jetzt sogar im Traum. Es gab nun mal Fragen, deren Antwort so schmerzhaft war, dass man sie lieber nicht hören wollte. Und doch, wenn er in der folgenden Nacht wiedergekommen und ihr damit auf die Nerven gefallen wäre, hätte sie sich gefreut. Alles, alles hätte er sagen oder fragen oder tun dürfen, wenn er nur wieder da gewesen wäre. Wenn sie ihn nur wieder gesehen und seine Stimme gehört hätte, wenn auch nur im Traum. Er sollte ruhig jede Nacht zu ihr kommen. Bis in alle Ewigkeit.

Am Mittag brachte Anna das letzte Stück Schokoladenkuchen mit auf den Balkon.

»Du kannst doch so gut riechen, stimmt's?«, sagte sie zu Anders, der auf seinem Platz in der Ecke saß.

»Kann ich, wieso? Denkst du dir ein Spiel für *Wetten dass* aus?«

»*Wetten dass* gibt's nicht mehr und ein Spiel ist es auch nicht. Ich hab nur was für dich. Als kleines Dankeschön. Halt mal deine Nase her.«

Er kam ans Geländer, und sie hielt ihm den Teller unter die Nase.

»Mhmmmm!«, machte Anders. Anna musste lachen.

»Das sagt Rose auch immer, nur nicht so laut und ausgedehnt, mehr so: mhm.«

Er lachte und nahm den Teller mit dem Kuchen entgegen.

»Toll, danke!«

»Nein, wie gesagt: Ich oder vielmehr wir bedanken uns bei dir. Für die Hilfe beim Besteigen des Pferdes und allem.«

»Ach geh ...«, sagte er mit einer Spur Verlegenheit, was ihn Anna noch sympathischer machte.

»Das war übrigens schön gestern«, lenkte er von sich ab. »Das kleine Konzert, meine ich.«

»Ja, das war wirklich schön. Wir hatten danach noch eine Menge Spaß. Wir haben sogar getanzt.« Sie lachte bei der Erinnerung daran. Michel hatte es so gewollt. Tanzen gehörte für ihn zu einer Feier dazu. Ohne Körperkontakt natürlich.

»Klingt gut«, meinte Anders.

»Das war es. Und später, am Abend, wurde es noch sehr interessant.«

»Ja? Inwiefern?«

Anna erzählte von Gunillas Geschichte, und dabei fiel ihr auf, welcher Teil davon bei ihr selbst den größten Eindruck hinterlassen hatte: Es war nicht der Teil mit der Met, auch nicht die Kennenlerngeschichte mit ihrem Mann. Es war die Art, wie Gunilla von Aurelius gesprochen hatte.

»Sie sagte, das bereut sie am allermeisten.«

»Ich glaube, das ist das schlimmste Gefühl überhaupt«, meinte Anders, »etwas zu bereuen, das man nicht mehr wiedergutmachen kann.«

Anna nickte gedankenverloren.

»Anna?«

»Ja?«

»Könntest du bitte in meiner Gegenwart antworten und nicht einfach nur nicken?«

»Oh, Entschuldigung!«, erwiderte Anna betroffen. »Ich wollte …« Sie stutzte. »Woher weiß du eigentlich, dass ich genickt habe?«

»War so ein Gefühl.« Er grinste.

»Und ich dachte schon, das könntest du auch hören.«

»Nein, das nicht. Wenn ich das eben hätte hören können, würde ich dir zu einem guten Orthopäden raten.«

Sie lachte. Wieder fiel ihr auf, wie einfach es war, mit Anders zu reden und zu lachen – so einfach wie mit Jeremias. Sie schluckte und schlang die Arme um ihren Körper.

»Ich glaube, ich muss mal rein, mir ist heute ein bisschen kalt hier draußen.«

Hatte er das jetzt gehört? Das Schlucken? Die Ausrede?

»Okay. Bis morgen?«, fragte er.

»Wenn es nicht regnet.«

»Klar. Wenn es nicht regnet.«

Anna hatte ihren Vater doch nicht angerufen, aber dafür rief er sie an und fragte, wie es ihr gehe.

»Gut«, antwortete sie reflexartig.

Ihm auch, meinte er, und Sylvia auch. »Steuererklärungen müssen die Leute ja immer machen, von daher …« Das übliche

Vaterlachen. Dann kam er zum Punkt. »Hör mal, warum ich eigentlich anrufe ...«

»Ja?«

Er räusperte sich ein paarmal.

»Ich weiß nicht, wie ich das sagen soll, und bitte versteh mich nicht falsch«, fing er an. Anna machte sich unverzüglich bereit, ihren seelischen Panzer anzulegen, das Rüstzeug, das sie gegen jegliche Verletzungen durch ihre nächsten Angehörigen schützte. Ein lange trainierter Reflex. Sicher würde jetzt wieder irgendetwas kommen, das ihr zeigte, wie gut es war, niemals ein enges Verhältnis zu ihm aufgebaut zu haben.

»Also, Anna, ich weiß nicht, wie es um deine momentanen Einkommensverhältnisse bestellt ist, aber Sylvia und ich haben das besprochen, und ich wollte dir nur sagen: Du musst dir keine Gedanken machen. Wir sind jederzeit da, wenn du ... wenn du etwas brauchst. Wenn es ... wenn es knapp wird.«

Er hatte sehr schnell gesprochen und war nur am Schluss ein wenig ins Stocken geraten, Anna wusste sehr genau, warum: Weil er sie kannte und weil er mit einer frostigen Antwort rechnete. Er hatte mutig eine Distanz überschritten, die sie immer gewahrt hatte. Nie hatte sie ihn so nah an sich herangelassen, dass er sich als Vater hätte fühlen dürfen. Für sie war das immer nur ein Wort gewesen.

Alles hätte sie erwartet, nur nicht das. Sie war so unvorbereitet, dass ihr die Tränen in die Augen schossen. Ihr Panzer zerfiel und ließ sie so dünnhäutig zurück, wie sie im Grunde immer war.

»Anna?«

»Ja«, piepste sie, zu ihren Füßen der tonnenschwere Felsbrocken, der ihr seit dem abgesagten Konzert im Herkulessaal auf dem Herzen gelegen hatte.

»Bitte versteh das nicht als Einmischung, ich weiß, du bist da empfindlich, und wir wollten dir auch auf gar keinen Fall zu nahe treten, aber wir wissen doch, wie schwer es Künstler momentan haben und …«

»Danke!«, unterbrach sie ihn schniefend, er konnte sicher hören, dass sie heulte, aber das war ihr in diesem Moment völlig egal. »Danke, Papa!«

Sie hörte ihn schlucken. »Gern, Anna, gar kein Problem. Melde dich jederzeit, wenn wir helfen können, ja?«

»Ja, mach ich.«

»Wir können die Miete übernehmen zum Beispiel.«

»Das … ja, vielleicht für Mai, das wäre …«

»Machen wir. Für Mai. Auf jeden Fall. Und für Juni.«

»Das könnte dann als Geburtstagsgeschenk gelten«, schlug Anna vor.

»Ja, das stimmt. Aber eine Kleinigkeit kriegst du trotzdem noch zum Geburtstag.«

»Ähm …«

»Etwas sehr Kleines.«

Sie lachten, aber diesmal anders als sonst. Ganz anders.

»Geht es euch wirklich gut?«, fragte Anna. »Euch allen? Auch Jakob und Lena?«

»Ja, uns allen. Dir auch? In deiner Wohngemeinschaft?«

»Ja, mir auch. Es ist echt nett hier. Ich bin froh, hierher gezogen zu sein.«

»Ja?«

»Ja, wirklich.«

»Da bin ich froh.«

»Kommt doch mal vorbei, also, wenn es wieder geht. An meinem Geburtstag könntet ihr doch kommen.«

»Der ist dieses Jahr an einem Sonntag, stimmt's?«

Er wusste es auswendig, ohne im Kalender nachschauen zu müssen.

»Ja, genau, an einem Sonntag.«

»Ja, also, dann hätten wir Zeit.«

»Kommt alle vier«, betonte Anna. »Jakob und Lena auch, wenn sie nichts vorhaben natürlich.«

»Gern, Anna. Wir kommen gern.«

21.

Salbeitee mit Rose

Roses große Tischdecke machte Fortschritte.

»Was denkst du, Rose, wann können wir die Decke auflegen?«, fragte Gunilla, als sie am Abend vorm Fernseher saßen, Rose wie üblich häkelnd unter ihrer Lampe.

»Hmm«, überlegte Rose, ließ ihre Arbeit sinken und rechnete. Immer wieder blickte sie auf ihre Häkelei, prüfte das Muster, richtete ihren Blick wieder nach oben, innerlich zählend, kalkulierend, biss sich auf die Lippen und zuckte schließlich mit den Schultern. Es hätte Anna auch gewundert, wenn sie eine Antwort gehabt hätte, und Gunilla hatte sicher keine erhofft, sondern wollte die stille Rose nur einbeziehen und ihr zeigen, dass man sich für sie interessierte. Aber war das alles, was man Rose fragen konnte? Wann ihre Tischdenke fertig werden würde?

»Darf ich dich etwas fragen?«, fragte Anders Anna, als sie sich nach einigen Tagen, in denen es tatsächlich geregnet hatte, wieder auf dem Balkon trafen.

»Natürlich.«

»Was war neulich mit dir los?«

»Nichts war los, wann denn?« Sie tat so, als hätte sie keine Ahnung, wovon die Rede war.

»Neulich, als ich zu dir sagte, du solltest lieber antworten als zu nicken, damit ich deine Reaktion hören kann. Hab ich da irgendwas Falsches gesagt?«

»Ach was, nein, gar nicht.«

»Ich dachte nur. Ich kann manchmal ziemlich direkt sein, aber manchmal geht es eben auch nicht anders.«

»Klar, kein Problem«, sagte Anna. »Also ... wenn ich komisch war, dann lag das bestimmt nicht an dir. Sondern an mir.«

»Und du sagst mir nicht, warum?«

»Heute nicht. Vielleicht ... irgendwann.«

»Okay.«

»Heute brauche ich dich mal wieder als Psychologen.«

Anders kannte mittlerweile Gunilla, KG, Michel und Rose genauso wie sie Jonathan, Karim und Estelle kannte, Schüler, mit denen Anders regelmäßig zu tun hatte. Zurzeit allerdings nur via Computer. Oft tauschten sie sich über ihren jeweils begrenzten Alltag aus.

»Dir ist schon klar, dass du mich benutzt?«, frotzelte Anders.

»Dafür darfst du mir beim Spielen zuhören. Plus Gunillas Gesang. Das ist ein Geben und ein Nehmen zwischen uns.«

»Auch wieder wahr. Also, worum geht's?«

»Um einen fachlichen Ratschlag bezüglich Rose. Wie bringt man sie zum Reden?«

»Okay. Hast du sie schon einmal besucht?«

Das war sein Rat?

»Besucht?«

»Ja, warst du schon einmal bei ihr im Zimmer?«

»Nicht so richtig.«

Gar nicht, wäre die exakte Antwort gewesen.

»Na, dann besuch sie doch mal richtig. Besuch kriegen ist schön.«

Und so stand Anna am Nachmittag mit zwei Tassen Salbeitee bewaffnet vor Roses Zimmertür und klopfte an.

Salbeitee war Roses Lieblingsgetränk und glücklicherweise eine der Teesorten, die Anna gerade noch ertragen konnte.

Sie hörte eine leise Antwort und vermutete, es war »Herein!« oder »Ja bitte!«, also öffnete sie die Tür.

»Hallo Rose, störe ich?«

Was für eine Frage, wobei sollte man Rose wohl stören?

Häkelnd saß sie am Fenster in dem kleinen runden Erker, der ihr Zimmer zu etwas Besonderem machte.

»Nein«, antwortete Rose überrascht.

»Ich habe mir einen Salbeitee gemacht und dachte, du magst vielleicht einen mit mir trinken.«

Es wäre Anna deutlich angenehmer gewesen, wenn der verwunderte Ausdruck aus Roses Gesicht verschwunden wäre und sie ihr einen Platz angeboten oder ihr wenigstens gezeigt hätte, wo sie das Tablett mit den Tassen abstellen konnte, aber offensichtlich wusste Rose nicht, wie sie sich bei einem solchen Überfall verhalten sollte.

Es erinnerte Anna daran, wie sie sich vor noch nicht allzu langer Zeit selbst eingeigelt hatte. Ganz ähnlich wie Rose. Auch Anna hatte irgendwann nicht mehr gewusst, wie man sich normal mit Menschen unterhielt. Dabei hatte sie immerhin noch ein paar Kontakte durch ihre Arbeit gepflegt, Rose hatte nichts als ihre Häkelei.

Ein kleiner Beistelltisch fiel Anna ins Auge, auf ihm platzierte sie das Tablett und rückte einen Polsterstuhl, auf dem sie sich selbst niederlassen konnte, zu Rose in den Erker. Damit war es einigermaßen gemütlich.

»Ich hab schon ein bisschen Honig drin, ist das gut?«, fragte Anna.

»Oh ja, das ist gut.« Rose nahm ihre Tasse entgegen, blies hinein und nippte. »Gut«, bestätigte sie.

»Das ist schön hell hier«, stellte Anna fest. »Gut zum Häkeln.«

Rose nickte und nippte wieder an ihrer Tasse.

»Und man hat einen schönen Ausblick«, führte Anna die zähe Unterhaltung fort. »Auf das Theater.«

»Ja«, hauchte Rose.

Verzweifelt überlegte Anna, wie sie die alte Frau dazu bewegen konnte, wenigstens einmal einen längeren Satz zu äußern. Schließlich war Rose in letzter Zeit schon viel aktiver geworden, an Michels Geburtstag hatte sie sogar getanzt, wenn man das so nennen wollte. Sie war aufgestanden und rhythmisch hin und her getapst. Aber sie hatte dabei geschmunzelt, sie hatte mitgemacht und in die Hände geklatscht, als KG und Gunilla einen Tango aufs Parkett legten. Sie war bei den Filmabenden dabei und sah mit ihnen fern – häkelnd unter ihrer Lampe. Nur mit dem Reden hatte sie es nicht so. Geflüsterte Drei-bis-vier-Wort-Sätze waren schon ein Erfolg.

Anna betrachtete die große, cremefarbene Häkelarbeit auf Roses Schoß.

»Darf ich?« Sie breitete das Werk aus, sodass sie das regelmäßige, aber komplizierte Muster erkennen konnte. »Wie kann man sich so etwas merken?«, fragte sie. Nicht aus Höflichkeit oder um die Unterhaltung in Gang zu bringen, sondern voll ehrlicher Bewunderung für diese Kunst.

»Das ist nicht so schwer, wie es aussieht«, lächelte Rose bescheiden. Ein langer Satz, endlich. Ein mittellanger zumindest. Kein ganz kurzer.

»Nein?«

Rose schmunzelte, als Anna ihr die Häkelei zurückgab.

»Hast du keine Anleitung? Wie kannst du dir merken, wann du was machen musst? Das sind doch alles unterschiedliche …« Anna fiel das Wort nicht ein. Seit der Grundschule hatte sie sich nicht mehr mit Häkeln beschäftigt.

»Maschen«, half Rose.

»Genau. Das sind doch ganz unterschiedliche Maschen. Und dann all diese Löcher.«

Rose fing herzlich an zu lachen. Den Mund hielt sie fest geschlossen dabei, aber die ganze Rose wackelte, um ihre Augen erschienen zahllose Lachfältchen. Wie hübsch sie aussah, wenn sie so lachte, dachte Anna.

»Das sind doch Löcher. Ich meine, das ganze Muster besteht aus Löchern und ...«, Anna fuchtelte auf der Suche nach einer passenden Bezeichnung in der Luft herum, »Nicht-Löchern, also gefüllten Stellen, diesen Maschen eben, oder?«

Rose hielt sich die Hand vor den Mund und wackelte noch mehr über Annas ahnungsloses Schwadronieren übers Häkeln.

Anna nahm ein Ende der Arbeit nochmals zur Hand und hielt es dicht vor ihre Augen. »Und wie klein das alles ist. Winzig! Das dauert doch hundert Jahre, bis das fertig ist, oder nicht?«

Rose schüttelte den Kopf, legte die Decke beiseite und ging zu einer Kommode. Mit einem gefalteten Blatt Papier kam sie zurück.

»Das ist das Muster. So wird die Decke am Ende aussehen.«

»Ohhhh! Das ist ja der Wahnsinn. Was bedeuten denn die ganzen Striche und die Punkte?«

»Die Punkte sind Luftmaschen und die Striche sind Stäbchen oder feste Maschen oder Doppelstäbchen, je nachdem wie lang sie sind. So kommt das Muster zustande.«

Anna hielt den Atem an, denn zum ersten Mal überhaupt hatte sie Roses Stimme gehört, ihre richtige Stimme, nicht dieses gehauchte Flüstern.

»Schau, hier zum Beispiel, die Blume besteht aus festen Maschen, Luftmaschen und Doppelstäbchen, und hier häkelt man zwei Stäbchen zusammen.« Rose fuhr mit dem kleinen Finger über das Blatt und zeigte es Anna, die sich kaum zu rühren wagte, aus Angst, Rose könnte aufhören zu sprechen. Sie erklärte Anna das Muster, wie sie es sich merkte und warum das für sie gar nicht mehr so schwer war nach so vielen Häkelarbeiten. Rose schien gar nicht aufzufallen, wie viel sie redete.

Als sie sich schließlich wieder in ihrem kleinen Sessel Anna gegenüber niederließ, griff sie gleich zu ihrer Tasse. Der Tee war inzwischen abgekühlt.

»Das war total interessant«, sagte Anna. »Danke für die geduldige Erklärung. Aber jetzt ist der Tee ganz kalt geworden, soll ich neuen machen?«

»Nein, nein, der ist Ordnung«, sagte Rose und lächelte, dann gluckste sie. »Früher hab ich den immer ausgespuckt.«

»Ausgespuckt?«, wiederholte Anna lachend.

»Ja, im Theater vor der Vorstellung. Salbeitee ist gut für die Stimme, aber am besten man schluckt ihn nicht, sondern spuckt ihn aus. Den Trick hat mir ganz am Anfang mal eine Kollegin verraten und seitdem habe ich das immer gemacht. Ob es geholfen hat, weiß ich nicht, aber es war mein festes Ritual.«

»Gunilla hat mir erzählt, was für eine hervorragende Souffleuse du warst.«

»Ach, na ja«, sagte Rose bescheiden und nahm wieder ihre Häkelarbeit zur Hand. Ihr Blick glitt aus dem Fenster und über das Dach des Theaters. »Man konnte sich auf mich verlassen, denke ich.« Sie nickte ein wenig mit dem Kopf, als wollte sie sich selbst versichern, dass man das konnte. »Das ist wichtig: Verlässlichkeit.« Ihre Stimme wurde leiser und leiser, bald würde sie wieder verschwinden. »Nur am Schluss, da ...« Sie verstummte.

»Als dein Mann gestorben ist, hast du aufgehört, hat Gunilla mir erzählt.«

Rose nickte, den Blick weiter nach draußen gerichtet. »Ich konnte mich nicht mehr konzentrieren.«

»Das kann ich gut verstehen, das wäre mir auch so gegangen«, erwiderte Anna. Wäre? Nein. Sie verbesserte sich. »Ich meine: Das *ist* mir auch so gegangen.«

Endlich sah Rose sie wieder an. »Ja?«

»Ja. Als mein Freund – mein Verlobter, wir wollten heiraten –, als er vor sechs Jahren bei einem Unfall ums Leben gekommen ist, bin ich in ein tiefes Loch gefallen und im Grunde nie wieder richtig rausgekommen.«

»Wirklich?«, fragte Rose mit bekümmerter Miene. »Aber du bist doch noch so jung.«

»Man sucht sich das nicht aus«, erwiderte Anna. »Wie man auf einen Schicksalsschlag reagiert, meine ich.«

»Nein, das tut man nicht.«

»Ich war nur noch in meiner alten Wohnung, bin nie weggegangen, hatte keine Freunde mehr. Es waren nicht nur die Montage, von denen ich euch erzählt habe. Es waren im Grunde alle Tage.«

Rose beugte sich vor und ergriff Annas Hand. Anna drückte sie und lächelte.

»Es ist besser, seit ich hier bei euch bin.«

»Wirklich?«

»Ja, wirklich.«

»Das freut mich«, erwiderte Rose voller Herzlichkeit.

Noch eine ganze Weile saßen sie dort im Erker am Fenster, tranken kalten Tee, schwiegen gemeinsam und schauten auf das Dach des Theaters.

Ende April 2020

KG (Kurt)

Bahía Blanca am 17. April 2020

Mein lieber Kurt,
verzeih mir bitte, dass ich in letzter Zeit so selten schreibe. Allmählich spüre ich das Alter und der Sommer war viel zu heiß (zum Glück wird es langsam besser mit den Temperaturen). Aber das sind alles keine Ausreden, wo du doch so getreu immer und immer schreibst; die Ankunft jedes deiner Briefe ist für mich ein Fest, glaub mir das bitte. Morgen kommt wieder ein Brief von meinem lieben Kurt, denke ich immer, wenn es mal zwickt und die kleinen Zipperlein mich triezen, und dann ist alles gleich nicht mehr so schlimm. Deine Briefe waren mir der größte Trost, seit Emil nicht mehr lebt. Ich hoffe, ich konnte dir auch nur annähernd eine so große Stütze nach dem Tod deiner Hilde sein, wie du es für mich warst. Und noch ein letzter Satz, dann höre ich auf mit all diesem wehleidigen Gefasel (das ist ja heute schlimm mit mir): Wenn ich mir noch eine Sache wünschen dürfte, dann wäre es, noch einmal mit dir in einem Biergarten zu sitzen, in die Sonne, die durch die Kastanienblätter fällt, zu blinzeln und so herrlich dummes Zeug zu reden wie früher. Weißt du noch, Kurt? Du, ich und Emil. Wir drei. Umso mehr freue ich mich zu hören, dass ihr in letzter Zeit

in eurer Wohngemeinschaft so nett zusammengefunden habt, gerade jetzt ist das so wichtig. Schade, dass Gretchen momentan nicht zu dir kommen kann, aber dafür ist ja nun Anna da. Nicht dass sie ein Ersatz für dein Gretchen wäre, kein Mensch ist je ein Ersatz für einen anderen. Aber ich glaube, sie bringt neues Leben in eure Gemeinschaft.
Ich würde sie gern einmal kennenlernen, alles, was du von ihr schreibst, klingt nach einem interessanten und wunderbaren Menschen, und mit solchen Menschen muss man sich umgeben. Das freut mich für dich, lieber Kurt.
Siehst du, jetzt wird meine alte Hand auch schon wieder müde, und ich muss zum Schluss kommen.
Bleib gesund und munter, lieber Freund, beides, hörst du. Munter ist besonders wichtig. An der Gesundheit kann man nicht immer etwas ändern, aber daran, dass man sich die Lebensfreude nehmen lässt, daran schon.
Ich hoffe, ich kann bald wieder schreiben, ich hoffe es sehr.

Bis dahin und für immer,
Deine Luise

22.

Victor Hugo

Rose brachte Anna das Häkeln bei. Aus ihrem reichhaltigen Vorrat schenkte sie ihr ein Knäuel Garn und eine Häkelnadel. Dann zeigte sie ihr, wie man die unterschiedlichen Maschen häkelte und drückte ihr anschließend das sehr einfache Muster für einen kleinen runden Untersetzer in die Hand. Täglich kam Anna mit zwei Tassen Salbeitee zu ihr, dann saßen sie dort im Erker, Rose entspannt mit ihrer immer größer werdenden Decke und Anna mit verbissen konzentrierter Stirn und diesem winzigen runden Anfang, der nicht wachsen wollte. Rose musste ihr häufig behilflich sein, und wenn Anna beim Kampf mit den Maschen unverständlich vor sich hin schimpfte, brach sie nicht selten in ihr lautloses Lachen aus. Zeitweise saßen die beiden auch nur da und schauten gemeinsam auf das Theaterdach, und Rose erinnerte sich an dies und das, besondere Vorstellungen, Schauspieler, die immer an derselben Stelle ihren Text vergaßen, Premierenfeiern. Und Anna wunderte sich darüber, wie wohltuend es sein konnte, einfach nur die Stimme eines Menschen zu hören.

»Wie hast du das gemacht?«, fragte Gunilla Anna während einer ihrer vormittäglichen Gesangsstunden im Salon. »Rose spricht.«

Rose sprach zwar noch immer nicht sehr viel, wenn sie alle beieinander waren, aber mehr und mehr.

»Ich habe sie besucht«, erklärte Anna schlicht und öffnete die Balkontür, die Gunilla kurz zuvor geschlossen hatte. Gunilla wollte nicht, dass man sie hörte, Anna dagegen wollte, dass alle sie hörten, vor allem natürlich Anders.

»So einfach?«, wunderte sich Gunilla.

»Ja. Ich habe sie besucht und mich mit ihr übers Häkeln unterhalten.«

»Oh!«, machte Gunilla perplex und setzte schuldbewusst hinzu: »Das hätte ich ja auch tun können. Schon seit Jahren.«

»Du warst nur rücksichtsvoll«, tröstete Anna sie, »du wolltest sie nicht bedrängen.«

Gunilla nickte. »Ich dachte, sie wollte einfach nur ihre Ruhe. Sie hat sich ja auch immer gleich zurückgezogen und ... ich dachte, ich lasse sie.«

»Das verstehe ich«, sagte Anna, streckte ihren Rücken durch und legte ihre Finger auf die Tasten, doch noch bevor sie den ersten Ton der *Seligkeit* von Franz Schubert spielen konnte, lief Gunilla an ihr vorbei und schloss die Balkontür wieder.

»So«, sagte sie zufrieden. »Jetzt können wir.« Sie trank einen Schluck Wasser und konzentrierte sich auf die Noten in ihrer Hand.

Statt der Vögel draußen hörte man nun KG in der Küche pfeifen. Anna ließ die Hände wieder in ihren Schoß sinken.

»Wusstest du eigentlich, dass KG seit achtundvierzig Jahren Briefe schreibt? Jeden zweiten Tag?«

»Wie bitte?« Gunilla drehte sich zu ihr um. »Natürlich weiß ich, dass er häufig Briefe schreibt, aber ... seit wann, sagtest du?«

»Seit achtundvierzig Jahren.«

»Ach du liebe Zeit! Was schreibt er denn da?«

»Das weiß ich auch nicht, aber er sagte mir, er schreibt an eine alte Freundin. Weißt du, wen er damit meint?«

»Ich habe nicht die leiseste Ahnung.«

»Habt ihr nie über solche Dinge geredet?«

»Nein.« Die Entschiedenheit, mit der sie dieses Nein äußerte, schien Gunilla selbst unangenehm aufzufallen. »Ich meine, schließlich sind das Privatangelegenheiten, nicht wahr?«

»Das stimmt«, sagte Anna. »Aber«, sie erhob sich von ihrem Klavierhocker und schlenderte so beiläufig wie möglich auf die Balkontür zu, »redet man unter Freunden nicht auch mal über Privatangelegenheiten?«

»Schon. Natürlich.« Gunilla sah sie ratlos an, die wieder geöffnete Tür schien ihr nicht aufzufallen. »Aber irgendwie ... ich weiß auch nicht ... es hat sich nie so richtig ergeben. Woher weißt du das denn eigentlich?«

Anna setzte sich wieder hin.

»Ich hab KG gefragt.«

»Ach«, sagte Gunilla verblüfft. »So einfach ...«

»Ja, ganz einfach«, sagte Anna, zum dritten Mal machten sich ihre Hände bereit, in die Tasten zu greifen.

»Hm!«, machte Gunilla, als wollte sie einen Punkt unter alle Erkenntnisse dieses Vormittags setzen, und tat einen Schritt auf die Balkontür zu.

»Gunilla, ich bitte dich«, rief Anna, die genug von dem leidigen Tür-auf-Tür-zu-Spiel hatte und sich endlich Schuberts *Seligkeit* widmen wollte. »Die Sonne scheint, es ist warm, und die Leute wollen dich gern hören, also lass die Tür jetzt bitte offen.«

Gunilla blieb stehen. »Wer sagt denn, dass sie mich gern hören wollen?«

»Anders zum Beispiel.«

»Wer?«

»Unser blinder Nachbar.«

»Ach ja, richtig. Und der sagt das?«

»Ja, der sagt das, der möchte dich gern hören. Und wie gesagt: Der Mann ist blind.« Anna war sich nicht sicher, ob Anders diese mehrfache Betonung seiner Behinderung als Scheinargument goutiert hätte, aber es tat seinen Zweck.

Gunilla trat zum Flügel zurück und blickte in die Noten. Die *Seligkeit* konnte endlich ihren Anfang nehmen.

Annas Tagesrhythmus war inzwischen geprägt von festen Gewohnheiten. Gleich nach dem Frühstück half sie KG beim Aufräumen. Hinterher war eine Stunde für Gunilla reserviert. Bei schönem Wetter blieb die Tür dabei offen, und nicht selten ertönte von den benachbarten Fenstern und Balkonen her Applaus.

»Eigentlich müsstest du nach draußen gehen und dich verbeugen«, versuchte Anna Gunilla vergebens zu einem Schritt auf den Balkon zu bewegen.

Der Mittag gehörte, sofern es nicht gerade regnete, Anders.

Auf die Zeit mit ihm freute sich Anna jeden Tag. Ganz egal, worüber sie sich unterhielten, ob über ernste Themen oder Belanglosigkeiten, niemals war es mühsam, nie fehlten ihnen die Worte. Sie redeten und lachten und Anna genoss es.

Die nächste feste Station in Annas Tagesablauf war der Teebesuch bei Rose am Nachmittag, bei dem sie häkelten, oder, sobald Annas Zeigefinger blau anlief, weil sie den Faden immer zu fest darum wickelte, plaudernd gemeinsam auf das Theaterdach hinüberschauten.

Hinterher besorgte Anna gemeinsam mit KG den Einkauf, sofern er das nicht klammheimlich schon über Mittag erledigt hatte, während sie sich mit Anders auf dem Balkon unterhielt.

Einmal erwischte sie ihn, als er gerade zurückkam.

Er stand im Flur, zwei Einkaufstaschen neben sich auf dem Boden und einen Brief in der Hand.

»KG, du sollst doch nicht …«, setzte Anna zu einem liebevollen Tadel an, doch da drehte sich KG zu ihr um und blickte sie so freudestrahlend an, dass sie augenblicklich verstummte.

»Luise hat geschrieben.« In seinen Worten lag alles Glück der Welt.

»Luise?«

»Ja, meine Freundin Luise. Das ist der erste Brief seit fast fünf Wochen. Gott sei Dank, ich hatte mir schon solche Sorgen gemacht.«

»Dann lies ihn am besten gleich, und ich bringe die Einkäufe in die Küche«, sagte Anna.

Er nickte und ging ohne zu widersprechen mit dem Brief in sein Zimmer, während Anna sich die beiden Taschen schnappte.

Am frühen Abend wurde Scrabble gespielt.

Es hatte damit begonnen, dass Gunilla auf der Suche nach bestimmten Noten jede Menge alten Kram aus einem Schrank im Flur zutage befördert hatte.

»Ach du liebe Zeit, was da alles drin rumliegt, das muss man dringend mal ausmisten.«

Anna bot ihr an, zum Sperrmüll zu fahren, doch bevor es dazu kam, stolperte Michel über die Kiste mit den alten Sachen.

»Unser altes Scrabble!«, rief er und schnappte sich den flachen Karton. »Das ist noch gut, damit kann man noch spielen.«

»Na, dann machen wir das doch«, schlug Anna unvorsichtigerweise vor, denn seither klopfte Michel pünktlich um 18 Uhr an ihre Zimmertür, beendete damit ihre täglichen Klavierübungen und rief: »Anna! Scrabble!«

Und dann spielten sie am Küchentisch. Manchmal spielte Gunilla mit, manchmal KG, aber immer Anna und Michel.

Michel wollte jedes Mal unbedingt gewinnen und war ein Meister im Wörtererfinden. Und weil auch Anna sehr ehrgeizig war, wurde nicht selten diskutiert.

»Was soll das sein, eine Quernixe? Michel, das Wort gibt es nicht.«

»Ich hab das mal gesehen. In einem Märchenbuch.«

»Dann zeig es mir, bitte«

»Das ist eine Sagengestalt.«

»Zeigen! Vorher kriegst du die Punkte nicht.«

In solchen Fällen stapfte Michel meist beleidigt davon, und das Spiel war zu Ende.

Eines regnerischen Tages Ende April saßen sie wieder einmal mit ihren Buchstabenklötzchen am Küchentisch, Michel befand sich auf der Gewinnerstraße, als KG aufgeregt hereinstürmte.

»Ähhhh ...«, machte er. Es war eindeutig, dass irgendetwas dringend aus ihm herauswollte, aber in Gegenwart von Michel nicht durfte.

»Willst du jetzt schon mit dem Essen anfangen?«, wunderte sich Anna.

»Oh, ja, müsste ich gleich«, behauptete KG, zwinkerte und zuckte mit dem Kopf zur Tür. Michel merkte nichts, er war gerade dabei, ein Wort zu legen, auf seiner Miene glühender Triumph.

Anna sah KG verständnislos an.

»Also, wir sind hier gleich fertig«, erklärte sie ihm, und in diesem Moment rief Michel auch schon »Fertig!« und präsentierte sein Wort: Jägerbox.

Anna rümpfte die Nase: »Was soll denn ...«

»Na klar, die Jägerbox«, unterbrach sie KG. »Kennst du nicht?«

»Nein.«

»Doch, die gibt's, die gibt's«, insistierte Michel mit gerunzelter Stirn.

»Das stimmt, die gibt es«, pflichtete KG bei. »Michel hat gewonnen, Anna. Würdest du mal kurz mitkommen?«

»Jaaaa, ich hab gewonnen!«, rief Michel, packte das Spiel zusammen und hielt seinen Sieg auf der Gewinnerliste fest.

»Anna!«, rief KG, der schon draußen im Flur wartete.

»Was ist denn los?«, wollte Anna wissen, doch KG winkte ihr nur, ihm zu folgen.

»Du musst dir was ansehen«, raunte er ihr zu, führte sie in sein Arbeitszimmer und schloss sorgfältig die Tür.

Beide Laptops waren angeschaltet.

Auf dem einen war eine Webseite aufgerufen, auf dem anderen eine Seite bei YouTube.

»Das ist mein ... also das ist mein Blog.« Er errötete.

»Dein Blog?«

»Ja, ich blogge im Internet. So zum Spaß. Über Filme hauptsächlich. Und dies und das.«

»Ach was«, staunte Anna. KG war also nicht nur ein heimlicher Raubkopierer, er war auch noch ein heimlicher Blogger. »Und hast du sonst noch irgendwelche Geheimnisse, KG? Heimlicher Bestsellerautor? Wer Elena Ferrante ist, hat man zum Beispiel immer noch nicht rausgefunden.«

»Eine Italienerin auf jeden Fall.«

»Weiß man's?«

KG lachte. »Also ich bin es jedenfalls nicht. Und sonst bin ich auch nichts. Ich hab mich nur schon immer für so Computer- und Medienkram interessiert, und seit ich in Rente bin, mache ich eben in meiner Freizeit solche Sachen.«

»Und restaurieren tust du auch noch.«

»Ja, das tu ich auch noch, wenn sich was ergibt.«

»Klar«, sagte Anna. »Also, was soll ich mir ansehen?«

»Das hier.« KG deutete auf das Standbild eines Videos bei YouTube.«

Anna sah genau hin und dann noch ein bisschen genauer, um sich zu vergewissern, dass sie sich nicht täuschte.

»Aber das ist doch unser Haus!«

KG nickte. »Über meinen Blog hat mich jemand darauf aufmerksam gemacht, vielleicht sogar derjenige, der das Video gepostet hat.«

»Victor Hugo?«, las Anna und starrte weiter auf den Ausschnitt, auf dem eindeutig ihr Haus zu sehen war, vom Innenhof aus gefilmt, offensichtlich aus einem der Nebengebäude. Man konnte sogar Anders auf dem Balkon erkennen. Dann erst las sie den Text unter dem Video: *O sole mio am Prinzregentenplatz – berührend.*

»Nein!«, entfuhr es ihr. »Das gibt's doch nicht.«

»Dachte ich mir auch.

»Und … 52 356 Aufrufe?«, rief Anna und vergaß jede Heimlichkeit.

»Pscht!«, machte KG.

Anna starrte auf den Bildschirm. »Und jetzt 52 357.«

»58«, verbesserte sie KG.

Es wurden ständig mehr. In Hunderten Kommentaren überschlugen sich die Leute vor Begeisterung und Rührung und Staunen.

»Sollen wir es uns ansehen?«, flüsterte Anna. »Oder hast du es schon gesehen?«

KG schüttelte den Kopf. »Allein hab ich mich nicht getraut.«

»Denkst du, es beißt?«

KG zog eine Grimasse.

»Okay, dann los.«

Er drückte auf Play.

Es war die Aufnahme von Michels Geburtstag. Irgendeiner der Nachbarn, dieser Victor Hugo, hatte geistesgegenwärtig nach *O mio babbino caro* Gunillas Version von *O sole mio* aufgenommen und das Video auf seinem Kanal hochgeladen.

»Wahnsinn!«

»Das ist ziemlich professionell gemacht«, analysierte KG. »Guter Ton! Das war kein Handy, sondern ein richtig gutes Aufnahmegerät. Kein Wunder, der Mensch hat an die hunderttausend Abonnenten.«

»Vielleicht ist das auch ein Musiker und Victor Hugo ist sein Künstlername«, meinte Anna. »Was hat der denn …?«

Ein energisches Klopfen an der Tür unterbrach sie. Ertappt fuhren beide zusammen.

»Kurt?«, rief Gunilla.

»Ja?«, antwortete KG verschreckt.

Die Tür ging auf. Mit ernstem Gesicht trat Gunilla über die Schwelle.

»Eigentlich wollte ich nur fragen, was du zu essen machen möchtest«, sagte sie. Kerzengerade stand sie im Türrahmen, beide Hände krampfhaft zu Fäusten geballt.

»Ähm, Salat und mein Spezialrührei, und ich hab noch ein paar ...«

»War ich das?«, unterbrach ihn Gunilla mit versteinerter Miene, als kostete es sie größte Mühe, Haltung zu bewahren. KG und Anna wechselten betretene Blicke

»War ich das?«, fragte sie erneut und betonte jedes Wort.

Anna nickte beklommen und KG hauchte ein leises »Ja.«

Gunilla drehte sich auf dem Absatz um und schloss die Tür hinter sich.

»Und jetzt?«, fragte Anna.

»Jetzt mache ich Essen«, beschloss KG.

Michel erzählte beim Abendessen lebhaft von seinem fulminanten Sieg im Scrabble. Alle anderen waren still und ließen seinen Wortschwall über sich ergehen.

Schließlich legte Gunilla die Serviette zusammen und kreuzte ihre Hände über ihrem Schoß.

»Kann ich mir das mal ansehen?«, fragte sie unvermittelt und mit der gleichen stoischen Haltung wie zuvor.

»Was denn?«, wollte Michel sofort wissen.

»Eine Gesangsaufnahme von deiner Mutter, ein Video«, erklärte Anna.

»Oh!«, machte Rose. »Das würde ich auch gern sehen.«

»Ich auch«, rief Michel.

»Ich könnte den Laptop an den Fernseher anschließen, dann

können wir es uns im Salon ansehen«, sagte KG. Gunilla schloss die Augen und atmete tief ein und aus.

»Also schön«, sagte sie. »Gehen wir.« Mit energischen Schritten marschierte sie voraus zum Salon und rief über die Schulter zurück: »Lasst die Küche, Aufräumen kann warten.«

Während die drei Frauen und Michel ihre Plätze einnahmen und warteten, traf KG alle technischen Vorbereitungen.

»Also dann«, sagte er schließlich und drückte auf Play.

Knapp vier Minuten dauerte das Video einschließlich des tosenden Beifalls der Nachbarschaft. Danach herrschte Stille im Salon.

»Das war schön«, erklärte Michel nüchtern. »Schauen wir jetzt noch was anderes?«

»Nein«, sagte Gunilla. Wie paralysiert saß sie da und schaute unverwandt auf den Bildschirm, auf dem es nichts mehr zu sehen gab.

»Dann geh ich«, sagte Michel und zog davon.

Zögernd tastete Anna nach Gunillas Hand. »Michel hat recht, das war wunderschön.«

»Meine Stimme klingt schrecklich«, widersprach Gunilla.

»Das finden die Leute aber nicht«, entgegnete KG und zeigte ihr all die Kommentare unter dem Video. »Die einzige Kritik war, dass man dich nicht sehen kann.«

Ein leiser undefinierbarer Laut entwich Gunillas Kehle, sie hatte sich offenbar noch nicht entschieden, wie sie es fand, ein kleiner YouTube-Star zu sein.

»Wie kommt dieser Mensch dazu, das aufzunehmen?«, sagte sie.

»Wie er dazu kommt?«, wiederholte Anna. »Weil die Sonne aufgeht, wenn du singst. Weil jeder, der dich hört, berührt ist und weil es so schön ist, dass man heulen möchte.«

Gunilla drückte Annas Hand und überwand sich zu einem zaghaften Lächeln. »Wenn du das sagst.«

»Das sage nicht nur ich«, erwiderte Anna.

Reglos saß Gunilla auf dem Sofa.

»Na schön«, sagte sie nach einer Weile. »Wenn mir jemand einen Prosecco bringt, würde ich es mir jetzt noch mal ansehen.«

Da lief KG auch schon los und holte die Gläser.

23.

Tabus

»Ich bin auf dem Video zu sehen?«

»Genau!«

»Und? Sehe ich gut aus?«

»Du siehst aus wie immer.«

»Also gut?«

Anna musste lachen.

»Was denn? Das letzte Mal hab ich mich vor achtzehn Jahren gesehen und auch das nur verschwommen. Keine Ahnung, ob ich heute noch so ein Hübscher bin wie mit zwanzig.«

Da blieb Anna das Lachen im Halse stecken. Mit zwanzig Jahren also war Anders erblindet.

Die Vorstellung von dem zwanzigjährigen Jungen, dem das Leben und die Welt offen stehen sollte und der stattdessen sein Augenlicht verlor, hatte sie kalt erwischt.

»Was ist?«, fragte Anders.

Natürlich hatte er mitbekommen, wie sie abrupt aufgehört hatte zu lachen und ebenso ihr anschließendes lautes Schweigen. Er hörte das, er war Superman, aber auch Superman musste es fertig machen, zu erblinden.

»Gar nichts!«, behauptete sie.

Er verzog das Gesicht, als wäre sie ihm auf den Fuß getreten.

»Also entweder ich sehe heute mit achtunddreißig so richtig übel aus und du willst es mir nicht sagen …«

Sie schmunzelte.

»... oder du bist schockiert, weil du jetzt weißt, seit wann ich nichts mehr sehen kann.«

»Ja. Das«, gestand sie leise.

»Tut mir leid, ich wollte dich damit nicht überfahren.«

»Hast du nicht«, beeilte sich Anna, den Eindruck zurechtzurücken. »Ehrlich gesagt, habe ich mich das schon länger gefragt.«

»Du hast *dich* gefragt?«

»Mhm.«

»Und warum hast du nicht *mich* gefragt? Machst du das immer so? Fragst du dich auch, ob es draußen regnet, statt aus dem Fenster zu schauen? Oder wenn du zum Arzt musst, fragst du dich dann auch: Hm, ob ich da wohl in nächster Zeit einen Termin kriegen kann? Und ...« Er kam in Fahrt. »... wenn du ein neues Buch kaufst, fragst du dich sicher, was da wohl drinsteht, stimmt's? Und wenn du ...«

»Ich hab's kapiert«, unterbrach sie ihn.

»Ja?«

»Ja!«

Er wurde wieder ernst.

»Du kannst mich alles fragen«, sagte er.

»Alles?«

Er grinste. »Sagen wir fast alles.«

»Was würdest du mir denn nicht erzählen wollen?«

»Das kann ich dir nicht erzählen, denn sonst würde ich es dir ja erzählen.«

Anna lachte.

»Jedenfalls kannst du mich alles fragen, was mit meinen Augen zu tun hat, okay?«

So schöne Augen, dachte Anna.

»Also dann ... ja, ich hätte schon noch eine Frage.«

»Nämlich?«

»Ob du noch irgendetwas erkennen kannst.«

»Ein bisschen hell und dunkel. Hier draußen ist es angenehm, weil es hell ist, nur zu viel direkte Sonne ist nichts für mich, da greife ich dann zur Sonnenbrille. Ganz klassisch: der Blinde mit der Sonnenbrille. Meine Exfreundinnen fanden das immer ziemlich gut.«

Zu gern hätte Anna an dieser Stelle eingehakt und sich nach diesen Exfreundinnen erkundigt, aber sie blieb lieber beim Thema.

»Kannst du mich sehen?«, fragte sie. »Also, wenigstens so ein bisschen?«

In sein Lächeln mischte sich eine Spur Wehmut, als er antwortete. »Nein. Leider nicht.«

Nicht einmal einen Schatten, nichts, gar nichts. In seiner Wahrnehmung war sie die Stimme vom Nachbarbalkon.

»Also, um ehrlich zu sein, bin ich jetzt ein kleines bisschen erleichtert«, flachste sie sich über die Enttäuschung hinweg.

Er lachte. »So schlimm? Das glaub ich dir nicht.«

Anna lachte mit ihm. Lachen half.

»Darf ich dich noch was fragen?«

»Mach!«

»Wie ist es passiert? Ich meine, wodurch bist du blind geworden?«

»Ich bin viel zu früh auf die Welt gekommen. Die Ärzte haben von Anfang an gesagt, dass die Gefahr einer späteren Erblindung besteht. Ich bin praktisch mit diesem Wissen aufgewachsen, meine Eltern haben mir weder etwas vorgemacht noch mich in Watte gepackt, dafür bin ich ihnen heute noch dankbar. Ich habe mich immer ein bisschen intensiver in der Welt umgesehen als andere, nennen wir es mal so. Als meine Augen immer schlechter wurden, habe ich angefangen, mich mit Brailleschrift auseinanderzusetzen und allem, was es so an Hilfsmitteln für Blinde gibt. Das haben alle bewundert: Wahnsinn, wie cool Anders damit umgeht! Aber als es dann passiert ist, war gar nichts mehr cool, sondern einfach nur scheiße. Es war ein Sportunfall, danach konnte ich nichts mehr sehen.«

Einen verschwindenden Moment lang erhielt Anna den Blick auf den Anders, der ein Stück der Verzweiflung dieses zwanzigjährigen Jungen für immer in sich tragen würde.

»Tja, und seitdem muss ich Leute fragen, ob ich auch gut aussehe, wenn ich auf einem heimlich aufgenommenen Video auftauche.«

Und schon war er wieder der Alte.

Eine Welle der Zuneigung erfasste sie, zu gern hätte sie seine Hand ergriffen, aber das hätte sich nach Mitleid angefühlt und nichts wäre unangebrachter gewesen.

»Du siehst sogar sehr gut aus auf dem Video«, sagte sie ungewollt ernst und fügte rasch in einem ironischen Ton hinzu: »Groß.«

»Oh ja, ich bin groß«, erwiderte er mit gespieltem Stolz. »Und du?«

»Ich bin ziemlich klein. Aber das weißt du doch, oder?«

»Ja, deine Stimme kommt immer von schräg unten, aber ich dachte, vielleicht sitzt sie auf einem Hocker oder so.«

»Frechheit! So klein bin ich auch wieder nicht. Ein Meter zweiundsechzig.«

»Das ist winzig«, fand Anders. »Und sonst?«

»Was und sonst?«, fragte Anna verwirrt.

»Wie siehst du sonst aus? Beschreib dich mal, sonst muss ich dir im Gesicht rumfummeln.«

»Ich sehe asiatisch aus«, sagte sie.

»Und was heißt das?«

»Na, asiatisch eben, meine Mutter war Chinesin, mein Vater ist Deutscher, aber offensichtlich komme ich eher nach meiner Mutter.«

»Lebt deine Mutter nicht mehr?«

»Ist bei meiner Geburt gestorben.«

»Tut mir leid.«

Es war wie jedes Mal, wenn ihr jemand sein Bedauern über den Tod ihrer Mutter aussprach: Sie fühlte gar nichts. Sie fühlte zwar, dass sie etwas fühlen sollte, aber das änderte auch nichts daran. Die Leute, die ihr Bedauern ausdrückten, empfanden wahrscheinlich mehr als sie selbst. Sie kannten das Konzept »Mutter«, sie wussten, was Anna fehlte. Anna wusste das nicht.

»Ja«, erwiderte sie lahm, ihre zwiespältigen Empfindungen viel zu hörbar für seine Superman-Ohren. Jetzt würde er nachfragen: Was ist denn mit deiner Mutter? Bist du gar nicht traurig, dass du sie nie kennenlernen durftest? Geht dir das nicht ab?

»Beschreib dich weiter«, sagte er stattdessen. »Asiatisch ist so, als würde ich sagen: europäisch. Was soll das denn sein?«

Sie war erleichtert. Keine weiteren Mutter-Fragen.

»Na ja, diese typischen Augen halt, Mandelaugen, dunkel, schmal, aber nicht ganz schmal, angeblich ähnele ich ein bisschen Gogo Yubari, aber das sagt dir sicher nichts.«

»Stimmt, *Kill Bill* hab ich nur als Hörspiel erlebt.«

Sie verstummte erneut.

»Was ist denn jetzt schon wieder?«, fragte er.

»Tut mir leid, aber ich kann mit diesem Sarkasmus nun mal nicht so gut umgehen«, gab Anna zu.

»Sarkasmus? Da verstehst du aber etwas völlig falsch. Ich bin nicht sarkastisch, ich nenne die Dinge nur beim Namen. Wenn ich sage, *Kill Bill* hab ich nur als Hörspiel erlebt, dann meine ich es genau so. Ich war damals mit meinem Bruder im Kino, obwohl ich nichts gesehen habe. So ist es nun mal.«

»Ach so«, sagte Anna. »Dann tut es mir leid, wenn ich das falsch verstanden habe.«

»Schon okay«, sagte er. »Erzähl mir was über deine Mutter.«

Es war, als hätte eine Abrissbirne sie am Kopf getroffen.

Sie hatte es nicht kommen sehen, sie waren über das Mutter-Thema doch schon hinweg gewesen. Wieso kam er denn jetzt wieder darauf zurück? Er musste gehört haben, dass da etwas im Argen lag, und jetzt forschte er. War das sein Psychologen-Ich? Darauf hatte sie aber keine Lust.

»Da gibt es nichts, was ich dir erzählen könnte«, sagte sie nach einer viel zu langen Pause.

»Wieso nicht?«

»Weil ich nichts über sie weiß.« Sie setzte einen trotzigen, deutlich vernehmbaren Schlusspunkt unter das Thema. Bei jedem anderen hätte das funktioniert. Nicht bei Anders.

»Und warum weißt du nichts über sie?«

»Ist nun mal so«, sagte Anna, ihr Ton immer abweisender und immer verräterischer.

»Ist nun mal so?«, wiederholte er und unterstrich damit, wie kindisch sich das anhörte.

»Sie ist bei meiner Geburt gestorben, dann bin ich zu meinen Großeltern väterlicherseits gekommen, und dort wurde nie über sie gesprochen«, fasste Anna ungeduldig das Wesentliche zusammen.

»Wie bitte? Sie haben dir nichts über deine Mutter erzählt?«

»Sie wussten ja nichts.«

»Und dein Vater?«

»Hat auch nichts erzählt. Der war ja auch nicht da.«

»Wieso hat er dich denn nicht aufgezogen?«

»Weil er total jung war, als ich auf die Welt gekommen bin, und meine Großeltern hatten das so beschlossen und mehr weiß ich auch nicht.«

Sie fühlte sich wie gegen eine Wand gedrängt, merkte er das denn gar nicht? Er merkte doch sonst alles.

»Hatte deine Mutter denn keine Verwandten in China?«

»Die wird sie schon gehabt haben, aber von denen habe ich nie etwas gehört.«

Pures Unverständnis kräuselte Anders' Stirn. Wie sollte man das auch verstehen? Es waren lauter Dinge, die Anna selbst nicht verstand, und deshalb fand sie es vollkommen sinnlos, darüber nachzudenken. Sie wollte das einfach nicht.

»Hast du wenigstens Fotos von deiner Mutter?«, fragte Anders.

»Nein.«

»Nein? Kein einziges?«

»Nein, verdammt!« Wütend stieß sie sich vom Geländer ab und verschwand in ihrem Zimmer.

26 Jahre zuvor (September 1994)

Sie lauschte an der Tür.

Das tat man nicht, das wusste sie schon, aber sie tat es dennoch.

Dabei musste sie sich gar keine große Mühe geben, denn die Stimmen der Großeltern waren laut. Nicht dass sie stritten, sie stritten nie, aber sie regten sich fürchterlich auf.

»Da hab ich denen aber mal Bescheid gesagt. Was bildet der sich eigentlich ein? Dem Kind so was einzureden.«

»Ich beschwere mich morgen beim Direktor.«

»Und dann fragt mich dieses Kind doch tatsächlich, wieso es so aussieht?«

»Und was hast du gesagt?«

»Na, was werd ich wohl gesagt haben? Die Wahrheit natürlich. Ich hab ihr halt gesagt, wieso. Aber eins verspreche ich dir, das war das letzte Mal, dass von dieser Person die Rede war. Das allerletzte Mal.«

»Na, hoffentlich hält sich Konrad da auch dran.«

»Konrad hat sich da nicht einzumischen. Der kann froh sein, dass wir ihm damals aus dem Schlamassel rausgeholfen haben.«

Konrad.

Das kleine Mädchen kannte einen Konrad, es durfte ihn Vater nennen, aber genau genommen nannte es ihn gar nichts, es redete nie mit ihm und er nur ganz selten mit ihr, aber er schaute sie immer so komisch an. Sie verstand das nicht. Sie verstand auch nicht, was die Großeltern da sagten. Sie waren wütend, weil sie gefragt hatte. Weil doch die anderen Kinder *sie* gefragt hatten und der Lehrer auch. Und sie hatte nicht gewusst, was die alle von ihr wollten. Da musste sie doch fragen.

Das kleine schwarzhaarige Mädchen ging ins Badezimmer, stieg auf seinen Schemel und betrachtete sich im Spiegel. Sie sah aus wie immer, da war nichts Besonderes an ihr. Warum fragten die anderen Kinder so blöd und der Lehrer und warum war die Großmutter so wütend gewesen? Was war denn falsch mit ihr? Und was hieß denn das: »Deine Mutter war Chinesin«?

24.

Freunde

»Es gibt ein neues Video«, verkündete KG den anderen nach einigen Tagen. Es war die Arie an den Mond aus *Rusalka*, eine von Annas Lieblingsarien, deshalb hatte sie sie vorgeschlagen. Gunilla hatte sie mehrmals gesungen und daran gefeilt, als müsste sie sich auf einen Auftritt vorbereiten, was ja nun irgendwie auch so gekommen war.

»Hoffentlich hat der auch den richtigen Moment erwischt«, sorgte sich Gunilla. »Wenn er das erste Mal aufgenommen hat, ach Gott!« Sie schleuderte beide Hände von sich und wies KG an, das Video erneut abzuspielen.

»Wahrscheinlich hat er die ganze Zeit aufgenommen und dann die beste Aufnahme reingestellt«, vermutete KG.

»Die ganze Zeit? Hat der nichts anderes zu tun?«, fragte Gunilla.

»Falls er tatsächlich ein Musikerkollege ist, dann nein, dann hat er momentan nichts anderes zu tun«, erklärte Anna trocken, woraufhin Gunilla ihr tröstend über den Rücken streichelte.

»Es kommen auch wieder bessere Zeiten, Anna, ganz sicher.«

Anna seufzte und hoffte inständig, dass sie bald kämen.

»Darf ich einen Link zu dem Video auf meinen Blog stellen?«, bat KG.

»Einen Link?«, fragte Gunilla.

»Ja, sozusagen einen Wegweiser.«

»Damit jeder weiß, wo ich wohne?«

Er erklärte ihr den Begriff Link.

»Also, das hat dann nichts mit einer Ortsangabe zu tun«, fasste Gunilla zusammen.

»Nicht im eigentlichen Sinne, allerdings würde ich einen entsprechenden Artikel dazu schreiben, und da wir zusammenwohnen und im Impressum meine Adresse steht ... also, dann doch irgendwie«, gab KG kleinlaut zu. »Aber es hat sich sowieso schon rumgesprochen«, fügte er hinzu. »Gestern Vormittag war ich beim Bäcker, und als ich zurückgekommen bin, stand im Innenhof eine Traube von Menschen, als du gesungen hast.«

»Bitte?« Gunilla richtete sich zu voller Größe auf.

»Na schön, eine Traube ist übertrieben, aber da standen welche rum und haben hochgeschaut. Sonst stehen ja die Leute am Balkon oder schauen aus den Fenstern heraus. Aber gestern standen da unten auch welche.«

»Das geht doch nicht!« Fassungslos schüttelte sie den Kopf.

KG zuckte mit den Schultern. »Also, darf ich? Du kannst den Artikel auch vorher lesen.«

»Ach, ich weiß nicht.« Gunilla schaute von einem zum anderen, alle blickten aufmunternd zurück. Da gab sie sich einen Ruck: »Na schön.«

Auf jedem Video, das Victor Hugo veröffentlichte, sah man Anders. Ihn persönlich hatte Anna schon ein paar Tage lang nicht gesehen. Sie war nach ihrem überstürzten Abgang nicht mehr auf dem Balkon erschienen, trotzig wie ein Kleinkind und aus Angst, sie müsste noch einmal über Dinge reden, über die sie nicht reden wollte. Ihre Mutter ...

Wenn sie an ihre Mutter dachte, hatte sie ein schlechtes Gewissen, aber nicht etwa deshalb, weil sie ihretwegen gestorben war. Ihre Mutter war tabu, seit Anna denken konnte, und sie hatte nie versucht, dieses Tabu zu brechen. Vor allem deswegen hatte sie ein schlechtes Gewissen.

Doch in jenen Tagen ohne Anders lag sie nachts im Bett und dachte an ihre Großeltern, an ihren Vater und an ihre Mutter, die sie nicht kannte. Und sie dachte an die eine große Frage, die sie nie gewagt hatte zu stellen.

Sie vermisste Anders. Die Unterhaltungen mit ihm, seine Stimme, sein Lachen, seinen komischen Humor und seine aufmerksam gerunzelte Stirn, wenn er ihr zuhörte.

Aber seine letzte Frage hatte Anna ins Herz geschnitten, so tief, dass alles hervorbrach, was sie ihr Leben lang unterdrückt hatte.

»Franky!« Sie schnalzte dreimal mit der Zunge, so wie Anders es immer machte, wenn er ihn rief. Es war Mittag, die Balkontür zu seiner Wohnung stand offen, aber er war nicht da.

»Franky!« Noch drei Schnalzer, dann hoppelte die dreibeinige Promenadenmischung so geschwind um die Ecke, als verfügte sie über einen kompletten Satz Gliedmaßen.

»Schau mal, was ich hier hab.« Anna warf Franky zwei Leckerlis hinüber. »Wo ist denn dein Herrchen?«

Der Hund verriet es ihr nicht, sondern blickte begierig zu ihr nach oben und wedelte mit dem Schwanz, was das Zeug hielt.

Anders war ganz sicher zu Hause, aber wenn er nicht auftauchte, obwohl er sie hörte, dann wollte er sie wohl nicht sehen. Nicht sehen! Ha! Er sah sie ja nie.

Oder ging es ihm nicht gut? War er krank? Hatte er sich etwas eingefangen? Oder hatte er womöglich einen Unfall gehabt? Immerhin war er blind. Anna fragte sich sowieso schon lange, wieso er nicht permanent auf heiße Herdplatten und in scharf geschliffene Messer griff. Klar war er trainiert, aber es konnte doch auch mal was passieren.

Ein Unfall!

In ihrem Kopf schrillte eine Türklingel und erschien ein Polizist mit ernster Miene.

»Anders!«, schrie Anna laut. In einem plötzlichen Anfall von Panik war sie kurz davor, übers Geländer nach drüben zu klettern. Da trat er durch die Tür.

»Warum kommst du denn nicht«, blaffte sie ihn an, dass es im ganzen Innenhof widerhallte.

»Bitte?« Ruhig und gelassen, eine Hand auf dem Geländer, schlenderte er auf sie zu. »Stell dir vor, ich hätte die letzten Tage so nach dir geschrien«, erwiderte er.

»Du hättest einen Unfall haben können«, motzte Anna etwas leiser weiter.

»Auf der Toilette?«

»Oh! Ach so. Das wusste ich ja nicht.« Sie wurde rot und hoffte, dass sich dieser Farbwechsel nicht in irgendeiner Weise akustisch bemerkbar machte. Man konnte nie wissen.

»Hast du dir wirklich Sorgen gemacht?«, fragte er.

Klang das ein winzig kleines bisschen erfreut oder täuschte sie sich?

»Ach was ...« Sie wurde immer röter.

»Ich hab dich in den letzten Tagen vermisst«, gab er unumwunden zu.

»Ja, ich ... ähm«, begann Anna zu stottern. Der Satz »Ich hab dich auch vermisst« drängte sich vor jede andere Antwort in ihrem Kopf, aber ihn auszusprechen war unmöglich.

»Also: Du hast mich das letzte Mal etwas gefragt«, sagte sie schließlich.

»Ja. Und?«

Sie brauchte noch ein paar Sekunden. Ein paar Tage und ein paar Sekunden, um eine simple Frage zu beantworten.

»Ich habe kein einziges Foto von meiner Mutter. Es gibt keins. Ich habe sie nie gesehen. Ich weiß nicht, wie sie ausgesehen hat.«

Ihre Kehle wurde eng. Seit ihrer Kindheit hatte sie nicht einmal darüber nachzudenken gewagt, es auszusprechen, war schrecklich: Sie wusste nicht, wie ihre Mutter ausgesehen hatte. Anders' Hand schob sich über das Geländer und umschloss ihre.

»Wir haben nie über sie geredet. Als Kind fiel mir irgendwann auf, dass ich nicht so aussehe wie der Rest meiner Familie, da hab ich meine Großmutter gefragt, wieso das so ist. ›Deine Mutter war Chinesin‹, hat sie gesagt.« Anna erinnerte sich an die Begebenheit, als wäre es gestern gewesen, an den genauen Wortlaut, an die Kälte in der Stimme ihrer Großmutter, an ihr erbostes Gesicht.

»Das war das erste und einzige Mal, dass meine Mutter überhaupt erwähnt wurde.«

Anders' Daumen streichelte über Annas Handrücken.

»Und dein Vater? Warum hast du den nicht gefragt? Das wäre doch naheliegender gewesen, oder nicht?«

Anna schüttelte den Kopf. »Nein. Zu meinem Vater hatte ich nie ein richtiges Verhältnis, gar keins eigentlich, aber im Nachhinein betrachtet sind dafür hauptsächlich meine Großeltern verantwortlich. Die haben das regelrecht unterbunden. Er kam nicht sehr oft vorbei und wenn, dann wussten wir nie, worüber wir reden sollten, und das hat sich bis heute nicht groß geändert.«

Anna spürte Anders' Hand. Sie hatte gar nicht mehr gewusst, wie das war: die eigene Hand in der eines anderen. Es fühlte sich nicht fremd oder unangenehm an, im Gegenteil, es war, als hätten sich ihre Hände schon oft berührt und gegenseitig gehalten, als wären sie beide schon seit einer Ewigkeit miteinander vertraut.

»Mein Vater hat irgendwann geheiratet und mit seiner Frau zwei Kinder bekommen«, fuhr Anna fort, »das war dann seine Familie, aber es war nicht meine. Als Teenager hatte ich dann noch weniger Kontakt zu ihm, ich hab darauf einfach keinen Wert gelegt, warum auch? Bei meinen Großeltern bin ich gleich nach dem Abitur ausgezogen. Ab ins Wohnheim. Damit hatte sich diese Beziehung ebenfalls weitgehend erledigt. Ich bin mir mein Leben lang vorgekommen wie falsch abgegeben. Bis ich Jeremias traf. Mit ihm hatte ich plötzlich eine Familie und ein Zuhause.«

»Jeremias?«

Auf einmal wurde Anna bewusst, dass sie Jeremias Anders gegenüber noch nie erwähnt hatte.

»Mein Freund, mein Verlobter. Er ist vor sechs Jahren gestorben. Ganz plötzlich. Bei einem Unfall.«

»Das tut mir leid.«

»Ja«, sagte Anna. »Mir auch.«

Der April ging zu Ende und die ersten zehn Tage im Mai kamen daher wie das Versprechen auf eine bessere Zeit.

Anna genoss ihre Mittage in der Sonne auf dem Balkon mit Anders, ihrem neuen besten Freund, wie sie ihn nannte, wenn sie mit Jeremias über ihn sprach.

»Ihr wärt auch Freunde geworden, das weiß ich genau«, sagte sie und betrachtete sehnsüchtig das Bild auf ihrem Nachttisch. »Anders hat genau deinen Humor, und er kann zuhören und wenn er etwas wissen will, dann ist er genauso unnachgiebig wie du. Und nervt. So wie du.«

Sieht er auch so gut aus wie ich?

»Quatschkopf, wen interessiert das Aussehen?«

Keine Ausflüchte, Anni, wie sieht er aus?

»Anders.«

Es wäre alles gut gewesen, hätte Anna nicht ihre Arbeit so sehr vermisst, die Arbeit mit den Sängern, die Auftritte. Sie vermisste sogar Margot Bettermann. Zum Glück gab es Gunilla, und als Anna ihr von Frau Bettermanns Kampf mit dem *Hirt auf dem Felsen* erzählte, schlug Gunilla tollkühn vor, des abgesagten Konzerts zu gedenken und es selbst mit dem Hirten zu probieren. Sie sang bis zur Hälfte, doch als sie die berühmte Margot-Bettermann-stirbt-tausend-Tode-Stelle erreichte, brach sie ab mit den Worten: »Ach, was soll ich mich in meinem Alter damit quälen. Der Schubert hatte sie ja nicht alle.« Dann holte sie tief Luft, knickte kokett in der Hüfte ein und brach in ihr schallendes Gelächter aus. Zur Feier des Tages gab es schon am Vormittag ein Gläschen Prosecco.

Mittlerweile stellte sich Gunilla beim Singen darauf ein, dass der mysteriöse Victor Hugo ein, zwei Stockwerke tiefer mit seinem Spitzenaufnahmegerät saß, mitschnitt und ein neues Video bastelte.

»Das nicht!«, rief sie einmal zu ihm runter, einen Meter von der Balkontür entfernt, nachdem sie eine ihrer Meinung nach unterirdische Adele aus der *Fledermaus* gegeben hatte.

»Okay«, rief eine Männerstimme von unten herauf, und Gunilla war erleichtert.

»Ich sollte wirklich keine Operette singen, aber manchmal packt mich einfach die Lust.«

»Auf was packt dich denn sonst noch die Lust?«, fragte Anna.

»Zum Beispiel«, sagte Gunilla und fing an zu swingen: »*Somebody loves me, I wonder who, I wonder who he can be* … So was hab ich früher oft gesungen, da staunst du, was? *Somebody loves me, I wish I knew, who he can be worries me.*«

Sie bedachte Anna mit diesem speziellen, schelmischen Gunilla-Lächeln und tanzte schwebend wie eine Feder um den Flügel herum.

»Wow, Gunilla! *Das* sollte Victor Hugo mal aufnehmen.«

Gunilla kicherte und gab aus lauter Übermut noch ein paar weitere Perlen des Swing zum Besten.

Ein paar Wochen lang hatten sie alle eine gute Zeit, und dass der strenge Lockdown ein Ende fand, trug ein Übriges zu der guten Stimmung bei. Sogar Michel war entspannt, nahm an allen Mahlzeiten teil, redete nicht zu viel und nicht zu wenig und war so normal, wie Michel eben sein konnte.

Doch eines Tages änderte sich das. Und die Bewohner der WG wurden an Dinge erinnert, die jeder Mensch am liebsten verdrängen würde. Am 11. Mai, genau einen Monat nach Michels Geburtstag, schlug das Schicksal für einen von ihnen erbarmungslos zu.

25.

Luise

Als es geschah, kurz vor Mittag, stand Anna gerade mit Anders auf dem Balkon. In der letzten Zeit waren ihre Unterhaltungen immer persönlicher geworden. So persönlich, dass sie mittlerweile bei ihren verflossenen Beziehungen angekommen waren, was sich bei Anna im Wesentlichen auf Jeremias beschränkte.

»Davor, das war alles nichts Wahres«, meinte sie. »Eintagsfliegen, um mal ein paar Erfahrungen zu sammeln.«

»Und wie viele Erfahrungen hast du so gesammelt?«, fragte Anders ungeniert.

»Das hab ich doch nicht gezählt.«

»Also hast du unzählige Erfahrungen«, stellte Anders fest.

»Quatsch!«

»Hast du eben selbst gesagt.«

»Du verdrehst immer alles.«

»Immer. Alles. Du redest Unsinn, Anni.«

Anni! Sie hörte auf zu lachen.

»Sag das nicht zu mir.«

»Was?«

»Anni! Sag das nicht!«

In ihren Worten lag nichts Spielerisches mehr, alle heiteren Zwischentöne waren verschwunden.

»Okay«, versprach Anders. »Ich sag's nicht mehr.«

Er quälte sie nicht mit überflüssigen Fragen. Sie hatte ihm

mehr von ihrer Beziehung zu Jeremias erzählt als jedem anderen Menschen, aber sie hatte nie erwähnt, dass Jeremias sie manchmal so genannt hatte: Anni. Aber das konnte er sich jetzt denken.

»Erzähl mir doch mal von deinen Erfahrungen.« Anna gab sich redlich Mühe, zu dem leichten Ton von vorher zurückzufinden, und hoffte, er würde darauf eingehen.

»Oh, die sind nicht so unzählig wie deine, fürchte ich«, erwiderte er grinsend.

»Umso besser. Wie viele denn genau?«, fragte sie so hemmungslos, wie auch er immer fragte.

»Drei bis vier. Die erste hab ich mir noch ansehen können, die restlichen nur befummeln«, erklärte Anders in seiner typischen Art, die Dinge beim Namen zu nennen. Anna hatte sich allmählich daran gewöhnt.

»Wieso drei *bis* vier? Was heißt denn bitte ›bis‹?«

»Das heißt, dass es nie so ganz klar war, ob wir nun zusammen sind oder nicht.«

»Ist ja blöd!«

»Nein, eigentlich war mir die am liebsten, die anderen ... na ja.«

»Was war denn mit denen?«

Er machte eine komische Grimasse und richtete den ziellosen Blick geradeaus ins Grün der Bäume.

»Das wurde mir mit der Zeit einfach zu eng, verstehst du?«

Nein, Anna verstand nicht, aber sie begriff sofort, dass sie gerade dabei war, etwas Wesentliches über Anders zu erfahren.

»Was ist denn zu eng für dich?«, fragte sie neugierig weiter.

»Wenn man einen Schlüssel für meine Wohnung haben will. Das zum Beispiel«, erklärte er postwendend und sehr bestimmt.

»Ach du liebe Zeit«, entfuhr es ihr. »Daran sind deine Beziehungen gescheitert? Daran?«

»Nein, nicht alle. Mit meiner ersten Freundin war Schluss,

nachdem ich diesen Sportunfall hatte und blind geworden bin.«

Anna schnappte nach Luft. »Wie bitte? Sie hat dich danach fallen lassen?«

»Nein, hat sie nicht. Ich hab plötzlich gemerkt, dass ihre gute Optik mich die ganze Zeit von ihrer minder guten Haptik abgelenkt hat.« Er lachte freudlos auf. »Nein, so war's natürlich nicht.«

»Sag nicht so bescheuerte Sachen. Ich finde das absolut nicht komisch, wenn man jemanden fallen lässt, der …«

»Ich sagte doch, das hat sie nicht«, wurde sie von Anders unterbrochen. »Ich war derjenige, der Schluss gemacht hat, weil es mir auf die Nerven ging, wie sie mich auf einmal behandelt hat.«

»Bitte? Wie hat sie dich …«

Ein markerschütternder Schrei schnitt ihr das Wort ab. Ein Schrei aus der Tiefe einer tödlich verwundeten Seele, gellend, verzweifelt, endlos. Annas Herz begann zu rasen.

»Um Himmels willen!«, rief Anders, ebenso erschrocken wie sie. »Das ist bei euch drüben.«

Anna wirbelte herum und eilte durch ihr Zimmer zum Flur, wo die Schreie herkamen.

KG lehnte an der Wand vor seinem Zimmer und schrie und weinte und weinte und schrie. In der Hand hielt er einen Brief.

Und noch jemand schrie. Wild und hysterisch.

»Hör auf! Hör auf! Hör auf! Hör auf«, schrie Michel. Er stand am Ende des Flurs vor seinem Zimmer, beide Hände in seine Haare verkrallt, sein Körper bog sich vor und zurück, und er brüllte und brüllte. »HÖÖÖÖÖR AAAUUUUUUFFFFF! HÖÖÖÖÖR AAAUUUUUFFFF!« Immer wieder.

Anna war wie gelähmt. Sie wusste weder, wo sie sich zuerst hinwenden, noch was sie tun sollte. Sich um KG kümmern? Um Michel? Und was war überhaupt passiert?

Rose kam aus ihrem Zimmer und auch Gunilla eilte herbei, doch der Schock über die verstörende Szene bannte sie ebenso wie Anna.

KG sackte immer weiter von der Wand zu Boden, er schien überhaupt nichts mehr wahrzunehmen, nicht einmal Michel. Gunilla fasste sich als Erste. Sie trat zu ihrem Sohn, verstellte ihm den Blick zu KG und sprach in sanften, beruhigenden Worten auf ihn ein. Da endlich überwand auch Anna ihre Lähmung. Sie sank neben KG auf die Knie und versuchte, zu ihm durchzudringen. Seine Schreie wurden immer kraftloser, doch sein Gesicht war ein einziger Schmerz.

Anna nahm den Brief, den seine zitternde Hand kaum noch halten konnte, und las:

... tut es uns leid, Ihnen mitteilen zu müssen, dass unsere Mutter, Luise Gutmann geb. Sawatzki, nach langer schwerer Krankheit in der Nacht zum 30. April verstorben ist ...

Luise. Die ihm erst unlängst noch einen Brief geschickt hatte, der ihn so glücklich gemacht hatte. Die gute Freundin, nein, die beste Freundin, zusammen mit Emil, den sie geheiratet hatte und der, nur so im Spaß, KGs Namen mit »Kein Glück« übersetzt hatte.

Der Brief kam aus Argentinien.

Luise ...

KG wimmerte leise. Michels Schreie dagegen drangen stetig und laut aus seiner Kehle, sein Gesicht war knallrot, seine Augen traten beängstigend hervor. Es war ein Anblick, der kaum zu ertragen war, und doch sprach Gunilla weiter in diesem sanften und liebevollen Ton zu ihm. Rose stand daneben, doch ihr bekümmerter Blick galt mehr der Mutter als dem Sohn.

Jetzt erst hörte Anna das Klopfen an der Tür.

»Ich bin gleich wieder bei dir, KG«, sagte Anna, obwohl sie nicht glaubte, dass er es mitbekam.

Als sie die Tür öffnete, stand Anders vor ihr.

»Kann ich helfen?«, fragte er. »Anna?«

»Ja, ich bin's.« Mit wenigen Worten erklärte sie ihm die Lage: KG mit einer Todesnachricht und Nervenzusammenbruch am Boden, Michel durch KGs Zusammenbruch zutiefst verstört mit einem Anfall, der schlimmer war als alles, was sie bisher bei ihm erlebt hatte.

»Bring mich zu Michel«, sagte Anders und streckte seine Hand aus.

Anna nahm seine Hand und seinen Arm und führte ihn durch den Flur, während Rose sich an ihrer Stelle um KG kümmerte.

Gunilla war aschfahl im Gesicht. Dankbar wich sie zur Seite.

»Hallo Michel«, sagte Anders ruhig, streckte ein wenig seine Hand aus und ließ sich nicht von Michels fortgesetzten, wenn auch zunehmend schwächeren Schreien irritieren. »Ich bin Anders von nebenan, erinnerst du dich noch an mich?« Michel schien ihn nicht zu beachten. »Geh ruhig und kümmere dich um den Mann am Boden«, sagte Anders zu Anna, dann richtete er sich wieder an Michel und wiederholte seine ruhigen und freundlichen Worte.

Anna ließ Anders ungern allein. Was, wenn Michel ...? Sie verbot sich den Gedanken. Michel wurde nicht handgreiflich, nie im Leben. Sie musste Anders einfach vertrauen. Gunilla lehnte schwer atmend an der Wand, doch als Anna sich ihr zuwandte, winkte sie ab. »Schon gut, alles in Ordnung. Kümmere dich um KG.«

Anna nickte. Erneut kniete sie sich neben KG, nahm seine Hand in ihre und streichelte sie.

»Lieber ...!« Nein, nicht KG, nicht dieser Name. »Lieber Kurt!« Da drehte er sich auf die Seite und klammerte sich schluchzend an Annas Arm fest. Erst als sie Roses Tränen sah, fiel ihr auf, dass sie selbst auch angefangen hatte zu weinen. Sie kauerten neben ihrem verzweifelten Freund, streichelten über seinen Kopf, seine Arme, seinen Rücken und weinten und trauerten mit ihm um Luise, die sie nicht gekannt hatten und von der sie nichts weiter wussten, als dass KG sie innig geliebt haben musste.

Am Ende des Flurs regte sich etwas, und es wurde plötzlich leiser. Michel, verstummt, aber noch immer schwer atmend, ergriff Anders' Hand und führte ihn in sein Zimmer. Zitternd verbarg Gunilla ihr Gesicht in den Händen. Rose eilte zu ihr und kümmerte sich nun um sie. So teilten sie ihre Sorgen und ihren Beistand untereinander auf. Anna streichelte KG, Rose streichelte Gunilla und währenddessen stand die Zeit still. Anna hätte später nicht sagen können, wie lange sie so verharrten, kauerten und weinten, wie lange KG am Boden lag und Anders mit Michel in dessen Zimmer war. Minuten? Stunden? Wie viel Zeit war vergangen, seit Anders und sie auf dem Balkon über unzählige Erfahrungen und verflossene Beziehungen geredet hatten. Aber es hatte nur ein Fingerschnippen lang gedauert, bis sich alles geändert hatte. Mehr brauchte es nicht. Eine Sekunde, und die Welt war eine andere.

Irgendwann klingelte es an der Tür. Ausgerechnet Rose hatte die Initiative ergriffen und Dr. Feller verständigt. Anna blieb keine Zeit, sich darüber zu wundern. Der Arzt gab KG eine Beruhigungsspritze, und gemeinsam schafften sie es, ihn in sein Zimmer zu bringen.

Anna war schon mehrmals in KGs Arbeitszimmer gewesen, doch sie hatte noch nie zuvor sein Schlafzimmer betreten. Es spiegelte vollkommen das warmherzige Wesen seines Bewohners wider und war voller hübscher alter Sachen, die er wahrscheinlich selbst einmal restauriert hatte: ein gemütliches altes Bett, ein mächtiger alter Kleiderschrank, eine verschnörkelte alte Kommode. Auf einem bildschönen und ordentlich aufgeräumten Schreibtisch standen mehrere Fotografien in hübschen, aufwendig geschnitzten und lackierten Holzrahmen. Auf jeder einzelnen war eine junge Frau abgebildet, manchmal allein, manchmal mit zwei jungen Männern an ihrer Seite, einen von ihnen erkannte Anna als den jungen KG, mit seiner sanften und zurückhaltenden Ausstrahlung – wie gut er ausgesehen hatte, dachte sie –, der andere musste Emil sein. Auf einem weiteren Bild waren nur die Frau und der andere Mann zu sehen, beide deutlich älter.

An diesem Schreibtisch also hatte KG seine Briefe geschrieben, jeden zweiten Tag einen, Briefe an Luise. Jetzt würde es keinen weiteren Brief mehr geben.

Als KG eingeschlafen war, begleitete Anna Dr. Feller zu Gunilla und Rose in die Küche.

»Ist mit Ihnen beiden alles in Ordnung?«, erkundigte sich der Arzt bei den beiden Frauen.

Gunilla nickte schwach. »Ja, alles gut. Aber danke, dass Sie so schnell gekommen sind. Und dir, liebe Rose, danke für den Anruf.« Rose lächelte bescheiden.

»Und Ihr Sohn? Was meinen Sie: Soll ich mal nach ihm schauen?«, fragte Dr. Feller. Seit einer halben Ewigkeit hatte man nichts mehr aus Michels Zimmer gehört, gar nichts. Wenn Anna ehrlich war, machte sie sich mehr Sorgen um Anders als um Michel, deshalb folgte sie Dr. Feller auf dem Fuße, als er an Michels Tür klopfte.

»Herr Wohlgemuth?«, rief er.

»Ja, bitte?« Das war Anders' Stimme. Dr. Feller öffnete die Tür.

Die beiden saßen nebeneinander, Michel zeichnete. Weniger Kommunikation zwischen einem Blinden und einem Sehenden war nicht möglich, war Annas spontaner Gedanke, aber dann erzählte Michel Anders in leisen Worten, was er da zeichnete, und Anders antwortete ebenso leise, fragte nach und wartete geduldig, bis Michel wieder antwortete.

»Alles in Ordnung, oder?«, fragte Dr. Feller nach einer Weile, in der er und Anna stumm und unbeachtet zugesehen hatten.

»Ja, alles gut«, sagte Anders.

Taktvoll zog sich der Arzt zurück und schloss die Tür.

»Wer war das denn?«, fragte er Anna.

»Das war Anders«, antwortete sie geistesabwesend und noch immer berührt von dem Anblick der beiden so unterschiedlichen Männer.

»Anders?«

»Herr Fröhlich von nebenan«, verbesserte sich Anna.

»Ist der Mann blind?«

»Ja, ist er. Und zufällig Psychologe«, fügte sie hinzu. »Also Schulpsychologe eigentlich.«

»Ein ziemlich guter offenbar.«

»Oh ja, ein sehr guter, glaub ich.«

»Ein Glück, dass er zur Stelle war«, meinte Dr. Feller lächelnd. »Rufen Sie an, wenn Sie mich brauchen, okay?«

»Machen wir.«

»Dann auf Wiedersehen, Frau Trost.«

Er war schon auf dem Weg zur Tür, als Anna ihm hinterherrief:

»Dr. Feller?«

Der Arzt drehte sich fragend zu ihr um.

»Habe ich mich eigentlich jemals dafür bedankt, dass Sie mir damals diese Adresse gegeben haben?«

Er antwortete ihr mit einem breiten Grinsen.

»Danke!«, sagte sie. »Vielen Dank!«

»Gern, Frau Trost, sehr gern!«

26.

Kein Glück

Erst nach Stunden kam Anders aus Michels Zimmer und rief nach Anna. Sie hatte schon die ganze Zeit über gewartet und erschrak, als sie sah, wie müde und erledigt er wirkte.

»Kannst du mich rausbringen?«, bat er.

»Natürlich.« Sie nahm seinen Arm und führte ihn zur Tür.

»Du bist wirklich Superman«, meinte sie. »Das war großartig.«

»Franky muss raus und sein Geschäft erledigen«, erwiderte Anders, ohne auf ihre anerkennenden Worte einzugehen. »Magst du mitkommen?«, fragte er. »Ganz kurz nur, bei Franky geht das immer ziemlich schnell, er kann ja nicht so lange gehen, und dass er sein Bein nicht heben muss, spart zusätzlich Zeit.«

Er versuchte sich im Scherzen, aber es gelang ihm nicht mit derselben Leichtigkeit wie sonst.

»Gern!«, sagte Anna.

Franky wartete bereits an der Tür. Anders schnappte sich seinen Stock und die Leine, dann ging es gemeinsam einmal um den Block und zuletzt in den Innenhof, wo der kleine Mischling zum krönenden Abschluss kam.

»Ist irgendwie komisch, nicht mehr auf dem Balkon zu stehen mit einer Trennwand dazwischen, findest du nicht?«, fragte Anna.

»Ich sehe die Trennwand ja nicht«, antwortete Anders trocken. Tatsächlich hatte Anna das für einen Moment vollkommen vergessen, so sicher und frei bewegte sich Anders draußen. Sie ärgerte sich über sich selbst. Warum musste sie so eine überflüssige Bemerkung machen?

»Ja, richtig«, sagte sie verlegen. Anders setzte sich auf den Rand des Brunnens, der seit Kurzem in Betrieb war und leise vor sich hin plätscherte.

»Tut mir leid, ich weiß natürlich, was du meinst. Wenn ich müde bin, hab ich mich nicht mehr so gut im Griff und neige dazu, Leute vor den Kopf zu stoßen.«

»Schon gut! Kein Problem. War auch eine dumme Bemerkung.«

»Gar nicht. Ich finde es auch schön ohne Trennwand. Deshalb hab ich dich ja gefragt, ob du mitkommst. Also, nicht wegen der Wand, sondern wegen dir, weil ich ...«, er seufzte, »weil ich mit einem normalen Menschen zusammen sein wollte. Als Kontrastprogramm sozusagen.«

»Und dann fragst du mich? Ich bin nicht gerade der Prototyp von normal.«

»Findest du?«

»Ich fürchte, das ist leider so.«

»Ist alles relativ.«

Sie grinste und setzte sich zu ihm.

»Das war echt anstrengend«, gab er zu.

»Kann ich mir vorstellen.«

»Ich wollte früher mal Therapeut werden, weißt du? Aber das hätte ich nicht gepackt. Mit den ganzen Schulproblemen komme ich klar, aber diese Hardcore-Geschichten, und das jeden Tag? Ich bin jetzt schon erledigt, nach drei Stunden Michel.«

»Du warst toll.«

»Aber ich bin fertig«, betonte er, »total.«

»Das ist doch verständlich.«

»Findest du?«

»Drei Stunden Michel? Also wer da nicht fertig ist, *der* ist nicht normal.«

Anders lachte und suchte Annas Hand.

»Hab ich dir eigentlich schon mal gesagt, dass ich dich unheimlich gut leiden kann?«

Anna lächelte. »Ich dich auch.«

Am frühen Abend saßen die drei Frauen der Wohngemeinschaft zusammen in der Küche und überlegten sich einen Notfallplan für das Abendessen. Auf einmal hörten sie im Flur eine Tür und kurz darauf schlurfte KG herein, die Füße zu schwer zum Anheben.

»Ich muss doch jetzt kochen«, sagte er tonlos und machte ganz den Eindruck eines Menschen, der sich nur noch an dieser einen Sache festhielt, seiner Aufgabe: kochen, die Mitbewohner versorgen.

»Lieber Kurt, du musst überhaupt nichts machen, wir kümmern uns schon darum«, versicherte ihm Gunilla.

Hilflos stand KG in der Küche und hatte nun auch noch seinen letzten Orientierungspunkt verloren.

»Komm, setz dich zu uns«, sagte Anna. Als er sich nicht regte, stand sie auf und führte ihn zu seinem Platz am Tisch. Er ließ es willenlos geschehen. Schmächtig und kraftlos saß er da, grau, um Jahre gealtert, sein liebenswertes Lächeln hatte er verloren. Traurig ruhte sein Blick auf der Tischplatte. Nach einer Weile schien ihm plötzlich etwas einzufallen, und er wandte sich an Gunilla.

»Es tut mir leid, dass ich Michel so aufgeregt habe«, sagte er mit aufrichtigem Bedauern. »Das tut mir sehr, sehr leid.«

»Ach du liebe Zeit, nicht doch, Kurt! Mir tut es leid, dass Michel so … dass er so reagiert hat, aber er … ihr wisst ja.«

»Es muss niemandem irgendetwas leidtun. Gar nichts«, versicherte Anna allen beiden. »Es ist schrecklich, was du heute durchgemacht hast«, sagte sie zu KG und ergriff seine Hand, ungeachtet der Gefahr, dass er sie womöglich erneut nicht mehr loslassen würde, doch er erwiderte nur dankbar und schwach ihren Druck.

Lange Zeit blieben sie alle stumm, weil sich jedes Wort falsch anfühlte. Die drei Frauen sahen einander und KG unsicher an, doch KG starrte unentwegt auf die Tischplatte.

»Luise ist tot«, sagte er irgendwann. Sein Kinn bebte, aber er blieb gefasst. Das Mittel, das ihm Dr. Feller gespritzt hatte, zeigte noch immer seine Wirkung. Und doch machte er den Eindruck, als würde er es nicht begreifen, als wäre es ein vollkommen unsinniger Satz, weil es so etwas Grauenvolles wie den Tod gar nicht geben konnte, nicht bei Menschen, die man liebte. Wer hätte das besser gewusst als Anna. Begreifen würde man das nie. Nicht nach Tagen, nicht nach Jahren. Nie.

»Luise war eine Freundin, nicht wahr?«, tastete sich Gunilla vor. KG nickte.

»Und sie ist die Frau auf den Fotos in deinem Zimmer«, sagte Anna, mehr Feststellung als Frage. KG nickte wieder. »Und auf dem Foto zu dritt, das bist du und …«

»… Emil«, sagte er. »Luises Mann. Er ist schon vor ein paar Jahren gestorben. Damals dachte ich, sie kommt vielleicht zurück, aber sie hatte Kinder und Enkel dort, also …« Er verstummte.

»Dort? In Argentinien?«, fragte Anna

Er nickte erneut. »Ja.«

Er nickte und nickte, doch plötzlich hörte er auf damit und zwei Tränen, die auch das beste Beruhigungsmittel der Welt nicht hätte aufhalten können, rannen über seine faltigen Wangen.

»Ich habe sie belogen. Und jetzt wird sie es nie erfahren.«

Die Frauen tauschten verstohlene Blicke. Was meinte er damit? Das musste der Schock sein oder das Medikament, dachte Anna, dass er so wirre Sachen äußerte.

Rose füllte ein Glas mit Wasser und stellte es vor ihn hin. »Trink etwas, Kurt.«

Wie ein gehorsames Kind tat er, was sie sagte, dann wollte er sich erheben. »Ich mache jetzt das Essen.«

Rose, die noch immer neben ihm stand, legte ihm beide Hände auf die Schultern und drückte ihn sanft wieder nach unten.

»Ich kümmere mich darum«, sagte sie freundlich. Gunilla half ihr, Anna jedoch blieb bei KG und hielt weiter seine Hand.

Im Nu stand alles, was Kühlschrank und Speisekammer zu bieten hatten, auf dem Tisch. Als Gunilla direkt vor KG ein Schälchen mit Dosenmandarinen platzierte, rannen erneut Tränen aus seinen Augen.

»Magst du keine mehr?«, fragte sie bestürzt.

»Doch«, sagte KG. »Nur ... Luise hat das immer gegessen. Mandarinenbutterbrot.« Er lachte unter Tränen auf. »Wir haben uns immer über sie lustig gemacht deswegen, Emil und ich. Ich meine, wie kann man denn so was essen: Mandarinenbutterbrote?«

Er nahm sich eine Scheibe Brot, butterte sie, belegte sie voller Mandarinen und biss hinein. Beim Kauen musste er wieder lachen. Das traurigste Lachen, das Anna je gehört hatte.

»Die war so ein albernes Huhn, die Luise«, sagte er dann. Nachdem Rose Tee eingeschenkt hatte, setzten sich alle an den Tisch, dicht zusammengerückt um KG herum.

»Erzähl uns doch noch ein bisschen mehr von ihr«, munterte ihn Anna auf.

Wehmütig betrachtete KG das angebissene Brot auf seinem Teller, nahm eine Mandarine herunter und steckte sie in den Mund.

»Wir waren die allerbesten Freunde«, sagte er. »Wir waren immer zusammen, immer. Emil, Luise und ich.«

Anna sah, wie er in Gedanken zurückreiste, wie gemeinsame Erlebnisse in seinem Inneren vorüberzogen, Bilder auftauchten, gemeinsames Lachen, gemeinsamer Unsinn, gemeinsame tiefe Gespräche, nächtelang, Beste-Freunde-Zeit.

So war auch sie in Gedanken zurückgereist, zu jedem einzelnen Moment mit Jeremias, weil es das Einzige war, was blieb.

»Es war die schönste Zeit meines ganzen Lebens.« KG schaute sich um. »Ihr müsst doch auch etwas essen«, mahnte er die drei Frauen, die vor ihren leeren Tellern saßen und nicht daran dachten, zuzugreifen. Als sie alle versorgt waren, begann KG zu erzählen.

»Es fing in der Schule an. Luise war mit ihren Eltern aus Berlin nach München gezogen und kam neu in unsere Klasse. Sie war anders als die anderen Mädchen, burschikos, uneitel, sie trug Hosen, niemals Kleider oder Röcke. Ihre Haare waren kurz und standen wild von ihrem Kopf ab. Sie war lustig und klug. Sie fiel auf, den anderen negativ, Emil und mir positiv. Wir galten ja selbst beide ein bisschen als Sonderlinge. Wir interessierten uns nicht für Fußball und Autos. Ich war schüchtern und Emil ein bisschen ›spinnert‹, wie einige das nannten. Aber Luise, die passte zu uns. Wir waren bald unzertrennlich. Ganz, ganz lange. Aber wir wurden ja auch älter und, nun ja, wie das so ist …«

Verlegen blickte KG unter sich. Anna ahnte, was er sagen wollte und wofür er die Worte suchte, die doch ganz einfach zu finden waren für die einfachste, natürlichste Sache und das schönste Gefühl der Welt. Aber so einfach war es wohl nicht, nicht einmal in der Rückschau, nach so vielen Jahren.

»Luise wurde immer hübscher«, fuhr er fort. »Sie hat es gar nicht gemerkt oder es war ihr nicht wichtig. Ich weiß gar nicht, ob sie je in einen Spiegel geschaut hat.« Er lachte. »Irgendwann habe ich jedenfalls gemerkt, dass ich viel mehr für sie empfand als nur Freundschaft. Viel mehr. Ich hab immer nur an sie gedacht, immer. Aber das sagte ich ihr nicht, weil ich es für verrückt hielt und nicht richtig, und auch, weil ich dachte: Das geht nicht. Was wird dann aus Emil? Es wäre ein Ungleichgewicht in unserer Freundschaft entstanden, versteht ihr? Das wollte ich nicht.«

Die drei Frauen nickten, doch Anna bezweifelte, dass auch nur eine von ihnen es tatsächlich verstand. Der Gedanke »Was wird dann aus Emil?« war so typisch für KG und sein selbstloses, bescheidenes Wesen, es war unwahrscheinlich, dass irgendein anderer Mensch ähnlich reagiert hätte.

»Ich behielt es für mich«, wiederholte KG. »Und auf einmal waren Luise und Emil ein Paar. Sie hatten sich ineinander verliebt.« Er zuckte mit den Schultern, und es war nicht schwer, sich vorzustellen, dass der junge KG diese Tatsache ebenso schicksalergeben und schulterzuckend hingenommen hatte.

»Sie wollten dann auch für mich jemanden finden, eine Freundin, aber das war vergebene Liebesmüh. Emil machte ab und zu Scherze, ich hätte eben bei Luise früher zuschlagen sollen. Er konnte ja nicht ahnen, wie er mich damit traf«, entschuldigte KG die taktlosen Sprüche seines Freundes.

»Und Luise?«, fragte Anna. »Hat die auch nichts gemerkt?«

Er überlegte, doch dann schüttelte er den Kopf.

»Ich habe mich immer in Acht genommen. Ich wollte keinen von beiden verlieren, deshalb habe ich mir nie etwas anmerken lassen. Nicht einmal, als sie geheiratet haben und Emil mir vor allen Leuten ›kein Glück‹ bescheinigt hat. Ich habe gelacht wie alle anderen auch. Nur Luise hat nicht gelacht«, fügte er leise hinzu.

»Vielleicht hat sie mehr geahnt, als du dachtest«, sagte Gunilla.

»Wenn das so war, dann hat sie es gut versteckt«, erwiderte KG. »Möglich, dass sie, wenn Emil nicht gewesen wäre …« Er sprach es nicht aus, denn letztlich war auch dieser Hoffnungsschimmer bedeutungslos und hatte immer nur im Konjunktiv existiert. »Ich an ihrer Stelle hätte auch Emil genommen, wenn ich mich zwischen ihm und mir hätte entscheiden müssen. Er hat besser zu Luise gepasst, ich war zu ruhig für sie. Mit Emil kam sie nach Argentinien. Er erhielt dieses Angebot, als Maschinenbauer dort drüben den Ableger einer deutschen Firma mitaufzubauen, sie suchten dafür extra junge Studienabsolventen. Emil hat nicht lange gezögert, und Luise hatte noch nie Angst vor dem Sprung ins kalte Wasser. Zwei Jahre wollten sie bleiben. Beim Abschied hat mich Luise umarmt und mir alles Glück dieser Welt gewünscht, quasi als Antwort auf Emils dummen Spruch. Ich sagte ihr, an meinem Namen könne ich nun mal nichts ändern. Da nahm sie mir das Versprechen ab, ihnen bei ihrer Rückkehr meine Freundin vorzustellen. Oder meine Frau, aber mit dem Heiraten sollte ich doch bitte warten, bis sie dabei sein könnten.«

KG steckte sich ein weiteres Mandarinenstück in den Mund.

»Und noch ein Versprechen musste ich ihr geben: ›Schreib mir‹, sagte sie. ›Oft. Mindestens jeden zweiten Tag.‹ Dabei hat sie gelacht, damit ich merke, dass sie das natürlich nicht so ernst gemeint hat. Aber ich hab es ernst genommen. ›Schreib mir alles von dir‹, hat sie gesagt, ›alles, jede Kleinigkeit aus deinem Leben, damit wir nichts verpassen, und dann wird es sein, als wären wir nie weg gewesen, wenn wir wiederkommen.‹ Ich habe es ihr versprochen, und ich habe ihr jeden zweiten Tag einen Brief geschrieben. Luise hat oft zurückgeschrieben, manchmal auch Emil, aber meistens Luise. Manchmal hat sie gefragt, ob nicht endlich mal eine Frau in Sicht sei. Das habe ich immer ehrlich verneint. Ich habe von meinem Studium und meiner Ausbildung zum Restaurator erzählt, und sie von ihrem

Alltag in Argentinien. Und eines Tages, kurz vor Ablauf der zwei Jahre, schrieb sie: ›Stell dir vor, Emil hat ein tolles Angebot erhalten.‹ Leitende Funktion, gute Bezahlung. Und außerdem war Luise schwanger. ›Wir bleiben jetzt erst mal noch ein bisschen hier‹, schrieb sie mir.«

Er hob seine Tasse an die Lippen, murmelte »noch ein bisschen«, und spülte den bitteren Satz mit Tee hinunter.

»Es war ja nicht so, dass ich mir neue Hoffnungen gemacht hätte, wenn sie wieder nach Deutschland zurückgekehrt wären. Das nicht. Es wäre halt schön gewesen, sie wiedersehen zu können. Aber sie kamen nicht einmal zu Besuch. So ein Flug für eine ganze Familie kostet viel Geld, und Emil hatte ohnehin kein gutes Verhältnis zu seinen Eltern gehabt, deshalb war es ihm auch leichtgefallen, das Angebot anzunehmen. Von Luise lebte nur noch die Mutter, die hatte Zeit und Geld genug, ihre Tochter einmal im Jahr in Argentinien zu besuchen.«

»Und du? Hast du sie niemals besucht?«, fragte Gunilla.

Anna konnte das entschiedene heftige Kopfschütteln, mit dem KG antwortete, verstehen. Hätte sie den Mann, den sie über alles liebte, dort in der fremden Umgebung in trautem Eheglück erleben wollen? Wahrscheinlich nicht.

»Sie luden mich ein«, sagte KG, »ich bedankte mich, aber ich habe Flugangst und musste mir folglich keine anderen Ausreden einfallen lassen. Ich gratulierte zum ersten Kind, danach zum zweiten. Ich schrieb meine Briefe wie versprochen. Und eines Tages, als ich schon lange keine Hoffnung mehr hatte, weder darauf, dass Luise noch einmal zurückkommen würde, noch darauf, dass ich jemals eine Frau finden würde, die dem Vergleich standhalten oder auch nur ansatzweise ähnliche Gefühle in mir auslösen könnte ... da fing ich an zu lügen.«

»Zu lügen?«, wiederholte Gunilla.

»Ich schrieb, ich hätte jemanden kennenglernt, ich nannte sie Hilde.« Unvermittelt fing er an zu lachen, es klang beinahe fröhlich. »Wir hatten nämlich eine Schulkameradin namens Hilde«, erklärte er, »das war so ein reiches Töchterchen, eingebildet bis dorthinaus, aber dumm wie Bohnenstroh, wir haben uns immer köstlich über sie amüsiert, Luise konnte sie herrlich nachäffen. Jetzt gab ich also meiner erfundenen Freundin diesen Namen. Ich war sicher, dass Luise ein paar sehr lustige Bemerkungen fallen lassen würde, mehr wollte ich nicht. Ich stellte mir vor, wie sie über den Namen lachen würde, ausgerechnet Hilde. Das tat sie auch, wie sie mir schrieb, sie lachte und machte ihre Witze. Aber vor allem war sie glücklich für mich, richtig, richtig glücklich. Sie erkundigte sich in ihren Briefen oft nach Hilde und ich erzählte von ihr. Erfand lauter Geschichten, dachte mir alles aus und freute mich, wenn Luise sich für mich freute. Falls sie doch noch zurückkommen würden, dachte ich – eines Tages vielleicht, wer wusste das schon? –, dann würde ich Hilde ganz schnell loswerden, kein Problem.«

Er lachte noch einmal kurz auf, dann fielen seine Züge in sich zusammen.

»Aber sie kamen nicht zurück«, sagte Anna leise.

KG schüttelte traurig den Kopf.

»Ich heiratete Hilde, Kinder waren uns verwehrt, wir fuhren einmal im Jahr in Urlaub, nicht weit, nur in die Alpen, Hilde war am liebsten zu Hause. Sie las gern und sang im Chor, war Bibliothekarin, hatte eine Katzenallergie und lispelte ganz leicht. Sie mochte Pizza und die Sterne. War fast so groß wie ich. Ließ sich ungern fotografieren. Hilde und ich machten alles, was Eheleute so machen. Wir hatten auch mal Streit und Krisen, wer hat die nicht, aber dann versöhnten wir uns auch wieder. Das alles und noch viel mehr habe ich Luise erzählt, jedes Detail aus meinem erfundenen Leben.« Sein Kinn bebte bedrohlich, doch dann fuhr er sich mit der Hand übers Gesicht. »Nun ja, manches hat natürlich auch gestimmt, alles, was nichts mit Hilde zu tun gehabt hat. Den Preis, mit dem ich als

Restaurator ausgezeichnet worden bin, den habe ich wirklich bekommen, und ich hatte Kollegen und Freunde, von denen ich ihr erzählte, die mich übrigens immer für homosexuell hielten, denn natürlich habe ich keinem verraten, dass irgendwo in Argentinien die Frau saß, die ich liebte. Und dass ich ihr Briefe schrieb, das hat keiner je gewusst. Du warst die erste, die mich jemals auf meine Briefe angesprochen hat, Anna.«

KG lächelte sie an.

»Vor ein paar Jahren habe ich Hilde sterben lassen«, erzählte er weiter. »Sie hatte einen leichten Tod ohne Schmerzen und eine schöne Beerdigung. Luise hat eine Trauerkarte geschickt und ganz wunderbare Sachen geschrieben. Zwei Jahre später ist Emil an einem Herzinfarkt gestorben. Ich hatte kaum noch Kontakt zu ihm gehabt, und Luise hat ihn nur gelegentlich erwähnt, wenn sie mir schrieb. Ihre Briefe wurden mit der Zeit seltener. Auf zehn von mir kam einer von ihr, aber sie bat mich, nicht nachzulassen, denn sie freue sich so auf meine Briefe, sie selbst hätte nur so wenig Zeit, mit den Enkeln und allem.« Seine Augen füllten sich mit Tränen, wie schon am Mittag griff er nach Annas Hand.

»Lieber Kurt«, sagte Gunilla, und nie war Anna dankbarer gewesen für den warmen Klang ihrer Harfenstimme. »Ich glaube, du warst nicht der Einzige, der gelogen hat. Sie hat dir verschwiegen, wie krank sie war. Und ich glaube, sie wusste, dass du sie liebst.«

KG schüttelte den Kopf, Tränen rannen ihm übers Gesicht.

»Aber mein lieber, lieber Kurt«, fuhr Gunilla fort und ergriff seine freie Hand. »Wenn eine Frau von einem Mann jeden zweiten Tag einen Brief erhält und das ein ganzes Leben lang, dann müssen in diesen Briefen nicht die Worte ›Ich liebe dich‹ stehen, damit sie das weiß. Luise hat es gewusst. Und ... hat nicht auch sie Briefe geschrieben? Ein Leben lang?«

Er nickte und verbarg das Gesicht in seinen Händen.

»Warum habe ich nie etwas gesagt? Warum habe ich sie angelogen und Hilde erfunden?«

»Vielleicht aus demselben Grund wie sie«, sagte Gunilla. »Es gab da schließlich noch einen Menschen, den ihr beide geliebt habt: Emil.«

»Sie hat dafür gesorgt, dass du nach ihrem Tod benachrichtigt wirst«, sagte Anna und streichelte ihm über den Rücken. »Sie muss ihren Kindern von dir erzählt haben.«

»Du könntest ihnen schreiben«, sagte Rose, jetzt wieder mit ihrer alten leisen Stimme, die kaum zu hören war.

»Vielleicht hat Luise das insgeheim sogar gehofft«, mutmaßte Anna. »Du solltest dich nach dieser Nachricht sowieso bei ihnen melden.«

»Richtig«, meinte auch Gunilla. »Vielleicht nicht gleich morgen, aber du musst dich melden, was würden Luises Kinder sonst denken?«

»Sie hat nette Kinder«, sagte KG. »Fürsorgliche Kinder. Eine Tochter und einen Sohn. Die Tochter muss genauso ein verrücktes Huhn sein wie Luise in ihrer Jugend. Das hat sie in ihren Briefen jedenfalls immer geschrieben.«

»Melde dich bei ihnen«, bekräftigte Anna noch einmal. »Luise würde sich das sicher wünschen. Und sie würde wollen, dass du ...« Oh, Anna!, dachte sie, sagst du das jetzt wirklich? Sie sagte es: »Dass du dich jetzt nicht aufgibst, dass du weiter die Freude am Leben behältst. Und dass du der Kurt bleibst, der du bist.«

Er nickte zaghaft. »Ich weiß«, sagte er mit bebender Stimme. »In ihrem letzten Brief hat sie das geschrieben. Gesund und munter soll ich bleiben, vor allem munter. Sie muss gewusst haben, dass es ihr letzter Brief sein wird.«

»Und sie wusste, wie sehr du leiden würdest, wenn sie nicht mehr ist«, fügte Gunilla hinzu. »Erfüll ihr bitte diesen letzten Wunsch.« Sie drückte noch einmal fest seine Hand, dann ging sie zum Kühlschrank, holte den Prosecco heraus und schenkte vier Gläser voll. »Auf Luise!«, sagte sie.

»Auf Luise«, wiederholten Anna und etwas leiser Rose.

»Auf Luise«, flüsterte zuletzt Kurt, den nie wieder eine von ihnen KG nannte.

27.

Nachwehen

Schmerz hört nicht auf, nur weil man ein Glas Prosecco trinkt und Freunde einem die Hand halten und zuhören, wenn man all das Ungesagte von Jahren endlich loswird.

Aber Kurt war tapfer, und als Dr. Feller am nächsten Tag nach ihm sah, bedankte er sich und erklärte, dass es ihm wieder gut gehe. Den Umständen entsprechend. So gut, wie es einem gehen konnte, wenn man den wichtigsten Menschen seines Lebens für immer verloren hatte.

»Gut, dass ich hier in der Wohngemeinschaft lebe«, sagte er zu dem Arzt, und zu den anderen sagte er mehrmals: »Gut, dass ich euch habe.« Mit Tränen in den Augen fügte er hinzu: »Ihr seid wie eine Familie«, und gleich darauf: »Jetzt muss ich mich aber mal wieder zusammenreißen.« Und das tat er.

Doch ab und zu sprach er noch von Luise und wirkte dann immer ein bisschen glücklicher.

»Wisst ihr, ich habe ihr auch mal von Gretchen erzählt und wie gut mir ihre Behandlung tut«, sagte er, als er mit Anna, Gunilla und Rose am Abend im Salon saß. »Luise meinte daraufhin: ›Lass sie doch einmal pro Woche kommen. Warum denn nicht? In unserem Alter sollte man sich ruhig mal was gönnen.‹« Er lächelte versonnen.

Anna verschluckte sich fast an ihrem Prosecco.

»Vollkommen richtig, Kurt«, stimmte ihm Gunilla zu.

»Ihr hättet sie erleben sollen«, seufzte Kurt. »Unsere Luise.«

Ein andermal, mitten beim Geschirrspülen, fing er plötzlich an zu lachen. Anna, die beim Abtrocknen half, wollte wissen, was denn so lustig sei, da erzählte er ihr, dass es eine Zeit gegeben habe, da hätten ihn große Gewissensbisse gequält.

»Gewissensbisse?« Anna verstand weder den Zusammenhang noch was daran so komisch sein konnte.

»Hilde gegenüber. Weil ich in Wahrheit Luise geliebt habe und nicht sie.« Kurt lachte und tippte sich mit dem Zeigefinger an die Stirn. »Total plemplem!«

»Wie groß waren dann erst deine Gewissensbisse, als du Hilde hast sterben lassen?«, meinte Anna.

»Oh, das hab ich ihr ja sehr schön gemacht«, erklärte Kurt, »da habe ich mir nichts vorzuwerfen.«

Als Anna Anders das nächste Mal auf dem Balkon traf, lag etwas in der Luft. Es fiel ihr ungewohnt schwer, wieder anzuknüpfen, und ihm ging es anscheinend ebenso.

Sie erzählte ihm von Kurt und Luise und Hilde und Emil und Argentinien. Und dass mit Luise für Kurt das letzte Quäntchen Hoffnung auf ein gemeinsames Glück gestorben war.

Anders hörte aufmerksam zu, wie immer. »Traurig«, sagte er dann. Womit er natürlich recht hatte. Auf diesen einfachen Nenner konnte man Kurts Geschichte schon bringen, daran war nichts falsch. Es klang auch in keiner Weise empathielos, und doch fühlte sich Anna, als wäre sie gerade gegen eine Wand gelaufen. Gegen die Trennwand zwischen ihnen.

»Wie geht es Michel?«, fragte er, nachdem sie eine Weile schweigend nebeneinandergestanden hatten.

»Bleibt seit Tagen in seinem Zimmer. Aber er schreit nicht, wenn man ihn auf dem Flur trifft«, antwortete Anna.

»Gut«, sagte Anders, ebenso lakonisch wie zuvor.

Sollte das so weitergehen? Traurig? Gut?

»Ist etwas?«, fragte Anna.

»Was soll denn sein?«

»Du bist so komisch. So einsilbig.«

»Ach, Anna …« Er stützte sich mit den Unterarmen auf das Geländer und ließ den Kopf hängen.

Ohne lange nachzudenken, legte sie ihre Hand auf seine Schulter. Vielleicht weil sie es in den letzten Tagen so oft bei Kurt getan hatte.

Anders tastete nach ihrer Hand, hielt sie fest und seufzte.

»Willst du mir nicht sagen, was los ist?«, fragte sie.

»Ich kann nichts sehen, das ist los«, erwiderte er. Sie hatte nicht damit gerechnet, dass er überhaupt antworten würde, doch diese schonungslose Offenheit hatte sie am allerwenigsten erwartet.

»So einfach ist das«, sagte er. »Manchmal …«, er lachte auf und hob den Kopf, »manchmal erinnere ich mich eben daran, dass ich blind bin. Ich meine, nicht dass ich es sonst vergesse, aber … ja, doch, man könnte auch sagen, ich vergesse es sonst. Und dann passieren wieder solche Sachen, die mir meine Grenzen aufzeigen und mich wieder daran erinnern.«

»Was für Sachen?«

»Michel. Und Kurt. Hätte ich sehen können, hätte ich besser helfen können, hätte die Situation besser einschätzen können. Könnte ich sehen, könnte ich vielleicht besser damit umgehen und es würde mich weniger anstrengen und nicht so mitnehmen. Vielleicht hätte ich dann auch Therapeut werden können. Keine Ahnung, ist vielleicht alles Quatsch, aber so was denke ich dann. Unter anderem.«

»Ich glaube, niemand hätte so gut auf Michel einwirken können wie du«, sagte Anna. »Und wenn du sehen könntest, würde es dich genauso anstrengen und mitnehmen, weil du keine halben Sachen machst, weil du dich ganz hingibst und dich auf Menschen einlässt.«

»Ja, vielleicht«, sagte er. »Auf alle Fälle war das so eine Situation, in der ich mich wieder mal an das erinnert habe, was mir fehlt, und dann bin ich eben so: komisch und einsilbig. Geht vorbei. Normalerweise mache ich das mit mir aus, das kriegt kein Mensch mit.«

Er hätte nicht zu ihr nach draußen kommen müssen, dachte Anna, sie hätte es auch nicht mitkriegen müssen, und doch standen sie jetzt nebeneinander. Und hielten sich an den Händen. Sie erinnerte sich an ihre letzte Unterhaltung, als Kurts Schrei sie unterbrochen hatte.

»War das der Grund, weshalb deine Beziehungen auseinandergingen?«, fragte sie.

»Es waren unterschiedliche Gründe, aber ja ... das war wahrscheinlich der tiefere Grund.«

»Du hast sie nicht an dich rangelassen.«

»Könnte man so sagen.«

»Und die Sache mit dem Schlüssel?«

»Was meinst du?«

»Dass sie nicht nach deinem Schlüssel fragen durften.«

»Sie durften schon.«

»Aber du hast Nein gesagt.«

»Genau. Ich brauche nun mal die Sicherheit, dass nicht auf einmal irgendeine Frau im Wohnzimmer steht und ich plötzlich gegen sie renne.«

Die Empörung über diese Vorstellung brachte ihn direkt dazu, sich wieder zur vollen Größe aufzurichten.

Anna schnaubte. »Irgendeine Frau? Das wäre aber doch im Zweifelsfall die Frau, die du liebst.«

»Ich liebe niemanden, der plötzlich im Zimmer steht.«

»Du hast einen Knall. Niemand steht plötzlich im Zimmer. Man klingelt auf jeden Fall vorher, wenn es nicht die eigene Wohnung ist, und selbst wenn nicht, hörst du es doch mit deinen Superman-Ohren.«

»Nicht, wenn ich unter der Dusche stehe.«

»Du stehst doch nicht den ganzen Tag unter der Dusche.«

»Da kennst du mich aber schlecht.«

Da brach Anna in Lachen aus und Anders grinste wenigstens wieder.

Auch Gunilla wirkte in den Tagen nach Kurts Zusammenbruch auffallend bedrückt. Anna fiel es bei ihren vormittäglichen Gesangsstunden auf. Gunilla war unkonzentriert, und die Tür zum Balkon blieb geschlossen, darauf bestand sie.

Als Anna schließlich nachfragte, redete sich Gunilla zunächst damit heraus, dass sie lediglich ein wenig indisponiert sei.

»Aber deine Stimme klingt wie immer«, erwiderte Anna. Gunilla schüttelte missmutig den Kopf und ließ sich in den nächsten Sessel sinken. Man hätte den Eindruck haben können, irgendeine vergrämte, schlecht gelaunte Frau hätte sich als Gunilla Wohlgemuth verkleidet.

»Möchtest du mir nicht sagen, was los ist?« Anna zog einen Hocker heran und setzte sich zu ihr, doch Gunilla wiegte den Kopf unschlüssig hin und her, und ein resigniertes »Ach …« war alles, was sie nach ihrer Nackengymnastik von sich gab.

Anna verstand die Welt nicht mehr und wartete, ob außer diesem Ach noch etwas anderes aus Gunillas Mund kommen würde. Allem Anschein nach spielte sich eine Menge im Kopf der alten Dame ab, aber rein gar nichts davon drang zu Anna nach außen. Erst als sie schon die Hoffnung aufgeben und sich wieder an den Flügel setzen wollte, um wenigstens ein bisschen zu spielen, da holte Gunilla tief Luft.

»Hast du nicht gesagt, du hast im Juni Geburtstag?«, fragte sie.

Anna hatte nicht die leiseste Idee, wie sie ausgerechnet jetzt darauf kam.

»Ja, hab ich. Am 28.«

»Und kommen da Freunde, Familie?«, fragte Gunilla weiter.

»Ich habe meinen Vater und seine Familie eingeladen«, erklärte Anna, die nicht wusste, wohin diese Fragerei führen sollte.

»Dein Vater und *seine* Familie«, wiederholte Gunilla, ihre Betonung hob deutlich hervor, was sie an dem Satz bemerkenswert fand. »Wer gehört denn alles zu *deines Vaters* Familie?«

Herrlich, dachte Anna, ihr Lieblingsthema, mal eben so aus der Luft gegriffen.

»Na ja, seine Frau Sylvia und meine Halbgeschwister Jakob und Lena«, sagte sie äußerlich gelassen.

»Aha!«

»Was aha?«

»Ich frage nur. Du hast ganz recht: Man muss fragen. Das haben wir doch neulich gemeinsam festgestellt. Und auch, wie wenig ich über meine Mitmenschen weiß. Ich habe nichts über Kurt gewusst, und dann stehe ich da, und der Mann liegt am Boden und weint sich die Seele aus dem Leib.«

Anna begriff nicht den Zusammenhang zwischen ihrem Geburtstag und Kurts Zusammenbruch, aber Gunilla fuhr fort, und es wurde immer bunter.

»Ich stehe da und weiß nicht, was los ist. Weder weiß ich, dass unser Nachbar blind ist. Noch, was Rose in ihrem Zimmer treibt ...«

»Häkeln!«, warf Anna ein.

»... und ich weiß nichts von dir. Was ist mit deiner Familie, hast du Freunde, bist du glücklich? Ich weiß gar nichts.«

»Du kennst meinen Vater«, erinnerte sie Anna.

»Ja, aber du erzählst so wenig von ihm«, stellte Gunilla fest. »Oder von dir. Nie. Du bringst jeden hier auf Vordermann, kümmerst dich um alle, um Michel, um Kurt, um Rose, um mich ...«, mit zehn gespreizten, eleganten Fingern deutete sie auf die Stimmbänder in ihrem Hals, nur um sie gleich darauf

Anna entgegenzuschleudern, »… aber um dich kümmert sich keiner.«

»Um mich muss sich keiner kümmern«, wehrte Anna ab.

»Und was ist, wenn du auch irgendwann da vorn im Flur liegst, weil was weiß ich wer gestorben ist, der dir etwas bedeutet hat, und wir stehen wieder so hilflos daneben?«

»Das wird nicht passieren«, entgegnete Anna mit klopfendem Herzen. »Der eine Mensch, der mir etwas bedeutet hat, ist schon gestorben.«

Es kam sehr viel schroffer heraus als beabsichtigt, und es tat ihr sofort leid.

Gunilla war tief betroffen, als sie ihren Fehler erkannte. »Entschuldige bitte, das war dumm von mir«, murmelte sie.

»Nein«, beruhigte sie Anna rasch. »Nein, *ich* muss mich entschuldigen, ich hab das nicht so gemeint.«

Sie bereute aufrichtig, was sie gesagt hatte. Der eine Mensch! Als gäbe es sonst keine Menschen, die ihr etwas bedeuteten. Lange Zeit mochte das so gewesen sein, aber jetzt gab es Gunilla, Rose, Kurt und Michel. Und natürlich bedeutete ihr ihr Vater etwas, auf eine komische, nicht-väterliche, nicht erklärbare Weise. Und Anders bedeutete ihr etwas. Um jeden dieser Menschen würde sie Tränen vergießen. Wie hatte sie nur so etwas sagen können?

»Du bedeutest mir was«, sagte Anna zu Gunilla, »ihr alle.« Sie ergriff ihre Hände.

Kurts Hände, Anders' Hände, Gunillas Hände, sie hatte nie zuvor so viele Hände ergriffen, sie hatte sich nie zuvor so vielen Menschen so nah gefühlt. »Du und die anderen, aber das weißt du doch hoffentlich.«

Gunilla nickte. »Die Wahrheit ist«, sagte sie mit zittriger Stimme, »ich mache mir Vorwürfe.«

»Was? Weswegen denn?«, fragte Anna. »Wegen Kurt etwa? Das ist doch Unsinn.«

Gunilla schüttelte den Kopf.

»Ich war nicht auf Oskars Beerdigung«, sagte sie. »Ich konnte nicht. Ich wollte, aber ich habe es einfach nicht geschafft. Ich hatte kaum einen Schritt durch die Haustür getan, da hatte ich eine regelrechte Panikattacke. Oskar war mein ältester Freund, und ich konnte ihn nicht auf seinem letzten Weg begleiten. Nicht einmal das.«

»Aber dafür kannst du doch nichts«, versuchte Anna sie zu trösten.

»Doch. Ich habe nie versucht, etwas gegen meine Phobie zu tun. Ich nehme einfach alles hin. Schon immer. Ich habe es hingenommen, nicht mehr auftreten zu können. Ich nehme es hin, dass Rose immer allein in ihrem Zimmer sitzt, dass Kurt den ganzen Haushalt schmeißt, weil ich nicht einmal etwas aus dem Keller holen kann, dass ich meine Nachbarn nicht kenne, weil ich nie einem von ihnen im Treppenhaus begegnen kann, dass Thekla mich mit Sprüchen verletzt, von wegen, ich merke ja von dem Lockdown sowieso nichts. Und ich nehme es hin, dass du so verschlossen bist.«

Anna richtete sich empört auf. »Ich bin doch nicht verschlossen.«

»Nein? Dann erzähl doch mal was von dir. Deine Lebensgeschichte. Ich habe meine erzählt, Kurt hat seine erzählt, dann kannst du uns auch deine erzählen.«

»Rose hat auch noch nichts erzählt«, wandte Anna ein.

»Roses Geschichte kennen wir.«

»Willst du nicht lieber etwas gegen deine Angst, rauszugehen, unternehmen? Wie nennt man das eigentlich?«

»Du lenkst ab.«

»Nein, du hast abgelenkt.«

Gunilla seufzte. »Ich weiß nicht, wie man das nennt.«

»Seit wann ist das denn so?«

»Seit einigen Jahren schon. Der Tod meines Mannes hat

Michel sehr aus der Bahn geworfen. Danach bin ich immer seltener ausgegangen. Ich habe immer befürchtet, dass der Junge einen Anfall bekommt, ausgerechnet, wenn ich nicht da bin, man weiß ja nie so genau, was ihn alles aufregt, und es gab da auch ein paar Vorfälle.

Als Oskar und seine Frau eingezogen sind, wurde es nicht besser, im Gegenteil – ich musste nicht einmal mehr regelmäßig zum Einkaufen, denn das haben die beiden übernommen und später Kurt. Irgendwann bin ich dann so gut wie gar nicht mehr weggegangen. Nur manchmal ganz früh am Morgen. Ich bin ohnehin Frühaufsteherin, und ich dachte, da kann nichts passieren, da schläft Michel noch. Ich habe diese kleinen Spaziergänge genossen. Das letzte Mal war vor fünf Jahren im Sommer. Ich bin runter in den Hof, hab mich an den Brunnen gesetzt und den Vögeln in den Bäumen zugehört. Alles war so friedlich und ruhig, die Luft noch angenehm kühl. Es war schön. Als ich wieder reinkam, stand Michel im Flur und war außer sich. Er war wach geworden und hatte bemerkt, dass ich nicht da war. Kurt und Oskar und sogar Rose standen um ihn herum, aber sie konnten nichts tun. Du hast Michel ja vor ein paar Tagen erlebt. Ich allein konnte ihn nach einer ganzen Weile beruhigen. Von da an hab ich es gar nicht mehr gewagt, aus dem Haus zu gehen. Michel geht ja auch so gut wie nie aus dem Haus, weißt du. Früher schon, er ist ja zur Schule gegangen, irgendwie hat er das geschafft, er ist intelligent, hatte ein gutes Abitur. Wer würde das denken, der ihn heute erlebt? Er wollte Maler werden oder Astronaut, um die Erde von oben zu sehen. Aber lieber Maler.«

Mit einem traurigen Lächeln erinnerte sie sich an die Kindheitsträume ihres Sohnes.

»Jedenfalls habe ich seither das Haus nicht mehr verlassen. Und es wurde ab da immer schlimmer. Ich bekam Beklemmungen, wenn ich nur das Treppenhaus betrat, ich hatte die Vorstellung, die Tür schlägt aus Versehen hinter mir zu, ich kann nicht mehr rein, und dann passiert etwas Schreckliches mit Michel oder wer weiß was. Es war völlig irrational, ich weiß das, glaub mir, Anna, aber ich konnte nichts dagegen tun. Mit dem Balkon war es dasselbe, die Tür könnte zufallen und mich ausschließen, oder er könnte runterkrachen.«

Sie lachte freudlos auf. »Der Balkon kann nicht runterkrachen, weil er ja auf das Stockwerk darunter gebaut ist, siehst du, ich weiß das, aber es hilft mir nicht. Irgendetwas Schreckliches könnte mit dem Balkon oder auf dem Balkon passieren.«

»Und dann wärst du nicht mehr für Michel da.« Anna verstand.

Gunilla nickte. »Mit der Zeit dachte ich: Na und, dann bleibe ich eben drinnen, was macht das schon in meinem Alter. Ich hab doch alles, ich muss nicht raus. Was ist denn schlimm daran? Niemand hat mich je gedrängt, und selbst als Oskar starb und beerdigt wurde, hatten sie alle Verständnis. Sogar Michel ging hin, sogar Rose, nur ich blieb zu Hause und habe stattdessen ein Inserat aufgesetzt. Für das leere Zimmer.«

»Mein Zimmer«, sagte Anna.

»Ja, dein Zimmer, liebe Anna«, sagte Gunilla. »Dein Zimmer.«

8 Jahre zuvor (2012)

»Anna!«

Ihr Vater stand nach dem Ende des Konzerts vor der Bühne und winkte. »Das war wundervoll.«

Sie schaute sich suchend um, weder ihre Großmutter noch Sylvia waren dabei. Er war allein gekommen, wie meistens.

»Danke«, sagte sie. Sollte sie nun zu ihm gehen, sich mit ihm unterhalten? Im Grunde war es ihr eher unangenehm, wenn er da war, weil sie nie wusste, was sie mit ihm reden und wie sie sich verhalten sollte. Warum kam er überhaupt so oft? Sie hatten doch gar nichts miteinander zu schaffen.

Er lächelte unsicher. Er fand es genauso unangenehm. Und kam trotzdem.

Jeremias trat zu ihr und schaute zwischen ihr und ihrem Vater hin und her. Die beiden kannten sich noch nicht, aber jetzt blieb ihr wohl nichts anderes übrig, als sie einander vorzustellen.

»Jeremias, das ist Konrad Trost, mein Vater.« Mehr Konrad Trost als mein Vater, dachte sie, und zu ihrem Vater gewandt, der immer noch einen knappen Meter unter ihnen am Bühnenrand stand, sagte sie: »Das ist Jeremias, mein Freund.«

»Oh!«, sagte Konrad. »Nett, Sie kennenzulernen.« Er streckte die Hand aus. Jeremias bückte sich und schüttelte sie mit der ihm eigenen Herzlichkeit.

»Freut mich auch. Kommen Sie noch mit uns etwas trinken?«

Jeremias hatte Anna den Rücken zugewandt, deshalb konnte sie ihm keinen Wink geben. Wieso fragte er ihren Vater so was? Mit in die Kneipe? Um Himmels willen!

Konrad jedoch konnte Anna und ihre eingefrorene Miene sehen, sie hatte sich noch nie gut beherrschen und etwas vorspielen können.

»Nein«, sagte er. »Danke, aber ich muss ... ähm ...«

»Schon okay«, sagte Anna eine Spur zu rasch. »Schön, dass du da warst. Grüß Sylvia.«

Konrad nickte, drehte sich zögernd um und ging langsam davon.

Anna atmete auf.

»Was war das denn eben?«, fragte Jeremias und richtete sich auf.

»Was denn? Gar nichts. Das war mein Vater.« Anna raffte ihre Noten am Flügel zusammen.

Jeremias blieb am Bühnenrand stehen und sah ihr stirnrunzelnd zu. Der Saal hatte sich fast geleert, die anderen Musiker waren schon auf dem Weg in die Kneipe.

»Wieso warst du so ... so mies?«

»War ich doch gar nicht.«

Sie sah Jeremias nicht an, stopfte ihre Noten hastig in ihre Tasche. Sie zerknitterten.

»Hat dein Vater dir irgendwas getan?«

»Nein, hat er nicht.«

Sie lief zur Seite, wo ihr Mantel hing, und kam mit dem rechten Arm im Ärmel zurück.

»Er wirkt total sympathisch.«

»Ist er sicher auch.«

»Ist er sicher auch?«

»Wir kennen uns nicht besonders gut, okay?« Sie ruderte mit dem linken Arm, um den zweiten Ärmel zu finden.

»Und warum nicht?«

»Was weiß ich. Er hat mich als Säugling bei meinen Großeltern abgeliefert und das war's. Da kennt man sich eben nicht so gut.«

Wo war der verdammte Ärmel?

»Und deine Mutter?«

»Was soll denn mit meiner Mutter sein?«

»Na, du musst doch mit deinem Vater wenigstens einmal über deine verstorbene Mutter geredet haben.«

»Nein, hab ich nicht. Und wieso muss ich das? Was, denkst du denn, soll er mir sagen?«

Ihr Mantel lag plötzlich auf dem Boden, sie hatte ihn vor Wut hingefeuert. Jeremias sah sie entgeistert an.

»Was denkst du denn, würde er dir sagen?«, fragte er ruhig.

Mit weit aufgerissenen Augen trat sie auf ihn zu.

»Lass mich in Ruhe mit dem Thema, okay?«, sagte sie wütend. »Das geht nur mich etwas an. Nur mich ganz allein.«

»Anna …«

»Gehen wir jetzt?«

Sie schluckte die Tränen hinunter, das fehlte noch. Jeremias hob ihren Mantel vom Boden auf, half ihr hinein und legte beide Arme um sie.

»Ich liebe dich wie verrückt, Anna«, sagte er. »Aber ich kenne keinen verschlosseneren Menschen als dich.«

Mit einem Ruck machte sie sich von ihm los.

28.

Verschlossen

Anna saß im Schneidersitz auf ihrem Bett, sodass Jeremias von seinem Foto zu ihr hochschaute. Das war natürlich Unsinn, sie war zwar davon überzeugt, dass er sie hören und sehen konnte, aber sie glaubte nicht, dass sich sein Geist zwangsweise in seinem Porträt niederließ. Ein Geist war frei und passte nicht in einen Rahmen. Das Foto diente ihr lediglich als eine Art Fixpunkt. An irgendwas musste sie sich schließlich festhalten.

»Ich bin doch nicht verschlossen«, sagte sie nach einer Weile in Richtung Foto.

Du bist nicht verschlossen, wiederholte Jeremias in ihrem Kopf. Er würde sie ganz genauso ansehen wie auf dem Bild: Er würde sich das Lachen verkneifen müssen. Vielleicht würde er sogar leise grunzen und dann noch mal sagen: *Du und nicht verschlossen.*

»Nein, bin ich nicht«, insistierte Anna. »Früher mal, ja, da hab ich mich abgeschottet, aber jetzt nicht mehr. Gunilla hat es doch gesagt, ich kümmere mich um alle.«

Die Rede war von verschlossen.

»Ja, und ich bin offen. Sperrangelweit. Für jeden. Ich war in meinem ganzen Leben noch nie so aufgeschlossen.«

Ich kenne keinen verschlosseneren Menschen als dich, Anna.

So sehr sie Jeremias liebte, es reichte Anna nicht mehr, sich mit einem Geist zu unterhalten. Sie wollte auch Anders' Meinung dazu hören.

Bei ihrem Treffen auf dem Balkon erzählte sie zunächst jedoch von Gunilla und ihrer Phobie und fragte ihn nach seinem fachlichen Rat.

»Ich bin kein Therapeut, Anna, das weißt du doch«, erwiderte Anders.

»Ja, weiß ich, aber was macht man da?«

»Ein Therapeut«, betonte Anders, »würde wahrscheinlich eine begleitete Konfrontationstherapie vorschlagen. Dabei geht es darum, sich der Phobie zu stellen, sich der Situation auszusetzen, sich daran zu gewöhnen und so zu erkennen, dass nichts Schlimmes passiert. Wenn man das durchzieht, kann man in kürzester Zeit seine Phobie überwinden.«

»Sie sagte, sie hat es bei Oskars Beerdigung versucht, aber es hat nicht geklappt.«

»Man muss da durch, denn wenn man den Versuch abbricht, wird es schlimmer«, meinte Anders. »Aber wie gesagt, ich bin kein Therapeut. Sie sollte sich einen suchen und mit seiner Begleitung kann sie das in den Griff bekommen.«

»Es hat mit Michel zu tun«, erklärte Anna. »Sie hat Angst, ihn allein zu lassen.«

Anders seufzte. »Ich bin kein ...«

»... Therapeut, schon klar. Trotzdem danke.«

Sie begann dem gierig aufblickenden Franky ein paar Leckerlis hinüberzuwerfen.

»Hältst du mich eigentlich für verschlossen?«, fragte sie wie nebenbei.

»Überhaupt nicht«, erwiderte Anders.

»Was? Nicht?«, fragte sie und hielt das nächste Leckerli perplex in der Luft. Franky bellte. Sie warf. »Also du hältst mich nicht für verschlossen?«, vergewisserte sie sich.

»Nein, wie kommst du darauf? Du erzählst doch die ganze Zeit. Von Gunilla, von Michel, von Kurt und Luise, von Rose … du redest wie ein Buch. Wer behauptet denn, du wärst verschlossen?«

»Gunilla«, sagte Anna prompt und etwas leiser: »Und Jeremias hat das früher auch behauptet.«

»Und wieso hat er das?«

Anna biss sich auf die Unterlippe, sie ahnte, wohin der Hase hoppelte, und sie hatte sich selbst dorthin manövriert. Es war die Hinten-herum-Tour, die Erkenne-dich-selbst-Strategie.

»Keine Ahnung«, versuchte sie sich aus der Falle zu retten.

»Und warum sagt es Gunilla?«, fragte Anders weiter.

»Weil ich angeblich nie etwas von mir erzähle, von meiner Familie und so.«

»Also mir schon. Ein bisschen jedenfalls.«

»Ja«, sagte sie und gab zu: »Ein bisschen.«

»Der ›Und so‹-Teil fehlt natürlich noch.«

Anna schwieg.

»Aber ich finde, jeder Mensch darf seine Geheimnisse haben«, erklärte Anders.

»Das sind doch keine Geheimnisse«, bäumte sie sich gegen die Formulierung auf und bemerkte zu spät, dass sie schon wieder reingefallen war.

»Was denn dann?«, fragte Anders unschuldig.

Es war so klar. Warum hatte sie ihn überhaupt gefragt?

»Also gut, ich gebe es zu, ich bin verschlossen«, vollzog sie die Flucht nach vorn. »Ich möchte über bestimmte Themen nun mal nicht reden, und ich sehe nicht ein, warum ich das tun muss.«

»Musst du doch gar nicht.«

»Nein, muss ich auch nicht.«

»Aber vielleicht solltest du es irgendwann mal.«

»Ach, und warum?«

»Sieh mal, es ist doch das Gleiche wie mit Gunilla: Es gibt da offensichtlich etwas, das du vermeidest, und es wird größer und größer und hindert dich daran, ein unbeschwertes Leben zu führen. Du setzt dir selbst eine Grenze, und auf diese Weise wirst du nie die komplette Anna sein.«

Die komplette Anna sein!

Sie war noch immer beleidigt, als sie mit Rose in deren Zimmer saß und bei Salbeitee und Theaterblick an ihrem Deckchen häkelte, das inzwischen schon einen beachtlichen Umfang erreicht hatte, fast handtellergroß und richtig mit Muster. Einem Muster mit etlichen Fehlern darin, aber Rose meinte, das gehöre am Anfang dazu, außerdem waren die richtigen Löcher von den falschen kaum zu unterscheiden. Roses Decke war schon groß genug, um einen normalen Tisch zu schmücken, für das Riesenexemplar in der Küche würde sie noch eine Weile brauchen.

Normalerweise fing Anna immer eine Unterhaltung an, während sie häkelten, aber diesmal war ihr nicht danach, sie genoss es, neben der schweigsamen Rose sitzen und ihren Gedanken freien Lauf lassen zu können.

Die komplette Anna! Was war denn an ihr nicht komplett, das sollte er ihr mal erklären. Natürlich konnte er das nicht, denn dazu hätte er ja wissen müssen, was er nicht wusste, von daher war das unlogisch.

Sie hatte sich doch verändert, ihr ganzes Leben hatte sich verändert. Sie war gesellig, sie war diejenige, die alle aufmöbelte, die Bewegung in die freundliche, aber verkrustete Unverbindlichkeit ihrer Wohngemeinschaft gebracht hatte. Mit Anna hatte Gunilla wieder angefangen zu singen, durch Anna gab es Film- und Fernsehabende, Proseccoabende, Redeabende, wegen Anna hatte Michel seinen Geburtstag gefeiert, sie hatte den Anstoß dazu gegeben, sie war die Unruhe in ihrem Ruhestand.

Sie hatte sich um hundertachtzig Grad gedreht. Sie würde sogar ihren eigenen Geburtstag in diesem Jahr feiern, mit ihrem Vater und seiner Familie. *Seiner Familie …*

Egal. Sie war auf einem guten Weg. Alles andere war vorbei und vergessen. Sie wollte nicht zurückschauen, nur nach vorn, es hatte lange genug gedauert, bis sie endlich so weit war, wieder nach vorn schauen zu wollen. Sechs Jahre.

»Willst du mir sagen, worüber du so intensiv nachdenkst?«, fragte Rose.

»Was? Wieso?«

Sie zeigte auf Annas Stirn. »Diese Zornesfalten zwischen den Augenbrauen kriegt man nicht wieder weg, wenn sie einmal da sind.«

Rose selbst hatte keine einzige Zornesfalte, sie hatte für ihr Alter erstaunlich wenige Falten, fiel Anna auf.

»Dann entspanne ich mich mal lieber ein bisschen«, erwiderte sie.

»Möchtest du darüber reden?«, fragte Rose. Anna war noch immer gerührt, wenn Rose so etwas sagte, oder überhaupt etwas sagte, wo sie vor ein paar Monaten höchstens »hm« gemacht hatte.

»Nein«, sagte Anna schlicht, doch sie zeigte Rose mit einem Lächeln, dass sie sich über ihre Aufmerksamkeit und Anteilnahme freute.

»In Ordnung«, sagte Rose ebenso schlicht. Dann fuhren beide fort, zu häkeln und erkalteten Salbeitee zu trinken.

Wäre es doch nur mit allen so einfach gewesen: Nein, ich möchte nicht darüber reden. In Ordnung.

Roses Handy klingelte. *Que sera, sera*, sang Doris Day. Rose zuckte zusammen.

»Das ist ja mal ein hübscher Klingelton.« Anna überging taktvoll Roses Schreckhaftigkeit, auch wenn sie sich insgeheim darüber amüsierte.

»Ja, hat mir meine Tochter eingerichtet. Das ist sie. Einen Moment.«

Rose ging ran und sagte Marietta, dass sie zurückrufen würde, denn jetzt gerade sei Häkelstunde mit Anna.

»Oh ja, Anna und ich häkeln jeden Nachmittag eine Stunde lang gemeinsam«, erklärte sie ihr. Anna hörte den glücklichen Ton in ihrer Stimme. »Ja, mach das, Liebes. Grüß die Kinder.«

»Du verstehst dich gut mit deiner Tochter«, stellte Anna fest, als Rose ihr wieder gegenübersaß.

»Ja, sehr gut. Aber ich habe sie schon lange nicht mehr gesehen. Seit letzten Herbst, da kam sie zu Oskars Beerdigung.«

»Auch nicht an Weihnachten?«

»Sie wollte mich über die Feiertage nach Berlin holen, aber mir war das zu viel.« Rose ließ ihre Häkelarbeit sinken. »Ich habe ihr viel Kummer gemacht, glaube ich.«

»Ich bin sicher, dass sie das nicht so sieht«, versuchte Anna sie zu trösten.

»Hm«, machte Rose, und da mussten sie beide lachen.

Um sechs Uhr abends erwischte Anna Kurt an der Haustür mit einem Brief in der Hand. »Für Anna«, sagte er und hielt den Umschlag hoch. »So heißt Luises Tochter. So wie du. Anna Gonzales. Ich hab ihr geschrieben.«

»Prima!«

»Wenn ich zurückkomme, mache ich Abendessen.«

»Okay.«

»Steaks und Salat.«

»Gut, dann werde ich eben erst ab morgen Vegetarierin.«

»Oh, du willst …«

»War ein Scherz, Kurt.«

Er lächelte beruhigt und ging zur Tür hinaus.

Sein Lächeln war nicht mehr so offen und heiter wie früher,

er sah blass und mitgenommen aus, aber mit der Zeit würde er sich fangen.

Michel nahm wieder an den Mahlzeiten teil, auch wenn er hinterher schnell wieder in seinem Zimmer verschwand. Es war ein Fortschritt. Bald würde er wieder einen Film am Abend verlangen, Scrabble spielen wollen, allen über die neuesten Entwicklungen in Sachen Virus berichten oder die Prognosen der im Herbst anstehenden Wahlen des US-Präsidenten, und er würde massenhaft Nutella verputzen.

Bald würde alles wieder ganz normal sein.

Nach dem Essen und gemeinsamen Aufräumen zogen sich alle bis auf Michel in den Salon zurück. Es war noch hell draußen. In nicht einmal einem Monat war schon Sommeranfang.

Man könnte zusammen in einen Biergarten gehen, dachte Anna, die hatten wieder geöffnet. Fast wie früher, als der Alltag noch sorglos war. Sie könnten dieses bisschen Sorglosigkeit gemeinsam erleben: sie, die alten Leute und Michel. Und Anders und Franky, falls das möglich war, sie wusste es nicht genau, Michel würde es wissen, der hatte alle Bestimmungen im Kopf. Durch die halb offene Balkontür drang Anders' Gesang von nebenan, Franky jaulte.

Alle mussten lachten.

Erst jetzt fiel Anna auf, dass die ganze Zeit über keiner etwas gesagt hatte, sie saßen schweigend zusammen, jeder hing seinen Gedanken nach, und es fühlte sich kein bisschen komisch an. Nur Anders' schiefe Töne in seinem durchaus angenehmen Bariton hatten ihre friedliche gemeinsame Stille unterbrochen.

»Auch falsches Singen kann einen gewissen Unterhaltungswert haben«, stellte Gunilla fest.

Rose lächelte verträumt.

»Like a bridge over trou-hou-bled water«, sang Anders inbrünstig an den richtigen Tönen von Art Garfunkel vorbei.

Anna stand auf und wollte die Tür schließen. Sie hatte noch nie einen so unmusikalischen Menschen erlebt, der so gern sang. Und auch noch nie einen, der so schlecht singen konnte und dem sie trotzdem so gern zuhörte. Einen kurzen Moment hielt sie inne und lauschte nach draußen.

»I will ease your mind«, sang Anders. Ihr Herz machte seltsame Hüpfer in ihrer Brust.

»Wollen wir noch einen Film schauen?«, rief ihr Gunilla von der Sitzgruppe aus zu. Anna schloss die Tür, kippte jedoch das Fenster.

»Okay, aber welchen?«

»*Frühstück bei Tiffany* steht noch aus«, stellte Kurt fest.

»Ich finde, zur Abwechslung sollte mal Rose einen Vorschlag machen«, sagte Anna.

»Ich?«, fragte Rose und ließ ihre Häkelarbeit sinken.

»Ja, du hast dir noch nie einen Film gewünscht«, meinte auch Gunilla. »Welchen würdest du denn gern einmal sehen? Oder noch einmal sehen.«

Anna rechnete damit, dass Rose nun stundenlang überlegen und am Schluss die Verantwortung für die Filmauswahl abgeben würde, mit den Worten: Ach, da kennt ihr euch sowieso besser aus. Doch es kam ganz anders.

»Der Mann, der zu viel wusste«, sagte sie, ohne auch nur eine Sekunde lang nachdenken zu müssen. In Gunillas und Kurts Gesicht spiegelte sich die gleiche Verblüffung, die Anna empfand.

»Hä?«, rutschte es ihr heraus. Von allen schönen Filmen, die es in Kurts tonnenschweren Ordnern gab, nannte Rose einen, den kein Mensch kannte. Anna jedenfalls sagte der Titel nichts.

»Was ist das?«, erkundigte sich auch Gunilla.

»Der schlechteste aller Hitchcock-Filme«, gab Kurt Auskunft. Rose hielt sich die Hand vor den Mund und lachte lautlos in sich hinein. Kurt schmunzelte. »Tut mir leid, liebe Rose, dass ich das so sagen muss.«

»Und das ist dein Lieblingsfilm?«, wunderte sich Gunilla. »Ein Hitchcock-Film?«

»Nein, nein«, sagte Rose. »Der ist mir nur als Erstes eingefallen, das ist alles.«

»Wirklich der schlechteste Hitchcock«, wiederholte Kurt. »Finde ich jedenfalls. Mit James Stewart und Doris Day. Und eigentlich ist der Film nur aus einem einzigen Grund so bekannt.«

»Wegen dem Lied«, flüsterte Rose.

»Wegen welchem Lied?«, fragte Anna.

»Que sera«, sagte Kurt, und Gunilla und Anna riefen im Duett: »Ahh!«

»Deswegen hast du das als Klingelton, Rose«, sagte Anna.

Rose schüttelte heftig den Kopf.

»Soll ich mal nachschauen, ob ich den habe?«, fragte Kurt.

»Nein, lass nur«, wehrte Rose ab.

»Aber wenn du den Film so magst«, meinte Gunilla.

»Tu ich ja gar nicht. Ich habe den Film nie richtig gesehen. Eigentlich.«

»Und wieso bist du dann sofort darauf gekommen?«, wollte Anna wissen.

»Er war einmal besonders für mich«, sagte Rose. Sie hob ihre Häkelsachen an, als wollte sie weitermachen, ließ sie aber unschlüssig wieder sinken.

»Inwiefern besonders?«, fragte Anna weiter.

Rose atmete schneller, man ahnte den jagenden Herzschlag in ihrer schmalen Brust, als wollte sie jedes ihrer Worte der vergangenen Minuten wieder einfangen. Doch schließlich erklärte sie sich.

»Das war der Film, den wir uns bei unserer ersten Verabredung angesehen haben«, sagte sie leise. »Heinrich und ich.«

29.

Heinrich

»Heinrich?«, hakte Kurt ein. »Aber dein Mann hieß doch Rainer.«

»Mein lieber Kurt, Rose wird vor ihrem Mann schon den ein oder anderen Freund gehabt haben, nicht wahr?«, erwiderte Gunilla schmunzelnd.

»Einen«, sagte Rose ebenso leise wie zuvor. »Heinrich.«

Es war schwer zu überhören, dass hinter diesem Namen viel mehr steckte als ein erster Freund oder die Erinnerung an einen Kinobesuch. Anna spürte es und die anderen mussten es auch spüren. Still und ohne allzu große Hoffnung warteten sie darauf, dass Rose weiterreden würde. Noch ein paar Monate zuvor hätten sie bis zum Sankt Nimmerleinstag warten können. Aber Rose konnte nicht mehr zurück, wie sie Anna viel später einmal erklärte. »Weißt du«, sagte sie zu ihr, »das ist wie mit einem Korken, wenn der raus ist, dann kommt alles hinterher, dann kann man es nicht mehr aufhalten.«

Heinrich, das war der Korken.

Rose blickte auf ihren Schoß, und als sie anfing zu reden, war es, als spräche sie zu ihrer Häkeldecke.

»Ich habe bisher noch nie jemandem von Heinrich erzählt.«

Anna fielen Gunillas Worte von neulich wieder ein.

Roses Geschichte kennen wir.

Nein, dachte Anna, kennen wir nicht. Wie konnte man glauben, man kenne die komplette Geschichte eines Menschen? Den kompletten Menschen. *Die komplette Anna …*

»Warum denn nicht, Rose?«, fragte Anna.

Rose hob ratlos die schmalen Schultern.

»Ich weiß nicht. Es hat sich bisher nie ergeben.«

Jeder Mensch darf seine Geheimnisse haben.

Anders' Worte. Aber in Wahrheit meinte er damit Dinge, die man in sich einschloss und die einen von innen her auffraßen. War das mit Rose passiert?

Anna sah Gunillas schuldbewussten Blick. *Es hat sich nicht ergeben.* Oder: Es hat nie einer gefragt.

»Möchtest du uns von Heinrich erzählen, Rose?«, fragte Anna.

Rose nickte ihr langsames, beschwerliches Nicken, dann endlich hob sie den Kopf und begann.

»Heinrich und ich waren zusammen auf der Schauspielschule.« Sie lächelte scheu über ihre erstaunten Gesichter. »Ich weiß, das kann man sich heute bei mir nicht mehr vorstellen, aber als junges Mädchen war ich ganz anders, quirlig und munter, ich stand immer und überall im Mittelpunkt. Und ich war der Star in unserem Schultheater. Bei zwei Aufführungen spielte ich die Hauptrolle, und obwohl ich vorher ungeheuer nervös war, war es das Schönste, das ich je erlebt hatte. Seither wollte ich immer nur eines werden: Schauspielerin. Eine Zeit lang sah es auch so aus, als ob dieser Traum in Erfüllung gehen würde. Ich wurde an der Schauspielschule angenommen, und ich machte mich gut dort, sehr gut sogar. Jedenfalls im Unterricht. Nur wenn wir etwas aufführen mussten, das war schrecklich. Viel, viel schlimmer als zu Schulzeiten. Vielleicht, weil ich älter war und mir noch mehr Gedanken machte oder weil es nicht mehr nur meine wohlwollenden Schulkameraden waren, die mir zusahen, ich weiß es nicht. Ich weiß nur, ich hatte das schlimmste Lampenfieber, das man sich vorstellen kann. Vor jedem Auftritt wollte ich am liebsten sterben. Wenn ich auf der Bühne war, ging es einigermaßen, aber bis dahin war es ein einziges Martyrium.

Heinrich war einer meiner Kommilitonen. Er war ungeheuer begabt, der beste von uns, und wir beide mochten uns sehr. Mehr als das. Er versuchte mich immer zu unterstützen, mir Mut zu machen, mit mir zu üben und so weiter. Er war rührend.«

Ein warmes Lächeln glitt über Roses Gesicht.

»Eines Tages fragte er mich, ob wir nicht mal zusammen ins Kino gehen wollten. Zusammen ausgehen, das bedeutete damals schon etwas. Ich sagte natürlich ja. Ins Theater zu gehen wäre uns zwar lieber gewesen, aber im Theater kann man … sich nicht so nah kommen.«

»Knutschende Pärchen im Theater, na, das wäre mal was«, rief Gunilla aus. Alle mussten bei der Vorstellung lachen, auch Rose.

»Ja, und deshalb überlegten wir auch nicht groß, welchen Film wir uns ansehen wollten. In dem Programmkino um die Ecke der Schauspielschule gab es eine Hitchcock-Woche, schön nach dem Erscheinungsjahr der Filme geordnet, ein Fest für Hitchcock-Fans, aber uns war es egal. Wir kümmerten uns nicht groß darum, welcher Film gerade lief, und dann war es eben *Der Mann, der zu viel wusste.* Heinrich und ich bekamen nicht allzu viel davon mit, muss ich sagen. Nur kurz vor Schluss, da fing auf einmal der ganze Saal mit Doris Day an zu singen: *Que sera sera.* Ich glaube, die meisten Besucher hatten schon etwas getrunken, aber Heinrich und ich, wir sangen auch mit. Ganz laut. Eigentlich ist die Handlung an der Stelle hochdramatisch, aber das interessierte keinen. Wir sangen. Es war sehr lustig. Noch auf dem Heimweg haben wir gesungen. *Que sera sera.*«

Rose sang lächelnd die erste Zeile des Refrains, den Anfang einer Liebesgeschichte im Dreivierteltakt.

»Heinrich und ich wurden ein Paar. Wir liebten uns sehr. Leidenschaftlich. Aber genauso leidenschaftlich konnten wir streiten. Wir waren beide temperamentvoll und impulsiv. Dazu kam meine ständige Frustration wegen des Lampenfiebers. Ich musste mir eingestehen, dass ich den Beruf nie würde ausüben können. Völlig unmöglich. Heinrich hatte dieses Problem überhaupt nicht, er brannte geradezu darauf, die Bühne zu betreten, und er war brillant. Seine Karriere war vorprogrammiert. Ich war eifersüchtig, das gebe ich zu, und er wusste nicht, wie er damit umgehen sollte. Wir haben uns geliebt, daran gab es nicht den geringsten Zweifel. Aber es war schwierig. *Wir* waren schwierig.«

Rose sah so bekümmert aus, als würde sie immer noch vergeblich nach einer Lösung für diese Schwierigkeiten suchen.

»Nach unserem Abschluss erhielt Heinrich ein Engagement in Heidelberg. Ich dagegen entschied mich, die Schauspielerei aufzugeben, und habe stattdessen eine Stelle als Souffleuse hier am Theater angenommen. Ich war dankbar, dass sich diese Möglichkeit ergeben hatte, und ich war ja geradezu prädestiniert dafür.

Anfangs blieben wir noch zusammen, Heinrich und ich. *Que sera sera*, das war unsere Devise. Was sein wird, wird sein. Heinrich hat es immer gesungen, in jedem passenden und unpassenden Moment. Manchmal hat es mich richtig aufgeregt, aber manchmal hat es mir auch geholfen. Und es hat uns immer an den Anfang erinnert und daran, dass wir zusammengehören. Wir dachten: Das geht schon, unsere Liebe ist so groß, die hält die Trennung aus. Wir haben einander oft besucht, ich ihn oder er mich, je nachdem, wer gerade abkömmlich war. Aber jedes einzelne Mal haben wir uns gestritten. Ich weiß nicht, was das mit uns war. Wenn wir nicht zusammen waren, haben wir uns nach einander gesehnt, und wenn wir zusammen waren, haben wir uns gestritten. Geliebt und gestritten. Beides gleichermaßen heftig. Es hat uns völlig aufgerieben und ...«

»Und deshalb habt ihr euch getrennt«, riet Anna, als Rose nicht mehr weitersprach. Sie nickte und hauchte ein tonloses »Ja«, noch immer erfüllt vom vergangenen Schmerz.

»Ein paar Jahre danach lernte ich meinen Mann kennen«, erzählte sie weiter. »Er war Bühnenbildner und kam bei einer Probe dazu, als ich die erkrankte Darstellerin der Amalie in einer Szene ersetzte, so etwas kam ab und zu vor. Es war immer sehr praktisch für die Regisseure, denn ich kannte den Text und spielen konnte ich auch. Rainer – mein späterer Mann – dachte zuerst, ich wäre Schauspielerin. Er schaute eine ganze Weile zu und bekam natürlich mit, wie ich gleichzeitig den anderen Schauspielern ihren Text soufflierte. Nach der Probe kam Rainer auf mich zu und sagte«, sie unterbrach sich und hielt leise kichernd die Hand vor den Mund. Die anderen lachten mit, ohne zu wissen worüber, erleichtert über den heiteren Moment in Roses Geschichte, denn dass sie nicht gut ausging, ahnten sie. Rose hatte nicht umsonst fast ein ganzes Jahrzehnt alleine am Fenster ihres Erkers verbracht.

Rose schnappte nach Luft. »Also, Rainer meinte«, sie räusperte sich und ahmte mit voller, dunkler Stimme ihren Mann nach: »›Entschuldigen Sie, ich muss Ihnen das einfach sagen, ich habe noch nie eine solche Kollegialität unter Schauspielern erlebt. Wie Sie da so ganz nebenbei und mit der größten Selbstverständlichkeit Ihren schlecht vorbereiteten Kollegen den Text vorsagen. Andere würden sich darüber aufregen, und Sie stattdessen sind so hilfsbereit. Alle Achtung!‹«

Rose lachte ihr lautloses Lachen mit geschlossenem Mund und feuchtglänzenden Augen, ihre Schultern zuckten im Takt, so amüsierte sie sich noch immer über diese erste Begegnung und das Missverständnis ihres späteren Mannes.

»Erst dachte ich, er nimmt mich auf den Arm«, fuhr sie fort, »also bin ich darauf eingegangen und habe so getan, als wäre ich tatsächlich die Darstellerin, und habe mich im Spaß über meine unprofessionellen ›Kollegen‹ echauffiert und all so was. Aber dann habe ich gemerkt, dass er das allen Ernstes glaubte, und da habe ich ihn natürlich aufgeklärt. Aber da ...« Einmal mehr brach ein Lachen aus ihr heraus. »... da dachte er, ich wollte ihn auf den Arm nehmen, indem ich behaupte, die Souffleuse zu sein. Es war völlig verrückt.«

Das Hin und Her zwischen den beiden stand Anna lebhaft vor Augen. Es war eine andere Rose, die in diesen Minuten vor ihnen saß, die ihre Stimme verstellte, gestikulierte, ihr Gesicht verzog, lachte, es war die Rose von damals. Eine junge, temperamentvolle Rose mit Spaß an Situationskomik, Spaß am Spielen, mit einem offenen Wesen und einem guten Draht zu Menschen. Die Rose, die ihrem zukünftigen Mann zum ersten Mal begegnet war. Es musste eine glückliche Zeit gewesen sein, oder der Anfang davon.

»Irgendwann hat sich dann doch alles aufgeklärt, und wir konnten gemeinsam darüber lachen. Es hat nicht lange gedauert, bis wir uns ineinander verliebten. Rainer war ein großartiger Mann, ein toller Bühnenbildner, ein Künstler, aber trotz allem bodenständig und nicht versponnen. Er hatte Humor und ein liebevolles Wesen. Er war ... wunderbar.«

Sie setzte das letzte Wort ab, stellte es gleichsam auf einen Sockel, damit niemand übersehen konnte, wie wunderbar dieser Mann gewesen war. Am allerwenigsten, so erschien es Anna, Rose selbst.

»Wir heirateten und bekamen unsere Tochter schon kurz nach der Hochzeit. Wir waren sehr glücklich miteinander. Sehr, sehr glücklich.«

Rose verfiel in Schweigen. Das Lachen war vorbei.

»Soll ich uns vielleicht etwas zu trinken holen?«, fragte Gunilla in die Stille hinein.

»Ich helfe dir«, bot Kurt sofort an.

Sie verschafften Rose ein paar Minuten, in denen sie sich

überlegen konnte, ob sie alles erzählen oder ob sie es bei diesem glücklichen Ende belassen wollte, doch Anna wusste, wie sich Rose entscheiden würde. Es hatte mit Heinrich begonnen und nicht mit Rainer, und das musste einen Grund haben.

Kurt und Gunilla kamen mit gefüllten Gläsern zurück, alle tranken etwas und warteten geduldig darauf, dass Rose fortfuhr, aber sie schwieg und schien weit weg. Es war so still, dass man durch das gekippte Fenster wieder Anders singen hörte. *Save the last dance for me* sang er zusammen mit Michael Bublé. Womöglich tanzte er sogar dazu. Wenn er das ebenso gut konnte, musste man sich Sorgen machen.

»Rose?«, sagte Gunilla sanft.

»Gleich«, erwiderte Rose mit papierdünner Stimme. Einige weitere Sekunden lang lauschten sie alle Anders' Gesang. Es klang schrecklich. Dann hatte sich Rose gefasst.

»Wir führten eine glückliche Ehe, Rainer und ich. Und auch beruflich ging es uns sehr gut. Er hatte einen hervorragenden Ruf als Bühnenbildner und ich …«

»Du hattest einen hervorragenden Ruf als Souffleuse«, sprach Gunilla aus, wofür Rose selbst zu bescheiden war.

»Ja, den hatte ich. Auf mich konnte man sich hundertprozentig verlassen. Ich hatte ein untrügliches Gespür dafür, wenn jemand nicht mehr weiterwusste, schon vorher, sodass ich so frühzeitig einsagen konnte, dass kein Mensch im Publikum etwas mitbekam. Außerdem kannte ich meine Stücke praktisch alle auswendig, ich konnte meine Augen auf der Bühne lassen und auf jeden kleinen Hinweis sofort reagieren. Ich war gut. Mit mir waren die Schauspieler sicher. Und entsprechend wurde ich behandelt, manchmal kam es mir so vor, als wäre ich letztlich doch noch ein Bühnenstar geworden, auf meine eigene Weise.«

»Das warst du, Rose. Man hat dich regelrecht verehrt.«

Fast hatte Anna vergessen, dass Gunilla Rose damals schon gekannt hatte, eine ganz andere Rose als heute.

Rose lächelte dankbar. »Das war eine gute Zeit«, sagte sie. Erneut fiel sie in beredtes Schweigen.

»Und dann«, sagte sie, »dann kam Heinrich ans Theater. Wir hatten in all den Jahren keinen Kontakt mehr gehabt, aber natürlich hatte ich seine Karriere verfolgt. Er war ein bekannter Bühnenschauspieler geworden. Film und Fernsehen hatten ihn nie interessiert, er brauchte den unmittelbaren Kontakt zum Publikum, er musste es spüren können. Jetzt hatte er also ein Engagement in München angenommen, an meinem Haus. Ich hatte davon gehört, dass er kommen würde, aber es war keine große Sache für mich. Unsere Beziehung lag über dreißig Jahre zurück, und ich war ja glücklich mit Rainer, aber ... als wir uns das erste Mal wieder begegneten ... Es war verrückt: Obwohl wir so viel älter waren und obwohl so viel Zeit vergangen war, war alles genau wie damals, dieselbe Anziehung, dieselben Gefühle. Wir sahen uns und alles war wieder da.«

Sie atmete tief und faltete ihre Hände auf ihrer Decke.

»Natürlich dachten wir nicht im Traum daran, etwas miteinander anzufangen. Er war verheiratet, ich war verheiratet, er stand auf der Bühne, ich soufflierte, ab und zu wechselten wir ein Wort, das war alles. Trotzdem spürten wir es beide, wir waren wie zwei Magnete, die sich dagegen wehrten, zusammenzukommen. Aber wie das so ist: Da gibt es dann eines Tages eine Premierenfeier. Man geht nicht rechtzeitig nach Hause. Und plötzlich findet man sich in irgendeinem Gang wieder und knutscht, als wäre man vierzig Jahre jünger.«

Rose schloss die Augen und presste die Lippen zusammen.

»Und dann?«, fragte Anna gebannt.

»Nichts. Es blieb bei diesem einen Mal. Ich liebte meinen Mann, ich wollte ihn nicht betrügen. Auf gar keinen Fall. Das sagte ich Heinrich und der akzeptierte es. Aber wir sahen uns ja weiter im Theater. Ich redete mir ein, dass man nur einen Mann lieben kann und dass das, was ich für Heinrich empfand, nicht so stark war wie meine Gefühle für Rainer. Aber ich dachte unentwegt an Heinrich, und wenn ich ihn sah … es fühlte sich an, als würde ich meinen Mann betrügen. Eines Tages hielt ich es nicht mehr aus und habe Rainer gebeichtet, was in mir vorging und dass es da einen anderen Mann gab, auch wenn ich keine Affäre mit ihm hatte. Ich dachte, Offenheit wäre das Heilmittel für meine Krise. Ich war so dumm. Wir hatten einen fürchterlichen Streit, Rainer glaubte nicht, dass ich ihn noch immer liebte und regte sich schrecklich auf. Für ihn brach eine Welt zusammen. Am nächsten Tag musste er zu einer Bauprobe nach Ulm. Dort erlitt er mitten auf der Bühne einen schweren Herzinfarkt – und ist daran gestorben.«

Roses Stimme erstarb ebenfalls.

Anna war erschüttert. Das war sie also, die Geschichte, die ihr den ganzen Lebensmut geraubt hatte. Der Tod ihres Mannes und die damit verbundenen Schuldgefühle.

Doch Roses Geschichte war noch nicht zu Ende.

»Nicht nur, dass ich meinen Mann verloren hatte, ich machte mir dazu noch die schrecklichsten Vorwürfe. Ich bat um Urlaub nach der Beerdigung, ein paar Wochen, um mich wieder einigermaßen zu fangen. Meine Tochter kam aus Berlin und blieb eine Zeit lang bei mir. Sie war mir eine große Stütze. Zu Heinrich hatte ich keinen Kontakt mehr. Er hatte kondoliert, wie alle anderen vom Theater auch, aber das war alles. Ich bin sicher, er hätte für mich da sein wollen, aber er hielt sich zurück. Er verstand, dass ich diesen Abstand brauchte.«

Roses Augen füllten sich mit Tränen.

»Nach fast drei Wochen wollte ich wieder anfangen zu arbeiten. Ich dachte, das täte mir gut, und ich käme auf andere Gedanken.«

Ihre Stimme brach ab. Überwältigt von ihrem Kummer verbarg sie das Gesicht hinter ihren Händen. Ihre Brust zuckte vor unterdrücktem Schluchzen. Nur mit Mühe sprach sie weiter.

»Als ich das Theater betrat, erfuhr ich als Erstes von einer Spielplanänderung. Weil der Hauptdarsteller des Stücks ... bei einer Bergtour ... abgestürzt ... und ums Leben gekommen war.«

Roses ganzer zierlicher Körper wurde vom Schmerz geschüttelt, Tränen rannen durch ihre Finger, und auch Anna wurde gepackt von der Tragik, die sie erst jetzt begriff. Es war Heinrich, der in den Bergen ums Leben gekommen war.

Sie lief zu Rose und schlang ihre Arme um sie. Lange saßen sie so da, bis Rose sich beruhigt hatte und dankbar über Annas Kopf strich. Mit der anderen Hand tastete sie nach ihrem Glas, und nach einem großen Schluck daraus erzählte sie ihre Geschichte zu Ende.

»Der Moment, in dem ich von Heinrichs Tod erfuhr, das war der Moment, in dem mir klar wurde, wen ich wirklich geliebt hatte, mehr als alles andere. Und das war der Moment, in dem alles zusammenbrach. Um meinen Mann konnte ich offen trauern, aber um Heinrich nicht, das durfte nur seine Frau. Ich konnte nicht mehr sprechen, ich konnte nicht mehr soufflieren, ich konnte den Stücken nicht mehr folgen. Mehr als einmal gab es fast einen Eklat, weil ein Schauspieler festhing und ich nicht half, weil ich nicht aufgepasst hatte, weil ich mit meinen Gedanken ganz woanders war. Aber das war mir egal. Alles war mir egal. Alles.«

»Und du konntest nie mit jemandem darüber reden«, schloss Gunilla voller Mitgefühl.

Rose schüttelte den Kopf. »Nein. Jeder dachte, dass ich Rainers Tod nicht verwinden konnte, aber so war es nicht.«

Sie nahm das Taschentuch, das Kurt ihr reichte. »Ich bin ein treuloser, furchtbarer Mensch, sogar im Tod betrüge ich meinen Mann, weil mir der Tod eines anderen mehr zu Herzen geht.«

Alle setzten an, um zu widersprechen, doch es war Gunilla, die die richtigen Worte fand.

»Liebe, liebe Rose, sag das nicht. Es mag Gefühle geben, derer man sich schämen sollte, aber Liebe gehört ganz sicher nicht dazu und Trauer genauso wenig. Du hast dir nicht das Geringste vorzuwerfen. Gar nichts.«

Rose schluchzte geräuschlos und seufzte tief, Seufzer der Erleichterung, nachdem sie die Last, die jahrelang alles Leben aus ihr herausgepresst hatte, endlich losgeworden war. So leise, wie sie die letzten Jahre gelebt hatte, so leise ließ sie ihre Qualen gehen. Unvorstellbar, dass sie irgendwann wieder zu der quirligen, selbstbewussten Rose von früher zurückfinden würde, aber Schritt für Schritt würde sie sich die Welt außerhalb ihres Zimmers und jenseits von Häkeldeckchen und Filetmustern zurückerobern. Und sie war nicht allein.

26. Mai 2020

Gunilla

Sie stand vor der Tür. Es war nur ein Handgriff, dann ein Schritt. Das war alles. Ein Handgriff. Ein Schritt.

Und dann noch einer und noch einer und noch einer.

Sie schaffte es nicht.

Was konnte denn passieren? Nichts. Allen anderen passierte doch auch nichts.

Aber ihr Körper schrie. Lauf weg! Weg von dieser Tür. Du wirst sterben und dann ist Michel allein, und was geschieht dann mit ihm? Sie werden ihn in die Psychiatrie stecken und ihm alles wegnehmen, er wird keinen einzigen glücklichen Tag mehr erleben. Das wird passieren.

Nein, das wird es nicht. Mut! Mut, Gunilla!

Mut, Gunilla! Du kannst das! In New York wirst du ein Star, einer der größten, den die Opernwelt je gesehen hat. Lass dir das nicht nehmen, nur weil du Angst hast.

Sie streckte ihre Hand aus, packte den Türknauf, drehte ihn.

Die Kühle des Treppenhauses schlug ihr entgegen. Ein Schritt nach vorn. Alles in ihr wehrte sich.

Lass dir das nicht nehmen.

Schweiß klebte kalt auf ihrer Haut, der Boden vor ihren Füßen verschwand, sie würde geradewegs ins Nichts fallen.

Das ist nicht so. Das bilde ich mir nur ein. Der Boden ist da und da vorn ist die Treppe und ich werde jetzt gehen.

Sie ging.

Einen Schritt nach vorn.

Der Boden begann zu schwanken. Ihr Körper wurde auseinandergezerrt, zusammengepresst, zerstampft, jede Zelle ein Schrei, ihr Herz dehnte sich aus, wurde immer größer und größer und lauter und lauter und raste und raste und raste …

Sie bekam keine Luft. Sie würde sterben und dann war niemand mehr da, dem Michel etwas bedeutete.

Du bedeutest mir was, ihr alle.

Anna …

Sie machte noch einen Schritt.

Die Welt drehte sich auf den Kopf.

Noch einen.

Sie würde das nicht überleben.

Noch einen.

Gleich würde sie fallen.

Noch einen.

Sie fiel und fiel und fiel und …

Gunilla schlug die Augen auf.

30.

Der richtige Zeitpunkt

»Du solltest wirklich dein Fenster zumachen, wenn du singst, nicht dass Victor Hugo auf Ideen kommt.«

Damit begrüßte Anna Anders am nächsten Tag auf dem Balkon. Sie lachte dazu, lachte den Gedanken weg, dass es inzwischen albern war, sich so zu treffen. Er auf der einen Seite der Trennwand, sie auf der anderen. Die Wand fühlte sich schon seit Langem falsch an. Er könnte doch rüberkommen zu ihr, dachte sie manchmal, oder sie zu ihm. Er könnte sogar zum Essen rüberkommen, das war ja wieder erlaubt. Sie könnten doch allmählich mal anfangen, sich normal zu treffen. Als Freunde. Aber vielleicht gefiel ihm das so, nach allem, was sie über seine vergangenen Beziehungen gehört hatte. Dabei wollte sie das doch gar nicht, eine Beziehung, vor ihr konnte er doch so sicher sein wie vor niemandem sonst. Sie hatte Jeremias und war nicht interessiert an etwas anderem als an seiner Freundschaft.

»Ihr habt gelauscht?«, fragte Anders gespielt pikiert.

»Nein, eigentlich hatten wir dazu keine Zeit.«

Anna erzählte von Rose.

»Kannst du dir das vorstellen? Jahrelang hat sie das mit sich herumgetragen und war damit ganz allein und auf einmal kam alles aus ihr raus, wie ein Wasserfall.«

»Dann war wahrscheinlich die Zeit reif«, sagte Anders.

»Wie meinst du das?«

»Ich glaube, für alles gibt es einen richtigen Zeitpunkt, und gestern, das war der richtige Zeitpunkt für Rose.«

»Wie merkt man so was denn?«

»Das kann dir keiner sagen. Ich denke, Rose fühlt sich bei euch aufgehoben und hatte zum ersten Mal dieses Vertrauen. Und den Abstand natürlich. Manche Dinge brauchen eben ihre Zeit.«

Anna betrachtete Anders von der Seite. Er lehnte wie meist mit den Unterarmen auf dem Geländer und schaute nach unten in den Hof. Schaute ... Sie hätte zu gern gewusst, was er sah, ob wenigstens vor seinem inneren Auge noch Bilder auftauchten, ob er sich ein Bild von ihr machte.

»Einmal dachte ich: Jetzt hört sie auf zu erzählen«, sagte Anna nachdenklich. »An der Stelle hätte ihre Geschichte ein gutes Ende gehabt, und wir hätten für immer gedacht, es wäre die Trauer um ihren Mann gewesen, die sie fast umgebracht hätte.«

»So ist es doch immer. Je nachdem, an welcher Stelle man eine Geschichte abbricht, kann sie ein gutes Ende nehmen oder ein tragisches. Man kann es selbst entscheiden. Aber nur, wenn man bis zum richtigen Ende erzählt, ist es eine wahre Geschichte, und nur dann hat es einen Sinn, sie zu erzählen.«

Anna presste die Lippen zusammen. Sie begriff, dass sie längst nicht mehr über Rose sprachen, jedenfalls nicht nur. Alles, was Anders über Rose sagte, galt ebenso für sie. Die ganze, wahre Geschichte, die man nur zum richtigen Zeitpunkt erzählen kann, und dort, wo man sich aufgehoben fühlt.

Anders' Hand glitt über das Geländer zu ihr.

»Woran denkst du?«, fragte er.

»Ich glaube«, sagte sie mit belegter Stimme. »Jetzt ist der richtige Zeitpunkt für mich.«

»Wie geht es dir, Rose?«, fragte Anna am Nachmittag beim Häkeln.

»Gut«, sagte Rose mit großer Überzeugung. »Nur meine Stimme hat gestern etwas gelitten. Ich bin das nicht mehr gewohnt.«

Anna schmunzelte. »Dafür trinken wir doch immer den Salbeitee.«

»Sag mal, Anna, könntest du mir einen Gefallen tun?«

»Natürlich.«

Rose stand auf, holte ihr Handy und streckte es Anna entgegen.

»Könntest du bitte den Klingelton für mich ändern? Ich habe das Lied Marietta immer vorgesungen, als sie klein war, damals fand ich es noch schön. Ich meine, das ist es immer noch, aber … es hilft mir nicht gerade dabei, abzuschließen.«

In wenigen Sekunden war die Sache erledigt. Gemeinsam suchten sie einen Klingelton aus, der Rose bei einem Anruf ihrer geliebten Tochter nicht mehr zusammenzucken ließ.

Um Punkt 18 Uhr, als Anna gerade Klavier übte, klopfte es an ihre Tür. Auf ihr verwundertes »Ja, bitte?« hin öffnete Michel einen schmalen Spalt, so schmal, dass kaum sein zauseliger Kopf hindurchpasste.

»Kommst du Scrabble spielen?«

Er sprach mit dem Boden, aber Anna hätte am liebsten einen Luftsprung gemacht. Sofort klappte sie den Deckel über die Tasten.

»Gern, Michel«, sagte sie, »aber nicht schummeln, okay?«

»Du auch nicht«, erwiderte er trocken und ging voraus in die Küche.

Beim Abendessen fragte Anna die anderen und insbesondere Kurt, ihren Koch, ob sie etwas dagegen hätten, wenn Anders in den nächsten Tagen mal zum Essen käme.

»Hierher?«, fragte Michel.

»Ja, wenn das okay ist.«

»Natürlich«, sagte Gunilla. »Wir hatten schon lange keine Gäste mehr. Trinkt Anders Prosecco?«

»Und frag ihn, ob er Vegetarier ist«, sagte Kurt, sichtlich stolz, dass er dieses Mal daran gedacht hatte.

»Wunderbar!«, rief Gunilla. »Ein Gast!«

Der Gast allerdings wusste noch gar nichts davon.

Mit klopfendem Herzen überbrachte ihm Anna die Einladung.

»Zu euch? Zum Essen?«, fragte er überrascht. Anna wiederum fragte sich, weshalb er das so abwegig fand.

»Ja, wenn du Lust hast«, sagte sie. »Trinkst du Prosecco? Und bist du Vegetarier?«

»Ich trinke nur ganz wenig, und ich spiele immer mal wieder mit dem Gedanken Vegetarier zu werden, aber … nein, bis jetzt noch nicht.«

Anna lachte.

»Also, wann wäre es dir recht? Pfingsten?«

»Pfingstsonntag bin ich bei meiner Familie, aber am Montag könnte ich.«

»Montag«, sagte Anna und nickte bekräftigend. »Montag passt dafür ausgezeichnet.«

Am Pfingstmontag pünktlich um neunzehn Uhr klingelte es an der Wohnungstür. Michel brüllte sein »Wir haben geschlossen!« und wollte nach vorn stürmen, um den zur Unzeit klingelnden Gast anzuschreien und ihm die Tür vor der Nase zuzuschlagen, doch Anna kam ihm zuvor.

»Das ist Anders«, rief sie und stellte sich ihm in den Weg.

Michel hielt inne. »Ach ja«, sagte er, drehte sich um und ging wieder.

Anna öffnete die Tür.

»Warum lässt du Michel mich nicht anschreien?«, fragte Anders. »Denkst du, der Blinde kann das nicht verkraften?«

Anna ging nicht darauf ein, das hatte sie sich mittlerweile abgewöhnt. »Schöne Blumen«, sagte sie mit Blick auf den Frühlingsstrauß, den er in der Hand hielt.

»Echt? Na, Gott sei Dank, ich dachte schon, man hätte mir wieder irgendein Unkraut angedreht.«

»Quatschkopf. Am Pfingstmontag? Wo hast du die her?«

»Gepflückt.« Er grinste. »Sind außerdem nicht für dich.«

»Oh, unser Gast!«, rief Gunilla und schwebte den Flur entlang. »Herr Fröhlich, nicht wahr?«

»Anders genügt.«

»Dann bin ich einfach Gunilla.«

»Und dann sind die Blumen für Sie«, sagte Anders. »Als Dank für die Einladung und für die vormittäglichen Konzerte.«

»Oh, die sind ja wundervoll!«

»Meine Eltern haben einen großen Garten und meine Mutter ist Blumenliebhaberin.«

Wie charmant er sein konnte, dachte Anna, und wie gut er aussah. Wie machte er das überhaupt? Er trug einen legeren dunkelgrauen Anzug und ein dunkelblaues Hemd dazu, nicht wie sonst Jeans und T-Shirt, er hatte sich extra umgezogen, nur um zu ihnen nach nebenan zu gehen.

Gunilla nahm die Blumen entgegen und schnupperte daran. »Ein Traum!«, rief sie. »Bestellen Sie Ihrer Mutter die besten Grüße von mir.«

»Mach ich, danke!«

»Anna, meine Liebe, möchtest du Anders nicht zuerst ein bisschen durch die Wohnung führen, bis Kurt mit dem Essen so weit ist?«

Prompt schaute Kurt um die Ecke: »Ist gleich fertig«, verkündete er. »Guten Abend, Herr Fröhlich.«

»Anders!«

»Dann bin ich einfach Kurt.«

Anna wettete mit sich selbst, dass derselbe Austausch auch noch mal mit Rose stattfinden würde: *Guten Abend, Herr Fröhlich. Anders. Dann bin ich einfach Rose.*

»Freut mich«, sagte Anders.

»Ich zeige dir mal die Wohnung, okay?«

Sie nahm Anders am Arm, führte ihn überall hin und achtete darauf, dass er sich mit den Händen orientieren konnte.

»Und das hier«, sagte sie, als sie den Balkon vor ihrem Zimmer betraten, »das ist meine Seite der Trennwand.«

Er betastete das Geländer auf ihrer Seite, die Wand, den Korbsessel, die Decke darauf, in die sich Anna immer eingekuschelt hatte, wenn es kühl war.

»So fühlt sich das also an, du zu sein«, sagte Anders.

»Was?«, lachte Anna.

»Na ja, ein bisschen, oder?«

»Also, wenn du dich schon in mich hineinfühlen kannst, indem du nur auf meinem Platz stehst ...«

Er streckte die Hand nach ihr aus. »Darf ich?«

»Darfst du was?«

»Dich mal genauer ansehen?«

Kurt streckte den Kopf aus dem Küchenfenster: »Kommt ihr? Wir können essen.«

Annas Herz klopfte, sie nahm Anders' Hand, die gerade eben noch über ihr Gesicht hatte streicheln wollen.

»Nachher vielleicht«, sagte sie und führte ihn zur Küche.

»Der Platz ist frei«, sagte Michel und zeigte auf den Stuhl neben dem von Rose. »Anders kann sich da hinsetzen, der ist frei, da sitzt nie jemand. Und er kann sich neben Anna setzen.«

»Danke, Michel«, sagte Anders. Anna brachte ihn zu dem Platz.

Rose kam und begrüßte ihren Gast wie erwartet.

»Anders!«, antwortete Anders.

»Dann einfach Rose.«

Kurt zählte wie ein Kellner in einem vornehmen Restaurant auf, was es alles gab: als Vorspeise selbstgebackenes Olivenbrot mit Tomatensalat, danach Penne all'arrabbiata und als Nachtisch Tiramisu.

»Großartig!«, sagte Anders.

Kurt servierte den ersten Gang.

»Du sagst mir, wenn du bei irgendetwas Hilfe brauchst, okay?«, sagte Anna zu Anders, und legte dabei ihre Hand auf seine.

Er lächelte. »Mach ich, danke.«

»Hoffentlich ist die Pasta nicht wieder so scharf wie beim letzten Mal«, meinte Michel. »Da hat mein Hintern gebrannt.«

»Michel!«, mahnte ihn Gunilla und drehte die Augen zur Decke.

»Meiner auch«, flüsterte Anna.

»Ich glaube, das gehört so, sonst ist es nicht arrabbiata«, erklärte Anders.

»Ganz genau«, pflichtete Kurt bei, während Rose lautlos in sich hineinlachte.

»Es schmeckt jedenfalls fantastisch, Kurt«, lobte Anders.

»Das freut mich«, sagte Kurt.

»Können Sie eigentlich auch kochen, Anders?«, erkundigte sich Gunilla interessiert.

»Fragen Sie, ob ich es hinbekomme oder ob ich weiß, wie man kocht?«, fragte Anders zurück.

»Ehrlich gesagt, beides«, gab sie unumwunden zu.

»Nun ja«, sagte Anders, »ich finde mich in meiner Küche zwar blind zurecht, und theoretisch könnte ich dort ein Drei-Sterne-Menü zaubern, aber leider sind meine Kochkünste ziemlich begrenzt. Ich habe nie allzu großen Ehrgeiz dabei entwickelt. Ich halte mich am Leben, sagen wir so.«

»Aber du schneidest dir bestimmt oft in den Finger, oder?«, vermutete Michel. »Wo du doch nichts siehst.«

»Ich denke, ich schneide mich nicht öfter als andere Leute, vielleicht sogar seltener, weil ich vorsichtiger bin.«

»Und bestimmt ist alles gut aufgeräumt bei dir, oder?«, meinte Michel.

»Oh ja, alles hat seinen Platz, das ist wichtig.«

»Das ist bei mir auch so«, freute sich Michel über die Gemeinsamkeit.

Im Laufe des Essens lernte Anna noch einiges über Anders, seine Gewohnheiten und wie er mit seiner Blindheit umging. Michels Direktheit half dabei ebenso wie Gunillas Unbefangenheit. Aber das Verrückteste war, dass Anna selbst Anders' Behinderung überhaupt nicht mehr wahrnahm. Ab und zu erinnerte sie sich noch daran, so wie er es einmal ausgedrückt hatte, aber im Grunde spielte es keine Rolle.

»Was machen wir später?«, fragte Michel beim Tiramisu. »Schauen wir einen Film?«

Gunilla wollte antworten, doch Anna war schneller.

»Nein!«, sagte sie. »Nein, Michel, keinen Film diesmal.«

»Wir haben doch einen Gast«, erklärte Gunilla Michel. »Wir setzen uns in den Salon und trinken ein Glas Prosecco.«

»Und ich erzähle euch was«, sagte Anna. Ihr brach der Schweiß aus. Alle schauten sie verdutzt an.

»Du erzählst uns was?«, fragte Gunilla halb erstaunt, halb amüsiert. »Eine Geschichte?«

»Ähm ... ja, eine Geschichte.«

Anders lächelte, seine Hand kroch über den Tisch zu ihr. Anna ergriff sie dankbar. Deshalb hatte sie ihn eingeladen. Weil sie ihre Geschichte nur erzählen konnte und wollte, wenn er dabei war.

»Eine wahre Geschichte«, sagte sie. »Meine.«

31.

Die komplette Anna

Sie saßen genauso im Salon wie wenige Tage zuvor, als Rose ihnen von Heinrich erzählt hatte. Rose mit ihrer Häkeldecke auf dem Schoß in ihrem Sessel unter der Stehlampe, Kurt ebenfalls in einem Sessel, Gunilla auf dem Sofa unter ihrem Gemälde. Michel hatte sich auf einem samtbezogenen Biedermeierhocker niedergelassen, auf dem Gunilla, wenn sie müde war, einen Fuß ablegte, nie beide, immer nur einen. Seinen Platz auf dem Sofa hatte er Anders überlassen, und gleich neben Anders, ganz vorn auf der Kante, saß Anna.

Jeder hatte ein Glas Prosecco, das gehörte dazu, aber die Getränke sprudelten unbeachtet vor sich hin.

Der richtige Zeitpunkt, war er das?

Sie alle hatten ihre Geschichten mit ihr geteilt, hatten von ihren Geheimnissen, ihren Lügen, ihren Versäumnissen erzählt, von Reue und Schuld und Schmerz und Entscheidungen, die durch nichts wiedergutzumachen waren. Sie hatten ausgesprochen, was sie nie zuvor ausgesprochen hatten.

Jetzt war Anna an der Reihe. Sie trank einen Schluck, murmelte »Also dann« und tastete nach Anders' Hand.

»Am 28. Juni 1988 kam ich zur Welt, am frühen Morgen gegen 5 Uhr. Meine Mutter hatte einen komplizierten chinesischen Namen, den ich nur von meiner Geburtsurkunde her kenne.

Sie starb kurz nach meiner Geburt. Das sind die Dinge, die ich weiß, alles andere musste ich mir irgendwie zusammenreimen, weil nie jemand mit mir darüber gesprochen hat. Mein Nachname ist Trost, also waren meine Eltern wohl verheiratet. Ich bilde mir ein, dass ich als kleines Kind mal was von einer Nottrauung aufgeschnappt habe, aber Genaues weiß ich nicht. Mein Vater war noch ganz jung, zweiundzwanzig Jahre alt und mitten im Studium, also kam ich zu seinen Eltern. Dort bin ich aufgewachsen. Ich wurde Anna genannt, weil meine Großmutter so hieß. Zu meinem Vater hatte ich in den ersten Jahren kaum Kontakt, jedenfalls nicht, dass ich mich daran erinnern könnte. An Feiertagen saß er manchmal mit am Tisch und hat mich angeschaut, aber er wusste nie etwas mit mir anzufangen, und ich war klein und schon früh so erzogen, dass man nicht mit fremden Leuten redet. Das war er für mich: ein fremder Mann.

Meine Großeltern waren das, was man anständige Leute nennt, rechtschaffen, ehrlich, fleißig, Menschen, die wissen, was sich gehört. Aber ich kann mich nicht erinnern, dass sie mich auch nur ein einziges Mal in den Arm genommen haben, oder dass ich mal bei einem von ihnen auf dem Schoß saß, geschweige denn zwischen sie gekuschelt bei ihnen im Bett lag. Sie haben mir nicht vorgelesen und nicht mit mir gespielt. Sie haben auch nichts Schlimmes getan, sie hätten nie die Hand gegen mich erhoben, obwohl ich ein ziemlich umtriebiges Kind war und schon mal das eine oder andere angestellt habe. Sie schimpften und dann war es auch wieder gut. Also: gut im Sinne von normal. Als ich älter wurde, fiel mir irgendwann auf, dass ich anders aussah. Das muss so zu Beginn der Grundschule gewesen sein. Fast alle Kinder waren weiß und kamen aus Bayern, eine Mitschülerin hatte Eltern, die aus Äthiopien stammten, und ein Junge sagte stolz, er sei Türke. Dann haben sie mich gefragt. Erst die anderen Kinder, später der Lehrer.

›Na, und wo kommst du her?‹ Ganz nett hat er das gefragt. Ich habe gesagt: aus Nymphenburg. Ich weiß noch, wie stolz ich darauf war, zu wissen, dass unser Stadtteil Nymphenburg hieß. Der Lehrer hat gelacht. Das sollte wohl auch nett sein, dieses Lachen, aber ich habe gedacht: Warum lacht der denn? Natürlich haben die anderen Kinder auch gelacht, als der Lehrer lachte. Ich kam mir so dumm vor, weil ich das nicht verstanden hab. Dann hat er gefragt: ›Und ursprünglich? Willst du uns das verraten?‹ Ich habe immer weniger verstanden, mir sind fast die Tränen gekommen. ›Aus Nymphenburg‹, habe ich wiederholt. Die Schule hatte gerade erst angefangen, und ich habe mich schon gefühlt, als wäre ich mitten in einem Test und würde eine Sechs mit nach Hause bringen. Dann hat er mich in Ruhe gelassen, mir über den Kopf gestreichelt und gemeint: ›Schon gut, musst es uns nicht sagen.‹ Und zur Klasse hat er dann gesagt: ›Merkt euch bitte, es ist absolut nichts dabei, ein Ausländerkind zu sein. Jedes Kind, egal, woher es kommt, ist gleich viel wert.‹ Ich wette, er kam sich unglaublich pädagogisch vor.

Als ich nach Hause kam, erzählte ich meiner Großmutter davon und fragte sie, warum der Lehrer das zu mir gesagt habe. Sie hat sich fürchterlich aufgeregt. Aber ich fragte weiter: ›Warum denn?‹ Da sagte sie: ›Deine Mutter war Chinesin.‹ Es war das erste Mal, dass ich überhaupt etwas über meine Mutter hörte. Über meine Mama. Andere Kinder hatten eine Mama, ich hatte eine Oma, das war normal für mich. Und jetzt, zum ersten Mal, nahm meine Oma das Wort Mutter in den Mund. Bei ihr klang es wie ein Schimpfwort. Und dann hat sie noch gesagt: ›Und jetzt will ich nichts mehr davon hören. Du hast damit nichts zu tun.‹

Am nächsten Tag ist mein Großvater dem Lehrer aufs Dach gestiegen. Das fand ich gut. Ich begriff ja nicht, dass er es aus den falschen Gründen tat. ›Unsere Enkelin ist eine Deutsche. Punkt.‹ Das war wichtig. Dass die Enkelin auf einem Hocker im

Badezimmer stand und sich im Spiegel betrachtete, ihre Augen und ihre Haare, und dass sie sich fragte, was denn damit nicht in Ordnung sei und was eine Chinesin sei, das war ihnen egal. Und dass sie von nun an wusste, dass sie genau wie alle anderen Kinder eine Mutter hatte. Über die nicht geredet werden durfte.

Ich war sicher kein übermäßig braves Kind, oft sogar ziemlich eigensinnig und widerborstig, aber ich habe verstanden, wenn etwas absolut tabu war, und daran hab ich mich gehalten.«

Ihre Kehle war trocken, es strengte sie an, so viel zu reden und sich an all das zu erinnern. Als sie einen Schluck aus ihrem Glas nahm, brach Gunilla die knisternde Stille. »Darf ich fragen, liebe Anna, wie du unter solchen Umständen überhaupt zum Klavierspielen gekommen bist?«

Anna setzte ihr Glas ab und lächelte. *Ich bin nicht dazu gekommen, es war schon immer da*, hätte die Antwort lauten müssen. Sie kannte es nicht anders. So wie Gunilla mit der Leidenschaft zum Singen geboren wurde, so wurde Anna mit der Leidenschaft zum Klavierspielen geboren, anders konnte sie es sich nicht erklären.

»Meine Großeltern hatten dieses alte Klavier in ihrem Haus, offenbar sollte mein Vater als Kind Klavierspielen lernen, musische Erziehung und so, aber das war überhaupt nicht seins, viele Unterrichtsstunden hat er jedenfalls nicht gehabt. Das Klavier stand über viele Jahre nur herum und war nichts als ein hübsches Dekomöbel. Macht ja was her, so ein Klavier. Ich weiß nicht, wie alt ich war, als ich es entdeckt habe, aber ich muss noch sehr klein gewesen sein. Man hat sich nicht groß mit mir befasst, also habe ich mir immer selbst Beschäftigung gesucht, ich war fantasievoll und extrem neugierig. Eines Tages habe ich die Tasten an dem Klavier entdeckt, die waren so knapp auf meiner Augenhöhe. Normalerweise war die Klappe immer geschlossen, aber vielleicht hatte meine Großmutter Staub gewischt, jedenfalls waren da auf einmal diese Tasten, viele weiße und ein paar schwarze, kleinere. Und sie gaben Töne von sich, wenn man draufgedrückt hat. Unterschiedliche Töne. Ich bin auf die Bank geklettert und hab die Töne ausprobiert und hab sie aneinandergehängt, erst wahllos, dann so, dass Melodien herausgekommen sind, die ich kannte, Kinderlieder und ich weiß nicht mehr was. Ich fand das toll. Es war das mit Abstand schönste Spielzeug, das ich kannte. Kann sein, dass mich meine Großmutter heimlich beobachtet hat, jedenfalls war die Klappe von da an regelmäßig offen und keiner hat mich daran gehindert, auf die Bank zu klettern und die Tasten zu drücken. Dass man das, was ich da tat, Klavierspielen nannte, war mir nicht bewusst. Eines Tages kam ein Mann ins Haus und hat an dem Klavier herumgeschraubt, ich war wütend, weil ich dachte, er macht es kaputt, aber es klang hinterher noch viel schöner als vorher. Kurz darauf kam eine Frau zu Besuch. Meine Großeltern haben mich diesmal sogar aufgefordert zu spielen, obwohl ich sonst, wenn Besuch da war, immer ganz still sein sollte. Die Frau hat sich zu mir gesetzt, während ich spielte, dann hat sie mir ein Buch gezeigt mit Zeichen, die etwas Bestimmtes bedeuteten. Sie hat mir alles genau erklärt, und ich fand es toll, dass es für das, was ich da machte, eine eigene Schrift gab. So habe ich Noten gelernt, bevor ich lesen lernte. Die Frau, meine Klavierlehrerin, kam von da an regelmäßig. Manchmal durfte ich Leuten vorspielen, die haben geklatscht, und meine Großeltern haben stolz genickt und gelächelt. Es waren die einzigen Momente, in denen ich eine Verbindung zu ihnen gespürt habe. Und es ist das Einzige, wofür ich ihnen heute noch dankbar bin: dass sie meine Begabung nicht nur erkannt, sondern auch gefördert haben.

Der einzige Mensch, der nicht begeistert war und sich nicht gefreut hat, wenn ich gespielt habe, das war mein Vater. Er hat versucht, es zu verbergen, aber ich habe gespürt, dass es ihm auf die Nerven ging. Wenigstens ganz am Anfang war das so. Später hat sich das geändert, vielleicht, weil ich besser spielen konnte. Oder es lag an der Freundin, die er dann hatte, Sylvia, mit der er heute noch verheiratet ist. Die fand seine Klavier spielende Tochter wohl irgendwie toll, und dann fand er es auch toll.

Ich denke heute, dass mich das Klavierspielen in gewisser Weise gerettet hat, wenn man das so dramatisch ausdrücken kann. Ich weiß nicht, was aus mir geworden wäre, hätte ich das nicht gehabt. Es war meine ganze Leidenschaft, und vor allem hat es sich immer angefühlt wie ... wie zu Hause sein ... wie ich sein.

In meiner Familie habe ich mich nie zu Hause gefühlt. In anderen Familien gab es Herzlichkeit, auch mal Streitereien, einer hatte Interesse am anderen. Bei uns gab es das nicht, jedenfalls nicht, was mich betraf. Zwischen den anderen aus der Familie schon. Als mein Vater geheiratet hat, das war ein Ereignis. Sylvia wurde sofort aufgenommen, und als sie schwanger wurde, nein, was war das für eine Freude. Ich meine, meine Großeltern sind auch da nicht ausgeflippt, sie waren nun mal keine sehr herzlichen Menschen, aber es war ein Unterschied, wie sie ihre neuen Enkel behandelt haben im Gegensatz zu mir. Damals hat mein Vater angefangen, sich mir zu nähern, das heißt, er hat es versucht auf seine etwas unbeholfene Weise. Möglich, dass Sylvia ihn da ein wenig beeinflusst hat. Wenn wir uns sahen, hat er sich Mühe gegeben, sich mit mir zu unterhalten, aber vor jedem einzelnen Satz musste er immer mächtig nachdenken. Und mir ging es nicht anders. Ich hatte nie dieses Gefühl, dass wir zusammengehören. Ich meine, er war nett zu mir, und manchmal hatte ich den Eindruck, er versteht mich besser als alle anderen – wenn wir dazu nicht reden mussten, reden war immer schwierig.

Je älter ich wurde, desto mehr habe ich mich von meiner Familie abgekapselt. Ich hatte mein Klavierspiel, meine Musik, ein paar Freunde, das hat mir gereicht. Nach dem Abi bin ich ins Studentenwohnheim der Musikhochschule gezogen und von da an beschränkte sich der Kontakt auf ein Minimum. Bei Auftritten waren sie manchmal da, mein Vater meistens, fast immer eigentlich. Manchmal haben wir hinterher noch ein paar Worte gewechselt. Das darf man ruhig wörtlich nehmen, mehr als ein paar waren es nie. Meine Großeltern sind inzwischen beide tot. Mein Großvater ist gestorben, als ich zwanzig war, danach wurde das Haus verkauft und meine Großmutter ging ins Altersheim. Als sie gestorben ist, hat sie fast alles meinem Vater vermacht, aber ihre Enkel haben auch was abbekommen, für die Ausbildung. Meine Halbgeschwister, nicht ich. Gut möglich, dass sie vergessen hat, dass es mich auch noch gab, aber das war mir ehrlich gesagt egal, zu der Zeit war ich schon längst mit Jeremias zusammen.

Wir haben uns bei einem Konzert kennengelernt, er war Cellist und ist kurzfristig eingesprungen. Wir haben uns sofort ineinander verliebt. Da war etwas zwischen uns, das man nicht erklären kann und wovon man genau weiß: Das ist es. Das ist der Grund, weshalb ich lebe, dieser Mensch.

Nach einem Jahr sind wir zusammengezogen. Mit Jeremias hatte ich zum ersten Mal im Leben eine richtige Familie. Mit ihm habe ich nichts mehr vermisst, ich hatte alles, was ich mir jahrelang gewünscht hatte: Liebe, Wärme, Geborgenheit, jemand, der zu mir gehört und zu dem ich gehöre und der mich so mag, wie ich bin. Er war die Welt für mich. Drei Jahre lang. Und dann ist er gestorben.«

Warum fühlte sich dieser Schmerz noch immer so an, als wäre es erst gestern gewesen? Warum wurde das nicht weniger?

Anders' Daumen streichelte über Annas Handrücken. Sie

hatte ganz vergessen, dass ihre Hand in seiner lag. Ihre Hände waren eins.

»Das ist traurig«, sagte Michel, und es klang auch traurig.

Anna nickte und schenkte ihm ein Lächeln. »Ja«, sagte sie. Sie tranken, Kurt schenkte die leeren Gläser nach, dann warteten alle. Anna holte tief Luft, denn jetzt kam sie zu dem Teil, den sie am wenigsten gern erzählen wollte. Wie war das noch gleich mit der Entscheidung, wann man abbrechen wollte?

Nur, wenn man bis zum richtigen Ende erzählt, ist es eine wahre Geschichte, und nur dann hat es einen Sinn, sie zu erzählen.

Also bis zum Ende.

»Jeremias ist bei einem Unfall ums Leben gekommen. Er war mit dem Fahrrad unterwegs, ein Rechtsabbieger hat ihn nicht gesehen und ihm die Vorfahrt genommen. Das ganze Fahrrad wurde durch die Luft geschleudert, Jeremias landete mit dem Kopf auf einem Betonpoller. Er hatte keinen Helm auf und war sofort tot.

Ein Polizist brachte mir die Nachricht. Ich habe über Stunden hinweg ununterbrochen geschrien. Mein Vater wurde verständigt, er kam, aber ich habe ihn angeschrien: ›Was willst du denn hier?! Geh weg!‹ Ich habe alle angeschrien, sie sollen weggehen, und als ich nicht mehr schreien konnte, habe ich es geflüstert. Ich habe keinen Menschen ertragen. Ich dachte, ich könnte nie mehr einen Menschen ertragen. Und ich habe auch nicht geglaubt, dass Jeremias so einfach weg sein sollte. Einfach nicht mehr da. Wer kann das denn glauben, dass ein Mensch einfach plötzlich weg ist? Da muss doch noch was sein, dachte ich. Ein Rest, irgendwas, das bleibt. Als sie bei der Beerdigung den Sarg ins Grab ließen, dachte ich die ganze Zeit: Der ist da nicht drin. Auf gar keinen Fall. Sein Körper vielleicht, aber nicht Jeremias, nicht das, was Jeremias war. Der ist noch zu

Hause in unserer Wohnung. Die hat er nämlich geliebt. Wir beide. Wie wir uns aufgeführt haben, als wir da eingezogen sind, wie die Kinder im Bällebad. Dort ist er, habe ich gedacht, nicht in so einer Kiste. Nie im Leben.

Ich habe mich dann nur noch in meiner Wohnung aufgehalten und bin nur raus, wenn ich musste: zum Einkaufen und zur Arbeit. Einladungen habe ich ausgeschlagen, und wenn jemand vorbeikam, um mich wieder in die Spur zu bringen, wie das mal einer unserer Freunde nannte, dann war der bald wieder draußen. Das Gegenteil von gesellig hieß Anna. Nach Konzerten habe ich nicht mit den anderen gefeiert, sondern bin immer sofort heim. Ich wollte einfach nur dort sein, wo ich Jeremias am nächsten sein konnte: in unserer Wohnung. Irgendwann habe ich dann auch angefangen, mit ihm zu reden. So als wäre er noch am Leben. Für mich war er das. Ist er das. Alles habe ich ihm erzählt und seine Antworten höre ich in meinem Kopf. Ob es nun wirklich seine Antworten sind oder das, wovon ich weiß, was er sagen würde, weil ich ihn so gut gekannt habe, darüber kann man streiten, aber das ist letztlich auch egal. Mir hat das genügt. Sechs Jahre lang, dann kam auf einmal die Kündigung, und ich musste raus aus der Wohnung. Das war, als würde man mir den Boden unter den Füßen wegziehen. Aber ich konnte es nun mal nicht ändern und musste auf Wohnungssuche gehen. Ich wusste, dass Jeremias immer in einer Altbauwohnung leben wollte, also musste es eine Altbauwohnung sein. Und als ich nichts Bezahlbares gefunden habe, bin ich hier gelandet, ich dachte, erst mal ein Dach über dem Kopf, dann kann ich wieder umziehen und mit Jeremias allein sein. Aber dann kam alles ganz anders. So anders, dass ich zum ersten Mal in meinem Leben das Gefühl habe, dass ich das alles erzählen kann, Dinge, über die ich nicht einmal mit Jeremias reden wollte, weil ich dachte, das ist vergangen und vorbei und nicht mehr wichtig. Aber das ist es doch. Meine Mutter war immer da, immer in meinem Kopf, genau wie

Jeremias nach seinem Tod noch in meinem Kopf war und ist und weiterlebt, weil ich mich an ihn erinnere. Aber an sie kann ich mich nicht erinnern, sie existiert in meinem Kopf als bloße Idee, weil ich nichts über sie weiß, nicht einmal, wie sie ausgesehen hat. Nicht einmal das.«

Ende, dachte Anna, Vorhang. Mehr gab es nicht zu erzählen. Jeremias wäre stolz auf sie gewesen. Eines Tages, wenn er länger gelebt hätte, davon war sie jetzt überzeugt, dann hätte sie mit ihm eines Abends bei einem Glas Rotwein auf der Couch gesessen und über ihre Kindheit gesprochen, ihren Vater und ihre tote Mutter.

»Tja, das war's«, sagte sie mit einem abschließenden Schulterzucken in die Runde. »Das wollte ich erzählen.«

Keiner sagte etwas. Rose nickte mechanisch, Kurt lächelte betreten, Michel zog die Stirn kraus, Anders' Daumen streichelte Annas Handrücken ein ganz kleines bisschen zu fest. Gunilla blickte geradeaus und wirkte so konzentriert wie eine Weitspringerin vor dem Anlauf.

Anna trank das halbe Glas leer und wartete. Sie mussten doch jetzt mal was sagen. Wenn eine Geschichte zu Ende war, sagte man etwas. Dann kam das große Aufatmen, Stühlerücken, Gliederstrecken. Hatte es sie schockiert, dass Anna sich mit einem Toten unterhielt? Hielten sie sie nun für verrückt?

Auf einmal drehte Gunilla den Kopf zu ihr, ganz langsam, so als würde sie noch in der Bewegung darüber nachdenken, ob sie wirklich fragen sollte, was sie fragen wollte.

»Wieso hast du eigentlich nie mit deinem Vater über deine Mutter gesprochen?«

Das hatte sie doch ausreichend erklärt, oder nicht?

»Wie gesagt: Wir waren unser Leben lang wie Fremde füreinander. Vater und Tochter, das waren wir immer nur auf dem Papier.«

»Hast du nicht gesagt, dein Vater hat sich um ein besseres Verhältnis bemüht?«, fragte Anders.

»Seit er mit Sylvia zusammen ist, ja.«

»Und er war auf deinen Konzerten«, erinnerte sich Rose.

»Ja, das stimmt.«

»Und er kam, als Jeremias gestorben ist«, bemerkte Kurt.

»Ja, schon«, gab Anna zu. »Ich sage ja auch nicht, dass es allein seine Schuld ist. Ich habe irgendwann einfach zugemacht.«

»Das verstehe ich«, sagte Gunilla, »aber was ich trotzdem nicht ganz verstehe: Gerade als Teenager sucht man doch seine Identität, du musst dich doch gefragt haben ...«

»Ich habe es verdrängt«, fiel Anna ihr ins Wort. »Meine Identität habe ich in der Musik gefunden, und meine Mutter ... das war seit jeher dieses große Tabu. Ich habe es einfach verdrängt.«

»Und er?«, fragte Anders. »Hat er nie von sich aus über deine Mutter geredet?«

»Nein.«

»Weil sich nie die Gelegenheit ergeben hat«, mutmaßte Gunilla. Da war es wieder, das berühmte Es-hat-sich-nie-Ergeben.

»Ja, das auch. Aber ich glaube ehrlich gesagt nicht, dass er sehr viel über sie erzählen könnte.« Anna hörte ihre eigene Bitterkeit, ihre Kehle schnürte sich zu. Zielsicher näherten sie sich ihrem wunden Punkt. Sie hatte sich und ihnen etwas vorgemacht. Ihre Geschichte war noch lange nicht zu Ende. Da war noch immer diese eine Frage.

»Wovor hast du denn solche Angst, Anna?«, fragte Anders.

Sie schloss die Augen. *Vor der Gewissheit.*

»Du hast am Anfang gesagt, du hättest dir den Rest zusammengereimt, nicht wahr?«, sagte Gunilla.

Anna nickte und kämpfte vergebens gegen den Druck hinter ihren Augen.

»Und was ist es, das du dir zusammengereimt hast?«

Ihre Tränen flossen wie Wasser aus einem überlaufenden Gefäß.

»Dass meine Eltern nichts miteinander zu tun hatten«, presste sie hervor. »Dass meine Mutter meinem Vater nicht das Geringste bedeutet hat, dass sie nur eine Gelegenheit war und dass ich noch weniger war als nicht gewollt. Meine Großeltern nannten meine Mutter ›diese Person‹ und mich ›Schlamassel‹. Das hab ich einmal durch die Tür gehört. Es ist egal, was ich mir im Detail zusammengereimt habe, da gibt es verschiedene Varianten, aber eins haben sie alle gemeinsam: dass meine Existenz ein riesengroßes Versehen war, ein Schlamassel eben, und dass alles, was mein Vater von meiner Mutter erzählen könnte, ist, wie der Sex mit ihr war. ›Diese Person‹, es war, als würden sie über eine … eine …«

Sie konnte nicht mehr weiter. Schluchzend ließ sie Anders los und verbarg ihr tränenüberströmtes Gesicht. Anders legte seine Arme um ihren bebenden Körper und hielt sie fest. Wirr und unterbrochen von unzähligen Schluchzern brach es aus ihr heraus: »Ich wollte ihn immer fragen, ich habe darüber nachgedacht, aber ich habe mich nicht getraut, weil ich nicht durfte, und dann war er auch so weit weg. Außerdem hatten meine Großeltern diese Sachen gesagt, also kannte ich die Antwort ja schon.«

»Was, Anna, was wolltest du ihn fragen?«, fragte Gunilla sanft, doch Anna schüttelte nur den Kopf, klammerte sich an Anders und weinte.

32.

Kater

Als Anna am nächsten Morgen aufwachte, fühlte sie sich, als wäre ihr Kopf in einem riesigen Schraubstock eingeklemmt und bei jeder Bewegung schlüge jemand mit einem Hammer darauf. Sie hatte viel zu viele Gläser Prosecco gehabt und viel zu viel geweint. Und sie hatte das Wasser vergessen, genau wie früher. Jeremias hatte sie immer instruiert: Wenn man Alkohol trinkt, muss man Wasser trinken, auf jedes Glas Alkohol ein Glas Wasser. Sie hatte es immer vergessen. Und dann das viele Weinen gestern. Anders' Hemd war klatschnass gewesen. Zwischendurch waren sie mit Franky draußen, das wusste sie noch, und dass er sie auch da im Arm gehalten hatte, als wäre sie die Blinde, die man führen musste. Sie wollte auch gar nicht mehr weg von ihm, sie passte so wunderbar unter seine Achsel, sie hatte genau die richtige Größe. Nach dem Spaziergang war der nächste Prosecco-Korken geflogen. Anders hatte nichts mehr getrunken, Michel war schlafen gegangen. Kurt? Hatte der was getrunken? Ein Glas vielleicht und Gunilla, die auch. Rose hatte wieder gehäkelt, ihr Prosecco war warm geworden. So wie ihr Salbeitee immer kalt wurde. Anna hatte das meiste getrunken. Nach mehreren Gläsern hatte sie sich getraut zu fragen, ob sie nun alle für bekloppt hielten, wegen ihrer Gespräche mit Jeremias. Da hatte Kurt erklärt, dass er noch immer Briefe an Luise schrieb, die er natürlich nicht abschickte. Gunilla redete, nach eigenem Bekunden, ebenfalls mit ihren Toten, je nach Gelegenheit mit ihrem Mann und ihren Eltern. »Und in letzter Zeit wieder öfter mit Aurelius«, sagte sie mit einem Zwinkern Richtung Anna.

Anders erzählte von seiner Mutter, deren Zwillingsschwester in jungen Jahren verstorben war. »Meine Mutter redet auch immer mit ihr und bittet sie ständig um Hilfe. Zum Beispiel, wenn sie in der Innenstadt einen Parkplatz sucht, dann bittet sie Hetty, so heißt meine verstorbene Tante: ›Besorg mir mal einen Parkplatz, bitte, kümmer dich mal darum, sei so lieb.‹ Wörtlich sagt sie das: Sei so lieb.«

»Und, klappt es?«, wollte Gunilla wissen.

»Immer«, sagte Anders. »Hetty besorgt ihr immer einen Parkplatz.«

Die Parkplatzgeschichte erntete großes Gelächter.

»Siehst du, Anna, du befindest dich in bester Gesellschaft«, meinte Gunilla. »Außerdem hoffe ich schwer, dass sich irgendwer auch noch mit mir unterhält, wenn ich einmal tot bin. Das wäre mir sonst wirklich zu langweilig.«

Anna grinste in ihrem Bett, als sie daran dachte, und hielt sich sofort den Kopf. Einen so schlimmen Kater, dass sie nicht einmal mehr grinsen durfte, hatte sie noch nie gehabt.

Langsam wandte sie den Kopf zu Jeremias' Bild.

»Autsch!«

Wasser, Anna, Wasser! Oder weniger trinken.

Vorsichtig lächelte sie ihn an. »Ich hab von dir erzählt. Dass wir uns unterhalten.«

Und? Fanden sie es komisch?

»Nein. Anscheinend ist das weit verbreitet.«

Jetzt würde er genauso grinsen wie auf dem Foto. Ihr kamen erneut die Tränen.

»Es tut mir leid, dass ich dir das alles damals nicht erzählt habe.«

Ich hab es trotzdem so in etwa gewusst, ich war ja nicht blöd.

»Aber du musst gedacht haben, dass ich kein Vertrauen zu dir habe.«

Nein, ich hab gedacht, es ist noch nicht der richtige Zeitpunkt gekommen. Gestern, das war der richtige Zeitpunkt.

»Du hättest dabei sein sollen.«

Ich war dabei. Erinnerst du dich noch daran, was du am Schluss versprochen hast?

»Was ich versprochen habe?«

Sie erinnerte sich nur noch ganz verschwommen an den späteren Abend. Daran, dass Franky zwischen ihr und Anders auf dem Sofa lag und schnurrte wie eine Katze, dass Gunilla Anekdoten von den Mietinteressenten vor Anna erzählte und dass Anna selbst launig von ihren Erfahrungen bei der Wohnungssuche berichtete, insbesondere von Berit. Sie erinnerte sich an brüllendes Gelächter. Und daran, wie Anders irgendwann aufgestanden war, um nach Hause zu gehen, und sie ebenfalls aufgestanden war und lauthals und mit proseccoschwerer Zunge verkündet hatte: »Un morgn telefnierich mit meim Vader. Jawoll.« Besonders an das vehemente Jawoll erinnerte sie sich wieder.

»Und dann redet ihr mal über alles«, hatte Gunilla sich gefreut, und Anna hatte wieder »Jawoll!« geschnarrt.

»Oh nein!«, sagte sie und zog sich ganz wie in alten Zeiten die Decke über den Kopf

»Na, wie geht es dir heute Morgen«, fragte Gunilla, als Anna mit einer Sonnenbrille auf der Nase beim Frühstück erschien.

»Nie wieder Prosecco!«, erwiderte Anna.

Gunilla lachte aus vollem Herzen.

»Nicht so laut, bitte.«

»Dann singen wir heute Vormittag wohl lieber nicht, was?«

»Doch. Geht schon.«

Schwieriger zu ertragen war Michel, der zuerst lautstark seine von Gunilla versteckte geliebte Nussnugatcreme suchte und dann am Frühstückstisch einen kompletten Nachrichtensender im Radio ersetzte. Annas ganzer Kopf pochte, daran änderte auch der Kaffee nichts. Hatte sie wirklich gesagt, sie würde ihren Vater anrufen, um mit ihm zu reden? Das erschien ihr so unwahrscheinlich wie ihr gebrülltes »Jawoll«. Sie traute sich nicht zu fragen, ob sie vielleicht doch nur geträumt hatte. Sie hoffte es. Andererseits, war es nicht die folgerichtige Konsequenz aus dem gestrigen Abend? Sie würde darüber nachdenken, sobald ihr Kopf nicht mehr wehtat und wenn sie ein bisschen mit Gunilla gesungen hatte. Musik hatte schon immer als Ablenkung funktioniert.

»Lässt du beim Spielen die Sonnenbrille auf, Liebes?«, fragte Gunilla amüsiert, als sich die beiden später zum Flügel begaben.

Anna nahm blinzelnd die Brille ab. »Was möchtest du singen?«

»Lass uns bei den Liedern bleiben.«

»*Auf dem Wasser zu singen* als Erstes?«

Gunilla nickte. Die Noten lagen schon bereit.

Kurt streckte den Kopf durch die Tür. »Da unten versammeln sich wieder die Leute.«

Anna setzte ihre Sonnenbrille auf und ging auf den Balkon. Tatsächlich standen einige Leute im Innenhof, schön auf Abstand, einzeln oder zu zweit, und schauten erwartungsvoll nach oben. Gunillas Gesang hatte sich herumgesprochen, und Kurt, das hatte Anna festgestellt, seit sie seinen Blog verfolgte, hielt die Leute auf dem Laufenden. *Heute etwas später*, hieß es da etwa, oder: *ausnahmsweise am späten Nachmittag.*

Der alte Mann von schräg unten saß auf seinem Balkon, und die meisten Fenster standen weit offen.

»Geht's los?«, rief eine Frau herauf.

»Gleich«, rief Anna nach unten.

»Das müsstest du dir wirklich anschauen, Gunilla. Die warten nur auf dich.«

Gunilla lächelte, kam jedoch keinen Schritt näher.

»Dann lass uns anfangen«, sagte sie. Wortlos setzte sich Anna ans Klavier und begann zu spielen. Gunilla sang. Zwei Lieder von Schubert, die jeweils mit viel Applaus bedacht wurden, als letztes Brahms' Wiegenlied. Nachdem sie geendet hatte, herrschte ein paar Sekunden vollkommene Stille, man hatte den Eindruck, sogar die Vögel hätten aufgehört zu singen. Dann schwoll der Beifall an und wollte nicht enden. Anna sah Gunilla an, wie gerührt sie war und wie sie mit sich kämpfte, aber sie blieb fest auf ihrem Platz neben dem Flügel stehen.

Anna setzte ihre Sonnenbrille wieder auf und ging nach draußen.

»Danke«, rief sie nach unten und zu den Leuten an den Fenstern. »Vielen Dank! Das war's für heute.«

Sie klatschten immer noch und warteten auf die Sängerin, von der sie wussten, dass es eine alte Dame war. »Danke!«, rief Anna noch mal. Der Applaus verebbte, die Menschen verließen den Hof oder schlossen ihre Fenster. Wie eine Statue verharrte Gunilla noch immer auf derselben Stelle.

Anna ging zu ihr und streichelte ihr tröstend über den Arm. »Anders hat gesagt, eine Konfrontationstherapie würde dir helfen, in Begleitung eines Therapeuten.«

»Dazu müsste ich ja erst mal zu einem Therapeuten gehen, nicht wahr«, meinte Gunilla mit einem resignierten kleinen Lachen. »Und außerdem haben die alle so lange Wartelisten, dass ich den ersten Termin womöglich gar nicht mehr erleben würde.«

Anna war überrascht. »Hast du dich etwa schon erkundigt?«

Gunilla nickte. »Letzte Woche, in der Nacht, nachdem Rose uns von Heinrich erzählt hat, da hatte ich einen schlimmen Albtraum. Ich wollte raus und habe es wieder einmal nicht geschafft, genau wie bei Oskars Beerdigung. Aber, Anna, ich wollte. Verstehst du? Ich wollte wirklich. Gleich am Morgen habe ich mir verschiedene Therapeuten rausgesucht und habe angerufen. In einem halben Jahr solle ich es noch mal probieren, hieß es im besten Fall, doch versprechen könne man nichts.«

»Vielleicht kennt Anders jemanden. Oder er kann, ich meine, er ist kein Therapeut, aber …«

Sie sprach ihre Idee nicht aus, denn sie wusste bereits, dass er ablehnen würde, dass er ablehnen musste.

»Schon gut, Anna, wir wollen deinen Anders da nicht reinziehen. Ich habe mich auf eine Warteliste setzen lassen. Vielleicht habe ich Glück und es wird noch in diesem Jahr ein Platz frei, und wenn dann der Therapeut auch noch bereit ist, erst mal Hausbesuche zu machen …«

Sie lachte und tätschelte Anna sanft die Wange.

»Seit fast sieben Jahren war ich nicht mehr in einem Biergarten«, sagte Anna. »Es wäre so schön, mit dir dort zu sitzen, mit dir und mit den anderen.«

»Ja«, sagte Gunilla mit einem Glitzern in den Augen. »Das wäre schön.« Sie wandte sich zum Gehen, doch dann hielt sie inne. »Weißt du, es war ein wirklich guter Tag, als du diese Wohnung betreten hast, Anna. Es war für uns alle ein Segen. Und dass ich durch dich wieder angefangen habe zu singen, glaub mir, das war ein viel größerer Schritt in Richtung Freiheit als der Schritt vor die Tür. Aber du hast recht, ich würde die Leute da unten im Hof gern einmal sehen, ich würde nichts lieber tun als das – rausgehen und ihnen zeigen, wer ich bin. Wer ich noch immer bin.«

»Das wirst du, Gunilla, ganz bestimmt.«

Gunilla lächelte, nickte tapfer und drückte Anna an ihr Herz.

»Na, wie geht es dir?«

»Mit Sonnenbrille sind die Kopfschmerzen zum Aushalten.«

Anders lachte. Er trug selbst eine, wenn auch aus völlig anderen Gründen.

»Du siehst wirklich gut aus mit deiner Sonnenbrille«, sagte Anna.

»Besser oder schlechter als ohne?«

»Anders«, sagte Anna. Sie brachen beide in albernes Gekicher aus.

»Soll ich dir mal die wahre Geschichte hinter meinem Namen erzählen?«, fragte Anders. »Und es ist wirklich so gewesen, würdest du meine Eltern kennen, würdest du es sofort glauben.«

»Erzähl.«

»Ganz einfach: Ich habe einen älteren Bruder namens Fridolin.«

»Fridolin?«

»Ja, Fridolin Fröhlich. Er ist übrigens Anwalt.«

»Gut zu wissen.«

»Jedenfalls, als meine Eltern erfahren haben, dass das zweite Kind wieder ein Junge wird, hat mein Vater gesagt ›Und wie nennen wir den?‹, daraufhin meinte meine Mutter: Auf jeden Fall anders.«

»Das ist nicht dein Ernst.«

»Doch. Leider. Mein Name ist das Ergebnis eines ganz miesen Scherzes. Meine Eltern können sich heute noch darüber kaputtlachen.«

»Fridolin und Anders. Wahnsinn!«

»Tja, mehr muss man über meine Eltern nicht wissen.«

»Du hast ein gutes Verhältnis zu ihnen.«

»Zu meinen Eltern kann man gar kein schlechtes Verhältnis haben. Mit meinem Bruder und meiner Schwägerin verstehe ich mich auch gut. Ist eigentlich ein Wunder, dass ihr euch noch nicht getroffen habt. Sie sind in letzter Zeit öfter mal hier und nehmen mich mit zum Einkaufen oder bringen mir was vorbei.«

Als er das sagte, wurde Anna blass. Einkaufen. Warum hatte sie noch nie daran gedacht, wie Anders sich in diesen Zeiten versorgte? Ihr war kein einziges Mal der Gedanke gekommen, dass er enorme Schwierigkeiten haben musste, weil es ihm nicht möglich war, Abstand zu halten oder Schilder und Markierungen zu sehen.

»Anna?«

»Ja?«

»Ist was?«

Mit ihrem Schweigen sprach sie genauso zu ihm wie mit Worten. Er merkte es jedes Mal, wenn etwas nicht stimmte.

»Ich komme mir gerade unglaublich dumm vor, weil ich dir nie angeboten habe, etwas für dich zu besorgen oder etwas mitzubringen.«

»Alles gut. Ich hätte mich schon gemeldet, bevor ich verhungert wäre«, entgegnete Anders wegwerfend. »Ich habe meine Familie und Freunde, die mich zur Not unterstützen, es gibt Lieferdienste. Es ist momentan schwieriger für mich als früher, das stimmt, aber ich bin nicht abgeschnitten von jeder Versorgung.«

»Trotzdem, ich hätte wenigstens mal fragen müssen«, ärgerte sich Anna weiter über ihre Gedankenlosigkeit. »Wir stehen hier fast jeden Tag und unterhalten uns, und mir fällt nicht einmal das Naheliegendste ein.«

Anders zog hörbar die Luft ein.

»Ehrlich gesagt, war ich bisher immer ganz froh, dass das nie ein Thema zwischen uns war«, sagte er mit einem genervten, fast scharfen Unterton. Ein wenig beherrschter fügte er hinzu: »Du hast am Anfang nicht einmal gemerkt, dass ich blind bin, und du hast mich nie so behandelt. Behalt das bitte bei, ja?«

»Okay«, sagte sie.

»Ich mag es so, wie es ist«, erklärte er mit seiner gewohnt warmen Stimme, seine Hand glitt über das Geländer zu ihr.

»Ich auch«, sagte Anna, die begriff, was er ihr zu verstehen gab. »Aber wenn du einmal akuten Klopapiermangel haben solltest, kannst du trotzdem Bescheid sagen, ja? Ich verspreche dir, das wird nichts an unserem Verhältnis ändern.«

Anders lachte wieder. »Na schön, wenn du es mir versprichst.«

»An unserem Verhältnis« hatte sie gesagt. Welches Verhältnis eigentlich? Bei Jeremias nannte sie Anders immer ihren besten Freund, aber was hatte Gunilla vorhin gesagt, ganz nebenbei und ganz selbstverständlich? *Dein Anders.*

Sie hielt seine Hand in ihren Händen, als wäre er genau das, ihr Anders. Und wenn eines Tages hinter ihm auf dem Balkon eine Frau erscheinen würde, die zu ihr hinüberriefe: Hallo, ich bin Claudia oder Mareike oder Aische oder Jennifer oder Jadwiga oder irgendwas, die Freundin von Anders. Ich hab schon viel von dir gehört, freut mich, dich kennenzulernen, Anna. Dann würde sie geradewegs übers Geländer in den Hof kotzen.

»Hallo?«, hörte sie Anders' Stimme und zuckte zusammen. »Du stehst aber heute ganz schön neben dir. Ich hab dich was gefragt.«

»'tschuldigung. Was denn?« Die schemenhafte Gestalt von Claudia oder Aische oder sonst wem verschwand.

»Ob du deinen Vater schon angerufen hast«, sagte Anders.

»Oh, nein«, stöhnte Anna, »dann war das kein Traum? Ich habe das gestern Abend wirklich gesagt?«

»Hast du.«

»Und hab ich Jawoll gerufen?«

»Zweimal.« Anders grinste breit, Anna ließ ihren Kopf stöhnend auf seine Hand in ihren Händen sinken. Er verwuschelte ihr die Haare.

»Das schaffst du schon. Du warst toll gestern Abend. Dein Jeremias wäre stolz auf dich gewesen.«

Sie hob den Kopf. »Und du?«

»Ich auch.«

33.

Trost

»Trost?«

»Auch Trost!«

»Anna! Das ist ja schön. Wie geht es dir? Alles gut bei euch? Du bist mir gerade zuvorgekommen. Wirklich. Ich wollte die ganzen Tage über schon anrufen, und eben greife ich nach dem Hörer, da klingelt's. Verrückt.«

Wie aufgeregt die Worte aus ihm heraussprudelten.

»So geht es uns anscheinend immer in letzter Zeit«, sagte Anna. »Muss Gedankenübertragung sein.«

»Das stimmt. Dir geht es doch gut, oder? Also, euch allen.«

»Ja, mir geht's gut. Kurt hatte vor ein paar Wochen einen Todesfall zu beklagen, aber es geht schon wieder aufwärts mit ihm.«

»Oh, das tut mir leid. Das ist der nette ältere Mann, nicht wahr?«

»Ja, das ist Kurt. Euch geht es hoffentlich auch gut, oder?«

»Ja, alles bestens. Sylvia macht schon Pläne, welche Torten sie für deinen Geburtstag backen will. Also,« er zögerte, »falls es dabei bleibt, natürlich.«

»Aber sicher bleibt es dabei. Ihr kommt alle. Und Sylvia soll sich auf keinen Fall Umstände machen, sag ihr das bitte.«

Er lachte wieder, ein anderes Lachen als früher, nicht dieses verlegene Sprechpausenüberbrückungslachen, sondern ein frohes, echtes.

»Tja, zu spät! Wenn Sylvia am Tortenkreieren ist, hält sie keiner auf. Und du glaubst doch nicht, dass sie sich so eine Gelegenheit entgehen lässt.«

»Okay«, lachte Anna mit ihm. »Dann bin ich gespannt. Aber bitte dann sonst keine Geschenke.«

»Ähm …«

»Sag nicht, da hat Sylvia auch schon Pläne.«

»Sagen wir, sie hat verschiedene Ideen. Ich soll dich auf alle Fälle nach deiner Größe fragen.« Er grunzte.

»Oje, kannst du sie bitte bremsen? Hauptsache, ihr kommt, wirklich, das ist für mich Geschenk genug.«

Sie hörte ihn kurz und glücklich in sich hineinlachen und sich anschließend räuspern.

»Also gut, wenn du meinst.«

»Auf jeden Fall.«

»Dann rät sie deine Größe eben.«

Sie lachten beide. Sie hätten schon früher so miteinander telefonieren können, dachte Anna, ohne diese krampfhafte Steifheit, ohne den Wunsch, bald wieder auflegen zu dürfen.

Es war im Großen und Ganzen ihre Schuld gewesen, da machte sie sich nichts vor. Sie hatte ihm nie die Gelegenheit gegeben, ihr ein Vater zu sein, und jeden seiner schüchternen Versuche hatte sie abgeblockt. Was, wenn jetzt er abblocken würde?

»Sag mal, Anna, sollten wir nicht, wenn wir kommen …«

»Papa?«, unterbrach sie ihn.

Er verstummte auf der Stelle. Papa, ein magisches Wort, eins, das noch nicht allzu häufig über ihre Lippen gekommen war.

»Ja?« Argwöhnisch klang er, voller Angst, was sich hinter diesem Wort verbergen mochte. Plötzlich war die Leichtigkeit dahin, sie fühlte, wie ihr der Schweiß ausbrach.

»Also, weswegen ich eigentlich angerufen habe …«

»Ja?«

»Könnten wir uns vielleicht mal treffen? Nur wir zwei, ich müsste etwas mit dir besprechen. Nichts Schlimmes, keine Sorge. Ich hab nichts angestellt oder Steuern hinterzogen oder so was.«

Sie versuchte zu lachen, obwohl ein dicker Kloß in ihrer Kehle im Weg war. Nichts Schlimmes? Sie war dabei, das große Tabu zu brechen.

»Ja. Natürlich«, sagte er, doch seine Überraschung konnte er nicht verhehlen. »Möchtest du zu mir kommen? Oder soll ich zu dir ...?«

»Mir wäre es am liebsten, wir würden uns irgendwo ...«, an einem neutralen Ort treffen, hätte sie beinahe gesagt, »... zum Spaziergang treffen.«

»Okay, gut. Gern. Wo und wann?«

In seinem Kopf schrillten wahrscheinlich sämtliche Alarmglocken. Noch nie in ihrem ganzen Leben waren Konrad und Anna Trost zusammen spazieren gegangen.

»Wann hättest du denn Zeit?«

»Wann du willst, ich nehme mir Zeit.«

»Morgen? Das Wetter soll ganz schön werden, also, falls das nicht zu kurzfristig ist.«

»Nein, nein, das ist in Ordnung«, sagte er, ohne auch nur eine Sekunde nachzudenken. »Wo wollen wir uns treffen?«

»Im Englischen Garten? Da war ich schon ewig nicht mehr.«

Natürlich nicht. Aus welchem Grund hätte sie auch in den Englischen Garten gehen sollen? Früher mit Jeremias war sie häufig dort gewesen, sie hatten gepicknickt und allein oder mit Freunden auf der Wiese gelegen und das schöne Wetter genossen. Oder sie waren Arm in Arm von einem Biergarten zum nächsten spaziert, weil sie sich nicht entscheiden konnten, welcher ihnen der liebste war. Allein im Englischen Garten herumzulaufen, verliebte Paare zu sehen, lachende Menschen auf den Wiesen, all das hätte Anna nur frustriert.

»Ich war auch schon länger nicht mehr dort, ehrlich gesagt«, erwiderte ihr Vater.

»Nein?«, wunderte sie sich.

»Also, wo wollen wir uns treffen?«, ging er ohne Erklärung darüber hinweg. »Ich könnte dich natürlich auch abholen, wenn das okay ist. Das wäre am einfachsten.«

»Ja, das wäre gut. Gegen Mittag?«

»Gut«, stimmte er zu. »Und du hast wirklich nichts angestellt?«, scherzte er noch ein bisschen.

»Nein, hab ich nicht. Ich möchte dich nur etwas fragen.«

»Was denn?«

»Morgen, Papa, im Englischen Garten.«

»Okay! Dann bis dann, Anna.«

»Bis dann.«

Papa.

Anna konnte es kaum fassen. Sie hatte sich tatsächlich mit ihrem Vater verabredet, um die letzten zweiunddreißig Jahre aufzuarbeiten. War das nicht viel zu spät? Und war es überhaupt noch nötig? Der Knoten war doch schon geplatzt – was, wenn sie mit ihrer Fragerei alles wieder kaputt machen würde?

Er hatte sich auf ihren Geburtstag gefreut, Sylvia plante Torten und als Geschenk irgendwas zum Anziehen. Lena und Jakob würden mitkommen und sie würden feiern. Ihren ersten Geburtstag seit sieben Jahren. Wenn sie das nun alles zerstören würde? Wem tat sie denn noch einen Gefallen, wenn sie in der Vergangenheit wühlte?

Das fragte sie Anders, als sie am nächsten Tag auf dem Balkon standen und auf Konrads Ankunft warteten.

»Was haben denn deine Leute dazu gesagt?«, fragte Anders.

Deine Leute. Dein Anders. Es gab auf einmal so viele Menschen, die zu ihr gehörten. Irgendwie. Die Anteil nahmen und mitfieberten, ihr Ratschläge erteilten und ihr den Arm tätschelten. So lange hatte sie das vermisst, und so dankbar war sie dafür, es nun zu erleben.

»Sie sagen, ich tue das Richtige«, sagte Anna. »Und du?«

»Sag ich auch«, sagte Anders. »Und du?«

Sie biss auf ihren Lippen herum und nickte langsam.

»Höre ich da ein verhaltenes Jawoll?«

Sie lachte und flüsterte: »Jawoll.«

Er grinste und schaute zu ihr herüber. Sie würde jede Claudia und Aische und Jadwiga und jede andere, die irgendwann einmal bei ihm auftauchen würde, hassen, das wusste sie jetzt, auch wenn er keiner dieser Frauen je seinen Schlüssel anvertrauen würde.

»Danke«, sagte sie.

»Wofür?«

»Dafür, dass du Anders bist.«

Es klingelte. Gleich darauf hörten sie Michels gewohntes Echo, hörten, wie Kurt Michel abfing mit den Worten »Das ist doch Annas Vater« und den Türöffner bediente.

»Ich geh dann mal«, sagte Anna.

Anders nickte und zog ihre Hand an seine Lippen. »Jawoll«, sagte er grinsend. Sie hätte nicht sagen können, wem ihr Herzklopfen galt, dem Mann an der Tür oder dem auf dem Balkon.

»Hallo Papa«, sagte sie, als ihr Vater ein wenig außer Puste im Türrahmen auftauchte. »Tut mir leid, ich hätte auch runterkommen können.«

»Nein, nein, passt schon. Bisschen Treppenlaufen schadet mir nicht«, erwiderte er lachend. »Hallo Anna.«

Da standen sie einander gegenüber wie früher. Gut, dass es in letzter Zeit verpönt war, sich zu umarmen, sie hätten nicht gewusst, ob sie sollten oder nicht. Etwas hatte sich in ihrer Beziehung bewegt, ein kleines Stückchen und doch so deutlich spürbar. Aber umarmen? Anna war nicht sicher, ob sie das gekonnt hätten.

»Also dann, gehen wir?«, sagte Konrad.

»Ja, gehen wir.«

Konrad fuhr einen Audi in Blaumetallic, Anna war in ihrem ganzen Leben noch nie in diesem Auto gefahren. Während sie neben ihm saß, überlegte sie, ob sie überhaupt schon einmal mit ihrem Vater allein im Auto gefahren war. Sie konnte sich nicht erinnern.

»Sollen wir beim Haus der Kunst parken?«, schlug er vor.

»Ja, gute Idee.«

»Eisbachsurfer gibt es heuer sicher keine.«

Heuer! Manchmal übte sich Konrad in regionaler Sprache, obwohl er, genau wie Anna, rein hochdeutsch erzogen worden war. »Pfürti«, hatte sie ihn früher einmal sagen hören, als sich ein Nachbar, ein bayrisches Urgestein, mit »Pfiadi« von ihm verabschiedet hatte. »Pfürti«, die eingehochdeutschte Variante. Es hatte sich extrem ulkig angehört. Liebenswert. Und ein bisschen wie Rebellion.

»Nein, wahrscheinlich nicht.« Sie hatte das Gefühl, sie sollte noch etwas sagen, damit es nicht so still war im Auto, aber der Gedanke an die bevorstehende ernste Unterhaltung machte Small Talk für sie unmöglich.

Zum Glück waren sie schon bald am Ziel, parkten und betraten gleich hinter dem Haus der Kunst Münchens grüne Lunge.

Es war ein herrlicher Tag, die Sonne schien hell und gerade so warm, dass es angenehm war. Der Englische Garten hätte nicht einladender, nicht schöner aussehen können. Im Gleichschritt liefen Anna und Konrad nebeneinander her. Stumm und nervös starrte sie auf den Weg unter ihren Füßen, und ihr Vater wartete ebenso stumm und vermutlich ebenso nervös darauf, was sie ihn fragen wollte.

»Tja, also«, sagte er nach einer Weile und räusperte sich. »Du sagtest, du willst etwas mit mir besprechen?«

»Ja«, sagte Anna und suchte den Weg nach einem geeigneten Anfang ab. Da stand aber keiner.

Du hast damit nichts zu tun, dröhnten ihr die gebieterischen Worte ihrer Großmutter im Kopf. Konrad warf ihr einen prüfenden Blick von der Seite zu.

»Doch Steuern hinterzogen?«, scherzte er.

Es fehlte ihnen das Lachen, mit dem sie sich immer über diese sprachlosen Momente hinweggerettet hatten, dieses bedeutungslose Lachen, das nie von Herzen gekommen war.

»Oder«, abrupt blieb er stehen, totenbleich mit einem Mal, »bist du krank? Anna, bist du krank?« Seine Stimme klang wie zerspringendes Glas.

»Nein«, rief sie schnell. »Nein, nein, ach du liebe Zeit, nein, bin ich nicht.«

Er schloss die Augen voller Erleichterung, atmete auf und ging langsam weiter.

»Worum geht es denn?«

Sie überquerten den Bach hinter dem kleinen Wasserfall, die große Wiese lag vor ihnen, in der Ferne der Monopteros, kaum Menschen um sie herum, der Himmel im blausten Blau.

»Um meine Mutter.«

Anna setzte ihre Schritte langsam fort. Konrad blieb stehen. Als er ihr nicht folgte, drehte sie sich zu ihm um.

Mit hängenden Armen und wehem, verlorenem Blick in den Augen stand er da. Hilflos rang er um seine Fassung, denn ein Mann Mitte fünfzig im guten Anzug konnte nicht mitten im Englischen Garten stehen und in Tränen ausbrechen, aber es war genau das, was passierte. Er senkte den Kopf, schlug beide Hände vors Gesicht und schluchzte lautlos auf.

»Papa!«, rief Anna bestürzt und lief zu ihm, doch als sie neben ihm stand, wusste sie nicht, was sie tun sollte. Sie hatte keine Erfahrung mit einem weinenden Vater, und zu ihrem Entsetzen spürte sie, wie sich auch ihre Augen unaufhaltsam mit Tränen füllten und ihre Nase zu laufen begann.

»Es tut mir leid«, wimmerte sie. »Ich durfte nie fragen, und das hab ich dann auch nie getan, aber es quält mich, seit ich denken kann. Aber in letzter Zeit ... ich muss doch wissen ... ich hab doch noch nicht einmal ein Bild von ihr gesehen.«

Anna heulte wie ein kleines Kind. Da warf Konrad seine Arme um sie und drückte sie an sich.

»Es tut mir so leid«, murmelte er immer wieder, »es tut mir so leid. Meine kleine Anna.«

Anna nahm keine Notiz davon, ob Leute vorbeigingen und sie anstarrten, das war ihr alles gleichgültig. Gemeinsam mit ihrem Vater weinte sie um ihre tote Mutter, vergossen sie all die ungeweinten Tränen der letzten zweiunddreißig Jahre. Es dauerte lange, bis aus dem Tränenstrom ein Tränenbach wurde, der allmählich versiegte, und ihr Schluchzen in ein gleichmäßiges, erschöpftes Atmen überging. Entsetzlich sahen sie aus mit ihren krebsroten, wässrigen Augen und der fleckigen Haut. Konrad tastete fahrig an seiner Anzugjacke herum, Anna fand ihre Taschentücher schneller als er und reichte ihm eins. Sie wischten ihre nassen Gesichter ab, schnäuzten sich und lächelten einander immer wieder an. Als sie beide halbwegs wiederhergestellt waren, griff Konrad wortlos in die Innentasche seiner Jacke, holte sein Portemonnaie heraus, klappte es mit zittrigen Fingern auf und zog eine Fotografie hervor.

»Das ist sie. Das ist deine Mutter.«

34.

Sun

Sie sah aus wie Anna. Es war, als blickte sie auf eine Fotografie von sich selbst, zehn Jahre jünger. Aber es war ihre Mutter. Mit weit offenem Mund, übermütig blitzenden Augen und einer Fröhlichkeit, die sogar auf einem Foto ansteckend war, lachte sie in die Kamera. Sprühend vor Lebensfreude. Bezaubernd. Besonders.

Erst auf den zweiten Blick bemerkte Anna den großen Konzertflügel im Hintergrund.

»Das war nach einem Konzert an der Musikhochschule«, erklärte ihr Vater. »Sie war großartig, die beste Pianistin von allen. Es war ein Erlebnis, ihr zuzuhören. Und hinterher ist sie von ihrer Klavierbank gehüpft und hat ins Publikum gestrahlt. Ein Professor hat mal zu ihr gesagt, sie müsse beim Verbeugen genauso viel Haltung zeigen wie beim Spielen, aber sie ist einfach aufgesprungen und war glücklich.«

Anna verlor sich in dem Bild ihrer Mutter, dieser lebendigen, fröhlichen, hübschen jungen Frau, sie glaubte, ihr Lachen zu hören, meinte, sie anfassen zu können.

»Hast du ... noch ein anderes Foto von ihr«, fragte sie mit bebender Stimme, sie wollte das Foto nicht hergeben, wollte es ihrem Vater aber auch nicht wegnehmen. Abgegriffen war es, als hätte er es immer und immer wieder betrachtet. Seit zweiunddreißig Jahren hatte er es mit sich herumgetragen, es sicher verwahrt, immer nah bei sich.

»Ja, ich habe noch mehr Fotos«, sagte Konrad.

Annas Herz klopfte laut.

Frag ihn.

»Dann … hast du sie geliebt?«

»Ich habe nie wieder jemanden so sehr geliebt wie deine Mutter.«

Zum zweiten Mal innerhalb kürzester Zeit und zum zweiten Mal in ihrem ganzen Leben klammerten sich Vater und Tochter aneinander und weinten. Ein Treffpunkt außerhalb der Öffentlichkeit wäre doch die bessere Idee gewesen, dachte Anna. Der Englische Garten! Warum nicht gleich der Marienplatz?

Aber das war alles gleichgültig. Sie weinten sich aus, verbrauchten Annas letzte Taschentücher, und als sie einander schließlich ansahen, lachten sie voller Erleichterung und Glück.

»Und ich dachte jahrelang …«, begann Anna.

»Ja, ich auch …«, sagte ihr Vater.

»Was?«

»Ich dachte, du hättest überhaupt kein Interesse an deiner Mutter.«

»Oh Gott!«

»Du hast nie gefragt.«

»Ich *durfte* ja nicht. Ich habe einmal gefragt«, sagte Anna. »Oma habe ich gefragt.« Sie erzählte ihm die Geschichte.

Konrad schüttelte den Kopf. »Deine Großeltern waren Rassisten. Doch, doch«, sagte er, als Anna nach Luft schnappte, weil sie mit dieser unverblümten Direktheit nie gerechnet hätte. »Man kann es ruhig beim Namen nennen. Ich habe sie geliebt und respektiert und ich verdanke ihnen viel, aber sie waren, was sie waren.«

»Sie haben mich immerhin großgezogen.«

»Ja, das haben sie«, bestätigte er düster.

»Ich hätte dich gefragt, aber wir hatten nie …«

»Ich weiß.«

»Es war meine Schuld.«

»Nein, nein, um Himmels willen, war es nicht, es war meine. Ich hätte das nicht zulassen dürfen, dass du mir so entgleitest.«

»Erzählst du mir von Mama?«

Von Mama.

Sein Kinn begann erneut zu beben, und einmal mehr gab er sich Mühe, sich zusammenzureißen. Diesmal schaffte er es und nickte.

»Lass uns zum Monopteros hochgehen«, meinte er. »Ich kann besser im Sitzen erzählen.«

Sie erklommen den Hügel und setzten sich dorthin, wo der Blick über die ganze Wiese trug und die sonnenüberflutete Silhouette der Stadt vor ihnen lag. Hier hatte Anna manchmal mit Jeremias gesessen.

»Hier habe ich manchmal mit Sun gesessen«, sagte Konrad.

Er lächelte, wie sie ihn noch nie hatte lächeln sehen.

»Wie war sie?«

»Lustig«, kam es wie aus der Pistole geschossen. »Und unglaublich liebenswert und hübsch. Und wirklich drollig.« Er lachte.

»Drollig?«

»Ja, sie war so ...« Er dachte nach, wie er sie beschreiben sollte. »Also, sie sprach unfassbar schlecht Deutsch, aber das wie ein Wasserfall.« Er lachte noch mehr. »Ich hab oft zu ihr gesagt: ›Ich verstehe kein Wort, Sun, sprich langsamer‹, und dann sagte sie: ›Hey, ich bin die Ausländerin, ich muss das sagen.‹«

Wie schön ihn die Erinnerung machte. Anna hatte nie über das Aussehen ihres Vaters nachgedacht. War er ein gut aussehender Mann oder nicht? Jetzt sah sie es, und sie verstand, warum sich ihre Mutter in ihn verliebt hatte.

»Hier oben hat sie mir die Sache mit den chinesischen Namen erklärt, Sun ist nämlich eigentlich der Familienname, weißt du.«

»Ach so?«

»Ja, ich habe mich furchtbar geschämt, weil ich sie ja immer Sun genannt habe, ich dachte, ich hätte einen Fehler gemacht, aber sie sagte: ›Nein, nein, ist schon richtig‹, und hat mir dann diese komplizierte Namenssache erklärt. So ganz konnte ich ihr nicht folgen, ehrlich gesagt, mit ihrem drauflosgeplapperten drolligen Deutsch. Außerdem konnte ich mich nur darauf konzentrieren, wie entzückend sie dabei aussah, wie sie die Augen aufgerissen und mit ihren winzigen Händen gestikuliert hat. Immer hat sie mit den Händen geredet.«

Anna konnte die beiden vor sich sehen, ein frisch verliebtes junges Paar auf den Stufen des Monopteros, ihre Mutter, eifrig erklärend, und ihr Vater, vollkommen verzaubert.

»Jedenfalls nannte ich sie weiterhin Sun, kein Name hätte besser zu ihr gepasst.«

»Und wie hat sie dich genannt? Konrad?«

Er lachte. »Nein, nicht Konrad, das hat sich bei ihr ganz komisch angehört. Sie hat mich nie Konrad genannt.«

»Sondern?«

Er wurde rot und lächelte verlegen. »Pitti.«

»Pitti?«

»Ja. Wegen Trost. Ich habe ihr mit meinem damals ziemlich miserablen Englisch versucht zu erklären, was der Name bedeutet, und habe dann was von ›I pity you‹ gefaselt. Da hatte ich den Namen für immer weg.«

Anna lachte herzlich. Pitti! So wie er jetzt neben ihr saß, mit diesem verlegenen Grinsen, passte es.

»Ihr wart also ein richtiges Paar.«

»Oh ja, das waren wir.«

»Erzähl!« Sie schubste ihren Ellbogen gegen seinen Arm. »Alles. Von Anfang an.«

Er strahlte sie an, als hätte er sein Leben lang nur auf diese Gelegenheit gewartet.

»Kennengelernt haben wir uns bei einer Studentenfeier im Wohnheim der Musikhochschule. Ein Freund von mir hat dort gewohnt und mich eingeladen. Dort habe ich sie zum ersten Mal gesehen mit ihren lebhaften Augen, ihrem magischen Lachen und diesen schwarzen Haaren, die immer um sie herumflogen, weil sie nie still saß, allenfalls am Klavier, aber selbst da schien sie zu tanzen. Ich habe sie gesehen und war verzaubert. Klingt kitschig, oder? Verzaubert. Aber genauso war es: Ich habe sie gesehen, und es war, als wäre ich ein neuer Mensch.«

Er warf Anna einen Blick zu, als wollte er sich für die Beschreibung dieser ersten Begegnung entschuldigen.

»Es klingt schön«, versicherte sie ihm. »Erzähl weiter!«

»Sie kennenzulernen, war nicht schwer, sie hat es Leuten immer leicht gemacht, mit ihr in Kontakt zu kommen. Ich hätte nur nie gedacht, dass sie mich genauso mögen würde wie ich sie, aber so war es. Wir haben vom ersten Moment an gespürt, dass da etwas zwischen uns war – mehr als nur mögen. Man spürt es, wenn gerade etwas Besonderes geschieht.«

»Das stimmt«, sagte Anna und dachte an sich selbst und Jeremias. »Man spürt es.«

»Wir unterhielten uns am Anfang halb auf Englisch, halb auf Deutsch, sie konnte besser Englisch als ich, aber sie meinte, sie sei ja hier, um Deutsch zu lernen, also bestand sie beim nächsten Mal auf Deutsch. Und ich kann dir sagen, das wäre ganz schön anstrengend geworden«, er grinste verschmitzt, »aber wir haben ehrlich gesagt nicht allzu viel geredet.«

Anna hätte nicht sagen können, was sie mehr überwältigte: das, was er ihr erzählte, oder dieser vollkommen veränderte Vater, der rot wurde, lachte und noch immer verliebt in ihre Mutter schien.

»Wir waren beide einundzwanzig, ich studierte BWL, sie Musik mit Hauptfach Klavier, und nebenher hatte sie Deutschkurse belegt, weil sie hierbleiben wollte. Ihren Eltern hatte sie das verschwiegen, sie sahen ihren Deutschlandaufenthalt eher mit Skepsis, wie sie mir erzählte. Auch ich verschwieg meinen Eltern so einiges. Sie wussten zwar, dass ich neuerdings eine Freundin hatte, aber nicht, dass sie Chinesin war. Ich ahnte, dass sie davon nicht gerade begeistert sein würden. Aber natürlich wollten sie meine Freundin irgendwann kennenlernen und so brachte ich Sun mit nach Hause. Sie war so liebenswert, so offen und freundlich, es war völlig unvorstellbar für mich, dass irgendjemand sie nicht mögen könnte. Sie spielte ihnen sogar auf unserem Klavier etwas vor. Meine Eltern waren höflich und benahmen sich anständig, wie immer, aber hinterher machten sie mir unmissverständlich klar, dass sie das Ganze als vorübergehende Erfahrung betrachteten. Für sie war Sun etwas Exotisches, das man mal ausprobieren konnte, aber doch bitte schön nichts fürs Leben.«

Konrad machte ein finsteres Gesicht, dann nahm er Annas Hand in seine beiden, streichelte sie und sagte: »Aber für uns war es fürs Leben, das war überhaupt keine Frage, auch wenn Sun so erzogen war, dass man Eltern respektieren muss. Ich überzeugte sie davon, dass meine Eltern im Unrecht waren und dass ihre Haltung nichts war, das Respekt verdiente. Insgeheim und gegen jedes bessere Wissen habe ich natürlich darauf gehofft, dass sie sich an den Gedanken gewöhnen würden.«

Er seufzte tief, bevor er fortfuhr.

»Und dann ist Sun schwanger geworden. Wir haben nächtelang diskutiert, was wir tun sollten.«

»Ob ihr mich …?«

»Nein!«, unterbrach er Anna sofort. »Wir haben keine Sekunde über eine Abtreibung nachgedacht, wir wollten das Kind beide. Dich. Wir wollten dich beide. Wir wussten nur nicht, wie wir es anstellen sollten. Es ihren Eltern zu sagen, war ausgeschlossen. Mit meinen Eltern war es nicht viel anders, aber ich dachte, wenn wir sie vor vollendete Tatsachen stellen, dann wird das schon. Ich dachte, sie werden erst wütend, aber dann verhalten sie sich anständig und lassen die Kirche im Dorf. Ich war doch ihr einziger Sohn, und es hatte nie Probleme zwischen uns gegeben. Sun hatte die Idee mit dem Namen, Anna, so wie meine Mutter, wir dachten, dann entstünde gleich so was wie eine Bindung.«

Anna konnte sich den jungen, viel zu jungen Mann von damals vorstellen, wie er sich die Situation schönredete und sich selbst Mut machte.

»Wir haben ein kleines Apartment gemietet, weil Sun nicht im Wohnheim bleiben konnte und weil wir natürlich Platz brauchten. Ihr Klavierprofessor hat uns dabei geholfen. Und dann ... haben wir heimlich geheiratet.«

»Was?« Anna traute ihren Ohren nicht. »Ich dachte, es war eine Nottrauung.«

Er schüttelte den Kopf. »Das habe ich später meinen Eltern weisgemacht. Aber wir waren längst verheiratet.«

»Warum?«

Mit einem traurigen Lächeln sah er sie an.

»Weil wir uns geliebt haben. Darum. Wir wollten ein Leben lang zusammenbleiben, und wir wollten unser Kind. Und vielleicht noch mehr Kinder. Natürlich wollten wir heiraten. Und heimlich haben wir es getan, weil wir einfach nicht darüber diskutieren wollten. Mit niemandem. Ich wollte mich nicht mit meinen Eltern darüber streiten und mir womöglich anhören müssen, dass ich auf eine Chinesin, die sich ein Aufenthaltsrecht in Deutschland sichern wollte, reingefallen wäre oder so einen Scheiß. Wir wollten es einfach. Wir fühlten uns wie Romeo und Julia. Ja, ich weiß, es war unreif, und man kann davon halten, was man will, aber letztlich war es ein Glück, denn wären wir nicht verheiratet gewesen, wäre mit dir wer weiß was passiert. Und es ging alles so schnell, da wäre keine

Nottrauung mehr möglich gewesen. Noch während ich dich zum ersten Mal in meinen Händen hielt«, seine Stimme drohte zu versagen, »ist deine Mutter gestorben.«

Anna legte ihren Arm um die gramgebeugten Schultern ihres Vaters. Wie hätte das Leben aussehen können, wäre ihre Mutter am Leben geblieben. Wie glücklich hätten sie als Familie sein können. Eine richtige, echte, glückliche Familie.

»Wie ging es danach weiter? Ich war auf der Welt und dann?«

»Ich war fertig mit dem Leben, mit allem. Hätte ich dich nicht gehabt, ich glaube, ich hätte mich direkt aus dem Fenster gestürzt.« Er nickte. »Ja, das hätte ich getan.«

Anna schlang ihre Arme noch ein bisschen fester um ihn.

»Wir durften noch eine Zeit lang bei ihr sein, du und ich. Ich habe mich zu ihr ins Bett gelegt, dich in die Mitte, so wie wir uns das immer ausgemalt hatten. ›Anna wird dann zwischen uns liegen‹ hat Sun immer gesagt und sich darauf gefreut. Ich hatte Bedenken und gemeint: ›Wir werden sie zerdrücken, das geht doch nicht‹, aber sie hat nur den Kopf geschüttelt und gesagt: ›Dummer Pitti, wir werden doch unser Kind nicht zerdrücken.‹ Wir lagen in diesem Krankenhausbett und waren zum ersten und einzigen Mal eine Familie.«

Taschentücher gab es keine mehr, er nahm seinen Ärmel.

»Und dann kamen meine Eltern. Irgendjemand hatte sie verständigt. Als sie erfuhren, was los war, nahmen sie das Heft in die Hand. Sie bestimmten, dass ich zu labil und zu jung sei, um mich um ein Baby zu kümmern, das würden sie übernehmen. Ich war in einem vollkommen desolaten Zustand, und in gewisser Weise war ich ihnen dankbar, dass sie sich so zupackend verhielten. Und so anständig. Gott! Wie anständig sie sich vorkamen. Es wurde nicht viel gefragt und keine Zeit mit Vorwürfen verschwendet. Es wurde sofort ein Notfallplan gemacht, Babysachen aus dem Apartment geholt, ein Babyzimmer in ihrem Haus hergerichtet. Ich wurde nicht mehr gefragt und habe alles geschehen lassen. Ich bin mir vorgekommen wie der letzte Mensch.«

»Und meine anderen Großeltern? Die in China?«, fragte Anna.

Konrad schloss die Augen und schwieg lange.

»Sie wollten weder mit mir noch mit dir etwas zu tun haben. Und sie verzichteten auf eine Überführung des Leichnams.«

Mehr musste er nicht erklären.

So war das also, jetzt wusste Anna endlich Bescheid. Sie war ein Kind der Liebe, das unglücklicherweise in ein riesengroßes Chaos hineingeboren worden war. Sie konnte gut verstehen, dass ihr Vater nach dem Tod ihrer Mutter völlig am Ende gewesen war, so wie Anna nach Jeremias' Tod.

»Du bist dann also bei deinen Großeltern aufgewachsen, und ich lebte weiter in dem winzigen Apartment – allein, statt zu dritt, aber zumindest war ich Sun auf diese Weise noch ein bisschen nah. Meine Eltern fanden es auch besser so, und sie wollten, dass ich mich aus der Erziehung raushalte, das war ihre Bedingung. Immer wenn ich zu Besuch kam, habe ich deine Mutter in dir gesehen. Als du dann auch noch angefangen hast, Klavier zu spielen, war das fast zu viel für mich, es war, als würde ständig jemand Salz in meine Wunde streuen. Und gleichzeitig habe ich dich so geliebt, mehr als du dir vorstellen kannst.

Manchmal habe ich dich gesehen, dort am Klavier, und habe gedacht: Wie stolz Sun jetzt auf dich wäre. Du hast auch so auf dem Hocker herumgezappelt, als würdest du tanzen, während du spielst, und du hattest deinen Dickschädel und hast die Stücke genauso gespielt, wie es dir gefallen hat, das hat sie auch immer getan. Ich habe aber auch gesehen, wie meine Eltern dich behandelt haben.«

»Anständig«, sagte Anna.

Konrad lachte bitter. »Ja, anständig«, wiederholte er. »Das waren sie. Rechtschaffen.«

»Man muss tun, was richtig ist«, zitierte Anna ihren Großvater.

»Ja. Nur ein bisschen mehr Herz hätte ihnen dabei nicht geschadet.«

»Bist du denn anders erzogen worden?«

»Nein, aber ich war immerhin ihr Sohn, und ich hatte auch nicht diese hübschen Mandelaugen. Mit denen hatten sie nun mal ein Problem.«

»Sie haben es mich nicht spüren lassen«, behauptete Anna. Ihr Vater zog eine zweifelnde Grimasse. »Nicht sehr jedenfalls. Einmal sind sie sogar in die Schule gegangen, um allen zu erklären, dass ich eine echte Deutsche sei. So deutsch, wie man nur sein kann, waren, glaube ich, ihre Worte.«

»Oh ja, das war ihnen wichtig. So deutsch, wie man nur sein kann? Wie deutsch kann man denn sein?«

»In ihrer Welt gab es da bedeutende Abstufungen.«

»Ich weiß. Und deshalb haben sie alles, was in ihrer Definition nicht so deutsch an dir ist, ausgeblendet, inklusive deiner Mutter.«

»Ich habe immer gedacht, dass ihr gar nicht … ich meine, ich dachte, dass sie nur …«

»… eine Gelegenheit war und du ein Ausrutscher«, sagte er. Anna nickte. Er zog sie an sich, und sie fühlte sich wie ein Kind in seinen Armen, endlich getröstet.

»Jetzt weißt du, was sie für mich war«, sagte er. »Und was du für mich bist.«

Anna blieb noch ein wenig so an ihn gelehnt und fummelte nach einem reichlich zerfledderten, benutzten Taschentuch, um ihre Nase abzuwischen.

»Und Sylvia?«, fragte sie.

»Sylvia hat mich gerettet«, erklärte Konrad ernst. »Sie weiß alles: von Sun, von dir. Sie hat mich aus dem tiefsten Tief herausgezogen, und mit ihr habe ich gelernt, dass das Leben wieder schön werden kann, auch wenn das Schönste, das man hatte, aus der Welt verschwunden ist. Dass man wieder lieben kann und deswegen die Liebe, die man verloren hat, nicht vergessen muss. Sylvia hat ein riesengroßes Herz. Sie hat irgendwann sogar den Vorschlag gemacht, dich zu uns zu holen, aber davon wollten deine Großeltern nichts wissen. Und du auch nicht so richtig.«

»Ich habe euch nie an mich herangelassen.«

»Nein, es ist meine Schuld, ich habe dich losgelassen und bin dann nie mehr an dich herangekommen. Wir haben nie geredet. Es wäre meine Aufgabe gewesen, auf dich zuzugehen, aber ich …«

»Ich weiß, wie ich sein kann, Papa, und wie ich als Teenager war.«

»Als dein Jeremias gestorben ist, da …« Seine Stimme brach ab. »Ich habe ganz genau gewusst, wie du dich gefühlt hast. Ich wollte für dich da sein.«

»Das warst du doch auch«, behauptete Anna. »Ich habe dich weggeschickt.«

»Und ich habe es hingenommen. Ich habe immer hingenommen, dass es nun mal so ist, wie es ist.«

»Wie es war«, verbesserte ihn Anna.

Er nickte heftig. »Ja, wie es war.« Dann drückte er Anna so innig und fest an sich, als wollte er sämtliche verpassten Umarmungen ihres Lebens nachholen.

35.

Happy End

Nachdem ihr Vater sie am späten Nachmittag in der Zumpestraße abgesetzt hatte, nicht ohne sie noch einmal genauso fest zu umarmen wie zuvor, stand Anna vor Anders' Tür und klingelte. Wie üblich bellte Franky einmal. Sie hörte Anders' Schritte und seine Stimme. »Platz, Franky!«

»Ich bin's«, sagte Anna, als er öffnete, und: »Nicht erschrecken, das muss jetzt sein.« Dann streckte sie sich und warf ihre Arme um seinen Hals. Lächelnd drückte er sie an sich.

»Glücklich?«, fragte er, als sie ihn losließ.

»Total. Kommst du nachher rüber? Zum Essen?«

»Gern!«

In der Wohnung tauchte Anna in eine sanfte Louis-Armstrong-Klangwolke. Federleicht, befreit vom Ballast ihres Lebens, tanzte sie vor bis zum Salon, wo Gunilla und Rose gemeinsam Tee tranken und ein sichtlich gut gelaunter Kurt Staub wischte.

»Ist es okay, wenn Anders zum Essen kommt?«, fragte Anna und schwang sich am Türstock halb in den Raum.

»Natürlich!«, sagte Gunilla. »Nicht wahr, Kurt?«

»Natürlich«, rief Kurt strahlend.

»Gretchen war da«, erklärte Gunilla.

»Ach was?«, staunte Anna.

»Nur so, nicht zu einer Behandlung«, erklärte Kurt. »Sie war gerade in der Gegend. Aber sie kann jetzt donnerstags wieder kommen.«

Gunilla verbarg ihr Gesicht hinter ihrer Teetasse.

»Oh!«, sagte Anna, die nichts dergleichen vor sich halten konnte. »Das ist ja schön.«

Kurt nickte selig.

»Und dir geht es auch gut, liebe Anna?«, fragte Gunilla.

»Ja«, hauchte sie glücklich. »Ich erzähle alles nachher. Wenn Anders auch hier ist.«

»Aber sicher, Liebes«, erwiderte Gunilla, Rose blickte von ihrer Häkelarbeit auf und schenkte Anna ein frohes Lächeln.

Anders, der die Essenszeiten der WG kannte, war pünktlich zur Stelle. Franky war auch wieder dabei. Der Kleine fand die große Wohnung herrlich und raste auf seinen drei Beinen den Flur hinauf und hinunter.

»Jetzt essen wir, und danach erzählst du uns alles, Anna, nicht wahr?«, verkündete Gunilla, als wäre das nicht ohnehin klar gewesen. »Wir wollen alles wissen.«

»Was wollen wir wissen?«, fragte Michel.

»Wie das Treffen mit ihrem Vater war«, erklärte Gunilla.

»Das kann sie uns doch gleich erzählen.«

»Erst essen wir«, bestimmte Gunilla.

»Was hat dein Vater gesagt, Anna?«, fragte Michel weiter und löffelte seinen Eintopf.

»Später Michel, so etwas braucht den richtigen Rahmen.«

»Warum?«

»Weil es nichts ist, worüber man sich so nebenbei unterhält«, erklärte ihm Gunilla. »Weil es eine besondere Situation war.«

»Ich kann es auch kaum abwarten, Michel«, meinte Anders. »Aber Anna kann schlecht mit vollem Mund reden, oder? Also lassen wir sie erst etwas essen.«

Mit dieser eher pragmatischen Erklärung erlangte er Michels Verständnis, und das Vater-Thema war fürs Erste erledigt. Kurt erzählte von Kommentaren auf seiner Webseite und von neuen Besucherrekorden, seit Gunilla eine solche Berühmtheit geworden war.

Anna erkundigte sich nach Gretchen, und Kurt erzählte, dass sie es momentan auch nicht leicht habe, weniger Kunden als früher. »Und mit Mundschutz ist ihre Arbeit natürlich auch viel anstrengender.«

Anna prustete heraus, tat aber so, als hätte sie sich am Eintopf verschluckt und hustete kräftig in ihre Hand, woraufhin sie von Michel sofort einen Vortrag über Hygiene und das richtige Husten und Niesen erhielt.

»Was war denn beim Essen mit dir los?«, fragte Anders, als sie später in den Salon wechselten.

»Erklär ich dir ein andermal.«

»Da bin ich gespannt, du bist ja fast erstickt.«

Ebenfalls gespannt warteten alle auf ihren Bericht vom Nachmittag. Sie konnte es ihnen nicht verdenken und ihre Anteilnahme rührte sie. Sie hatten mitgelitten, mitgefiebert, sie ermutigt, jetzt sollten sie auch das Happy End miterleben dürfen. Sogar Michel hatte sich wieder zu ihnen gesellt und hörte aufmerksam zu.

Anna erzählte von Anfang an. Vom Englischen Garten. Von der Reaktion ihres Vaters, als sie zum ersten Mal ihre Mutter erwähnte, von seinen Tränen und von ihren, von dem Augenblick, als sie ihre Mutter zum ersten Mal auf einem Foto sah, das ihr Vater all die Jahre über bei sich getragen hatte.

»Wir haben oben auf den Stufen des Monopteros gesessen, und dort hat er mir alles erzählt. Alles.«

Kein Ort hätte passender sein können, dachte Anna. Ihr Vater war dort mit ihrer Mutter gewesen und sie mit Jeremias. Wahrscheinlich war jedes Paar in ganz München und zu allen Zeiten irgendwann einmal am Monopteros und hatte den Ausblick bewundert, womöglich sogar bei Sonnenuntergang. Es war ein guter Ort, um etwas wieder zusammenzufügen, was auseinandergebrochen war.

Sie erzählte alles, was ihr Vater ihr erzählt hatte, und füllte die Lücken in ihrer eigenen Lebensgeschichte mit der Geschichte ihrer Eltern. Und als Gunilla fragte, wie sie sich jetzt fühlte, da war ihre Antwort: »Ganz.«

Daraufhin herrschte eine kurze feierliche Stille. Gunilla hob ihr Glas in die Luft und rief: »Auf Wunden, die heilen!«

»Auf ein gutes Ende«, sagte Kurt.

»Auf die komplette Anna«, sagte Anders.

»Auf den Monopteros«, sagte Michel.

»Hm!«, schmunzelte Rose.

»Auf euch«, sagte Anna.

»Was wünschst du dir eigentlich zum Geburtstag?«, fragte Gunilla.

»Ich habe alles, was ich mir wünsche«, erwiderte Anna. »Wenn ich wieder arbeiten könnte, das wäre schön, aber dazu muss ich dann wohl an höherer Stelle vorsprechen.«

»Bei Markus Söder?«, fragte Michel.

»Ich dachte an noch ein bisschen höher.«

Sie lachten wieder, weil es das beste war, was man tun konnte, wenn man nicht verzweifeln wollte.

»Es kommen auch wieder bessere Zeiten«, meinte Gunilla. »Es kommen immer bessere Zeiten. So ist das Leben. Mal wandert man durch ein dunkles Tal und dann wieder steht man auf dem höchsten Gipfel, schaut auf die Welt hinab und sieht, wie schön sie ist.«

Darauf tranken sie noch einmal.

An diesem Abend hatte Anna das Gefühl, dass sie sich alle gerade auf dem Weg aus einem dunklen Tal heraus befanden, jeder auf seine Weise und in seinem Tempo. Sie jedenfalls fühlte sich zum ersten Mal seit langer, langer Zeit rundum glücklich.

Sie hatte noch immer das Gefühl, dass Jeremias ihr zusah, und vielleicht hatte er sie sogar am Nachmittag in den Englischen Garten begleitet. Und wenn er dabei war, vielleicht war dann auch ihre Mutter dabei. Vielleicht war sie die ganze Zeit bei ihr gewesen und hatte sich angesehen, was ihre Tochter so trieb, und vielleicht hatte es ihr das Herz gebrochen, dass ihr Mann und ihre Tochter all die Jahre nichts miteinander zu tun hatten. Vielleicht hatte sie aber auch Anna in die Zumpestraße gelotst, so wie Anders' tote Tante Hetty ihre Zwillingsschwester jedes Mal zu einem Parkplatz lotste. Vielleicht hatte Sun das alles eingefädelt, hatte sie zu Gunilla gebracht, zu Kurt, zu Rose, zu Anders und zur Einsicht. Und zum Monopteros. Wer wusste das schon?

Kurt legte wieder die Swing-CD vom Nachmittag ein, stellte sich vor Gunilla hin und sagte: »Darf ich bitten?«

Gunilla kicherte wie ein junges Mädchen und reichte ihm elegant die Hand.

»Tanzen sie?«, fragte Anders.

»Und wie«, lachte Anna.

»Traust du dich mit einem Blinden?«, fragte er.

Anna sah ihn überrascht an. »Blind ist weniger das Problem, das Einzige, wovor ich mich fürchte, ist deine Musikalität.«

»Die betrifft nicht mein Rhythmusgefühl«, behauptete Anders. »Ich kann es dir beweisen.«

»Na schön, dann zeig's mir.«

Er stand auf und reichte ihr die Hand. Anna führte ihn bis zu der freien Fläche vor dem Flügel. Franky setzte sich in angemessenem Abstand von seinem Herrchen hin, aufmerksam und jederzeit bereit einzugreifen, wenn Gefahr drohte.

»Keine Sorge, Franky, ich passe schon auf«, sagte Anna zu dem Hund.

»Tust du das?«, fragte Anders, hob seine linke Hand und legte seinen rechten Arm um Annas Rücken.

»Du brauchst eigentlich keinen, der auf dich aufpasst«, erwiderte Anna. Sie legte ihre rechte Hand in seine und ihren linken Arm auf seine Schulter.

»Das weißt du doch gar nicht.«

Sein Arm zog sie näher an sich heran.

»Du meinst, so gut kenne ich dich noch nicht?«

Sie hätte ihren Kopf an seine Brust legen können.

»Stimmt. Aber das kann man ändern.«

Er fing an, sich weich und elegant im Rhythmus der Musik zu bewegen.

»Du kannst ja wirklich tanzen.«

»Hab ich doch gesagt.«

Es war wunderbar, mit Anders zu tanzen. Er führte sie und sie führte ihn. Und irgendwann legte sie ihren Kopf an seine Brust.

Auf einmal blieb er stehen.

»Darf ich dich jetzt mal ansehen?«, fragte er. »Auf meine Weise.«

Sie begriff. »Ja, darfst du.«

Er legte seine Hände auf ihren Kopf und tastete behutsam mit seinen Fingern über ihr Gesicht, ihre Ohren, ihr Kinn, bis zum Hals und ihren Schultern.

»Du bist klein«, sagte er. Sie musste lachen. »Und sehr hübsch.«

»Das kannst du sehen?«

»Ja, das kann ich sehen. Und hören. Und fühlen.«

Er zog sie wieder an sich und sie tanzten weiter. Noch einen Tanz und noch einen. Franky passte auf. Michel ging nach einer Weile ins Bett, und Kurt und die beiden Frauen tanzten alleine. Dann Anders mit Rose, Kurt mit Anna, Gunilla mit Anders und Anders wieder mit Anna. Es war einer der schönsten Abende in Annas Leben.

Später, als alle zu Bett gingen, brachte sie Anders und Franky zur Tür und sah ihnen von oben aus zu, wie sie im beleuchteten Innenhof noch einmal Gassi gingen.

Als sie im Bett lag, vibrierte ihr Handy. Ihr Vater hatte ihr eine Nachricht geschickt: »Das war heute ein schöner Tag. Gute Nacht, mein Schatz.«

Sie antwortete: »Das fand ich auch. Nacht, Papa!« Und zum ersten Mal schickte sie einen kleinen küssenden Smiley mit.

So sollte das Leben bleiben, genauso. Mit diesem Gedanken schlief Anna ein.

Am nächsten Morgen war Michel verschwunden.

36.

Außer Haus

»Michel! Micheeeel!«

Wie in Lönneberga, dachte Anna beim Aufwachen, doch das verschlafene Grinsen verging ihr, als sie das nächste laute, panische »Micheeeel« aus Gunillas Mund hörte. Es dauerte nur Sekundenbruchteile, bis Anna verstand, dass etwas passiert sein musste. Mit ihrem Michel.

Sie sprang aus dem Bett und war mit wenigen Schritten im Flur, wo Gunilla in heller Aufregung hin und her lief, als könnte sich ihr vermisster Sohn hinter einer der zierlichen Vitrinen oder antiken Tischchen verbergen. Sie öffnete jede Tür, klopfte überall an. Rose kam aus dem Badezimmer, Kurt aus der Küche, alle standen sie aufgeschreckt da und wussten nicht, was los war.

»Michel ist weg«, rief Gunilla voller Sorgenqualen.

»Wie weg?«, fragte Kurt.

»Er ist nicht in seinem Zimmer, nirgends. Ich wollte ihm die Wäsche bringen«, sie deutete mit leeren Armen an, wie sie seine Wäsche trug, »aber er war nicht da.«

Michel verließ praktisch nie das Haus, ebenso wenig wie seine Mutter. Anna hatte immer angenommen, es wäre ihm zu viel. Zu viel Aufregung, zu viel Ungewohntes, zu viel Lärm, zu viel, was er nicht ertragen konnte.

»Wo könnte er denn sein?«, fragte sie. Fragte man das nicht

immer, wenn Kinder plötzlich verschwanden? Dabei war Michel kein Kind mehr, er war ein erwachsener Mann.

»Ich weiß es nicht?«, jammerte Gunilla. »Ich weiß es nicht.«

Anna hatte sie noch nie so hilflos erlebt und noch nie so sehr wie eine alte Frau, eine Zweiundachtzigjährige.

»Vielleicht ist er nur mal ein bisschen frische Luft schnappen«, äußerte Rose eine der vielen Unwahrscheinlichkeiten.

»Wo könnte er denn sein?«, fragte Kurt, als hätte Anna die Frage noch nicht gestellt und Gunilla sie noch nicht beantwortet.

Anna hatte eine Idee. »Moment«, sagte sie und rannte so wie sie war, im Schlafanzug, ungewaschen und ungekämmt, in den Flur und klingelte an Anders' Tür, klopfte und klingelte noch einmal. Franky bellte innen genauso oft, wie sie klingelte.

Etwas rumpelte im Innern der Wohnung. Anders brabbelte irgendwas vor sich hin, eindeutig schlaftrunken, was Annas Hoffnungen sofort auf null sinken ließ.

»Wer ist denn da?«, rief er.

»Ich bin's.«

Er öffnete die Tür in einem weißen T-Shirt und einer Jogginghose, die er in der Eile verkehrt herum angezogen hatte.

»Ist was passiert?«

»Michel ist weg. Er ist nicht zufällig bei dir?«

Die Antwort erübrigte sich, das konnte sie selbst sehen.

»Wo könnte er denn sein?«, stellte Anders die naheliegende Frage.

»Das fragen wir uns auch alle, aber wissen es nicht«, erwiderte Anna ungeduldig.

»Kennt er sich in München aus?«

»Keine Ahnung. Gunilla, kennt er sich in München aus?«, rief sie nach hinten in die Wohnung. Gunilla erschien im Türrahmen.

»Früher, ja«, sagte sie und beugte sich nach vorn, um Anders zu sehen.

»Wann war früher?«, fragte Anders, der allmählich wacher wurde.

»Na, ich weiß nicht. Als mein Mann noch lebte, ging Michel oft einfach los, mit seinem Notizbuch. Später nicht mehr so, er hatte ein paar unschöne Erlebnisse mit … anderen Leuten. Er war nur ab und zu mal mit beim Einkaufen, aber selten, und bei Oskars Beerdigung war er.«

Anna erinnerte sich daran, dass Michel öfter auf den Balkon hinausgetreten war und ihr beim Einzug geholfen hatte. Wenn es einen konkreten Anlass gab, dann hatte er keine Schwierigkeiten, das Haus zu verlassen.

»Wie spät ist es eigentlich? Wann warst du in seinem Zimmer, Gunilla?«

»Vor zehn Minuten«, sagte Gunilla und fing wieder an zu erklären, was sie vorher getan hatte, als versteckte sich in ihren Handlungen eine Spur, die sie zu Michel führen konnte.

Anna wusste, dass Gunilla Frühaufsteherin war.

»Wann genau bist du denn aufgestanden?«

»Gegen sechs, wie jeden Morgen, dann mache ich mich erst fertig und danach erledige ich die Wäsche oder bügle, solche Sachen.

»Dann war Michel schon vor sechs Uhr weg?«

»Aber ja, sonst hätte ich es doch bemerkt. Vielleicht war er die ganze Nacht nicht da!« Bei dieser Vorstellung rang sie vor Entsetzen die Hände.

»Jetzt ist es kurz vor acht«, vermeldete Rose, die neben Gunilla auftauchte. Oben knallte eine Tür und gleich darauf hüpfte die junge Nachbarin mit dem Pferdeschwanz die Treppe herunter. Als sie die Versammlung im Flur sah, noch dazu zwei von ihnen in Schlafklamotten, blieb sie stehen.

»Ist was passiert?«

»Mein Sohn ist verschwunden«, sagte Gunilla. Die junge Frau verzog bedauernd das Gesicht, wirkte aber gleichzeitig etwas verwirrt. Plötzlich wurde Anna klar, dass es nicht Anders' und ihr morgendlicher Aufzug war, der diese Reaktion hervorrief, sondern die Tatsache, dass sie Gunilla zum ersten Mal überhaupt zu Gesicht bekam, und auch besagten Sohn hatte sie vermutlich noch nie gesehen.

»Sind Sie eigentlich die Dame, die immer so schön singt?«, fragte die junge Frau auf einmal. »Entschuldigen Sie, das ist jetzt vielleicht unpassend, aber …«

Gunilla sah sie an, als wüsste sie für den Moment gar nicht, wovon die Rede war.

»Kann ich irgendwie helfen?«, unterbrach sich die junge Frau selbst. »Übrigens, Svenja Ebert ist mein Name.« Sie winkte ihnen zu.

»Anders Fröhlich«, stellte Anna Anders vor. »Gunilla Wohlgemuth«, sie zeigte auf Gunilla, dann auf Rose, »Rose Holländer«, und zuletzt auf sich selbst: »Anna Trost.«

»Kurt-Georg Pol«, meldete sich Kurt, der zunächst unbemerkt hinter Rose und Gunilla im Türrahmen erschienen war. Beide Frauen machten ihm Platz und traten einen Schritt nach vorn.

»Freut mich«, sagte Svenja. »Also, kann ich helfen?«

»Wenn Sie sich draußen in der Umgebung einfach ein wenig umschauen würden«, sagte Anna und beschrieb Michel mit so freundlichen Worten wie möglich, immerhin stand Gunilla neben ihr.

»Er ist ein ruhiger, höflicher Mann, er spricht im Allgemeinen eher langsam und bedächtig und manchmal ein wenig monoton«, fügte Anders hinzu. »Wenn Sie ihm begegnen und ihm sagen, dass sich seine Mutter zu Hause Sorgen um ihn macht, ist das schon in Ordnung.«

»Mach ich«, sagte Svenja und sprang die Treppe hinunter.

»Ich ziehe mir mal was an. Wenn ich was tun kann, sagt mir Bescheid«, sagte Anders.

Die anderen zogen sich wieder in die Wohnung zurück.

»Sollten wir nicht die Polizei verständigen?«, fragte Gunilla verzweifelt.

»Ich glaube nicht, dass die etwas unternehmen, Michel ist erwachsen«, erwiderte Kurt.

»Aber er ist doch …« Sie sprach nicht aus, was ihr Sohn war oder wofür sie ihn hielt.

»Ich ziehe mich an und gehe ihn suchen«, entschied Anna.

»Aber wo denn?«, fragte Gunilla verzweifelt.

»Ich weiß nicht, überall.« Anna fiel nichts ein, aber alles war besser, als untätig herumzusitzen.

»Ich komme mit«, erklärte Kurt. »Soll ich noch schnell eine Meldung auf meiner Webseite schalten?«

Gunilla nickte geistesabwesend. Kurt eilte an seinen Schreibtisch. Anna sprang ins Badezimmer, putzte sich die Zähne, nahm eine Blitzdusche und warf sich in Windeseile ihre Kleider über. Nach kaum zehn Minuten stand sie aufbruchbereit im Flur.

»Fertig! Kurt?«

»Alles klar. Wir können.«

Da kam Gunilla um die Ecke. Sie trug eine lange Strickjacke und feste Schuhe. Über ihrer Schulter hing eine schmale schwarze Handtasche.

»Ich komme mit.«

Anna und Kurt standen mit ungläubigem Gesichtsausdruck neben der Eingangstür. Gunilla ging mit entschlossenen Schritten auf sie zu.

»Ich halte hier die Stellung, falls Michel kommt«, rief Rose hinter ihr her.

Gunilla nickte wortlos und ohne sich umzuwenden, gerade so als würde sie sich hochkonzentriert auf einem dünnen Seil bewegen, aber sie lief weiter und weiter, vorbei an Anna und Kurt, packte den Türknauf und drehte ihn. Die Tür sprang auf und gab den Weg frei ins Treppenhaus.

Anna hatte einmal als Vierzehnjährige so auf dem Fünfmeterbrett gestanden wie Gunilla jetzt vor der Türschwelle.

»Kommt ihr?!«, sagte Gunilla, ihre Brust hob und senkte sich in schnellem Rhythmus. Sie machte einen Schritt nach vorn. Einen Schritt in den Hausflur. So weit war sie zuvor auch schon gekommen, als sie draußen bei Anders gestanden hatten, doch vermutlich hatte sie das nicht einmal bemerkt. Aber jetzt bemerkte sie es, und sie wollte sogar noch weitergehen, die Treppe hinunter, nach draußen vor die Tür, an die frische Luft, die sie seit fünf Jahren nur durch ihr offenes Fenster atmete.

Sie machte noch einen Schritt.

»Kommt ihr?«, sagte sie noch einmal, ängstlich und zugleich wild entschlossen, ihren Sohn zu suchen.

Kurt und Anna tauschten einen Blick und folgten ihr.

»Möchtest du dich bei mir einhängen?«, fragte Anna. Gunilla nickte. Sie atmete schwer, man sah, wie sie zitterte, und Anna spürte es, als sie ihren schlotternden Arm ergriff. Und trotzdem blickte Gunilla weiter geradeaus nach vorn.

Anna machte einen Schritt, Gunilla machte einen Schritt, dann Anna noch einen, dann Gunilla noch einen. Auf einmal standen sie am Rand der Treppe. Gunillas Körper war ein einziges Beben.

»Du schaffst das«, sagte Anna zu ihr. Sie zeigte Gunilla nicht ihre eigene Angst davor, etwas falsch zu machen. Was, wenn die alte Frau vor lauter Stress einen Herzinfarkt erlitt? Sie hatte keine Ahnung, was alles passieren konnte, und wünschte sich Anders herbei, aber der war schließlich auch kein Therapeut. Und was hatte er gesagt? Wenn man den Versuch abbricht, wird es noch schlimmer. Also weiter. Gunilla wollte es, für Michel würde sie einmal um die ganze Welt laufen, wenn es sein müsste.

»Du schaffst das, Gunilla«, wiederholte Anna und sprach sich selbst genauso Mut zu wie ihrer Freundin. »Wir sind bei dir.«

Kurt ging ein paar Stufen voraus. Gunilla hielt sich mit einer Hand am Geländer fest, mit der anderen umklammerte sie Annas Arm. Langsam, ganz, ganz langsam setzte sie einen Fuß auf die erste Stufe, dann den anderen ebenso langsam auf die zweite.

»Großartig!«, lobte Anna. Gunillas Finger krampften sich fest in ihren Arm, aber Anna achtete nicht auf den Schmerz.

»Großartig!«, echote Kurt begeistert ein paar Stufen tiefer.

Gunillas Gesicht verzog sich zur Andeutung eines Lächelns. Eine weitere Stufe. Sie keuchte, weil sie zwischendurch immer wieder die Luft anhielt.

»Ruhig atmen«, sagte Anna. »Du machst das wunderbar.«

Und Gunilla machte weiter. Stufe für Stufe stakste sie nach unten, sie, die sonst die Grazie in Person war.

Kurt wartete im nächsten Stockwerk, und als Anna und Gunilla ankamen, rief er noch einmal »Großartig!« und vollführte so etwas Ähnliches wie einen Luftsprung, während Gunilla ein lauter, erschöpfter Seufzer entfuhr. Eine kleine Atempause war nötig. Ein Glas Prosecco hätte hilfreich sein können, aber mitten im Treppenhaus gab es keine Versorgungsstation für phobische alte Damen, die sich von Stockwerk zu Stockwerk hinunterarbeiteten.

»Weiter geht's«, sagte Gunilla keuchend und auch ein bisschen stolz, und tatsächlich stellten sie bei der nächsten Treppe einen neuen Rekord auf. Unter drei Minuten.

Wieder wartete Kurt an der untersten Stufe und begleitete Gunillas und Annas Ankunft mit Jubel. »Großartig, Gunilla, großartig!«

Anna spürte, wie es von Stufe zu Stufe leichter wurde, wie Gunillas Atem zwar immer noch schwer, aber immer gleichmäßiger ging und das Zittern nachließ.

»Gleich hast du es geschafft, Gunilla, gleich sind wir draußen.«

Gunilla stieß einen kurzen Laut ungläubiger Freude aus.

Schließlich erreichten sie das Hochparterre, nur noch die letzte kurze Treppe mussten sie hinter sich bringen. Kurt wartete neben der Haustür und hielt sie weit auf. Man konnte schon den Fußweg sehen. Die letzten Stufen. Noch drei, noch zwei, die letzte. Frische Luft strömte ihnen entgegen. Gunilla Wohlgemuth betrat das Freie.

»Oh, mein Gott!«, murmelte sie keuchend. Sie blickte sich um, als hätte sie soeben ihren Fuß auf einen fremden Planeten gesetzt. Ein unbedeutender Schritt für die Menschheit, aber ein Riesenschritt für eine alte Dame.

»Geht es dir gut?«, fragte Kurt. Gunilla nickte, und langsam, ganz langsam breitete sich ein zittriges Lächeln auf ihrem Gesicht aus.

»Willkommen in München«, flüsterte ihr Anna ins Ohr und drückte sie an sich. Gunilla tätschelte ihr liebevoll die Wange. Aber sie nahm sich keine Zeit, um sich lange über ihren Sieg zu freuen. Es gab ja einen Grund, weshalb sie draußen war: Michel!

»Wo sollen wir denn nun hin?«, fragte sie und wandte den Blick in alle Richtungen.

»Erst mal am Theater vorbei und dann einfach die Prinzregentenstraße hinunter«, schlug Kurt vor und lief voraus. Arm in Arm eingehängt folgten Anna und Gunilla.

»Oh, mein Gott, das Theater!«, rief Gunilla, als sie vor dem Gebäude des Prinzregententheaters standen. »Ist es nicht wunderschön? Hier durfte ich Anfang der Sechzigerjahre noch singen, kurz bevor es geschlossen werden musste.«

»Hier?«

»Ja, hier war damals die Oper.« Gunillas Augen leuchteten. »Als das Haus dann in den Neunzigern wiedereröffnet wurde, waren mein Mann und ich in der ersten Vorstellung. Wir waren oft hier. Es war ja so praktisch, gleich vor der Tür.« Sie blieb stehen und betrachtete das Gebäude verzückt und so, als hätte sie einen Moment lang ihre Mission ganz vergessen, doch gleich darauf lief sie weiter.

»Meine Güte, die Luft ist so frisch, nicht wahr?«

Kurt schmunzelte. »Das kommt dir nur so vor, Gunilla, eigentlich ist das eine ganz schlimme Großstadtluft hier, schau dir die Autos an.«

»Ja, die Autos«, sagte Gunilla und blickte begeistert auf die Straße.

Während sie die Prinzregentenstraße entlangmarschierten, fand Gunilla mehr und mehr zu ihrem damenhaften Gang zurück, und je länger sie gingen, desto schwungvoller kam sie Anna vor.

»Vielleicht ist er zur Villa Stuck gegangen«, überlegte sie. »Dort waren wir früher öfter, es hat ihm immer so gut gefallen. Michel liebt Museen, Gemäldegalerien natürlich ganz besonders. Stundenlang konnte er dort vor den Bildern stehen und jedes einzelne Detail betrachten, und manchmal ist er alleine dorthin und hat sie nachgezeichnet. Er hatte so viel Talent, wir hätten es unterstützen sollen, aber Richard hat sich allzu lange Illusionen gemacht und wollte ihn in eine bestimmte Richtung drängen. Meint ihr, Michel könnte zur Villa Stuck gegangen sein?«

Sie redete wie ein Buch, schaute hierhin und dorthin, als wollte sie nichts verpassen und alles, was sie sah, förmlich aufsaugen. Ihre Sorge um Michel schien dabei mit jedem Schritt kleiner zu werden.

»Er könnte aber auch mit der U-Bahn irgendwohin gefahren sein, oder?«, meinte Kurt. »Er kennt sich doch aus mit dem MVV?«

Gunilla blieb stehen, zögerte. »Ja, schon. Er kennt sich aus. Er ist ja im Grunde …«

»Michel ist erwachsen und nicht gerade auf den Kopf gefallen«, sprach es Anna aus. »Ich glaube, du musst dir gar nicht so viele Sorgen machen, Gunilla.«

»Aber das hat er noch nie gemacht. Warum denn so heimlich und in aller Herrgottsfrühe?«

»Also, ich würde jetzt nicht behaupten wollen, dass wir Michel immer und in allem, was er so tut, verstehen«, meinte Anna mit einem Lächeln.

»Nein, das nicht«, gab Gunilla zu. »Gehen wir erst mal zur Villa Stuck? Vielleicht haben wir ja Glück.«

An der Kreuzung Ismaninger Straße und Prinzregentenstraße ließ sie erneut ihren Blick an der Fahrbahn entlanggleiten und verfolgte den Verkehr wie ein aufregendes Schauspiel.

»Ach du liebe Zeit, eine Trambahn!«, rief sie. »Wie leise die heutzutage fahren, früher war das ein lautes Gerumpel, und dann diese Glocke immer ... schrecklich!« Sie lachte, und beinahe verpassten sie die Grünphase der Ampel.

Das Museum hatte so früh am Morgen natürlich geschlossen. »Also, dann wird er hier nicht sein«, stellte Gunilla fest und betrachtete verträumt das schöne Gebäude.

»Wollen wir in den Anlagen nachsehen?«, schlug Anna vor. »Oder vielleicht ist er zum Friedensengel gegangen.« Ihr fiel zwar nicht der leiseste Grund ein, weshalb Michel am frühen Morgen zum Friedensengel hätte gehen sollen, aber sie hatte nicht das Gefühl, dass das noch eine große Rolle spielte. Er konnte überall sein, und Gunilla würde jedes Stück der Stadt, das sich ihr wieder neu erschloss, begrüßen.

»Ja, das wollen wir«, sagte sie und strebte augenblicklich dem neuen Ziel entgegen. »Ist das nicht herrlich? München hat so viele grüne Oasen, würdet ihr irgendwo anders leben wollen als hier? Mal ehrlich.«

»Ich sowieso nicht«, sagte Kurt. »Ich war auch noch nie woanders.«

Gunilla sah ihn entgeistert an. »Aber dann wird es höchste Zeit, lieber Kurt. Man muss doch was von der Welt sehen.«

»Gerade hast du noch so von München geschwärmt«, neckte Anna sie.

»Ja, schon, aber es gibt so viele schöne Ecken.«

»Dann haben wir ja demnächst noch einiges vor.«

Gunilla lachte und strahlte mit der Morgensonne um die Wette.

»Ich bin ja mal gespannt, wo sich dieser Junge herumtreibt«, murmelte sie.

Annas Handy klingelte. Es war Rose, die anrief.

»Alles in Ordnung. Michel ist hier«, sagte sie. »Er wundert sich, wo ihr seid.«

Anna schnappte empört nach Luft. »Er wundert sich?«

»Wer wundert sich?«, fragte Gunilla.

»Michel«, sagte Anna.

»Ist er zu Hause?«

Anna nickte. »Wieso wundert er sich?«

»Weil ihr nicht beim Frühstück seid. Das hat ihn aufgeregt. Aber dann ist Anders rübergekommen, und das hat ihn wieder besänftigt.«

»Was sagt er denn?«, drängelte Gunilla.

»Moment«, formte Anna mit dem Mund. »Na, dann ist ja alles gut. Sag ihm, wir gehen noch ein bisschen spazieren. Und was er kann, das können wir schon lange.«

»Ich glaube nicht, dass ich ihm das sagen sollte«, meinte Rose.

»Anders ist ja da.«

»In Ordnung. Bis später.«

»Bis später!«

»Michel ist wieder zu Hause? Wo war er denn?«, wollte Kurt wissen.

»Keine Ahnung«, sagte Anna, »aber Anders ist bei ihm und

alles ist gut. Wir drei genießen jetzt noch ein bisschen unseren Morgenspaziergang, nicht wahr, Gunilla?«

Sie zögerte ein wenig, dann lächelte sie und nickte eifrig.

»Also los, auf zum Friedensengel!«

37.

Ohne Wand

Eine geschlagene Stunde lang spazierten die drei durch die Maximiliansanlagen. Gunilla saugte alles auf.

»Die Isar! Mein Gott, die Isar!«, rief sie, als hätte sich der Fluss ganz speziell für sie dazu entschlossen, vorbeizufließen, während die drei am Ufer standen. Gunilla hob den Arm und winkte lachend hinüber zur anderen Seite. Kurt zog sein Handy hervor und begann Fotos zu schießen.

»Wink noch mal!« Gunilla tat es und lachte noch mehr. Sie umarmte einen Baum und sie umarmte Anna, und Kurt schoss ein Foto nach dem anderen. Gunilla und Anna, die Köpfe dicht an dicht und lachend vor dem Friedensengel. Kurt und Gunilla, Anna und Kurt.

»Ich glaube, ich hab eure Köpfe abgeschnitten«, rief Gunilla und lachte und lachte und schoss noch ein Foto, bei dem die Köpfe am unteren Bildrand klebten. Und sie erzählte und erzählte, jeder Grashalm brachte sie auf eine neue Anekdote, so schien es, und immer wieder breitete sie die Arme aus und rief: »Ist das herrlich hier!« Und das war es. Anna fragte sich, ob sie gar nicht mehr zurück wollte ins Haus und in die Wohnung, die für so viele Jahre ihre Schutzhöhle gewesen war. Kurt schließlich erinnerte vorsichtig daran, dass sie alle ja noch nichts gefrühstückt hätten und der Kreislauf und ob sie nicht langsam mal wieder …

»Aber natürlich, mein lieber Kurt«, sagte Gunilla vernünftig. Mit ihren roten Wangen und glänzenden Augen wirkte sie jünger und lebendiger denn je.

»Morgen ist auch noch ein Tag, Gunilla«, sagte Anna. »Vielleicht gehen wir mal in den Englischen Garten oder in die Innenstadt? Wir können auch mit meinem Auto fahren.«

»Morgen?«

»Morgen und übermorgen, wann und wohin du willst.«

»Wann und wohin ich will«, wiederholte sie ungläubig.

»Ja, stell dir vor, es gibt Leute, die verlassen das Haus täglich«, erklärte ihr Anna lachend.

Gunilla drückte ihren Arm, zärtlich diesmal, und streichelte ihr übers Haar.

»Wenn wir dich nicht hätten, liebe Anna.«

»Ja, das will ich mir gar nicht vorstellen, was dann wäre, und wer weiß, wer dann in meinem Zimmer hausen würde«, erwiderte Anna in gespieltem Ernst.

»In die Villa Stuck will ich auch wieder mal«, erklärte Gunilla, als sie daran vorbeiliefen. »Wenn sie wieder geöffnet ist.«

»Und ins Theater? Wenn es wieder geöffnet ist?«, schlug Anna vor.

»Aber natürlich, ins Theater.«

Als sie wieder in der Zumpestraße eintrafen, blieb Gunilla vor dem Gebäude stehen und blickte daran empor, als hätte sie Angst, dass es sie wieder für Jahre festhalten würde.

»Wir gehen jetzt jeden Tag raus«, sagte Anna und legte ihren Arm um Gunilla. »Jeden Tag, und wenn es nur vor die Tür ist.«

Gunilla nickte. »Jeden Tag.« Dann trat sie ein. Mit demselben Mut, mit dem sie das Haus verlassen hatte.

»Wo warst du denn?«

Michel stürmte auf die drei zu, kaum dass sie die Tür aufgeschlossen hatten.

»Wo warst *du* denn?«, entgegnete Gunilla ebenso empört.

»Ich hatte etwas zu tun.«

»In aller Herrgottsfrühe?«

»Ja.«

»Und was, bitte schön?«

»Sag ich nicht.«

»Gunilla, Michel ist erwachsen, der kann tun, was er will«, raunte Anna ihr ins Ohr, aber Michel hörte es.

»Genau. Und wo warst du? Du warst nicht beim Frühstück.«

»Ich bin auch erwachsen und kann auch tun, was ich will«, erwiderte Gunilla.

»Aber das Frühstück ...«

»Herrgott, Michel, du kannst nicht einfach so verschwinden, aber dann von mir verlangen, zur Stelle zu sein, wann immer du das möchtest.«

Es war das erste Mal, dass Anna Gunilla so aufgebracht erlebte und das erste Mal, dass sie energisch mit Michel sprach statt beruhigend und verständnisvoll. Entsetzt starrte er seine Mutter an.

»Das ist genau das, was ich dir gesagt habe, Michel, stimmt's?« Anders tastete sich mit der Hand an der Wand den Flur entlang. »Habt ihr einen schönen Spaziergang gemacht?«, fragte er, als wäre alles andere gesagt.

»Es war herrlich«, ging Anna auf seinen Plauderton ein. »So einen Spaziergang am Morgen sollte man viel öfter unternehmen. Im Park sind praktisch keine Leute, es ist noch nicht so heiß ...«

»... und die Luft war so frisch«, ergänzte Gunilla.

»Ich habe Frühstück für euch gemacht«, rief Rose um die Ecke, laut und klar.

»Warst du auch spazieren, Michel?«, fragte Kurt, während sie alle sich auf den Weg zur Küche machten.

»Ich bin mit dem Bus gefahren.«

»Mit dem Bus? Wohin denn?«, wollte Gunilla wissen

»Das kann er nicht verraten«, erklärte Anders.

»Anders weiß es«, freute sich Michel über seinen Verbündeten.

»Aber ich verrate es auch nicht.«

Gunilla seufzte. »Eigentlich bin ich zu alt für so viel Aufregung. Ich brauche jetzt einen Kaffee. Oder einen Tee. Rose, hast du noch einen Tee?«

»Ich mache schnell einen.«

»Nein, lass nur, dann trinke ich einen Kaffee, oder will sonst noch jemand Tee?«

Mit Tee und Kaffee gingen sie wieder zum Alltag über und frühstückten gemeinsam, als sei nichts gewesen, als hätte sich nicht kurz zuvor die Welt für ein paar Stunden in die andere Richtung gedreht: Michel plante Heimlichkeiten außer Haus und fuhr dazu mit dem Bus, Gunilla umarmte Bäume an der Isar, Rose rief laut um die Ecke, und Anders saß mit ihnen am Tisch, so als wäre das schon immer sein Platz gewesen. Der eine freie Platz neben Rose, auf den sich Anna ganz am Anfang nicht hatte setzen dürfen. Der eine freie Platz an Annas Tisch.

Gunilla war an diesem Vormittag zu erschöpft zum Singen, und auch Michel verkündete lauthals, dass er sich ausnahmsweise zum Mittagsschlaf hinlegen wolle, wo er doch schon um fünf Uhr unterwegs gewesen sei. Er erwähnte es ein paarmal: um fünf Uhr. Mit dem Bus. Er hatte großen Spaß an dem Geheimnis, das er verbarg.

»Sollen wir uns ein bisschen auf dem Balkon unterhalten?«, fragte Anders.

»Du auf deiner Seite, ich auf meiner?«, fragte Anna zurück.

Er grinste. »Oder wir machen es der Familie Wohlgemuth nach, sind abenteuerlustig und unternehmen etwas. Ich habe Ferien und genug Zeit.«

»Was willst du denn unternehmen?«

»Die Biergärten sind wieder geöffnet.«

»Biergarten?«

»Wenn du dich jetzt fragst, ob das nicht schwierig ist für mich, mit Blindenstock und Platz suchen und der schwere, volle Maßkrug …«

»Mach ich nicht.«

»… für das alles hätte ich ja dich. Ich nehme mir meistens einen Platzsucher und Maßkrugbalancierer und Sachenholer mit.«

»Sucherin, Holerin, ich bin eine Frau.«

»Weiß ich doch. Das ist ja gerade das Verlockende. Alle würden sagen: ›Schau mal der Blinde, kann nichts sehen, hat aber trotzdem die hübscheste Frau erwischt. Wie macht der das?‹«

Anna lachte. »Ja, würde mich auch interessieren. Wie macht der das?«

»Steht schon im *Kleinen Prinzen*: Man sieht nur mit dem Herzen gut. Also, gehen wir?«

Sie gingen. Oder fuhren. Franky war dabei, und Anders beschwerte sich über Annas ruppige Fahrweise, was diese vehement von sich wies, obwohl sie nicht leugnen konnte, dass sie nicht ganz konzentriert fuhr. Es war das erste Mal, dass sie mit Anders unterwegs war, weg von zu Hause und ihrem Balkon, weg von dem Platz am Tisch, weg von der WG.

Es war nicht die Tatsache, dass er blind war, sondern die Tatsache, dass er ein Mann war, und zwar der erste Mann, mit dem sie ausging, falls Biergarten unter Ausgehen zählte. Und was er zuvor über sie gesagt hatte: »… kann nichts sehen, hat aber trotzdem die hübscheste Frau erwischt.«

Hatte er sie erwischt? Sie hatten eng miteinander getanzt und er hatte sie mit den Händen »angesehen«, aber Freunde taten das. Sie war noch nicht bereit für mehr. Und er wollte sowieso niemanden in seinem Leben. Außerdem wollte sie nicht die Frau sein, der er eines Tages einen eigenen Schlüssel verweigern würde.

»Wo fährst du eigentlich hin, Anna? Nach Augsburg?«, riss Anders sie aus ihren Gedanken. »Ich bin sicher, es gibt auch in der Nähe von München Biergärten. Vielleicht sogar mitten in der Stadt. Im Englischen Garten womöglich.«

»Ja, schon gut, ich hab mich ein bisschen verfranst.«

»Soll ich lieber fahren?«

»Du bist ein Idiot!«, erwiderte sie lachend und fuhr auf direktem Weg zum Chinesischen Turm.

»Und? Schauen die Leute?«, wollte Anders wissen.

»So viele sind gar nicht da.«

Sie suchten sich einen Platz in der Sonne und saßen einander gegenüber. Franky bettelte um ein Stück Breze.

»Gib ihm keins.«

»Zu spät.«

»Wann warst du das letzte Mal?«, fragte Anders

»Im 16. Oktober 2013«, sagte Anna. Sie wusste es noch ganz genau. Es war der letzte schöne Tag im Jahr gewesen, an dem die Biergärten geöffnet hatten. Jeremias und sie hatten so zusammengesessen wie sie und Anders jetzt, einander gegenüber und auch beide mit Sonnenbrillen auf der Nase.

»Und du?«

»Letzten Sonntag. Mit meinem Bruder und meiner Schwägerin.«

»Fridolin«, erinnerte sich Anna schmunzelnd.

»Fridolin und Cosima, sie hasst ihren Namen noch mehr als mein Bruder seinen. Wir nennen sie Coco, und das hasst sie genauso.«

»Wenn ich sie jemals treffe, sag ich einfach: Hey du«, meinte Anna.

Anders nickte grinsend.

»Am 12. Juli 2002 habe ich zum letzten Mal einen gefüllten Maßkrug gesehen«, sagte er auf einmal ernster. »Und die Kastanienbäume. Bierbänke. Den Kies auf den Wegen. Wie viel Salz auf einer Breze ist. Ob der Obazde auch frisch aussieht, konnte ich schon länger nicht mehr erkennen, nicht mal mit Brille, aber wenigstens habe ich gesehen, wenn einer auf dem Tisch stand. Das war mein letzter heller Biergartentag. Einen Tag später hatte ich diesen Unfall und danach wurde es dunkel.«

Anna legte unwillkürlich ihre Hand auf seine.

»Ich erzähle dir das nicht, um dich zu schockieren, sondern einfach, weil es zu mir gehört, solche Erinnerungen wie die an den letzten hellen Tag in meinem Leben.«

»Und danach?«, fragte Anna.

»Danach ...« Er schwieg. »Danach wollte wohl keiner mit meiner Familie tauschen, weil ich ganz übel drauf war. Es hat keine Rolle gespielt, dass ich mein Leben lang irgendwie darauf vorbereitet war, es hat auch keine Rolle gespielt, dass ich vorher schon ein bisschen trainiert hatte«, er malte zwei Gänsefüßchen in die Luft. »In Wahrheit habe ich immer gedacht: Ach komm, wird schon nicht passieren. Im Grunde ist man auf gar nichts vorbereitet.«

»Das stimmt«, sagte Anna.

»Du hast schöne Hände«, bemerkte Anders. »Waren die schon immer so, oder kommt das vom Klavierspielen?«

»Ich weiß ja nicht, wie sie wären, wenn ich nicht Klavier spielen würde«, sagte Anna.

»Stimmt auch wieder.«

»Sind wir mit den ernsten Themen jetzt durch?«

»Ja, wir sind durch«, meinte Anders. »Man muss sich ja noch was aufheben für andere Biergartentage.«

»Du planst also noch mehr solcher Aushäusigkeiten?«

»Warum nicht? Macht doch Spaß, oder?«

»Ja«, sagte Anna. »Macht Spaß.«

»Hattet ihr Spaß?«, fragte Gunilla, als Anna am Nachmittag nach Hause kam. »Kurt sagte, ihr wart im Biergarten, du und Anders?«

»Waren wir«, sagte Anna und ließ sich neben Gunilla, die mit einer Lupe bewaffnet in alten Noten blätterte, aufs Sofa fallen.

»Und?«, fragte Gunilla mit einem verschmitzten Seitenblick. »Spaß?«

Anna nickte verträumt. »Ja. War sehr schön.«

»Ich habe mich übrigens mal mit Michel unterhalten«, sagte Gunilla.

Anna wurde hellhörig. »Ja? Und?«

»Ich habe ihm so einiges erklärt. Über mich.«

»Hat er verstanden, dass du seinetwegen jahrelang das Haus nicht verlassen hast?«

»Ja, das hat er verstanden. Und er weiß auch, dass ich es seinetwegen heute zum ersten Mal wieder getan habe.«

»Und was sagt er dazu?«

Gunilla lachte. »›Das war gut‹, sagt er.«

»Und hat er auch verstanden, dass du das von nun an öfter machst und er das gefälligst auszuhalten hat?«

Gunilla seufzte tief. »Das Wort ›gefälligst‹ gibt es bei Michel nicht, und ich bin mir nicht sicher, wie viel Kontrolle er darüber hat, was er aushalten kann und was nicht. Aber er … hat mich umarmt und gesagt: ›In Ordnung, Mama.‹« Sie schluckte. »Kann ich mehr verlangen?«

38.

Gunilla zwinkert

Am Ende der ereignisreichen Pfingstwoche erhielt Anna einen Anruf und fiel fast aus allen Wolken, als sie die Stimme und den fränkischen Akzent am anderen Ende der Leitung erkannte: Margot Bettermann. Sie wollte anfragen, ob Anna nicht allmählich wieder korrepetieren würde, und ob das nun wieder möglich sei.

Anna war so überwältigt, dass sie erst mal nicht mehr als ein gerührtes »Frau Bettermann«, hervorbrachte. Nie hätte sie geglaubt, dass sie einmal so glücklich sein würde, diese Stimme zu hören. Und auch Frau Bettermann war angefasst. Sie habe die Stunden so sehr vermisst, und erst das Konzert, für das sie so geschuftet habe. Aber man würde es nachholen.

Anna gab ihr die neue Adresse und warnte sie vor, dass sie jetzt in einer Wohngemeinschaft lebe und die Mitbewohner, hauptsächlich ältere Leute, natürlich die Stunde mitverfolgen konnten.

»Aber das macht doch gar nix«, meinte Frau Bettermann, »dann ham die alden Leut auch amal a Frrreid.«

Und auch Anders hatte seine Freude, als Frau Bettermann in der folgenden Woche aufkreuzte und so kräftig schmetterte, als wollte sie alle nicht gesungenen Töne der letzten Monate auf einmal nachholen. Im Innenhof hörte man, wie nacheinander die Fenster geschlossen wurden. Auf Kurts Webseite häuften sich die Anfragen, was denn da neuerdings los sei in der Zumpestraße, und Kurt erklärte, dass Anna wieder Arbeit hatte, was wiederum zu erfreuten Kommentaren führte.

Arbeit war zwar ein wenig übertrieben, denn es reichte bei Weitem noch nicht zu einem anständigen Einkommen, aber immerhin hatten sich nach Margot Bettermann auch wieder andere Sänger gemeldet und angefragt, ob Anna wieder »im Sattel« säße, wie sich einer von ihnen ausdrückte.

Die Zeit am Vormittag hielt sie sich jedoch weiterhin frei für Gunilla, und dann gingen die Fenster auch wieder auf.

Der Balkon als Treffpunkt für Anna und Anders hatte nach dem Biergartenbesuch weitgehend ausgedient, die Trennwand zwischen ihnen fühlte sich überflüssig an und nicht mehr richtig.

Eines Tages, als Anders wieder einmal mit ihnen zusammen auf seinem Platz am Tisch saß, machte Gunilla den Vorschlag, die Trennwand abzureißen.

»Das wäre doch am einfachsten, oder hast du da irgendwelche Bedenken, Anders?«

Anna hielt die Luft an. Sie dachte an die Schlüsselgeschichte, und dass es Anders gar nicht gut fand, wenn plötzlich Leute in seinem Wohnzimmer standen, vielleicht würde er Leute auf seiner Balkonseite genauso wenig mögen.

»Von mir aus gern«, antwortete er.

»Das ist dann ein sehr großer Balkon«, stellte Michel fest.

»Gut, dann veranlasse ich das in den nächsten Tagen«, sagte Gunilla zufrieden und zwinkerte Anna zu. Anna konnte mit dem Zwinkern nichts anfangen. Was meinte Gunilla damit? Anders saß fast jeden Tag bei ihnen herum oder sie gingen in den Biergarten oder mit Franky spazieren. Einmal waren sie sogar zusammen beim Einkaufen gewesen, obwohl das doch eine dieser verbotenen Blindenalltagssachen war, mit denen Anders seine Nachbarfreunde nicht belasten wollte, selbst das war mittlerweile ganz entspannt. Es gab nichts zu zwinkern.

Was ist Anders eigentlich für dich?

Fragte das tatsächlich Jeremias oder kreiste die Frage in Annas Kopf, und das nicht erst seit Gunillas ominösem Zwinkern? Seit ... sie wusste nicht genau, seit wann.

Das Licht des Innenhofs fiel auf Jeremias' Foto. Es war, als käme die Frage direkt aus seinem Mund.

Na, komm schon. Was ist er?

»Unser Nachbar«, begann Anna aufzuzählen. »Ein guter Freund.«

Ich dachte, dein bester Freund.

»Ja, mein bester Freund.«

Was noch?

»Ein guter Ratgeber, ein ...« Sie überlegte: Was war er noch? »Ein netter Mensch ... Mann. Attraktiv. Witzig. Einfühlsam ...«

Themaverfehlung! Was ist er für dich, war die Frage, für dich, Anni.

Sie schwieg.

Bist du gern mit ihm zusammen?

»Natürlich.«

Denkst du ständig an ihn?

»Ich denke an dich.«

Denkst du ständig an ihn?

»Ist die Platte gesprungen, oder was?«

Denkst du ständig an ihn?

»Ja ...«

Liebst du ihn?

»Ich liebe dich. Für immer.«

Für immer und noch ein bisschen länger.

»Genau!«

Liebst du ihn?

»Jeremias ...«

Liebst du ihn, Anni?

»Ja. Ich liebe ihn.«
Und liebt er dich auch?
»Das weiß ich nicht.«
Was denkst du?
»Ich weiß es nicht.«

28. Juni 2020

Am frühen Morgen, kurz nach fünf Uhr, riss der Klingelton ihres Vaters Anna aus dem Schlaf.

»Hao«, nuschelte sie schlaftrunken.

»Happy birthday to you, happy birthday to you …«, sang Konrad leise. »Vor genau 32 Jahren bist du auf die Welt gekommen, mein Schatz. Alles Gute, alles Glück der Welt. Ich hab dich lieb. Wir sehen uns später. Schlaf weiter.«

Er legte auf, ohne ihre Antwort abzuwarten.

Richtig, sie hatte Geburtstag, und schon schlief sie wieder ein.

Als sie das nächste Mal wach wurde, hörte sie unmissverständliche Geräusche von Geburtstagsvorbereitungen.

Sie öffnete die Augen und lauschte gedämpften Schritten und verschwörerischem Wispern draußen im Flur und nebenan in der Küche. Ein leises, liebevolles Gewusel.

Draußen am Fenster tauchte auf einmal Michels Kopf auf. Er trug wieder seinen Anzug, hatte die Haare gewaschen und gescheitelt, aber trotzdem sah es unheimlich aus, und wäre sie erst am Tag zuvor eingezogen, wäre sie laut schreiend im Schlafanzug aus der Wohnung gerannt, raus auf die Straße, auf Nimmerwiedersehen.

»Sie schläft noch«, schrei-flüsterte Michel Richtung Küche und verschwand wieder. Danach sah Anna Anders an ihrem

Fenster vorbeigehen und hörte, wie er Michel fragte: »Hast du eben bei Anna durchs Fenster geschaut?«

»Ja, sei leise, sie schläft noch.«

Anders murmelte etwas in seinen Bart hinein, aber sie konnte nicht verstehen, was. Es klang ein bisschen empört.

Erst als draußen alles still war, stand Anna auf und öffnete vorsichtig die Tür, um zu überprüfen, ob sie ungesehen ins Badezimmer hinüberhuschen konnte. Sie hörte die anderen in der Küche, schnappte sich die am Vorabend zurechtgelegten Feiertags-Klamotten und eilte quer über den Flur. Nach einer halben Stunde und einem halbwegs zufriedenen Blick in den Spiegel verließ sie den Raum auf Zehenspitzen.

»Happy Birthday!«, schallte es ihr im Chor entgegen. Alle standen sie im Flur und hatten längst auf sie gewartet.

»Alles erdenklich Gute, Liebes!«, »Herzlichen Glückwunsch zum Geburtstag!«, »Gratuliere, liebe Anna!«, gingen die Glückwünsche durcheinander. Sie schüttelte Michels schmale Hand, bekam einen schüchternen Wangenkuss von Kurt, wurde innig und liebevoll von Rose gedrückt und versank in Gunillas Umarmung. Zuletzt ergriff sie Anders' Hand. Sanft strich er durch ihr Haar, küsste sie auf die Stirn und sagte leise »Alles Liebe!«

»Na, dann komm mal mit in die Küche, du Geburtstagskind, wir haben da etwas vorbereitet«, kommandierte Gunilla.

»Ja, komm, Anna!«, rief Michel aufgeregt. »Komm!«

»Ich glaube, es gibt Geschenke«, raunte Anders ihr zu.

In der Küche sah es ganz ähnlich aus wie an Michels Geburtstag: ein schön gedeckter Tisch mit Blumen und Kerzen, in der Mitte Kurts Schokokuchen mit Annas Namen in Schnörkelschrift, daneben ein kleiner Stapel Geschenke und – Roses Tischdecke darunter. Sie war fertig und so schön, dass Anna die Worte fehlten.

»Ich hab in den letzten Tagen noch mal einen Zahn zugelegt«, meinte Rose lächelnd. »Muss doch heute eingeweiht werden.«

Anna fiel ihr vor Freude um den Hals.

»Und natürlich ist die Decke mein Geschenk für dich«, stellte Rose klar.

»Oh, mein Gott, Rose, danke! Danke vielmals.«

Noch zu Beginn des Jahres hätte Anna den Wert dieses Geschenks verkannt, sie hätte nicht gewusst, wie viel Zeit und Mühe und Liebe darin steckte. So viele Blicke aufs Theaterdach und damit verbundene Gedanken, Abende im Salon unter der Lampe, unzählige Tassen Salbeitee. Das alles war in dieses kleine Kunstwerk geflossen. Und das schenkte sie ihr.

»Mach deine anderen Geschenke auf«, verlangte Michel. »Mach schon!«

»Das hier ist von mir.« Kurt trat schüchtern vor und drückte Anna einen großen zartrosa Briefumschlag in die Hand. Ein Brief von Kurt, allein das rührte sie schon.

»Mach auf«, rief Michel.

Behutsam öffnete Anna den Umschlag und zog seinen Inhalt heraus: eine große Karte, auf der ein einziger Name stand: Gretchen. Und dahinter: x 10

»Ein Gutschein für Gretchen«, erklärte Kurt strahlend. »Zehn Sitzungen.«

Anna sperrte Mund und Augen auf und wusste nicht, was sie dazu sagen sollte. »Äh …«, war das Einzige, das sie hervorbrachte, während sich Gunilla hinter Kurts Rücken versteckte.

Kurt schaute Anna verunsichert an. »Fuß. Massage!«, erklärte er. »Zehn Mal.«

Jetzt kapierte sie es. »Ohhh! Oh, das ist …« Von Fußmassage war die Rede. Und zehn Sitzungen. »Das ist ja himmlisch«, rief Anna begeistert und umarmte ihn. »Vielen Dank, lieber Kurt. Das ist … das muss dich doch ein Vermögen gekostet haben.«

»Ach, was. Gretchen macht mir immer Sonderpreise. Und du wirst sehen, sie hat wirklich Zauberhände.«

Gunilla grunzte und tat so, als hätte sie sich verschluckt.

Kurt drehte sich zu ihr um und klopfte ihr hilfreich den Rücken. »Das Päckchen daneben ist nur so eine kleine Zugabe«, sagte er zu Anna. Anna öffnete es und staunte. Es war ein bildschöner alter Holzrahmen, in bronze- und goldfarben lackiert, genau die richtige Portion Kitsch und zweifellos von Kurt selbst gefertigt. Der Rahmen war so hübsch, dass sie beinahe die Fotografie übersehen hätte: Anna und Gunilla lachend und mit zusammengesteckten Köpfen am Friedensengel.

»Ich fand das Foto so gelungen, dass ...«, begann Kurt, doch da hatte Anna auch schon ihre Arme um ihn geschlungen.

»Es ist wunderschön! Danke«, schniefte sie mit feuchten Augen.

Kurt strahlte. Anna wollte Anders beschreiben, was auf dem Foto zu sehen war, doch Michel konnte nicht mehr warten.

»Jetzt meins, jetzt das hier«, sagte er und drückte Anna ein flaches Paket in die Hand, ein größeres als das von Kurt. Auch ein Bild, dachte sie sofort, und packte es vorsichtig aus.

»Michel!«, hauchte sie.

»Sie weint, sie weint«, triumphierte Michel. Er hatte recht, Anna konnte nicht anders.

»Deswegen war ich weg. Ich musste mir das doch ansehen. Ich musste genau sehen, wie es dort aussieht und einen Sonnenaufgang dazu. Deshalb bin ich weg. Mit dem Bus. Anders musst du es nicht mehr beschreiben, der weiß es schon. Ich hab's ihm gleich erzählt.« Michel plapperte und plapperte und freute sich unbändig, dass seine Überraschung geglückt und Annas Reaktion darauf so überwältigt war.

Das selbst gemalte Bild zeigte Anna und ihren Vater auf den Stufen des Monopteros, im Hintergrund ging die Sonne auf. Er hatte ganz genau zugehört, was sie von ihrem Treffen erzählt hatte, und wollte es in ein Bild fassen, so wie er es mit den Geschichten in seinen Büchern machte. Plus Sonnenaufgang.

Es war so wundervoll und besonders, dass Anna keine Worte dafür fand.

»Ich kann dafür auch einen Rahmen bauen, wenn du möchtest«, bot Kurt schüchtern an, und bei Anna flossen noch mehr Tränen.

»Da seht ihr, was ihr angerichtet habt. Sie weint«, sagte Gunilla und umarmte Anna liebevoll.

»Ja, sie freut sich, deshalb weint sie«, erklärte Michel den anderen.

»Möchtest du, liebe Anna, wenn wir schon einmal dabei sind, auch mein Geschenk sehen?«, fragte Gunilla. Anna nickte. Gunilla legte ihren Arm um Annas Schulter und führte sie aus der Küche in den Salon. Annas Sicht war zwar noch immer ein wenig tränenverschwommen, trotzdem konnte sie das breite rote Band um den Flügel herum erkennen.

»Ließ sich leider nicht so richtig verpacken«, meinte Gunilla.

Der Flügel. Das rote Band. Die Schleife.

Anna wurde schwindlig, nur Gunillas Arm um ihre Schultern verhinderte, dass sie das Gleichgewicht verlor.

»Der Flügel gehört von jetzt an dir«, sagte Gunilla und drückte sie zärtlich. »Wenn du einmal ausziehst, nimmst du ihn mit.«

»Ich ziehe doch nicht aus, Gunilla, nie. Niemals!«, rief Anna mit leidenschaftlicher Empörung, woraufhin auch Gunillas Augen feucht wurden.

»Das kann nicht dein Ernst sein, Gunilla, du kannst mir doch nicht den Flügel schenken.«

»Aber wem denn sonst, Kind, wem denn sonst? Solange er hier steht, hat er doch nur auf jemanden wie dich gewartet. Und wir auch«, setzte sie hinzu. »Wir auch.«

Anna konnte sich nicht daran erinnern, je einen so feuchten

Geburtstag erlebt zu haben. Alle umarmten sich und schnieften und hatten glasige Augen, nur Michel freute sich ganz ohne Tränen, aber aus der Tiefe seines kindlichen Herzens.

Anders lehnte an der Tür und lächelte still in sich hinein.

Anna ging zu ihm. »Sie hat mir den Flügel geschenkt.«

»Ich weiß«, sagte er. »Ich hab auch noch etwas für dich, aber etwas viel Banaleres.«

Er zog ein kleines, würfelförmiges Päckchen hinter seinem Rücken hervor. »Bitte schön. Ich hoffe, es ist das richtige.«

»Das richtige?« Anna nahm es in die Hand. Größe und Form kamen ihr vertraut vor.

»Mach auf!«, forderte Michel einmal mehr, und das tat sie nur zu gern.

»Oh mein Gott!«, rief sie. Es war das Parfum, das sie immer trug – oder getragen hatte, denn seit einigen Wochen war der letzte Rest aufgebraucht, und sie hatte sich keinen neuen Flakon gekauft, weil sie sparen musste.

»Ist es das Richtige?«, fragte Anders. »Ist es deins?«

»Ja, natürlich ist das meins, aber woher weißt du denn, welches Parfum ich trage?«

Er tippte sich an die Nase.

»Ich hab gemerkt, dass du seit ein paar Wochen nur noch nach Shampoo duftest, und da dachte ich mir, ich schenke dir eine neue Flasche.«

»Moment mal, du hast es nur am Duft erkannt?«, vergewisserte sich Anna ungläubig.

»War auch ein bisschen Glück. Ich hab es der Verkäuferin beschrieben, da hat sie mir einiges gezeigt und deins war dabei. Ich hab es gleich erkannt.«

»Du bist unglaublich. Danke!«

Anna trat vor, umarmte ihn und streckte sich nach oben. Mund oder Wange? Wange. Ganz eindeutig Wange. Er schloss die Augen und lächelte.

Nach dem gemeinsamen Frühstück verabschiedete sich Anders, weil er mit Franky raus musste, und er noch Verschiedenes zu erledigen hatte, wie er sagte.

Während sich die anderen noch in der Küche unterhielten, setzte sich Anna an den Flügel. Ihren Flügel.

Sie hatte gerade die Finger auf die Tasten gelegt, da klingelte ihr Handy. Es war Margot Bettermann, die zwar nichts von Annas Geburtstag wusste, aber trotzdem, wie sie sagte, »grroßardiche Neuichkeiden« hatte.

»Denken Sie, Frau Trost, in Schwabing wird eine Zweizimmer-Altbauwohnung frei. Sie haben doch damals gefragt und ich hab jetzt sofort an Sie gedacht. Mein Mann würd Ihnen natürlich einen Sonderpreis machen, nix mit ortsüblicher Vergleichsmiete und so. Was sagen Sie?«

In Lichtgeschwindigkeit raste das vergangene halbe Jahr an Anna vorbei. Sie stellte sich vor, wie ihr Leben ausgesehen hätte, hätte Margot Bettermann ihr dieses Angebot fünf Monate früher unterbreitet: zwei Zimmer erschwinglicher Altbau in Schwabing. Ohne eine Sekunde zu zögern, wäre sie mit Sack und Pack und Jeremias' Geist dort eingezogen. Und was hätte sie dann alles verpasst? Alles.

Die Tür, die sich damals in der Zumpestraße für Anna geöffnet hatte, war die Tür zurück ins Leben gewesen. Ohne diese Tür hätte es für sie keine Gunilla gegeben, keinen Kurt, keine Rose, keinen Michel, keinen Anders. Ohne diese Tür hätte sie keinen Weg zu ihrem Vater gefunden und wüsste noch immer nichts über ihre Mutter. Und vor allem hätte sie sich nicht erlaubt, sich wieder zu verlieben, ganz gleichgültig, ob diese Gefühle erwidert wurden oder nicht. Anna war glücklich, wo sie war, und sie würde eher einen Dankesbrief an die Kanzlei Mayer, Meier und Lewandowski schreiben, als nach Schwabing zu ziehen.

»Danke, Frau Bettermann«, sagte Anna. »Das ist sehr nett,

dass Sie an mich gedacht haben, aber ich suche keine Wohnung mehr. Ich bin genau da, wo ich sein will.«

»Ach so? Dann frreu ich mich für Sie, Frau Trost. Bis nächste Woche.«

»Bis nächste Woche, Frau Bettermann.«

In diesem Moment klingelte es an der Haustür, Michel schrie und rannte nach vorn. Zwei Zimmer erschwinglicher Altbau konnten doch da nicht mithalten.

Am frühen Nachmittag kamen Konrad, Sylvia, Lena und Jakob.

Anna und ihr Vater fielen einander sofort um den Hals und drückten sich zärtlich. Allein schon dieses neue, unbedingte Gefühl von Zusammengehörigkeit trieb Anna erneut die Tränen in die Augen. Um es zu überspielen, rügte sie ihren Vater für den Anruf zur frühen Unzeit, woraufhin er entgegnete, dafür könne er nichts, sie sei nun mal um diese Zeit auf die Welt gekommen. Dann gratulierte er ihr noch einmal und überreichte ihr ein viereckiges Päckchen, das sich anfühlte, als befände sich eine Metalldose darin. Sylvia trug einen großen quadratischen Karton in ihren Händen, Lena ebenfalls und Jakob eine Tasche mit bunten Päckchen.

»Nimmst du mir den mal ab?«, bat Sylvia Konrad. Dann, mit freien Händen, umarmte sie Anna wie eine lange verlorene Tochter, und Anna begriff, dass die Umarmung genau das zum Ausdruck bringen wollte: Tochter. Lena und Jakob standen ein bisschen verlegen dabei, aber nicht lange, denn Anna fiel ihren verblüfften Geschwistern einfach nacheinander um den Hals. Das hatte sie noch nie getan, und sie kicherten alle ein bisschen albern dabei.

»Kommt rein, kommt rein«, rief Anna. »Schaut euch einfach um, das hier ist mein Zimmer, da sieht's leider ganz schön bunt aus, aber dafür habe ich Balkonzugang, und da drüben, da wohnt Kurt, und da …«

Anna bestürmte ihre Familie mit einer Führung durch ihr Zuhause. Michel schaute aus der Tür.

»Das ist Michel. Michel, das ist meine Familie.«

Michel machte einen Diener und schlug die Tür wieder zu.

»Das war Michel«, erklärte Anna der verdutzten Lena, und wieder kicherten sie gemeinsam, fast wie Schwestern.

»Hier ist die Küche. Das ist Kurt, ohne ihn würden wir verhungern und verlottern. Kurt, das ist meine Familie.« Meine Familie, schon zum zweiten Mal und ganz selbstverständlich.

»Freut mich!«, sagte Kurt schüchtern und lieb wie eh und je.

Auch Gunilla und Rose kamen herbei und wurden vorgestellt, und schließlich gelang es Gunilla, auch Michel aus seinem Zimmer zu locken. »Lauter Freunde«, hörte Anna sie ihm zuflüstern, »genau wie Anders.«

Als Erstes wurden die beiden Torten-Kunstwerke ausgepackt und bewundert, und das völlig zu Recht.

»Die sind ja viel zu schade zum Essen«, meinte Rose ehrfürchtig. Man wollte sich nicht vorstellen, wie ein Messer schnöde durch das Fondant-Gemälde, die feinen Zuckerröschen und die filigrane Verzierung schnitt.

»Moment!«, sagte Kurt und schoss mit seinem Handy Bilder von den Prachtstücken. »Poste ich nachher.«

»Kurt betreibt nämlich einen Blog«, erklärte Anna.

»Den kenn ich«, platzte Lena heraus, »er schreibt immer über euch und über Frau Wohlgemuth und …« Sie wurde knallrot. »Ich habe euch ein bisschen … also, ich hab mich mal umgeguckt.«

»Dafür ist ein Blog ja da«, meinte Kurt schmunzelnd. »Freut mich. Die Rezepte wären natürlich das i-Tüpfelchen in dem Beitrag.« Er warf Sylvia einen hoffnungsvollen Blick zu.

»Aber gern«, erwiderte sie geschmeichelt.

Anders ließ auf sich warten. Kurz entschlossen ging Anna

nach nebenan und klingelte an seiner Tür. Das Franky-Echo folgte auf dem Fuße.

»Wo bleibst du denn?«, fragte sie ihn, als er endlich öffnete. »Sie sind schon alle da.«

»Soll ich kommen?«

»Ja, natürlich sollst du kommen, was für eine Frage!«

»Wissen sie eigentlich, dass ich …?«

»Dass du was?«

Er schwieg.

»Dass du fast zwei Meter groß und supersexy bist? Also bitte, das interessiert doch wirklich keinen.«

Er lachte. »Na Gott sei Dank, dann bin ich aber froh.«

Franky kam natürlich mit nach drüben. Mit ihrer Einschätzung, dass es niemanden schockierte, dass Anders blind war, lag Anna richtig, aber was sein Äußeres betraf, registrierte sie Sylvias und Lenas angetane Blicke sehr wohl. Anders wurde als Nachbar und Freund vorgestellt. Viel Zeit, um eventuelle weitere Fragen zu klären, blieb nicht, denn Michel verlangte wieder einmal von Anna, ihre neuen Geschenke auszupacken.

Die Perlenohrstecker von Lena legte Anna gleich an, und die neue Mozart-Biografie von Jakob brachte sie rasch in ihrem Zimmer in Sicherheit, bevor Michel auf die Idee kam, das Buch zu verzieren.

Das Päckchen ihres Vaters öffnete sie mit einigem Herzklopfen und freute sich über die hübsche antike Blechdose, doch ihr Vater erklärte: »Das eigentliche Geschenk ist natürlich innen.«

Anna klappte den Deckel der Dose auf und fand darin einen ganzen Stapel Fotografien. Ihre Mutter in allen Lebenslagen und auf etlichen Bildern zusammen mit Annas Vater.

Sylvia stand dabei und sah zu. War das nicht komisch für sie?, fragte sich Anna, doch als sie aufblickte, hielt Sylvia Konrad umarmt und schenkte Anna das herzlichste Lächeln. Dann beugte sie sich vor, suchte ein bisschen in dem Stapel und meinte: »Schau, da bist du auch mit dabei.«

Nämlich im kugelrunden Bauch ihrer Mutter, den sie stolz lachend von der Seite präsentierte.

»Haben wir noch Taschentücher, Kurt?«, rief Gunilla, da mussten alle lachen. Anna sprang auf und umarmte zuerst Sylvia und dann ihren Vater.

»Und jetzt lasst uns bitte endlich anstoßen«, verlangte Gunilla. Vor lauter Ungeduld kümmerte sie sich persönlich um den Prosecco und darum, dass alle versorgt waren. Kurt drückte Anna eine Packung Taschentücher in die Hand, doch sie war davon überzeugt, dass sie nun keine mehr brauchen würde. Was konnte denn jetzt noch kommen?

Sie sollte es erfahren.

Nachdem sie ausgiebig Torte und Kuchen geschlemmt, Kaffee und Prosecco getrunken hatten, bat Gunilla alle in den Salon.

»Liebes, ich würde dich ja bitten, im Ehrensessel Platz zu nehmen, aber dann hätte ich leider keine Begleiterin, und natürlich muss ich heute noch etwas für dich singen, nicht wahr? Ich hab mich sogar extra beim Kuchen zurückgehalten, falls dir das aufgefallen ist. Wenn du also so gut wärst …?« Sie rückte die Klavierbank vor dem Flügel zurecht. »Du darfst dir auch etwas wünschen.«

»Gunilla ist nämlich Opernsängerin und hat an der Met gesungen«, erklärte Anna ihren Geschwistern.

»Ich weiß, ich hab sie schon gehört«, sprudelte Lena hervor und wurde wieder rot. »Ich … also das weiß ich wegen … wegen dem Blog und Victor Hugo.«

Zum ersten Mal fiel Anna auf, wie viel Ähnlichkeit Lena mit ihrem Vater hatte, wenn sie so verlegen war.

»Sie singen jedenfalls ganz toll, Frau Wohlgemuth«, murmelte Lena.

»Sag doch bitte Gunilla, ja? Und überhaupt: Schluss mit der Siezerei. Ich darf das sagen, ich bin die Älteste, und ich bin einfach Gunilla. Also, was wollen wir zum Besten geben?«, wandte sie sich direkt an Anna. »Womit könnte ich dir eine Freude machen?«

»Das weißt du doch genau«, erwiderte Anna grinsend.

»Ich meinte: mit welchem Lied?«

Anna antwortete nicht, sie spielte einfach.

»Das war das erste, was ich je von dir gehört habe. Damals hast du es nur gesummt.«

»Du spielst es aber viel zu langsam.«

»Ich mag es so.«

Gunilla hörte eine Weile zu und lächelte. »Du hast recht. Das ist sehr schön.« Sie summte ein bisschen mit, ging zur Balkontür und öffnete beide Flügel weit.

Und dann sang Gunilla noch einmal die Hymne an die Sonne und das Leben und die Liebe. Als der letzte Ton verklungen war, füllte sich der Innenhof mit lautem Applaus.

»Komm«, sagte Gunilla zu Anna, nahm sie bei der Hand und ging mit ihr nach draußen. Der Applaus schwoll an wie eine Welle. Gunilla verbeugte sich, lächelnd und mit großer Geste, als stünde sie noch einmal auf der Bühne der Met.

Schließlich hob sie die Hand, um etwas zu sagen.

»Vielen Dank!«, rief sie hinaus. »Ich wollte nur das eine sagen: Unsere Pianistin, unsere Anna, hat heute Geburtstag.« Laute Glückwünsche und weiterer Beifall von allen Seiten waren die Antwort, Svenja von oben fing an, *Happy Birthday* zu singen, und alle Leute an den Fenstern und auf den Balkonen stimmten mit ein. Gunilla sang laut mit, und auch die anderen, Annas WG-Familie ebenso wie ihre echte Familie, kamen nach draußen und sangen für sie, laut und inbrünstig und, in Anders' Fall, herrlich falsch.

Sie feierten bis in den Abend. Gunilla sang, Anna spielte,

Kurt fotografierte, alle tanzten. Später halfen Sylvia und Rose Kurt beim Kochen, Jakob und Anders unterhielten sich mit Michel auf dem Balkon über Politik, und Gunilla erzählte Lena Geschichten aus ihrer Opernzeit. Anna betrachtete mit ihrem Vater die Fotos von ihrer Mutter, und er erklärte ihr, wann und in welcher Situation jedes davon entstanden war. Franky lag auf Annas Schoß und ließ sich kraulen.

Gegen neun Uhr machte sich Annas Familie auf den Heimweg. Sie umarmte sie alle zum Abschied, als wäre es schon immer so gewesen.

»Das war ein schöner Tag«, sagte ihr Vater. Er umarmte Anna und wollte sie gar nicht mehr loslassen. »Ich hab dich lieb«, flüsterte er ihr ins Ohr.

»Ich dich auch, Papa, ich dich auch«, flüsterte sie zurück.

Als die Tür ins Schloss gefallen war, blieb Anna eine ganze Weile dort stehen, als könnte sie nur durch absolute Regungslosigkeit dieses nie gekannte Glücksgefühl bewahren.

Sie lehnte an der Tür und merkte erst, als Franky neben ihr winselte, dass Anders hinter ihr stand.

»Franky muss raus, und ich glaube, ich muss dann auch gehen.«

»Schon?«

»Ich brauche jetzt unbedingt noch ein Glas Prosecco«, hörten sie Gunilla in entschiedenem Ton verkünden.

»Möchtest du nicht nachher noch mal ein bisschen rüberkommen?«, bat Anna. Sie wollte nicht, dass er ging. Er sollte am besten überhaupt nicht mehr gehen.

»Mal sehen«, sagte Anders. »Erst mal Franky.«

»Okay«, sagte Anna.

Anders öffnete die Tür, doch bevor er draußen war, wandte er sich noch einmal um. Zögernd und so unsicher, wie sie ihn gar nicht kannte.

»Ich habe eigentlich noch ein Geschenk für dich, ich weiß nur nicht, ob du es auch haben möchtest.«

Annas Herz begann zu stolpern. »Was denn für eins, und warum denkst du, dass ich es nicht haben möchte?«

Franky quietschte leise.

»Nachher«, sagte Anders und schloss die Tür hinter sich.

»Ich gehe ins Bett!«, rief Michel zu Anna nach vorn. »Nacht, Anna!«

»Nacht, Michel!«

»Ist Anders gegangen?«, fragte Kurt.

»Kommst du noch etwas trinken?«, fragte Gunilla.

»Nachher«, sagte Anna und blieb an der Tür stehen.

Nachher. Von was für einem Geschenk hatte Anders geredet? Eins, das sie vielleicht nicht haben wollte? Meinte er ... etwa einen Kuss? Sie lachte nervös auf. Auf keinen Fall. Er war nicht so eingebildet, dass er seine Küsse für ein Geschenk hielt, und er würde sich eher die Zunge durchbeißen, als sich so auszudrücken. Nie im Leben. Wahrscheinlich dachte er nicht einmal an so was.

Los, Franky, beeil dich, dachte sie, warum war sie nicht einfach mitgegangen? Anders hätte sie ja fragen können.

Endlich, nach zehn Minuten, klopfte es an der Tür.

Anders stand davor.

»Kommst du rein?«, fragte sie.

Er schüttelte den Kopf. »Kommst du bitte, ich will dir etwas zeigen.«

Die Tür zu seiner Wohnung war offen. Er ging voraus und sie folgte ihm. Nie zuvor hatte sie seine Wohnung betreten. Er war zu ihnen rübergekommen, und wenn sie miteinander weggingen, blieb sie gewöhnlich an seiner Türschwelle stehen. Es war seine Grenze, die sie respektierte. Jetzt tat sie zum ersten Mal den Schritt über diese Grenze.

»Was willst du mir denn zeigen«, fragte sie, versuchte ihre Kurzatmigkeit zu überspielen und schlenderte so unbefangen wie möglich hinter ihm her.

»Meine Wohnung«, sagte er. »Du warst noch nie hier.«

»Das stimmt«, sagte sie betont ungezwungen und hoffte, er würde nicht merken, wie aufgeregt und neugierig sie sich umschaute. Ordentlich war es, so wie er es Michel erzählt hatte. Alles musste seinen Platz haben. Und trotzdem war es gemütlich und nicht kalt. Ein bisschen ähnelte es Annas alter Wohnung, es gab viel Platz zwischen den Möbeln, nichts war vollgestellt und gedrängt, alles war luftig und offen. Ein großer Schreibtisch fiel ihr auf, mit vielen Geräten, die ihm wahrscheinlich als Sehhilfe dienten, ein Bücherregal voller Bücher in Brailleschrift. Eine breite Couch. Keine Bilder.

»Schöne Wohnung«, sagte Anna.

»Danke«, sagte Anders. Er stand weit weg, mitten im Raum, und so als wäre er bereit, sie jederzeit wieder zur Tür zu begleiten, wenn sie sich erst umgesehen hätte.

»Du hast gesagt, du hättest noch ein Geschenk«, erinnerte sie ihn und lachte so aufgesetzt, dass es ihr selbst peinlich war. »Ich bin unersättlich, was?«

Gott, so redeten sie doch sonst nie miteinander.

»Es ist blöd«, sagte er.

»Blöd? Du hast also ein blödes Geschenk für mich?«

Sie versuchte ihn zu necken und sich so unbefangen zu benehmen wie sonst auch, obwohl sie immer nervöser wurde und auch Anders nicht gerade entspannt wirkte. Im Gegenteil.

»Es war nur so eine Idee, damit du weißt ... aber das ist wahrscheinlich Quatsch.«

Sie hielt es kaum noch aus.

»Seit wann redest du so um den heißen Brei herum?«

»Seit ...« Er stöhnte auf.

»Anders?«

Er griff mit einer Hand in seine Hosentasche und zog etwas heraus.

Eine kurze, silberne Kette, an der etwas hing. Zwei Dinge.

Anna ging näher.

»Was ist das?«, fragte sie.

»Das blödeste Geschenk seit Erfindung der Geburtstage«, erwiderte Anders und zog seine Hand zurück.

»Hey! Warte mal!« Sie hielt seine Hand fest und öffnete sie. Es war ein Schlüssel mit einem silbernen Herzen als Anhänger, auf dessen Rückseite sich eine Gravur befand: *Für Anna.*

»Wofür ist der?« Es war die überflüssigste Frage der Welt, denn sie wusste genau, wofür der Schlüssel war, aber sie traute ihren Augen nicht.

»Das ist mein Wohnungsschlüssel«, sagte Anders.

»Für mich?«

»Wenn du ihn willst.«

Sie nahm den Schlüssel in ihre Hand, seine Liebeserklärung zum Anfassen.

»Und wenn ich«, sie schluckte den Kloß in ihrem Hals hinunter, »wenn ich jetzt plötzlich in deinem Wohnzimmer stehe und du rennst gegen mich? Was dann?«

Anders grinste und zog sie an sich.

»Das weiß ich nicht, aber ich weiß, dass du der erste Mensch bist, mit dem ich es gern einmal ausprobieren würde.«

28. Juni 2021

Konrad sah auf die Uhr.

»Jetzt!«

Ruf sie nicht an, sie schläft doch noch.

»Das hat Tradition, dass ich sie genau zum Zeitpunkt ihrer Geburt anrufe.«

Seit einem Jahr. So eine kurze Tradition kann man noch brechen.

»Was mich betrifft, ich habe jedes Jahr daran gedacht. Jedes Jahr um kurz nach fünf habe ich an Anna gedacht, einunddreißig Jahre lang.«

Und an mich.

»Und an dich. An dich denke ich jeden Tag.«

Ich weiß, Pitti.

Konrad griff zum Handy.

Lass es, lass die beiden schlafen.

»Lass mir doch die Freude.«

Sein Finger drückte die Kurzwahltaste.

Sag ihr, ich hab sie lieb.

»Mach ich.«

»Hao?«, nuschelte Anna schlaftrunken am anderen Ende der Leitung.

Konrad begann leise zu singen: »Happy birthday to youuu, happy birthday …«

»Werisndas?«, hörte er Anders' Stimme im Hintergrund.
»Mein Vater«, flüsterte Anna. Anders stöhnte.
»... liebe Annaaaaaa! Hap-py birth-day toooo youuuuuu.«
»Danke, Papa, bis später.«
»Bis später, mein Schatz, wir haben dich lieb.«

ENDE

Danksagung

Als Erstes möchte ich mich ganz herzlich bei allen Lesern bedanken, die soeben von der WG in der Zumpestraße Abschied genommen haben. Danke für die Zeit, die Sie dort verbracht haben und in der Sie als unsichtbarer Gast mit an Annas großem Tisch gesessen, Gunilla beim Singen zugehört, allen Geschichten gelauscht und am Leben der Bewohner teilgenommen haben. Ein Roman wäre nichts ohne seine Leser.

Der Weg bis zu diesen Lesern ist allerdings ein ziemlich weiter, manchmal mühevoller, häufig von Zweifeln begleiteter Weg, den ich aber als Autorin zum Glück nicht ganz alleine gehen muss.

Ich danke meinen Agenten Tim Rohrer und Julie Hübner vielmals für ihr stets offenes Ohr, ihren Rat und ihre motivierende Unterstützung, auf die ich jederzeit bauen kann.

Ein herzlicher Dank geht auch an meine fantastische Kollegin und Freundin Michaela Abresch für ihre begeisterte Rückmeldung und für ihre Ermutigung zur rechten Zeit.

Meiner Schwester Christine Leyser danke ich diesmal ganz speziell für ihre Erfahrung als Sängerin und Gesangspädagogin, für ihre immer offene Telefonleitung und für vieles mehr.

Praktisch, wenn man auch noch einen zweiten Experten in der Familie hat, der einem Fragen beantworten kann wie: Wie lange dauert es bei einer Konfrontationstherapie, bis die Betroffenen ihre Ängste überwunden haben? Für die Beantwortung dieser und ähnlicher Fragen bedanke ich mich bei meinem Mann, aber nicht nur dafür. Meine Familie ist der Rückhalt, den ich brauche, um Geschichten wie diese zu schreiben.

Von ganzem Herzen danke ich meinem großartigen Verlag für sein Vertrauen in mich und allen Mitarbeitern für ihr Engagement und die Liebe, mit der sie meinen Roman betreuen. Ein besonderer Dank für das traumhafte Cover, in das ich von der ersten Sekunde an verliebt war.

Und schlussendlich danke ich dem Schicksal, dass es mir eine so wunderbare Lektorin wie Marion Wichmann beschert hat. Besser kann man sich als Autorin nicht aufgehoben fühlen. Danke, liebe Marion, für die tolle Zusammenarbeit, ich freue mich auf alles, was noch kommt.